Auf dem Fensterbrett lag sein Montaigne-Band, mit den aufgeschlagenen Seiten nach unten.
»So überwältigend ist des Gewissens Macht!« stand da. »Sie treibt uns dazu, dass wir in eigner Person uns verraten, anklagen und bekämpfen und wenn sie keinen anderen Zeugen findet, ruft sie uns wider uns auf...« Schön wär's, dachte Berndorf. Aber Tiefenbachs Mörder saß warm und behaglich in seinem Sessel, oder er brachte seiner Frau einen Sherry.
Wenn nicht sogar die Frau die Mörderin war.

Der Schatten des Schwans

Ulrich Ritzel
Der Schatten des Schwans

Libelle

27. April 1945

Die beiden Jagdmaschinen zogen steil vor der Hügelkette an der anderen Talseite hoch und tauchten über der Kuppe ab. Das Jaulen der Motoren erstarb, Stille breitete sich aus. Die Welt war taub geworden. Sogar die Vögel waren verstummt, als warteten sie auf den nächsten Angriff.
Es war später Vormittag, doch die Sonne stand noch tief und warf lange und kühle Schatten. Im Tal blieb es ruhig, und langsam kehrten die Geräusche des Waldes und des Talbachs zurück. Am Ufer hätte man die ersten Schlüsselblumen finden können.
Ein Mann löste sich aus dem Schutz einer Tannendichtung und trat vorsichtig auf die Waldstraße heraus. Er war hoch gewachsen und hatte ein schmales, scharf geschnittenes Gesicht mit den ungerührten blauen Augen friesischer Vorfahren.
Der Opel stand wenige Meter weiter, halb verdeckt unter den herabhängenden Zweigen einer Linde. Das Laub war frisch und jung, wie eine Fontäne von zartem Grün. Es würde ein schönes Frühjahr werden. Wenn du nicht aufpasst, dachte Hendriksen, wirst du nicht viel davon haben! Nachdenklich starrte er auf den Wagen, wie zufällig folgten seine Augen der Reihe von Löchern, die in gleichmäßigen Abständen in das Blech der Motorhaube und in die Windschutzscheibe gestanzt waren. Dann wunderte er sich, wie lange er gebraucht hatte, um zu begreifen, was sie bedeuteten.

Langsam ging er zur halb geöffneten Fahrertür. Koslowski hing über dem Steuerrad. Hendriksen hob ihm den Kopf an, dann sah er die feuchten Flecken, die sich auf der Uniformjacke des Fahrers ausbreiteten. Automatisch griff er nach dem Handgelenk des Mannes und fühlte nach dem Puls: nichts.
Aus dem Wagen tropfte Flüssigkeit. Kraftstoff? Kühlwasser? Gleichgültig, dachte Hendriksen. Den Wagen musste er aufgeben. Einen anderen würde er nicht mehr bekommen, nirgendwo. Morgen sollte er am Grenzübergang in Stein am Rhein sein. Wie viel Kilometer waren es bis dahin? Fünfzig? Oder sechzig?

Leclerc sei bei Villingen durchgebrochen, hatte ihm gestern Abend in dem überfüllten Wirtshaus ein Stabsoffizier gesagt, ein Major. Es war in einem kleinen Dorf hinter Saulgau, die Stromversorgung war unterbrochen, die Wirtin hatte ihnen eine Kerze und einen Krug mit saurem Most an den Tisch gebracht; sie war eine noch junge Frau, schwarz gekleidet, ihr Gesicht von Kummer gezeichnet. Aber ihre Augen waren überall, forschend und hungrig. Am Tisch neben Hendriksen wurde französisch gesprochen, die Männer trugen Anzüge mit spitz auslaufenden Revers und waren über eine Straßenkarte gebeugt. Es waren Versprengte des Sigmaringer Vichy-Hofstaates, der sich nun auf den Landstraßen Oberschwabens aufzulösen begann. Drei Frauen saßen dabei, mit breitkrempigen Hüten und in Mäntel gehüllt, die längst fadenscheinig waren und doch immer noch nach Paris 1942 aussahen. Eine der Frauen warf ihm einen prüfenden Blick zu und wandte die Augen sofort wieder ab. Sie hat begriffen, dachte er: Gute Gesellschaft für jemanden, der die nächsten Monate überleben will, sieht anders aus.
Im großen Nebensaal drängten sich Flüchtlingsfrauen mit ihren Kindern, die so erschöpft waren, dass sie trotz ihres Hungers eines nach dem anderen eingeschlafen waren. Und über-

all, in der Atemluft und in den Kleidern, hing der Geruch nach Schweiß und Elend.

Hendriksen fragte sich, ob die Menschen um ihn herum Angst empfanden. Oder ob sie einfach zu müde waren, um an die nächsten Tage zu denken. An Leclercs marokkanische Soldaten und das, was sie mit den Frauen und Kindern tun würden. Später am Abend hatte eine Kolonne ausgemergelter Männer mit halb toten Pferden vor dem Gasthof Halt gemacht. Zwei ihrer Offiziere, hagere Männer mit dem Andreaskreuz auf der Uniform, fragten in gebrochenem Deutsch nach dem Weg, offenbar wollten sie nach Ravensburg. Der Major gab Auskunft, dann kehrte er mit einer entschuldigenden Geste an den Tisch zurück. »Die Reste von Wlassows Leuten«, sagte er achselzuckend. Man werde sie entwaffnen müssen, sie seien nicht mehr zuverlässig. »Falls wir noch jemand haben, der ihnen die Gewehre abnimmt.«

Der Major verstand nicht, warum Hendriksen nach Südwesten, an den Oberrhein wolle. Leclercs Franzosen würden in drei Tagen am Bodensee und in Konstanz sein, sagte er. Inzwischen werde man versuchen, am Lech und im Allgäu eine neue Verteidigungslinie aufzubauen: »Vielleicht hält die Pastete dann noch zwei oder drei Tage.«

Nun ist es so weit, dachte Hendriksen. Die Wehrmacht läuft davon.

Das war gestern gewesen, und gestern hatte er noch einen Wagen gehabt und einen Fahrer und Treibstoff. Aber jetzt, in diesem verfluchten Waldtal tief irgendwo in Oberschwaben, wusste er: Das Spiel war wirklich aus. Ende. Vorbei. Er würde nicht mehr an den Franzosen vorbeikommen. Der Herr Syndikus Toedtwyler würde vergebens warten. Schade. Schade um die Forschungsergebnisse, die unendlichen Mühen der Versuche, die Zumutungen, die er und seine Mitarbeiter auf sich genommen hatten und von denen sie keinem Außenstehenden

jemals würden berichten können. Schade um die Devisen, und gottverdammt schade um den schönen neuen Pass, den ihm Toedtwyler versprochen hatte.
Reiß dich zusammen, wies sich Hendriksen zurecht. Aus dem Gebüsch am Waldrand hinter ihm drang ein halb unterdrückter Schmerzenslaut, fast ein Wimmern. Also hatte es auch den Wehrmachtsleutnant erwischt, der ihm als Eskorte beigegeben war, das unbeschriebene Blatt, blond und blass und malariakrank. Als die Jagdmaschinen zum Sturzflug ansetzten, hatte auch er sich aus dem Wagen fallen lassen wie Hendriksen. Jetzt lag der junge Mensch zusammengekrümmt im Straßengraben. »Kamerad, so helfen Sie mir doch«, bettelte er. Hatte er wieder einen Fieberanfall? Dann sah Hendriksen das Blut. Offenbar hatte der kleine Leutnant einen Schuss in den Oberschenkel abbekommen, vielleicht war der Knochen getroffen. Trotzdem, der Kleine würde überleben. Wenn er nicht am Fieber starb. Jedenfalls hatte niemand einen Grund, ihn vor ein Peloton zu stellen. Oder ihn aufzuknüpfen.
Bei Dr. med. Hendrik Hendriksen sah das, wie er selbst nur zu gut wusste, ein wenig anders aus. Illusionen hatte er sich noch nie gemacht. Was soll's, dachte er sich dann: »Auch die Nürnberger hängen keinen, sie hätten ihn denn.« Das hatte ein Raubritter gesagt und seinem Ross die Sporen gegeben. Freilich hatte der noch ein richtiges Pferd, nicht bloß einen Haufen kaputten Blechs.
Der Name des Haudegens wollte ihm nicht einfallen. Schall und Rauch. Im Getümmel dieser allgemeinen Auflösung ohnehin. Er wusste nicht einmal mehr den Namen dieses unglücklichen Leutnants. Der eine war so gut wie der andere. Was wäre denn, wenn man den Leuten, die so scharf aufs Erschießen und Aufhängen waren, ihren Toten gleich und ohne weitere Umstände liefern würde, so dass die Herren Sieger sich die Mühe gar nicht erst machen müssten?
Er ging zum Wagen. Der Tod hatte Koslowskis Gesicht gelöscht. Hendriksens Arzttasche stand unter dem Beifahrersitz.

Er zog sie hervor und kehrte zu dem Verwundeten zurück.
»Gleich ist dir geholfen, Kamerad«, sagte er dann, und zog seine Walther heraus.
Der bleiche junge Mann blickte zu ihm hoch, fragend. Auf seiner Stirn unter dem schon zurückweichenden blonden Haar standen Schweißperlen. Dann trat Entsetzen in seinen Blick.

Freitag, 23. Januar 1998

»Was ist das für eine abscheuliche Geschichte!« Angewidert blätterte die Vorsitzende Richterin am Landgericht Isolde Kumpf-Bachmann durch einen der vor ihr liegenden Aktenordner: »Mit einem Rasiermesser... mein Großvater hatte so etwas, ich erinnere mich gut, das sah immer sehr gefährlich aus, und regelmäßig hat er sich geschnitten und man musste sofort einen Alaunstein drauftun. Aber heute?«
Ekkehard Lühns, Berichterstatter in der Strafvollstreckungskammer, warf einen leidenden Blick auf die Kakteen am Fenster des Kumpf-Bachmannschen Dienstzimmers: Auch diese blühten niemals, aber wenigstens waren sie nicht sprunghaft. Hinter dem Fenster hing grau und wolkenschwer ein Freitagnachmittag im Januar, am Abend würde es die ersten Schneefälle in diesem Winter geben, hatte es im Radio geheißen, und Lühns wollte übers Wochenende nach Schruns. So oder so würde es knapp werden.
»Rasiermesser werden noch heute benutzt, vor allem – aber nicht nur – von Friseuren, bei sehr starkem Bartwuchs zum Beispiel«, erklärte er dann betont sachlich, denn seine eigenen Kinnbacken wiesen nur eine sehr kümmerliche Behaarung auf. Im Übrigen lägen die fraglichen Vorgänge ja nun 17 Jahren zurück, fügte er in der Hoffnung hinzu, dass die Kammer nun zur Sache kommen könne.
»Das weiß ich auch, dass das 17 Jahre zurückliegt«, gab Isolde

Kumpf-Bachmann gereizt zurück, »sonst säßen wir ja nicht hier... Immerhin ist das zweifacher Mord, dazu Mordversuch, erst macht er seinen Vorgesetzten betrunken, dann schneidet er ihm... ratsch!... die Kehle durch, wäscht sich die Hände, fährt nach Hause, gibt seiner Tochter Schlaftabletten, packt seine Frau und... ratsch!...« Sie schüttelte sich.
»Und dann geht er zu dem Mädchen. Aber da hat dann doch noch eine Hemmung gegriffen, denn es hat schwer verletzt überlebt«, kürzte Lühns die weitere Sachdarstellung ab.
»Ich bin gerührt. Und das alles, weil ihn die Frau verlassen wollte«, antwortete die Vorsitzende. »Na schön. Zur Frage der Schwere der Schuld hat sich das Ulmer Landgericht ja nicht besonders erschöpfend geäußert.«
»Das Urteil ist lausig«, sagte Lühns. »Der Mann war offenbar medikamentenabhängig, möglicherweise in einem Maß, dass es die Persönlichkeitsstruktur verändert hat. Aber wegen der Entrüstung in der Öffentlichkeit über den Fall wollte die Kammer keine Konzessionen machen und ist der Frage einer verminderten Schuldfähigkeit nicht weiter nachgegangen.«
»Und weil sie das nicht getan hat, konnte sie den Mann auch nicht in die Psychiatrie stecken«, warf der beisitzende Richter Holzheimer ein.
»Und ich hab' die Bescherung«, seufzte Isolde Kumpf-Bachmann, die gern alles auf sich selbst bezog.
Schuld war das Bundesverfassungsgericht. 1977 hatte es entschieden, auch einem zu lebenslanger Freiheitsstrafe Verurteilten müsse die Hoffnung bleiben, in späteren Jahren auf Bewährung entlassen zu werden. Seither hatten immer wieder alt gewordene Lust-, Frauen- und Raubmörder vor dem Schreibtisch der Richterin gestanden, und fast alle waren sie nach 15 oder 20 Jahren Knast krumme, arthritische Kümmermolche geworden, mit Krebs oder wenigstens Hämorrhoiden geschlagen.
Der, um den es hier ging, Wolfgang Thalmann, war inzwischen 55 Jahre alt, das dunkle Haar grau durchsetzt, ein mittelgroßer,

keineswegs geduckter Mensch, der bei der Anhörung fast gemessen und durchaus seriös gewirkt hatte. Aufgefallen waren ihr aber vor allem die schwarzen traurigen Augen. Es waren die Augen eines Menschen, der weiß, dass die Welt von Grund auf böse ist, vor allem zu ihm selbst. Isolde Kumpf-Bachmann waren solche Charaktere von jeher besonders verdächtig gewesen.

»Seine Führung ist nun wirklich einwandfrei«, hörte sie Lühns vortragen. »Sie haben ihm die Buchführung der Anstaltsschreinerei übertragen, die er dann auf moderne Datenverarbeitung umgestellt hat. Inzwischen läuft die ganze Schreinerei mit computergesteuerten Maschinen, und der Anstaltsleiter hat mir gesagt, er wisse gar nicht, was er machen solle, wenn wir ihm den Thalmann wegnehmen.«

»Was mich mehr interessiert, ist die Tochter, die damals überlebt hat«, sagte die Kumpf-Bachmann. Ob man eine Gefahr für das Mädchen, nein: für die junge Frau wirklich ausschließen könne?

Kontakt bestehe zwischen Vater und Tochter seines Wissens nicht, antwortete Lühns, und der Anstaltspsychologe habe Thalmann eine gute Prognose gestellt – was vor 17 Jahren geschehen sei, müsse als das Ergebnis einer zwar katastrophalen, aber eben doch unwiederholbaren Konstellation gesehen werden.

»Na ja, nachdem die Frau tot ist, kann er sie schlecht noch einmal...«, warf der Beisitzende Holzheimer ein.

»Es war keine Konstellation, sondern ein Rasiermesser«, sagte die Kumpf-Bachmann grimmig. »Und wie Sie mir vorhin erklärt haben, gibt es diese Dinger noch immer. Wir lehnen ab.«

Es war falsch gewesen, dachte sich Lühns Stunden später, als er auf der Schnellstraße durch das aufkommende Schneetreiben nach Süden fuhr. Aber wenn Isolde Kumpf-Bachmann in dieser Stimmung war, widersprach man ihr nicht. Rechts sah

er das weit gestreckte Gelände von Mariazell, gespenstisch hell erleuchtet, im Licht der Suchscheinwerfer trieben die Schneeflocken. Es sah aus wie ein Irrenhaus aus Tausendundeiner Nacht, von einer wunderlichen Fee mitten ins winterliche Allgäu verhext, dachte sich Lühns.
Aber Mariazell war kein Irrenhaus. Mariazell war ein Knast.

Sonntag, 25. Januar

Die Straße führte über die verschneite Albhochfläche. Es war später Sonntagvormittag, die Fahrbahn war geräumt, dennoch fuhr Tamar für Berndorfs Gefühl wie immer zu schnell. Mit leisem Unbehagen – als geniere er sich wegen seiner Ängstlichkeit – legte er die rechte Hand stützend aufs Armaturenbrett, als Tamar den Passat scharf durch eine Linkskurve zog. »Fahr ich Ihnen zu schnell, Chef?«
»My dear Watson!«, antwortete Berndorf. Tamar entschuldigte sich. Zur Ablenkung wollte sie wissen, wie es in Münster-Hiltrup gewesen war. In der vergangenen Woche hatte Berndorf an der Polizeiführungsakademie dort einen Lehrgang über die neuen Möglichkeiten der DNS-Analyse besucht.
»Es ging um den genetischen Fingerabdruck«, sagte Berndorf. »Dass man aus den winzigsten Blutspuren, aus Spucke oder Sperma ein Rasterprofil erstellen kann, das für jeden Menschen einmalig und unverwechselbar ist: das ist ja alles nicht neu. Aber jetzt werden die Leute in den Labors sehr bald noch sehr viel mehr können. Sie werden die Täter ausrechnen.«
»Ich dachte, dieses Rasterprofil wird von DNS-Abschnitten abgeleitet, die keine Erbinformationen enthalten?«, wandte Tamar ein. Sie hatte vor einigen Tagen einen Aufsatz darüber gelesen. Tamar Wegenast war Kriminalkommissarin und vor anderthalb Jahren nach Abschluss ihrer Ausbildung zur Polizeidirektion Ulm gekommen.

»Das wird behauptet. Damit sich niemand aufregt. Tatsächlich aber erlaubt die Struktur dieser Abschnitte bereits heute Rückschlüsse auf bestimmte genetische Vorgaben. Zum Beispiel darauf, ob jemand die Anlage zu Chorea Huntington hat, zu Veitstanz.«

Tamar schaltete herunter und steuerte in eine Rechtskurve. Das Heck rutschte hinten weg, Tamar beschleunigte und schoss mit dem Wagen aus der Kurve heraus. »Veitstanz?«, fragte sie belustigt.

»Richtig«, antwortete Berndorf. »Ich hab' auch noch keinen Totschläger mit Chorea Huntington gehabt. Aber das ist nur der Anfang. Sie werden demnächst aus der DNS-Struktur ableiten können, ob ein Täter – sagen wir einmal – rothaarig ist. Wenn wir das wissen, werden wir es auch für die Fahndung verwenden.«

»Und wo ist die Grenze?«

»Da ist dann keine mehr«, antwortete Berndorf. »Wenn in ein paar Jahren, also um 2005 oder 2010, die vollständige genetische Kartierung vorliegt, werden wir ganz selbstverständlich aus dem Speichelrest an einer weggeworfenen Zigarettenkippe das Persönlichkeitsprofil eines Tatverdächtigen ableiten oder sogar Phantombilder von ihm erstellen. Das heißt, ihr werdet das tun. Ich sitze dann irgendwo an der portugiesischen Küste und schaue dem Atlantik zu. ›Der Weltlauf ist mir einerlei, und ich muss mich weder um mein Geld sorgen noch um mein Ansehen. Und wissen muss ich auch nichts mehr.‹ So, ungefähr, beschreibt mein derzeitiger Lieblingsfranzose den hauptsächlichen Vorzug des Alters.« Vor der Fahrt nach Münster war Berndorf in seiner Buchhandlung eine Montaigne-Auswahl in die Hände gefallen.

»Das klingt aber ziemlich trostlos«, wandte Tamar ein. »Noch schlimmer als scheintot.«

»Darum geht es ja«, antwortete Berndorf. »Wer sterben gelernt hat, ist ein freier Mensch. Steht auch bei Montaigne.«

»Ein schöner Satz. Nur sehen unsere Toten meist nicht danach

aus.« Tamar mochte es nicht, wenn Berndorf seinen Ruhestandsphantasien nachhing. »Vielleicht hätten sie mehr üben müssen.« Berndorf sagte nichts.
»Noch mal zu der Tagung.« Tamar hatte keine Lust, sich anschweigen zu lassen. »Wenn das stimmt, was Sie sagen, bekommen wir also doch den gläsernen Menschen. Und niemand findet das unheimlich?«
»Doch«, antwortete Berndorf bereitwillig. »Einer der Referenten, ein Israeli, hält das für den Einstieg in einen kriminologischen Rüstungswettlauf. Wenn die Täter damit rechnen müssen, dass sie von jeder Spur überführt werden können, die sich am Opfer findet, dann werden sie dafür sorgen, dass es überhaupt keine Opfer mehr gibt, an denen sich etwas finden lässt. Sie werden sie umbringen und verschwinden lassen. Außerdem hat er gemeint, in den USA würden sie demnächst wohl nach einem Gen suchen, das Menschen zum Verbrecher macht.«
»Wenn sie es finden, hätten wir es ja einfach.«
»Und Kain wäre ein genetischer Unfall gewesen. Wer nicht mit Drogen dealt, ist der von Natur aus bessere Mensch. Es ist nicht so, dass er nicht dealt, weil er das Dealen nicht nötig hat. Er hat die anständigeren Gene. Glauben die Amerikaner. Sie wollen nicht wahrhaben, behauptet Rabinovitch, dass es das an sich Böse gibt. Und dass dieses Böse die Bedingungen erst hervorruft, unter denen Verbrechen entstehen.«
»Rabinovitch?«
»Mordechai Rabinovitch. Der israelische Referent. Wir saßen an einem der Abende noch zusammen in einer Kneipe in Münster.«
»Zwei Bullen reden in der Kneipe über das Böse an sich«, sagte Tamar. »Da hätt' ich Mäuschen sein wollen.«
»Hauptsächlich haben wir Fußball geguckt«, beruhigte Berndorf. »Außerdem weiß ich gar nicht, ob er Bulle ist. Er arbeitet am Kriminologischen Institut der Universität von Tel Aviv.«
Die Straße bog von der Albhochfläche in ein von Fichten

bestandenes, lang gestrecktes Tal hinab. Tamar steuerte den Wagen durch mehrere tückisch abschüssige Kurven, dann wurde die Strecke wieder gerade. Links vorne, an einer unbeschilderten Einfahrt, stand ein Polizeibeamter. Tamar nahm den Gang heraus und ließ den Wagen ausrollen, bis er bei dem Polizisten stehen blieb. Jetzt erkannte ihn Tamar. Es war der Hauptwachtmeister Krauß vom Polizeiposten Blaustein. Er starrte ihnen hoheitlich in den Wagen, als ob er erst prüfen müsse, ob sie Diebesgut dabei hätten oder sonstwie unbefugt wären. Dann winkte er sie herein.

»Ach Gott, Krauß!«, sagte Tamar und fuhr – diesmal vorsichtig – auf einen weiten Platz vor einer Felswand. Fragend schaute sie sich um.

»Ein aufgegebener Steinbruch«, erklärte Berndorf. Vor ihnen stand ein Streifenwagen, dahinter eine Gruppe Männer in papageienhaft bunten Trainingsanzügen.

»Haben Sie eigentlich auch so etwas an, wenn Sie abends durch die Au rennen?«, fragte Tamar. Berndorf versuchte, ihr einen Vorgesetztenblick zuzuwerfen, und stieg aus. Die Männer in den Trainingsanzügen kamen auf sie zu. Tamar stellte den Motor ab. Erst jetzt bemerkte sie, dass noch ein weiteres Fahrzeug in dem Steinbruch stand. Es war verschneit, die Fahrertür war geöffnet, und als sie neben Berndorf trat, sah sie einen Mann am Steuer sitzen.

Tamar zögerte kurz und musterte den schneebedeckten Boden um das Auto. »Das hat keinen Sinn«, sagte Berndorf, »unsere Helden haben schon alles zertrampelt.«

Aus der Gruppe löste sich ein zweiter Grünuniformierter und grüßte, zwei Finger der Hand lässig an den Rand der Uniformmütze gelegt, es sollte jovial-vertraulich aussehen: Ach Gott, auch noch Krauser, dachte Berndorf. Die Männer da seien von der Leichtathletikabteilung des TSV Blaustein, erklärte Krauser und fügte so halblaut hinzu, dass es alle hören konnten: »Alle sehr vertrauenswürdig, kann die Hand dafür ins Feuer legen!«

Was redet der da, dachte Berndorf. Unter seiner Schädeldecke meldete sich der Whisky vom Vorabend zurück.
Jedenfalls, sagte Krauser, sei den Männern beim Waldlauf der Wagen da aufgefallen.
»Eigentlich nicht so sehr der Wagen, sondern dass er zugeschneit war und einer drinsitzt«, mischte sich ein Mann mit gerötetem Gesicht und einem Schnauzbart ein. Er steckte in einem grün-pink gestreiften Sportanzug.
»Es ist nämlich ein Toyota«, sagte ein zweiter. Er trug etwas, das rot-schwarz geflammt war.
Nämlich? dachte Berndorf und spürte dem Pochen in seinem Schädel nach.
»Und dann haben wir nachgeschaut und denken, dass der Mann, der da sitzt, tot ist«, sagte der Pinkgrüne. »Das Auto ist nämlich aus Görlitz«, erläuterte der Schwarzrotgeflammte.
»Was hat denn das damit zu tun?«, wollte der Pinkgrüne wissen. Der andere wies stolz auf das hintere Nummernschild, von dem er den Schnee abgestreift hatte: »Da – GR, ist bitte schön Görlitz.«
»Meine Herren, diese Ermittlungen wollen Sie dann doch bitte der Polizei überlassen«, sagte Krauser.
Berndorf hatte sich inzwischen in den Wagen gebeugt. Ein säuerlicher Geruch schlug ihm entgegen. Der Mann auf dem Fahrersitz hing zusammengesunken über dem Lenkrad. Sein Gesicht war der Fahrertür zugewandt. Aus dem halb geöffneten Mund war Speichel ausgetreten und zwischen den Bartstoppeln angetrocknet. Der Mann hatte sich schon mehrere Tage nicht rasiert. Er schien um die 50 Jahre alt, auf den ersten Blick unauffällig, Berndorf registrierte aschblondes zurückgekämmtes Haar und eine herabgerutschte Brille. Der Mann trug eine Stoffhose, dazu eine Art Freizeitjacke und einen Pullover mit V-Ausschnitt darunter. Er sieht tatsächlich aus, wie man sich vor ein paar Jahren einen Ossi vorgestellt hat, dachte Berndorf. Auf Pullover und Jacke fanden sich Flecken und Reste, die nach Erbrochenem aussahen, das nur nachlässig

weggewischt worden war. Der Mann war tot, und das wohl schon seit einigen Stunden.

Tamar hatte vorsichtig die Beifahrertür geöffnet. Auf dem Sitz lag eine geöffnete Thermosflasche, ein Teil der Flüssigkeit darin war ausgelaufen und hatte auf dem Plastikbezug eine dunkle Lache gebildet.

Schnüffelnd beugte die Kriminalkommissarin ihren Nacken über die Lache. Dann blickte sie, die schmale lange Nase noch leicht gerunzelt, dem Toten ins Gesicht und musterte die verklebten Bartstoppeln. Von Berndorf war nichts zu sehen. Dafür hatten die Männer in den Trainingsanzügen einen Halbkreis um die Wagenseite mit der Fahrertür gebildet und stierten angelegentlich auf den Boden. Tamar richtete sich auf und ging um den Toyota herum.

Berndorf kniete dicht am Wagen. Seine Hose spannte, und außerdem schien sie ziemlich abgewetzt. Mit einiger Anstrengung zog er seinen Kopf unter dem Chassis vor und stand schnaufend auf.

»Was ist da unten?«, wollte Tamar wissen.

»Was wird da unten sein? Schnee«, sagte Berndorf.

»Schnee?«

»Na ja, ist halt Winter. Außerdem brauchen wir vielleicht doch die Spurensicherung.«

Montag, 26. Januar, Mariazell

Das Dienstzimmmer des Anstaltsleiters Dr. Theo Pecheisen war in Esche natur möbliert. Er hatte es sich eigens so ausgesucht, weil es hell, freundlich und vor allem zivil aussehen sollte: »Ein Qualitätserzeugnis aus dem eigenen Hause«, pflegte er den Besuchern stolz zu erläutern. Der Bezug der Sitzmöbel war Ton in Ton mit dem goldbraunen Leinenstoff der

Vorhänge abgestimmt. Durch die Fenster ging der Blick auf das Außengelände mit einem Basketball-Spielplatz und weiter zu den Mauern; auf dem Spielplatz und den Mauerkronen lag an diesem Morgen Schnee. Es war Montag, die Woche wartete grau und endlos.

Pecheisen bat Zürn an den Besuchertisch. Kurz sprachen die beiden Männer über den Freitagabend, als die Sensoren der elektronischen Hofraumüberwachung auf den einsetzenden Schneefall reagiert und Alarm ausgelöst hatten.

»Es ist wirklich unerträglich«, klagte Pecheisen. »Als ob unsere Klientel nicht schwierig genug wäre, erst recht an einem Freitagabend. Und da muss uns diese Alarmanlage die Leute für nichts und wieder nichts verrückt machen.«

Zürn sagte, in seinem Trakt sei es ruhig geblieben. »Aber die neue Sicherheitselektronik können Sie wirklich der Katz' geben. Nur nimmt die's nicht.«

Er verstehe das auch nicht, meinte Pecheisen: »Die Leute von der Lieferfirma quatschen mir die Ohren voll von Hardware und Software und Prozesssteuerung, aber Tatsache ist, dass das System zusammenbricht, sobald mehrere Alarmmeldungen gleichzeitig eingehen oder kurz nacheinander.«

»Neulich«, sagte Zürn, »bei der Schlägerei zwischen den Albanern und den Rumänen war das so. Wir müssen halt selber wissen, welche Meldung Vorrang hat.« Dann zögerte er und lächelte etwas schief: »Ich kann ja mal Thalmann fragen. In der Schreinerei haben wir solche Probleme nicht.«

»Ich weiß nicht, ob der Justizminister das für einen besonders guten Einfall hielte«, antwortete Pecheisen mit einem etwas gezwungenen Lächeln. Dann wurde seine Miene plötzlich besorgt. »Ach ja, Thalmann! Ich fürchte, dass ich da keine besonders gute Nachricht für Sie habe«, sagte er dann. »Die Vollstreckungskammer hat seine Haftentlassung abgelehnt.« Er machte eine Pause und sah Zürn sorgenvoll ins Gesicht. »Ich weiß, dass das Probleme geben wird. Er ist ja so etwas wie eine Vertrauensperson.«

Zürn gab den Blick ausdruckslos zurück: »Sie haben es ihm schon gesagt?«

»Ja«, sagte Pecheisen, »und er schien es auch ganz gelassen aufzunehmen, vielleicht sollte ich besser sagen: regungslos. Ich will sagen – es ist mir nicht geheuer.«

»Er ist ja nicht der einzige, dem so etwas passiert«, antwortete Zürn ruhig. »Wir fangen das schon auf.«

Dann ging er. Der Schreck rutschte ihm erst ins Gesicht, als er die Tür zum Dienstzimmer mit den Esche-Möbeln hinter sich geschlossen hatte. Thalmann würde hohl drehen, das war so sicher wie das Unheil, das dann über ihn und den kleinen Wohlstand im Bungalow der Familie Zürn hereinbrechen würde. Was war denn dabei, einen Menschen laufen zu lassen, der 17 Jahre gebüßt hat! Nichts wussten die Leute da draußen vom Leben im Knast. Und auch nichts davon, wie schwer es ist, mit dem jämmerlichen Gehalt eines kleinen Beamten im Justizvollzugsdienst eine Familie durchzubringen.

Zürn ging zu den Werkstätten hinüber. Er durfte keine Zeit verlieren. Heiß schlug ihm in der Schreinerei der Dunst aus Holzstaub, Schleifmittel, Leim und Politur entgegen. Gefangene mit Ohrenschützern waren dabei, Tische und Stühle aus massivem Eichenholz abzuschleifen und fürs Beizen vorzubereiten. Er fand Thalmann in dem Glasverschlag, wo er zusammen mit Maugg, dem Meister der Schreinerei, seinen Arbeitsplatz hatte. Maugg lehnte am Aktenschrank, sein zerklüftetes Gesicht sah noch grauer aus als sonst. Er hat wohl wieder Magenblutungen gehabt, dachte sich Zürn und schloss die Tür. Das Kreischen der Säge- und Schleifmaschinen klang gedämpfter. Thalmann saß auf einem Drehstuhl; er schien auf Zürn gewartet zu haben.

»Die lassen mich nicht raus«, sagte Thalmann zur Begrüßung.

»Ich weiß«, antwortete Zürn.

»Jetzt seid ihr dran«, sagte Thalmann.

»Das weiß ich auch«, antwortete Zürn.

Es waren etliche zehntausend Mark, die jeder von ihnen in den

letzten Jahren nebenbei verdient hatte – vor allem mit maßgefertigten Wohnungseinrichtungen für Privatkunden, an der Justizkasse vorbei abgerechnet. Thalmanns Anteil sollte ihm nach der Haftentlassung helfen, beim Start ins neue Leben oder was immer er dann vorhatte. Das war jetzt hinfällig. Zürn wusste zu gut, dass damit auch er in der Luft hing. Und Maugg.
»Er kann es in einem Jahr doch noch einmal versuchen«, wagte Maugg einzuwerfen.
»Ich muss jetzt raus«, sagte Thalmann. »Verschaff mir einen Freigang.«
»Du weißt ganz genau, dass das jetzt nicht geht«, wehrte Zürn ab. »Wenn der Antrag abgelehnt ist, sind alle Freigänge vorerst gestrichen. Sicherheitsgründe.«
»Das ist mir egal«, gab Thalmann zurück. »Besorg mir einen Auftrag in Rodegg.« Rodegg war eine Außenstelle, und die Gefangenen dort arbeiteten in der Landwirtschaft. Die Anlage war kaum überschaubar, und es hatte immer wieder Ausbruchsversuche gegeben, einige waren sogar erfolgreich gewesen. Und bei einigen hatten die Kollegen auch schon schießen müssen. Gar keine so schlechte Idee, dachte sich Zürn.
Dann merkte er, dass Thalmann ihn mit einem kalten und prüfenden Blick fixierte. »Nein. Rodegg nicht«, sagte Thalmann nach einer Pause. »Es muss von hier aus gehen. Ich hab' keine Lust, Unkraut zu jäten. Nicht einen Tag. Von den Narren, die dort zu schnell schießen, will ich gar nicht erst reden.« Zürn überlegte. An seinem rechten Daumennagel hatte sich ein kleiner Hautfetzen gelöst. Gedankenverloren kratzte er daran.
»Hör auf«, sagte Thalmann. »Das macht mich verrückt.«
Zürn ließ die rechte Hand sinken. »Wenn es wirklich schnell gehen soll«, sagte er langsam, »hätten wir die Lieferung an den Tettnanger Zahnarzt, Mooreiche naturbelassen, da ist eine Sitztruhe dabei. Wofür die Leute nicht alles Geld haben.«
»Was hat die Mooreiche damit zu tun?«, fragte Maugg.
»Die Sitztruhe hat damit zu tun, meint Zürn«, sagte Thalmann. »Aber ich weiß nicht, ob mir das gefällt. Ob nicht ein Schwei-

nehund auf den dummen Gedanken kommt, die Truhe abzuschließen und mit Plastikfolie zuzukleben...«
Zürn protestierte: »Wo denkst du hin!«
»Du hast recht«, sagte Thalmann trocken. »Wie kann ich nur so etwas denken! Und überhaupt. Ich hab' da in dem Kasten«, er klopfte auf den PC der Schreinerei, »eine dritte Buchführung gespeichert, es ist die richtige, und wisst ihr, was daran besonders lustig ist? Sie wird in ein paar Tagen aktiviert, das heißt, sie meldet den exakten Fehlbetrag aus den letzten Jahren an den Hauptrechner der Verwaltung. Macht euch keine Gedanken, wann sie das tut. Ihr werdet es schon rechtzeitig erfahren.«
»Bist du verrückt?« Das war Maugg. Zürn schwieg. Insgeheim hatte er bei Thalmann schon immer mit so etwas gerechnet. Um ihm hinter die Schliche zu kommen, hatte er sogar bei der Volkshochschule einmal einen PC-Kurs belegt. Aber er war nicht mitgekommen.
»Nein, Maugg, ich bin nicht verrückt«, sagte Thalmann. »Und du weißt, dass niemand so etwas zu mir sagen darf. Und dass dir nur deswegen jetzt noch nichts passiert, weil du ein abgewrackter alter Säufer bist, kurz vorm Endstadium. Wie viel Tage gibt dir der Arzt überhaupt noch? Deine Alte wird sich freuen, wenn du hinüber bist. Aber nicht lange, denn dann muss sie den Rest rausrücken, den du nicht versoffen hast.«
Maugg öffnete zornig den Mund. Zürn warf ihm einen warnenden Blick zu und schüttelte den Kopf. Alle drei schwiegen. Dann sprach Thalmann weiter. »Jedenfalls kommen die richtigen Zahlen irgendwann auf den Bildschirm, und nur ich weiß, wann das passiert. Und weil die Anlage vernetzt ist, nützt es überhaupt nichts, wenn irgendwelche Dummköpfe glauben sollten, sie bräuchten diesen PC hier nur mit dem Vorschlaghammer kurz und klein zu schlagen.«
Zürn wartete. »Und gibt es auch etwas, was nützt?«, fragte er dann.
»Doch«, sagte Thalmann. »Ihr braucht das Passwort. Und ein paar weitere Befehle. Ich geb' sie euch telefonisch durch. Wenn

ich dann noch leb' und nicht in der Mooreiche erstickt bin. Und wenn ich das Geld hab'. Habt ihr das verstanden?«
»Ja«, sagte Zürn. »Wir haben es verstanden.«
»Aber ich muss es doch melden, wenn er fehlt«, warf Maugg ein.
»Das musst du nicht«, meinte Thalmann. »Ein paar Stunden Vorsprung brauch' ich schon.«
Zürn dachte an die neue Sicherheitselektronik.
»Du kriegst den Vorsprung«, sagte er dann. »Auch wenn ich Maugg eins drüberziehen muss.«
Maugg murmelte, er verstehe überhaupt nichts mehr.
»Nur pro forma«, sagte Zürn beruhigend. »Damit es besser aussieht.«

Montag, 26. Januar, Ulm

Der glatte kahle Kugelkopf des Kriminaloberrats Englin war blass vor Entrüstung, und noch weniger als sonst konnte er das Zucken des linken Augenlids unterdrücken. Im Jugendzentrum Büchsenstadel hatten die Leute vom Stadtjugendring einen Kokain-Dealer erwischt und hinausgeworfen. Anschließend hatten sie eine Pressekonferenz gegeben und erklärt, der Dealer sei ein in der ganzen Stadt bekannter Spitzel des Rauschgiftfahnders Blocher gewesen.

Heute stand das nun alles in einem Zweispalter im »Tagblatt«, und Berndorf sah, dass Englin den ganzen Artikel, der auf dem ovalen Konferenztisch vor ihm lag, ausnahmslos gelb und rot markiert und mit Ausrufezeichen versehen hatte. Ein besonders dickes stand an der Stelle, an der es hieß: »Die Leitung des Büchsenstadels frage sich inzwischen, mit wie viel Sachverstand man im Neuen Bau eigentlich ermittle, wenn es um wirklich schwerwiegende Straftaten gehe.« Der Neue Bau mit seinen mächtigen, um einen Innenhof gruppierten Dächern ist Sitz der Ulmer Polizeidirektion.

»Einwandfrei«, sagte Englin, »das ist einwandfrei Beleidigung. Üble Nachrede ist das. Selbstverständlich werden wir Strafanzeige erstatten. Auch gegen das Tagblatt.«

»Warum machen wir keine Hausdurchsuchung, und zwar mit dem ganz feinen Rechen, von unten nach oben und links nach rechts, denen werden die Augen aufgehen«, sagte Blocher und hob drohend den rechten Zeigefinger. Hausdurchsuchungen waren Blochers Spezialität.

»So, wie ich die Tagblatt-Leute kenne, werden ihnen wirklich die Augen aufgehen«, warf Berndorf ein: »In deren Kruscht hat noch nie jemand etwas gefunden.«

»Ich mein' den Büchsenstadel«, murrte Blocher.

»Ja, und dann spielt die Stadtjugend das ganze Jahr Räuber und Gendarm mit uns«, sagte Berndorf. Warum Englin nicht einfach einen freundlichen Brief schreibe, der angebliche Dealer sei der Ulmer Polizei völlig unbekannt, und sie habe auch keinerlei Grund, im Büchsenstadel zu ermitteln?

»Kollege Berndorf«, sagte Englin mit mühsam unterdrückter Entrüstung, und sein linkes Lid zuckte zweimal, »Sie schlagen ernsthaft vor, dass wir diese – diese Ungeheuerlichkeit auf sich beruhen lassen sollen?«

Tu was du willst, dachte Berndorf. In die Stille hinein platzte Tamar. »Vielleicht hab' ich da was falsch verstanden – aber ist das nun ein V-Mann von uns gewesen oder nicht?«

Blocher lehnte sich in dem hohen Stuhlrücken zurück und faltete seine dicken Hände vor dem Bauch: »Junge Kollegin, ich schätze diesen Ausdruck nicht. Überhaupt nicht. Selbstverständlich sind wir offen für eine – äh – punktuelle Zusammenarbeit. Wie man auch an der Polizeifachhochschule gelernt haben sollte, ist das gesetzlich absolut abgedeckt. Ab-so-lut.«

Also doch, dachte Berndorf und warf dem Kripo-Chef einen warnenden Blick zu. Zu Berndorfs Überraschung begriff Englin: »Also wenn das so ist, sollten wir uns vielleicht doch mit dem Präsidium in Stuttgart – ja nun, abstimmen«, sagte er dann.

Na also, dachte sich Berndorf: Ohne Absicherung nach oben riskierst du nichts. Und die Stuttgarter werden vielleicht doch noch mehr Verstand haben als der Kollege Blocher.

Die weiteren Besprechungspunkte betrafen Routinefälle. In der Nacht zum Montag war das Pelzgeschäft in der Herrenkellerpassage ausgeräumt worden; es sei eine professionelle

Auftragsarbeit gewesen, sagte Hanisch vom Einbruchsdezernat. Am Tannenplatz hatte die Galatasaray-Gang zwei Skinheads aus dem Oberschwäbischen durchgeprügelt, und in den kommenden Wochen stand ein weiterer Transport von abgebrannten Kernbrennstäben aus dem benachbarten Atomkraftwerk Gundremmingen nach Gorleben an, man würde also die regionalen Greenpeace-Leute genauer überwachen müssen.

Außerdem war da noch der Fall aus dem Blausteiner Steinbruch. »Bei dem Toten handelt es sich um einen Heinz Tiefenbach, 52 Jahre alt, Bahningenieur aus Görlitz, geschieden, nicht vorbestraft, nicht polizeibekannt, wie uns die Görlitzer Kollegen am Telefon sagten«, trug Tamar vor. »Der Toyota, in dem er gefunden wurde, ist auf ihn zugelassen. In seiner Brieftasche fanden wir knapp 300 Mark, außerdem eine Eurochequekarte. Tiefenbach lebte allein und soll angeblich seit einigen Tagen verreist sein.«

Dann machte sie eine Pause. Englin zuckte mit dem Augenlid.

»Es sieht aus, als ob er sich umgebracht hat«, fuhr Tamar fort.

»Aber wir wissen nicht, ob wir es glauben sollen.«

»Und zwar deswegen nicht«, fügte Berndorf hinzu und schob eine Fotografie zu Englin hinüber. Auf dem Bild sah man nichts weiter als Schnee mit Fuß- und Reifenspuren darin. In der Mitte war ein weißes Rechteck zu erkennen, eine dünne, aber geschlossene rechteckige Schneedecke, die von den Spuren ausgespart geblieben war.

»Ich verstehe das nicht«, sagte Englin missbilligend. Sicher nicht, dachte Berndorf.

»Entschuldigung«, sagte er dann. »Die Leiche wurde am Sonntagvormittag gefunden. Nach vorläufiger Auskunft der Gerichtsmedizin war der Mann zu diesem Zeitpunkt seit mindestens 40 Stunden tot, also seit dem späten Freitagnachmittag.«

»Und?«, fragte Englin ungehalten nach.

»Die Schneefälle haben erst nach 20 Uhr eingesetzt«, erläuterte Tamar. »Genau gegen 20.20 Uhr. Das ist von der Wetterstation

auf dem Kuhberg so bestätigt worden. Es waren die ersten Schneefälle in diesem Jahr.«
Englin begriff noch immer nicht.
»Der Toyota des Toten stand hier«, Berndorf deutete auf das unberührte weiße Viereck, das auf der Fotografie zu sehen war. »Nur – vor Freitagabend kann er noch nicht da gewesen sein. Sonst läge hier kein Schnee.«
»Tiefenbach ist also erst später da hingefahren«, ergänzte Tamar. »Bloß war er da schon tot.«
Englin wollte wissen, warum es dann keine Spuren von dem Menschen gebe, der den Toten und seinen Wagen bis zu dem Steinbruch gefahren habe.
»Das müssen Sie unsere Waldläufer vom TSV Blaustein fragen«, sagte Berndorf. »Beziehungsweise die Kollegen Krauß und Krauser. Sie haben alles zertrampelt, als ob sie es darauf angelegt hätten. Allerdings wird nicht viel zu sehen gewesen sein. Die Frontscheibe des Wagens war zugeschneit, und die Schneedecke unter dem Chassis ist dünn.«
»Ja – ist er nun vor dem Schneefall hingefahren oder hingefahren worden, oder danach?«, fragte Englin.
»Während«, antwortete Berndorf. »Wer immer am Freitagabend den Wagen mit der Leiche gefahren hat, bekam ein Problem, als es zu schneien anfing. Er musste den Wagen so schnell wie möglich abstellen und die Leiche auf den Fahrersitz rücken, damit seine eigenen Spuren möglichst auch noch zugeschneit würden. Es sollte ja so aussehen, als ob Tiefenbach Selbstmord begangen hätte.« Berndorf schaute zu Tamar hinüber.
»Wir meinen deshalb«, griff Tamar den Faden auf, »dass der unbekannte Fahrer möglicherweise einen anderen Plan gehabt hat, dass er ursprünglich weiter fahren wollte. Und wenn er das wollte, dann vielleicht deshalb, weil nichts auf Ulm hindeuten sollte. Wir sollten einen Fahndungsaufruf herausgeben, wer den Mann und seinen Wagen hier in der Stadt gesehen hat.«

Das Ulmer Gerichtsmedizinische Institut ist in einer alten, schmutziggelben Villa in der Prittwitzstraße untergebracht, oberhalb der Bahnlinie nach Heidenheim. Zu den Attraktionen des Hauses gehört die Eigenbau-Guillotine, mit der sich vor Jahren ein Bauernsohn aus einem Albdorf nach einigen Mühen doch noch erfolgreich um einem Kopf kürzer gemacht hatte. Sie steht jetzt in dem neugotisch getäfelten Saal im Erdgeschoss, der früher einer Ulmer Honoratiorenfamilie als Speisezimmer gedient hatte.

Berndorf stieg in den zweiten Stock hoch. Aus dem mit Fachliteratur und Aktenbündeln voll gestopften Dienstzimmer, in dem der Privatdozent und Pathologe Dr. Roman Kovacz hauste, sah man die Pauluskirche und dahinter das breit gelagerte Münster.

»Na, wie war es in Hiltrup?«, fragte Kovacz, stand von seinem Schreibtisch auf und kam Berndorf entgegen. »Ab morgen erfassen wir in Ulm den genetischen Fingerabdruck, oder wie?« Die beiden Männer schüttelten sich die Hände, dann ging Kovacz und holte eine zweite Tasse für den Kaffee. Zurück kam er mit einem geblümten Porzellanbecher, auf dem »Susi« stand, mit einem Herzchen auf dem »i«.

Der Kaffee war stark, Berndorf trank ihn schwarz. Die Sache mit der DNS-Analyse sei etwas für die nächste Polizistengeneration. »Für die cleveren jungen Leute am PC. Nichts für einen alten Kieberer wie mich.« Ob denn Kovacz überhaupt in der Lage wäre, eine Analyse durchzuführen: »Ihr Laden ist ja auch nicht der neueste.«

»Täuschen Sie sich da nicht«, sagte Kovacz. »Auch wir gehen mit der Zeit. Es ist ja auch eine faszinierende Sache. Mit der DNS-Analyse können Sie endlich eine Urfrage der Menschheit zuverlässig beantworten.« Berndorf schaute auf.

»Die Frage, wer Ihr Vater gewesen ist«, sagte Kovacz. »Aber deswegen sind Sie nicht gekommen. Gekommen sind Sie wegen der Causa Heinz Tiefenbach«, sagte Kovacz: »Woher wussten Sie, dass da etwas faul ist?«

»Es war der Schnee«, antwortete Berndorf und erläuterte seine bisherigen Vermutungen. »Aber vielleicht hat es gar nichts zu bedeuten.«

»Ach ja?«, sagte Kovacz, »vielleicht müsste es einfach mehr schneien, und die Fahndungserfolge der Polizei nehmen dramatisch zu. Eigentlich einleuchtend. Doch zum Geschäft.« Kovacs setzte seine Lesebrille auf und holte sich einen Block mit Notizen her.

»Der Tote war Anfang 50, das stimmt also mit den Personalien überein, die Sie mir genannt haben. Keine äußeren Verletzungen, auch keine nennenswerten Erkrankungen, knapp 1,80 groß, leichtes Übergewicht, beginnende Fettleber. Obstipation. Gestorben ist er daran nicht, sondern an einer Medikamentenvergiftung. An einer Überdosis von Pentobarbital, ein sehr geschätztes Mittel, um sich ins Jenseits zu befördern, vor allem im Zusammenwirken mit Alkohol, dem Tiefenbach gleichfalls nicht abgeneigt war. Aber das wissen Sie vermutlich längst alles.«

Eigentlich nicht, dachte Berndorf. Kovacz hatte den Hang, seine Auftritte ein wenig zu inszenieren. Wie der Zauberer, der das Kaninchen auch nicht gleich aus dem Zylinderhut holt.

»Wie genau können Sie den Todeszeitpunkt eingrenzen?«, wollte er wissen.

»Ach das!«, antwortete Kovacz enttäuscht. Berndorf hatte nicht nach dem Kaninchen gefragt. »Wie ich Ihnen schon sagte: Mindestens 40 Stunden vor der Auffindung, höchstens 48. Genauer geht es in dieser Phase nicht.«

Berndorf hatte einen kleinen Block hervorgeholt und notierte es sich.

»Übrigens«, sagte Kovacz, und machte eine Kunstpause für das Kaninchen, »ich weiß ja nicht, was Sie an dem Fall wirklich seltsam finden. Außer den Schnee. Ich finde komisch, was der Mann sonst noch alles im Blut gehabt hat. Es ist, als ob er sich mit einem schweren Gummihammer langsam hätte zu Tode klopfen wollen.«

Berndorf blickte gespannt.

»Der Mann hat nicht nur Pentobarbital genommen«, erklärte Kovacz. »Ich würde an Ihrer Stelle einen Blick in seine Hausapotheke werfen. In seinem Blut sind die handelsüblichen Tranquilizer nachzuweisen, Diazepam beispielsweise, aber auch anderes Zeugs, das nach meinem Dafürhalten nicht einmal den Psychiatern in die Hände gegeben werden sollte, Perazin und Sansopan – Entschuldigung, wissen wir etwas über diesen Toten? Vielleicht, ob er depressiv war?«

»Wir wissen absolut gar nichts«, antwortete Berndorf. »Davon abgesehen, dass er geschieden war.«

»Ich dachte nur«, meinte Kovacz. »Diese Medikamente, die er genommen hat, sind Stimmungsaufheller. Wer es nimmt, dem fällt zwar noch immer die Decke auf den Kopf, aber er sieht sie in einem freundlichen Licht.«

Beide schwiegen. Kovacz hatte angekündigt, dass irgend etwas merkwürdig sei. Die mutmaßlichen Depressionen des Toten waren das wohl kaum, dachte Berndorf.

»Es ist wie mit dem Auto, das er gefahren hat, als er schon über dem Jordan war«, sagte der Gerichtsmediziner schließlich. »Umgebracht hat ihn das Pentobarbital. Aber als er es nahm, muss er von dem anderen Zeug so rammdösig gewesen sein, dass ich mich wundere, wie er es hat nehmen können.«

Das Kaninchen, dachte Berndorf.

»Aber geschluckt hat er es doch?«

»Aufgelöst mit Tee und Rum«, antwortete Kovacz. »Übrigens hat er gesabbert. Einiges von dem Gemisch ist ihm nämlich übers Kinn hinuntergelaufen. Im Hemd und Unterhemd finden Sie ziemlich viel Flecken.«

»Und wo genau?«

»Komisch, dass Sie das fragen«, sagte Kovacz. »Ich hab' mich zunächst auch gewundert. Die Flecken sind im Kragen und auf der Rückseite. Er lag auf dem Rücken, als er das Zeug trank.«

Berndorf runzelte die Stirn. »Es ist ihm also eingeflößt worden.«

»Anders ging es ja nicht«, antwortete Kovacz. »Der Mann war so voll gepumpt mit Chemie, dass er sich ganz gewiss keinen Tee mehr gekocht hat. Wenn Sie so wollen: Er lag in einer Art künstlichem Dauerschlaf.«

»Das klingt, als ob sich das über einen längeren Zeitraum erstreckt hätte?«

Kovacz zögerte. »Nach den Abbauprodukten im Körper zu schließen, können das drei oder vier Tage gewesen sein. Aber Vorsicht: Es gibt dazu keine gesicherten Erfahrungswerte. Vor Gericht könnte ich auch nur sagen, dass der Tee mit dem Barbiturat meines Erachtens dem Mann eingeflößt worden ist. Beweisen kann ich es nicht.«

»Können Sie denn feststellen, wie lange Tiefenbach diese Medikamente schon genommen hat? War er möglicherweise sozusagen schon immun?«

»Das allerdings lässt sich genau beantworten«, antwortete Kovacz. »Der Mann hat diese Medikamente erst in der letzten Woche seines Lebens genommen. An der Flasche hing er schon länger.«

»Es muss also jemand geben, der Tiefenbach diese Mittel verschafft hat. Kann es sein, dass ihm jemand einen pharmazeutischen Knock-out verpasst hat?«

»Nicht auszuschließen, schwer zu beweisen. Aber es muss jemand gewesen sein, der Zugang zur Quelle hat. Weder das Pentobarbital noch Perazin oder Sansopan bekommen Sie in der Drogerie.«

»Die Leute kriegen viel, was sie nicht in der Drogerie kriegen sollten«, sagte Berndorf. Dann machte er einen letzten Versuch: »Wenn der Mann tagelang in einer Art Tiefschlaf gehalten wurde, dann muss das doch jemand gesteuert haben, der diese Medikamente exakt dosieren kann?«

»Wenn das alles beabsichtigt war: dann ja. Aber vielleicht hat da auch nur jemand ausprobieren wollen, wie viel der Mann verträgt. Trial and error. Versuch und Irrtum. Alles reine Spekulation. Eine Glaubensfrage. Und was Sie glauben sollen,

müssen Sie den Papst fragen. Oder den Professor Küng in Tübingen.«
»Leider bin ich evangelisch«, antwortete Berndorf.

Zurück in seinem Büro, rief Berndorf die Görlitzer Kollegen an. Dort hatte ein Kommissar Rauwolf den Fall übernommen; seine Stimme klang bedächtig. Er habe mit der früheren Frau des Heinz Tiefenbach gesprochen, sagte er, einer Lehrerin. »Sie war sichtlich betroffen. Vielleicht sollte ich besser sagen, sie war traurig. Und sie konnte sich nicht erklären, warum er nach Süddeutschland gefahren sein sollte. Allerdings habe sie zuletzt nicht mehr viel Kontakt mit ihm gehabt.«
»War sie sehr überrascht?«
»Schwer zu sagen«, antwortete Rauwolf. »Wenn ich zu den Leuten komme, habe ich das Gefühl, sie sehen es mir schon an, dass es ein Unglück gegeben hat.«
Sonst kämen wir ja nicht, dachte Berndorf. Dann wollte er wissen, ob die Ehe einvernehmlich geschieden worden sei.
»So sagt sie es«, antwortete Rauwolf. »Offenbar ist Tiefenbach drei Jahre nach der Wende arbeitslos geworden und hat es nicht verkraftet, von ihr abhängig zu sein. Kinder hatten sie keine. Irgendwann haben sie sich dann getrennt, ohne Hass oder Bitterkeit.«
»Sie glauben ihr?«
»Ich denke doch«, sagte Rauwolf zögernd. »Sie hat mir dann noch eine Fotografie von ihm herausgesucht. Eine Aufnahme aus den letzten Jahren. Ich schicke sie Ihnen zu Ihren Händen, falls Sie es für Zeugen brauchen, die ihn gesehen haben könnten. Übrigens ist sie bereit, nach Ulm zu kommen und ihn zu identifizieren.«
Dann sagte er, dass er am nächsten Morgen nach Bautzen fahren werde, wo eine ältere Schwester Tiefenbachs wohne. Sonst seien keine Verwandten bekannt, die Mutter Tiefenbachs sei in den 50er-Jahren gestorben, der Vater im Krieg vermisst.

»Ach ja«, fügte er hinzu, »Tiefenbach ist zuletzt um den 15. Januar herum gesehen worden. Allerdings habe ich noch nicht mit allen Nachbarn sprechen können.« Und in seiner Wohnung habe er zunächst nichts Auffälliges gefunden. Ob der Kollege vielleicht selbst nach Görlitz kommen werde, um sich einen Eindruck zu verschaffen?

Berndorf sagte, dass er das sehr gerne tun würde. Dann bat er Rauwolf, bei der Gauck-Behörde nachzufragen, ob ein Vorgang über Tiefenbach vorliege. Etwas verlegen stellte er sich vor, dass der Kollege am anderen Ende der Leitung jetzt vermutlich das Gesicht verziehen würde.

»Haben wir schon«, sagte Rauwolf knapp. »Negativ. Kein Vorgang.«

Dienstag, 27. Januar, 11 Uhr

Glas. Marmor. Alabasterweiße Wände. Und in der Ferne der Bodensee und das Panorama der Alpen. Elisabeth Tanner tänzelte durch den weiten, lichterfüllten Living-Room, über die Carrara-Platten und die naturfarbenen Teppiche, vorbei an dem mächtigen, weit geschwungenen Eichentisch: »Einfach traumhaft, Sibylle«, sagte sie zu ihrer Freundin, die gerade dabei war, mit professioneller Sorgfalt die neuen, vor eben einer Stunde angelieferten Möbel zu untersuchen. Sibylle Otternwand war eine Münchner Innenarchitektin, absolut fashionable, top of the top. Sie hatten sich in Davos beim Eislaufen kennen gelernt, und auch Elisabeths Ehemann Eberhard hatte sich der hinreißenden Kompetenz Sibylles nicht entziehen können, zumal nicht nach der Geschichte mit der weißblonden MTA, auf die ihm Elisabeth erst so spät gekommen war.
»Es ist noch großartiger, als ich mir's vorgestellt hab'«, sagte Elisabeth und schwebte zu Sibylle, die vor der lang gestreckten Sitztruhe kniete. Auf dem geschwungenen Eichendeckel mit der kreisförmigen Maserung würden gut und gerne fünfzehn oder zwanzig Partygäste Platz nehmen können, oder wenigstens zwölf, und überhaupt sollte Eberhard es ja nicht wagen, noch ein einziges Mal am Sinn dieses Möbelstücks zu mäkeln.
»Der Deckel geht nicht auf«, sagte Sibylle und fummelte am Schlüsselloch der Truhe.

»Natürlich geht er auf, automatisch sogar«, sagte Elisabeth. Der Deckel schlug hoch und rastete in der Feststellsicherung ein.
»Was?«, sagte Sibylle. Blaugrau bewegte sich etwas in der Truhe. Elisabeth wollte schreien.
»Kein Stress«, sagte eine Stimme. Sie gehörte einem Mann in einem Arbeitsoverall.
»Nicht schreien«, wiederholte der Mann. Er hatte sich rasch aus der Truhe hochgestemmt. Seine ausgestreckte Hand wies auf die beiden Frauen. Mit der anderen umgriff er eine lange Feile. »Niemand passiert etwas, wenn Sie ruhig bleiben. Alles okay?«
Jetzt erkannte Sibylle den Mann. Sie hatte in der Schreinerei der Justizvollzugsanstalt mit ihm zu tun gehabt und wusste noch, dass er höflich gewesen war und kompetent. Einmal hatte sie sich sogar gefragt, was ein solcher Mensch eigentlich im Knast zu suchen habe. Sie überlegte, ob sie den Mann einfach anschreien sollte. Dann sah sie, dass seine Augen sie warnten. Und dass die Feile wirklich sehr lang war und sehr spitz zulief.
»Es ist alles okay«, antwortete Sibylle, mehr zu Elisabeth gewandt.
»Wer ist sonst im Haus?«, fragte Thalmann.
»Niemand«, brachte Elisabeth heraus, »es ist sonst niemand hier, wirklich nicht.«
»Dann zeigen Sie mir das Bad«, sagte Thalmann. »Beide. Gehen Sie nebeneinander vor mir her. Versuchen Sie keine Tricks. Schreien Sie nicht. Diese Feile macht fürchterliche Wunden.«
Elisabeth führte ihn zu Eberhards Bad. Auch hier Marmor, die Kacheln alabasterweiß.
»Wieso ist da kein Klo?«, wollte der Mann wissen.
»Das ist nebenan.«
»Scheiße«, sagte Thalmann und befahl den beiden Frauen, sich vor die Badewanne hinzuhocken und die Hände hinter dem Kopf zu falten. Dann stellte er sich vor das Handwaschbecken

und schlug sein Wasser ab. Als sie das Geräusch erkannte, zuckte Elisabeth zusammen, peinlich berührt. Sibylle wusste plötzlich nicht mehr, ob es ein Gelächter war, das sie in sich zu unterdrücken versuchte. Oder die nackte, halsklopfend panische Angst.
»Was glauben Sie, wie lange ich in dem Kasten gesteckt bin?«, sagte Thalmann schließlich und schüttelte die letzten Urintropfen ab.

Zürn trank in der Wache einen Becher Kaffee. Er hatte Maugg anzurufen versucht, aber der war nicht ans Telefon gegangen. Zürn überlegte, wie viel Zeit sie noch hätten. Die Lieferung mit der Mooreiche natur war vor zwei Stunden am Tor abgefertigt worden, vor einigen Minuten hatte die Mittagspause begonnen. Zürn entschied sich, nach Maugg zu sehen.
Die Schreinerei war verlassen. Zürn stieß die Tür zum Verschlag des Werkmeisters auf. Maugg lag mit dem Oberkörper auf dem Schreibtisch. Aus seinem Mundwinkel sickerte Blut. Zürn zögerte. Dann fiel ihm ein, dass es so noch viel besser war als sein ursprünglicher Plan. Sehr viel besser. Über die Hausleitung rief er in der Hauptwache an. »Sie haben den Maugg zusammengeschlagen«, sagte er dann. Und: »Wir brauchen den Notarzt.« Als Nächstes rief er Pecheisen an. Danach die Krankenstation. Sicherheitshalber drückte er auch noch Mauggs Alarmknopf.
Über der Anstalt heulten die Sirenen auf. Warnlichter flackerten, Monitore schalteten sich ein und aus. Wachmannschaften rannten über den Hof zum Trakt B und stießen mit den Beamten zusammen, die ihnen von dort entgegenkamen. In den Aufenthaltsräumen pfiffen und johlten die Gefangenen. Die Wachmänner machten kehrt und stürmten zum Trakt der Anstaltsleitung.
In der Schreinerei sah Zürn dem Mann auf dem Schreibtisch beim Sterben zu. Irgendwo hatte er gelesen, dass Alkoholiker

einen ziemlich jämmerlichen Tod erleiden. Offenbar war es so.
»Trotzdem. Das hast du gar nicht so schlecht gemacht«, dachte er bei sich. Für den Augenblick wusste er nicht, ob er damit sich selbst oder den armen Maugg meinte.

Die beiden Frauen saßen jetzt in Tanners Schlafzimmer, beide nebeneinander auf seinem französischen Bett. Elisabeth war lange nicht mehr dort gewesen. Würde dieser Kerl sie jetzt vergewaltigen, ausgerechnet hier? Dann überlegte sie sich, ob er es vielleicht auf Sibylle abgesehen haben könnte.
Thalmann stand in Unterhosen vor Tanners Kleiderschrank. Er hatte bleiche, magere behaarte Beine. Eigentlich ein kümmerlicher Mensch, dachte sich Sibylle. Warum werden zwei Frauen damit nicht fertig? Dann warf sie einen Blick auf Elisabeth, die zart und weich und verhuscht neben ihr hockte.
Lieber nicht, sagte sich Sibylle.
Der Zahnarzt und Dentalchirurg Eberhard Tanner war schlank und ein weniges über 1,80 groß. Seine gepflegten Harris-Tweed-Anzüge hätten Thalmann zwar in den Schultern gepasst, waren aber an den Armen und Beinen zu lang.
»Ich suche Ihnen Jeans raus«, sagte Elisabeth plötzlich. »Die kann man unten aufschlagen.«
Schau an, dachte sich Sibylle.

Die Sirenen jaulten markerschütternd, und über dem Aufgang zu den Räumen der Anstaltsleitung flackerte das Notsignal. Polternd stürmte Justizhauptwachtmeister Kaminski in Pecheisens Büro, hinter ihm zwei Mann von der Wache, die Dienstpistolen entsichert. Der Anstaltsleiter stand an seinem Schreibtisch vor dem Telefon und tippte panisch die Nummernkombination der Zentrale ein. Das Telefon tutete. Er ließ den Hörer sinken und starrte hilflos auf Kaminski und die beiden Männer mit ihren Walther P 9.

»Da is nix«, sagte der Justizhauptwachtmeister und machte auf dem Fuße kehrt. Mit den beiden Wachleuten rannte er zurück ins Treppenhaus. Pecheisen nahm den Hörer wieder ans Ohr. »Notfall. Es ist keine Verbindung möglich«, sagte eine automatische Stimme. O Gott, dachte Pecheisen, mach, dass das alles nicht wahr ist!

Im Gebäude B trieben die Aufseher die Männer vom Pausenraum zurück in den Zellentrakt. Ahmed Rakli, räuberischer Diebstahl und Mordversuch, sechs Jahre, erwischte im Gedränge den Zuhälter Bilic aus Belgrad, Menschenhandel, vier Jahre, und stieß ihn in die Zelle der Tirana-Tiger.
Auf dem Schreibtisch in der Schreinerei hatte Maugg zu atmen aufgehört. In der Hauptwache verfiel der Notarzt Welsheimer ins Schreien. »Raus! Rein! Raus! Haben hier eigentlich alle den Verstand verloren?«
Die Tirana-Tiger begannen, dem Zuhälter Bilic die Rippen einzeln einzutreten.
»Ich werde Ihnen zeigen, wer hier verrückt ist!«, sagte Kaminski, und nahm den Notarzt Welsheimer ins Visier. Er sagte es mit leiser, ruhiger Stimme. Dann hob er den Schlagstock. »Gleich werden Sie's wissen, Sie Spritzenarsch, Sie studierter!«

Windböen fegten von Westen her. Die Polizeihauptmeister Rösner und Kubitschek schleppten ihre Mäntel und ihre Diensttaschen über den asphaltierten Platz, der zwischen der Wache und den Werkstattgebäuden der Memminger Autobahnpolizei lag.
»Das riecht nach Schnee«, sagte Rösner und schnüffelte misstrauisch in die Luft.
»Ach was«, antwortete Kubitschek. »Es ist ein atlantisches Tief, haben sie im Fernsehen gesagt. Das bringt keinen Schnee.«

»Jetzt glaubst du schon dem Fernsehen. Es wird wirklich immer schlimmer mit dir.«
Kubitschek schwieg und machte ein würdevolles Gesicht.
»Bei dem Pech, das wir haben«, setzte Rösner nach, »kriegen wir heute Abend noch jede Menge Schnee. Und kannst du dir vorstellen, wie blöd wir dann aussehen mit unserem Blecheimer?«
Der Blecheimer war der Streifenwagen Kempten 4. Das gute Stück hatte 150 000 Kilometer auf den Kardanwellen.
»Wir holen es ja gerade aus der Inspektion«, sagte Kubitschek.
»Wo ist das Problem?«
»Inspektion«, höhnte Rösner, »dass ich nicht lache!«

Thalmann betrachtete sich im Spiegel. Sibylle sah zu. »Die Jeans sitzen richtig in den Hüften, der Rollkragenpullover ist echter Cashmere, und die Lederjacke eine Armani«, stellte sie fest. »Wenn die Slippers passen, ist es fast perfekt. Sie können sich damit in jedem Hotel sehen lassen.«
Elisabeth hatte inzwischen einen Vuitton-Koffer mit frischer Unterwäsche, einer zweiten Lederjacke, weiteren Pullovern und Eberhards schönsten Seidenhemden gepackt. Sie stellte fest, dass es ihr nicht im Geringsten Leid tat.
»Ich brauch' noch Rasierzeug«, sagte Thalmann. Zu dritt gingen sie noch einmal ins Bad. Doch Tanner besaß offenbar nur einen Braun-Elektrorasierer und einen Gillette-Apparat. Thalmann zuckte mit den Achseln.

Dienstag, 27. Januar, 14 Uhr

Der City-Jet aus Halle landete ohne Verspätung. Tamar wartete am Checkpoint, von einer Lufthansa-Frau hatte sie sich ein Schild ausgeliehen und »Fr. Tiefenbach« draufgeschrieben.

Eine dunkelhaarige Frau um die vierzig kam auf sie zu. Carola Tiefenbach trug einen braunen Mantel und weiße Stiefel, von denen man ihr in einem der besseren Ulmer Schuhgeschäfte sicherlich abgeraten hätte. Ungeachtet dessen und ihrer Fältchen um die Augen und um den Mund hatte sie ein angenehm selbstbewusstes Gesicht.

Sie trat unbefangen auf Tamar zu: »Sie kommen von Ulm und holen mich ab?« Tamar stellte sich vor und fragte, ob Carola Tiefenbach vor dem Eingangsportal warten wolle, bis sie den Wagen geholt habe. Man könne doch zusammen zum Parkplatz gehen, war die Antwort.

Auf dem Weg zum Parkhaus erklärte ihr Tamar, dass in einem Hotel in der Innenstadt ein Zimmer reserviert sei.

»Aber Sie fahren mich doch zuerst zum Leichenschauhaus? Ich war übrigens noch nie in so etwas.«

»Es ist in der Pathologie«, antwortete Tamar. »Aber es wird Sie nicht unnötig belasten. Es ist nicht schlimm dort.« Wieso auch? Tote sind nie schlimm, dachte sie dann.

Carola Tiefenbach wollte wissen, ob Tamar öfter mit solchen Fällen zu tun habe.

»Nicht allzu oft. Ich arbeite seit anderthalb Jahren im Dezernat Tötungsdelikte. Die meiste Zeit ist es ruhig. Nicht so wie im Krimi im Fernsehen.«

»Der Tote, den Sie mir zeigen werden, war mein Mann, mein früherer Mann«, sagte Carola Tiefenbach. Dann zögerte sie. »Hat er es selbst gemacht?«

Tamar überlegte einen Augenblick, was sie sagen dürfe. »Das wissen wir nicht«, sagte sie vorsichtig. »Auch wenn es Selbstmord war, gibt es noch einige Punkte zu klären.«

Carola Tiefenbach fragte, ob sie rauchen dürfe. Tamar schob wortlos am Armaturenbrett die Abdeckung für Aschenbecher und Zigarettenanzünder auf.

»Dass Sie mich recht verstehen«, sagte Carola Tiefenbach, als sie sich ihre Zigarette angezündet hatte, »ich fühle mich nicht mehr für Heinz Tiefenbach verantwortlich. Aber sein Tod geht

mir nahe. Ich hatte das Gefühl, dass er nicht mehr gewusst hat, wo sein Platz ist und was er auf der Welt eigentlich soll.«
»Hat das mit der Wende zu tun?«, fragte Tamar.
»Ich glaube, ja. Er war in der DDR zu Hause, und zwar in einem wortwörtlichen Sinne. Wir haben oft gestritten, auch politisch, und wenn ich ihm vorgehalten habe, dass die Stadt und das ganze Land langsam verfällt und vor die Hunde geht, dann hat er gesagt, dass wir uns keinen anderen Staat backen könnten und dass nur alle ihre Pflicht tun müssten, dann werde es doch auch wieder aufwärts gehen.«
Fahrig streifte sie Zigarettenasche ab, obwohl sie kaum mehr als drei oder vier Züge getan hatte. »Und dann haben wir doch einen anderen Staat bekommen, aber für Heinz, der immer seine Pflicht getan hat, ist es nicht aufwärts gegangen. Die Bahnwerke haben ihn bei der zweiten Entlassungswelle auf die Straße gesetzt. Er hat es nie verwunden.«
»Er war doch Ingenieur«, fragte Tamar. »Gab es da keine Möglichkeit für eine Umschulung?«
»Die anderen Betriebe haben doch auch niemand mehr eingestellt. Erst recht nicht, wenn einer über 50 ist«, antwortete Carola Tiefenbach. »Er wurde nicht mehr gebraucht, und das hat er nicht verwunden. Deswegen sind wir dann auch auseinander gegangen. Ich habe in der Schule so viel Stress – da konnte ich zu Hause nicht auch noch ein Unglückskind ertragen, das durchs Leben gefallen ist und es nicht versteht.«

Der Nachmittag verging. Es dunkelte. Auf der Autobahn Lindau–München rollte der Streifenwagen Kempten 4 mit Tempo 110 in Richtung Ausfahrt Marktoberdorf.
»Und ich sag' dir, der läuft nicht rund«, sagte Rösner.
»Ich weiß nicht, was du immer hast. Die Karre ist halt alt«, sagte Kubitschek, der am Steuer saß.
»Ich denk', es ist ein Radlager ausgeschlagen, und sie haben es in der Werkstatt mal wieder nicht gemerkt«, beharrte Rösner.

»Nerv nicht«, sagte Kubitschek, der mit den Leuten aus der Werkstatt in der gleichen Volleyball-Gruppe spielte. »Außerdem: Geh'n wir jetzt zum Döner oder nicht?«
Hinter ihnen schloss ein Wagen auf, wechselte auf die Überholspur und zog an ihnen vorbei. Es war ein dunkler neuer Alfa mit Münchner Nummer, eine Frau saß am Steuer, zwei Fahrgäste auf den Rücksitzen.
Der Polizeifunk spuckte Krach. Rösner meldete sich. Gaby Häuptl von der Einsatzleitung der Autobahnpolizei Memmingen meldete, dass sie eine Ringfahndung habe. »Ausbruch aus der JVA Mariazell. Personenbeschreibung folgt.«
»Der wird grad hier auf der Autobahn sein«, sagte Kubitschek.
»Und ich sag' dir, dass die Karre nicht rund läuft«, sagte Rösner. »Wetten, dass du nicht einmal den Alfa da vorne mehr erwischst?« Vor ihnen tauchte die Ausfahrt Marktoberdorf auf.
»Leck mich«, sagte Kubitschek friedfertig und setzte den Blinker. »Wir fahren jetzt raus. Ich hab' nämlich Hunger.«

Maugg war nicht mehr zu helfen gewesen. Sie hatten ihn inzwischen schon eingesargt, Pecheisen gab Zürn die Hand. »Wir alle haben einen tüchtigen Kollegen verloren,« sagte er und wischte sich mit der linken Hand über die Augen. »Aber Sie, lieber Zürn, trauern jetzt auch um einen Freund.«
»Ich danke Ihnen«, sagte Zürn mit tonloser Stimme. Genauso war es auch, dachte er sich. Maugg war sein Freund gewesen. Einer, auf den man sich verlassen konnte. Bis zuletzt.

Der Alfa hatte kurz vor Starnberg die Autobahn verlassen. Thalmann dirigierte Sibylle über kleine Landstraßen an Hügeln und Weilern vorbei. Auf seinen Knien hatte er eine Straßenkarte aufgeschlagen und studierte sie mit Hilfe einer kleinen Taschenlampe; die Karte und die Lampe hatte ihm Sibylle

aus dem Handschuhfach geben müssen. Auf den Feldern lag noch Schnee, die Wege waren frei. Vor einer Waldeinfahrt ließ Thalmann halten.
»Biegen Sie hier ein«, verlangte er dann.
»Ich weiß nicht, ob das klug ist«, sagte Sibylle tapfer. »Der Wagen könnte stecken bleiben. Und ich weiß nicht, was Sie in dem Wald mit uns vorhaben.«
»Wir verhandeln hier nicht«, sagte Thalmann. »Sie werden zurückstoßen. Sie werden nicht stecken bleiben. Sie werden alles tun, was ich Ihnen sage.«
Sibylle fuhr an. Der Weg war gekiest, links und rechts standen Fichten. Der Weg wurde enger, fast zugewachsen. Aber es ging immer weiter. Sibylle hatte nicht auf den Tacho gesehen. Zweige schlugen links und rechts gegen die Karosserie. Es begann dunkel zu werden. Ab und an kamen sie an eingezäunten Lichtungen vorbei. Niemand würde hier ihre Leichen finden, dachte Sibylle. Dann traten die Bäume zurück. Sie waren auf einer Kreuzung mit mehreren Waldwegen.
»Wenden Sie«, verlangte Thalmann. Sibylle tat es.
»Stopp«, sagte er dann. »Ziehen Sie Ihre Schuhe aus, alle beide.«
Dann befahl er ihnen auszusteigen. »Die Schuhe bleiben im Wagen.«
Barfuß knickte Elisabeth auf dem Kiesboden ein. Sibylle sah den Rücklichtern des Alfa nach, der im Wald verschwand. Immerhin leben wir noch, dachte sie dann.

Tamar war mit Carola Tiefenbach zur Pathologie gefahren. Im Untergeschoss nahm ein Mann in einem grünen Laborkittel die beiden Frauen in Empfang. Er hatte ein rundes rosiges Gesicht mit traurigen dunklen Augen. Offenbar hatte er sie erwartet, und begrüßte sie mit einem würdigen, aber wortlosen Nicken. Was sollte er im Leichenschauhaus auch sagen, überlegte Tamar. Guten Tag? Oder ein schwäbisch-ländliches

Grüß Gott? Wer hierher kam, hatte keinen guten Tag. Bastian – Dr. Bastian Burgmair – hatte ihr einmal erzählt, dass der Wärter der Leichenhalle vor den Krankenschwestern gerne Vorträge über die Wiedergeburt des Menschen hielt. Es wurde sogar behauptet, dass er das auch vor den Besuchern tue, die einen Toten identifizieren sollten.

Der Wärter geleitete sie durch einen Gang, dessen eine Seite mit Metallschränken voll gestellt war. Tamar und Carola Tiefenbach traten in einen fensterlosen, aber hell erleuchteten und gekachelten Raum. Der Mann ging zu einer Seitenwand, die in Fächer unterteilt war, und zog eines davon auf. Auf einer Bahre wurden die Umrisse einer Gestalt sichtbar, die mit einem weißen Tuch zugedeckt war. Der Mann warf einen prüfenden Blick auf Carola Tiefenbach. Dann schlug er das Tuch zurück. Das Kunstlicht fiel hell und sachlich auf ein wächsernes bleiches Gesicht. Es war das, was von Heinz Tiefenbach geblieben war.

»Ich weiß nicht, ob ich ihn so in Erinnerung behalten will«, sagte Carola Tiefenbach.

»Aber er ist es?«, fragte Tamar. Die Frau nickte. Tamar gab dem Wärter einen kurzen Wink. Er deckte den Toten wieder zu. Dann sah er die beiden Frauen fragend an.

Tamar warf einen Blick zurück, in den sie alle Eiseskälte legte, die sie gerade aufbringen konnte. Du fängst hier nicht von der Wiedergeburt an, mein Freund, oder ich steck' dich in einen von deinen Leichenbehältern, dachte sie.

Der Wärter nickte betrübt mit dem Kopf und schob die Bahre zurück.

Anton Pilchmayer, Landwirt in Waldmoching, befestigte die Plane auf dem Anhänger, den er mit Buchenscheiten voll geladen hatte. Er sollte sie noch am Abend nach Fürstenfeldbruck bringen, zu einem aus München zugezogenen Wirtschaftsanwalt. Der wollte das Holz für seinen Kamin. Dass

man die Buchenscheite noch mindestens ein Jahr im Trockenen liegen lassen sollte, hatte Pilchmayer dem Kunden nicht eigens mitgeteilt.
Die Leut' aus München sind eh so gescheit, dachte er. Die werden selber wissen, wie sie heizen müssen.
Es war wieder kälter geworden. Pilchmayer zog seine Handschuhe an und kletterte in seinen Deere-Lanz. Er ließ den Motor vorglühen. Dann zog er den Starter. Rumpelnd lief der Diesel an.

Im Ulmer Neuen Bau unterschrieb Carola Tiefenbach das Protokoll, das die junge Kriminalbeamtin in einen PC eingegeben und dann hatte ausdrucken lassen.
Ein älterer mittelgroßer Mann war dazugekommen und ihr als Leiter des Dezernats vorgestellt worden. Er hatte sie nach den letzten Monaten im Leben ihres früheren Mannes gefragt. Ihr fiel auf, wie der Mann sie ansah. Es war ein sehr direkter Blick.
»Ich weiß aus dieser letzten Zeit fast gar nichts über ihn«, antwortete sie nach einigem Zögern. »Wir waren uns doch sehr fremd geworden. Ich glaube, zuletzt hat er zu viel getrunken.«
»Warum glauben Sie das?«
»Ich habe es ihm angesehen«, sagte sie. »Einige Male haben wir uns noch getroffen und uns zu einem Kaffee zusammengesetzt. Dabei ist es mir aufgefallen. Die Augen waren anders als früher. Und seine Hände waren zittrig geworden.«
»Von neuen Bekannten oder einer neuen Beziehung hat er Ihnen nichts erzählt?«
»Nein. Ich bin auch fast sicher, dass da nichts war. Einmal hat er mir gesagt, er wolle nur noch wissen, wie sich alles zugetragen hat.«
»Wie hat er das gemeint? Politisch?«
»Er hat sein Leben gemeint«, antwortete Carola Tiefenbach. »Wo er herkommt. Was falsch gelaufen ist. Warum einer 52 Jahre alt wird und nichts in Händen hat.«

Nach einer Pause fügte sie hinzu: »Ich will sagen, ich weiß es nicht.«

Westwind trieb aufgetürmte graue Wolkengebirge über die Hügel und Wälder. Anton Pilchmayer fror auf seinem holpernden Deere-Lanz. Um sich zu trösten, dachte er an den »Specht-Bräu«. Später am Abend würde er dort einkehren. Verdient hatte er es sich. Ein paar Runden Schafkopf liefen immer im »Specht«.

Vorne stolperten zwei Gestalten über die Waldstraße. B'suffa, dachte Pilchmayer. Betrunkene waren hier und zu dieser Jahres- und Tageszeit eigentlich eher selten.

Dann sah er, dass es Frauen waren. Das war noch seltener. Stadtweiber! Man kannte sich wirklich nicht aus mit ihnen.

Die eine baute sich mitten auf der Straße auf und winkte. Sie hatte keine Schuhe an und sah auch sonst aus, als ob sie nicht mehr weit käme.

Pilchmayer nahm den Gang heraus. Blubbernd kam der Deere-Lanz zum Stehen.

Dienstag, 27. Januar, 19 Uhr

»Eine sympathische Frau«, stellte Berndorf fest. Tamar sagte nichts. Offenbar ist er doch nicht nur von seiner Barbara ansprechbar, dachte sie dann. Sie hatte Carola Tiefenbach in ihr Hotel gebracht und ihr versprochen, sie am nächsten Vormittag zurück zum Flughafen Stuttgart-Echterdingen zu bringen.

»Unsere Ermittlungen bringt das aber nicht sehr weiter«, bemerkte sie schließlich streng. Mal gucken, dachte sie, ob er sich provozieren lässt.

»Wie Sie meinen«, sagte Berndorf ergeben. »Ich habe übrigens vergessen, die Frau danach zu fragen, was Tiefenbach eigent-

lich genau gemacht hat. Was heißt und zu welchem Ende studiert man Bahningenieur-Wissenschaften?«
»Tiefenbach hat Eisenbahnwaggons konstruiert«, antwortete Tamar. »Die Bahnwerke waren bis zur Wende einer der wichtigsten Arbeitgeber in Görlitz. Hat sie mir jedenfalls erklärt.«
»Und Sie meinen, dass uns das weiterbringt?«
Tamar schwieg gekränkt.
»Kein Motiv, kein erkennbarer Bezug zu Ulm, kein Hinweis auf eine Gelegenheit – das alles ist ein wenig deprimierend«, fasste Berndorf zusammen. Dann warf er Tamar einen auffordernden Blick zu. »Sie haben keine Idee?«
»Vielleicht müssten wir an der Methode ansetzen«, antwortete Tamar. »Wenn ich das richtig verstanden habe, was Sie von Kovacs erzählt haben, dann ist Tiefenbach mit einer Art chemischem Hammer außer Gefecht gesetzt worden. Das erinnert doch stark an die K.-o.-Tropfen, die manchmal im Rotlicht-Milieu benutzt werden.«
»Aber Tiefenbach hatte noch Geld bei sich«, wandte Berndorf ein.
»Vielleicht haben die Leute, die das gemacht haben, sich in der Dosis vergriffen«, meinte Tamar. »Vielleicht sind sie in Panik geraten, weil sie mit einem Todesfall nicht in Berührung kommen wollten. Sie wollten ja, dass die Sache wie ein Selbstmord aussieht. Deswegen mussten sie ihm das Geld lassen.«
»Da ist was dran«, gab Berndorf zu. »Gehen Sie doch morgen zu Felleisen und klappern mit ihm die einschlägigen Lokale ab.« Felleisen war Leiter der Sitte. »Die Branche müsste uns eigentlich behilflich sein. Wenn bekannt wird, dass hier Leute mit K.-o.-Tropfen zugange sind, wäre das nicht gut fürs Geschäft.«
»Und Sie werden nach Görlitz fahren?«, schoss Tamar einen Pfeil aufs Geratewohl ab.
»Sollte ich wohl«, antwortete Berndorf und unterdrückte ein Gähnen. Tamar betrachtete ihn forschend. Dann gab sie sich einen Ruck.

»Find' ich auch«, sagte sie dann. »Sie könnten nämlich einen Abstecher über Berlin machen. Das tut uns allen gut, wenn Sie dort waren.«
So horcht man Leute aus, dachte Berndorf. Er lächelte. Das Lächeln sah etwas schief aus. Und traurig, dachte Tamar. »Tut mir Leid. Berlin ist zur Zeit kein Thema für mich, und ihr müsst mich ertragen, wie ich bin.« Er zögerte kurz. »Barbara ist in den USA, in New Haven, Connecticut, und betreut dort ein Forschungsprojekt, das mit der Yale-University läuft. Sie wird wohl noch einige Monate drüben bleiben.«
»Oh«, sagte Tamar. Ob sie sagen sollte, dass ihr das Leid tue. »Find' ich toll«, sagte sie stattdessen. »Erzählen Sie mir etwas davon?«
»Es geht darum, wer in einer Stadt das Sagen hat. Und warum«, antwortete Berndorf. »In den Fünfzigerjahren ist das einmal für New Haven untersucht worden. Barbara will wissen, wie sich das verändert hat. Und was dabei die Unterschiede zu einer deutschen Stadt wie zum Beispiel Duisburg sind.«
»Schade, dass sie nicht Ulm genommen hat«, sagte Tamar. »Sie könnten ihr einiges erzählen über die Leute, die hier das Sagen haben.«
»Sie hat es nicht so mit Ulm«, antwortete Berndorf seufzend. Dann stand er auf und holte seinen Mantel. Gemeinsam verließen sie das Büro. Auf dem Innenhof des Neuen Baues verabschiedete sich Tamar; ihr Freund, der junge Oberarzt aus der Universitätsklinik, wartete mit seinem Wagen draußen. Sie seien zum Squash verabredet, sagte sie noch und entfernte sich langbeinig. Berndorf blickte ihr nach. Das lange kastanienbraune Haar, zu einem Pferdeschwanz gebunden, war das Letzte, was er von ihr sah.
Squash, dummes Zeug, dachte er. Vögeln werdet ihr.
Langsam ging er am hell erleuchteten Stadthaus vorbei und überquerte den weiten Platz vor dem mächtigen Münster, dessen Turmaufgänge sich schwindelerregend im nächtlichen Himmel zu verlieren schienen. Vor kurzem war er bei einem

Poetry Slam im »Roten Bären« gewesen, dem Szene-Lokal der in der Stadt verbliebenen 68er; einer der tollkühnen Amateure hatte sich am Münster versucht:

Im Lichterdunst schwebt Albgestein
Die kahle Felsennadel kratzt
Dem Vollmond knapp am Arsch vorbei

So, ungefähr, hatte der erste Vers gelautet. Aber es waren noch ein paar Tage bis Vollmond.
Außer Berndorf war kaum ein Mensch unterwegs. Die Geschäfte in der Platzgasse hatten bereits geschlossen. Das Leben hatte sich in Tonios kleines italienisches Café geflüchtet, sofern das Leben aus karierten Maklern, unechten Blondinen und den Anwälten bestand, die rund um das Justizgebäude nach einem Auftrag für eine Pflichtverteidigung lauerten. An der oberen Ecke der Theke sah Berndorf das notorische Liebespaar, beide einander schon so lange treu, dass die Jeans nicht mehr so richtig passten, und beide noch immer verheiratet, nur nicht miteinander.

An einem der kleinen Wandtische saß ein Mann mit auffällig kurz geschorenem Haar. Es war Frentzel. Er trug eine Halbbrille, die jetzt etwas herabgerutscht war, und wie immer um diese Zeit blickten die Augen über den schweren Tränensäcken gerötet und verschwommen. Frentzel war der Gerichtsreporter des Tagblatts, und solange er in nur halb betrunkenem Zustand schrieb, mochte es Berndorf gerne lesen.
Berndorf setzte sich zu ihm. Tonio brachte einen Whisky, wie immer ohne Eis und ohne Soda.
»Das dürfen die Eierköpfe aber nicht sehen«, sagte Frentzel. Berndorf schaute fragend auf.
»Dass Sie sich zu mir setzen«, erläuterte Frentzel. »Wir sind nämlich im Stand der Ungnade.« Dann erzählte er, dass das

Innenministerium sich beschwert habe, wegen des Artikels über den Spitzel im Büchsenstadel, und dass die Lokalredaktion morgen zur Wiedergutmachung ein Interview mit Blocher bringe.
Das wird den aber blähen, dachte Berndorf. In diesen unterwürfigen Zeiten war es offenbar völlig sinnlos, die Leute vor einer Blamage bewahren zu wollen. »Ihre Chefredaktion ist also eingeknickt?«, fragte er nach.
»Das tut sie immer«, antwortete Frentzel. »Ich wüsste nicht, wozu sie sonst da wäre.«
Nach einer Pause wollte er wissen, ob ihm Berndorf etwas über den merkwürdigen Blausteiner Toten sagen könne, nur so im Vertrauen und um einem alten geprügelten Gerichtsreporter einen Stein in den Garten zu werfen, sozusagen einen Stein aus dem Steinbruch.
»Bin nicht im Dienst«, sagte Berndorf. »Übrigens ist der Tote nicht merkwürdig. Er hat niemanden besucht, niemand hat ihn gesehen, niemand seinen Wagen. Auf den Aufruf im Polizeibericht hat sich jedenfalls bisher niemand bei uns gemeldet. Aber vielleicht lesen die Leute das Tagblatt gar nicht mehr. Der Mann ist nach Ulm gefahren, um hier zu sterben. Was soll daran merkwürdig sein? Vielleicht hat er es mit Neapel verwechselt.« Frentzel sah ihn zweifelnd an. »Das ist aber ein kleiner Stein, den Sie mir da rüberreichen.«
»Sie sollten den geschenkten Stein nicht auf die Goldwaage legen«, sagte Berndorf mild und zahlte. »Übrigens: Wenn Sie schreiben, dass es vielleicht doch ein Suizid war, wäre es ein Gefallen, den Sie mir tun. Der Mann war Ingenieur gewesen, hatte nach der Wende zuerst den Arbeitsplatz und dann die Frau verloren, kann man ja verstehen, dass ihm das Leben nicht mehr so besonders gefallen hat.«
Sein Heimweg führte ihn an der spätgotischen Georgskirche vorbei über den Alten Friedhof. Durch die kahlen Zweige der Bäume schien fahl ein halber abgegriffener Mond auf die Gräber der Honoratioren aus dem vorigen Jahrhundert. Eines

der Grabmäler, einem großen Eisernen Kreuz nachgebildet, war zum Gedächtnis des katholischen Militärdekans Fortunat Fauler errichtet worden, 1775 geboren und 1827 eines kaum glücklichen Todes gestorben. Das Schicksal und die Paten, von denen er zur Taufe gehoben worden war, hatten sich mit dem armen Fortunat einen schlechten Witz geleistet.
Manchmal dachte Berndorf daran, dass er im Ruhestand versuchen würde, etwas über diesen Dekan herauszufinden und darüber, wie so jemand mitzuhelfen hatte, dass schwäbische Bauernbuben zu Soldaten abgerichtet werden konnten.
Schließlich ging er weiter. Nach der Unterführung unter der Donaubahn wandte er sich nach links, ging eine steile Straße hoch und kam so zu dem Appartementblock, in dem er seit einigen Jahren wohnte.
In der kleinen Diele zog er die Schuhe aus und zögerte kurz. Eigentlich hätte er sich ein Abendbrot machen sollen. Aber er hatte keinen Hunger, oder war vielleicht auch einfach zu träge. Er ging in sein dunkles Wohnzimmer und knipste die Stehleuchte neben der Tür an. Deckenlampen waren ihm verhasst. Die Lampe warf einen scharf begrenzten Lichtkreis auf den Parkettboden. Die wandhohen Bücherregale blieben im Halbdunkel. Auf dem Schachtisch zwischen den beiden Ledersesseln war der Endstand der Partie aufgestellt, die Kasparow gegen das Elektronengehirn Deep Blue verloren hatte.
Berndorf ging zu seiner Stereoanlage und legte eine CD mit Tangos der Arminda Canteros auf. Die Akkorde glitten durch die Dunkelheit. Berndorf blieb vor der Bücherwand stehen, die eine ganze Seite des Zimmers einnahm.
Kurz überlegte er, ob er in New Haven anrufen sollte. Es musste dort früher Nachmittag sein. Aber mit Sicherheit war die Professorin Barbara Stein jetzt nicht in ihrem Appartement auf dem Campus von Yale, sondern arbeitete in der Bibliothek oder in einem Archiv. Oder sie hatte einen Gesprächstermin mit einem alten Gewerkschaftsfunktionär oder sonst einem politischen Drahtzieher.

Er warf einen Blick auf das Bücherregal. In einem halb gefüllten Fach hatte er das Bild aufgestellt. Berndorf griff sich mit der Rechten drei Romane heraus und legte sie zur Seite. Noch immer war nichts zu sehen. Er nahm noch einmal eine Handbreit heraus, bis das gerahmte Foto auftauchte. Es zeigte das Gesicht einer Frau mit aufmerksamen und forschenden Augen. Ihr dunkles Haar trug sie gescheitelt und ihr Mund deutete ein Lächeln an, skeptisch und ein ganz klein wenig auch lockend. Als er die Bücher neben dem Bild wieder einräumte, hätte er beinahe die Handvoll Glauser-Romane vor die kleinformatigen Bände von Robert Gernhardt gestellt.

Er beschloss, nicht an Barbara zu denken, und schenkte sich einen Whisky aus der Flasche ein, die neben dem Schachbrett stand. Kasparow hatte gegen den Computer verloren, obwohl er durch Ewiges Schach ein Remis hätte erzwingen können. Kasparow hatte diesen Ausweg nicht etwa übersehen. Es war schlimmer. Er hatte nicht daran geglaubt. Er war der Überzeugung gewesen, das Ewige Schach könne keines sein, weil der Computer sich sonst nicht darauf eingelassen hätte.

Kasparow hat verloren, dachte Berndorf, weil er nicht an sich, sondern an den Computer geglaubt hat. Geschieht ihm recht.

Mit seinem Glas Whisky ging er zum Fenster und sah in die Dunkelheit hinaus. Tief unter ihm lagen die Bahngleise. Weit dahinter ahnte man den nächtlichen Lichtschein, der über der Innenstadt lag.

Ein Tango von Astor Piazzolla schaukelte sich hoch. Berndorf verscheuchte seine trüben Gedanken und träumte sich fort aus dem rechtschaffenen und schwäbischen Ulm. Er sah sich in einer rauchverhangenen Bar, mit dunkler Täfelung und schwarzem Leder und mit Spiegeln, in denen sich das Licht verlor. Und mit Barbara, die neben ihm an der Theke stand und die ihre Schulter gegen die seine lehnte. Mud in your eyes.

Ach nein, dachte er und trank einen Schluck Whisky. Nie wieder Casablanca. Er setzte das Glas ab und beschloss, sich wenigstens ein Käsebrot zu machen.

Auf dem Schreibtisch neben ihm summte das Telefon. Berndorf nahm den Hörer ab: »Ja?«
»Du bist also doch da!« Hell und klar und nahe drang Barbaras Stimme an sein Ohr. Berndorfs Herz schlug bis zum Hals.
»Ich hab' mir keine Chance gegeben«, sagte er mit belegter Stimme. »Sonst hätt' ich es selbst schon versucht.«
»Du hättest mich auch nicht erreicht. Ich war down-town.« Barbara hatte sich zum Lunch mit einem jungen demokratischen Kongressabgeordneten von Connecticut getroffen. »Sehr wach. Sehr professionell. Sehr misstrauisch. Und überhaupt nicht bereit, seinen finanziellen Hintergrund offen zu legen.«
Dann wollte sie wissen, warum sie am Sonntag nur ins Leere geklingelt hatte: »Ihr solltet euren Mördern endlich einmal beibringen, wenigstens die Fünf-Tage-Woche zu respektieren.«
»Ein Toter in einem Steinbruch, voll gepumpt mit Pharmazeutika«, sagte Berndorf. »Er war 52 Jahre alt, ein Ostdeutscher aus Görlitz. Hat bei den Bahnwerken dort gearbeitet, dann kam die Wende, er stand auf der Straße und die Frau ist ihm davongelaufen.«
»Klingt nach einem traurigen Leben«, meinte Barbara.
»Glückskinder findest du in den Leichenschauhäusern eher selten oder nie.«
»Und was ist das Problem, das du dabei hast?«
»Das dauert etwas«, sagte Berndorf. »Ich ruf dich zurück.« Barbaras Telefonrechnung – ihr Sohn studierte in Hamburg – war auch so hoch genug. Er hatte die Rufnummer ihres Appartements auf dem Campus in der Kurzwahl gespeichert. Während er dem fernen Klicken im Hörer nachlauschte, stellte er sich Telefonsatelliten vor, »dem Vollmond knapp am Arsch vorbei«. Dann hörte er wieder ihre nahe Stimme.
»Du hast mich nach meinem Problem gefragt«, sagte er. »Also: Es sah nach einem Selbstmord aus. Genauer: Es sollte danach aussehen. Der Tote war tagelang unter Beruhigungsmittel ge-

setzt worden. Bis er seine letale Dosis bekam. Siehst du die Schwierigkeit?«

»Eigentlich nicht«, sagte Barbara. »Deine Mörder sind Leute vom Fach. Warum machst du keine Hausdurchsuchung in eurem Universitätsklinikum?«

Berndorf lachte. Der Gedanke hatte etwas für sich. »Bei deinem nächsten Besuch führ' ich dich da mal durch. Du hast keine Vorstellung, was das für ein Betrieb geworden ist. Außerdem haben sie ihren eigenen Müllofen.«

»Du meinst, sie hätten den Toten selbst entsorgen können und keinen Steinbruch dazu gebraucht?«

»So ungefähr. Im Ernst: Ich hab' den ganzen Tag damit verbracht, nach irgendeinem Hinweis auf den Toten suchen zu lassen. Ohne jedes Ergebnis. Er war in keinem Hotel abgestiegen, in keiner Pension, und er war – auch danach haben wir gefragt – kein Patient der Universitätsklinik oder der anderen Krankenhäuser. Kein Tankwart erinnert sich an ihn oder an seinen Wagen. Toyotas mit Ostkennzeichen sind ja nicht mehr so selten.«

»Deine Ulmer haben doch alle ihr eigenes Häuschen. Mit Einliegerwohnung, damit sie mehr von der Steuer absetzen können. Was weißt du denn, was die Leute sich da drin alles halten.«

»Ich hab' keins«, sagte Berndorf. »Drei Zimmer sauber machen reicht ja auch. Trotzdem hast du wahrscheinlich Recht. Vermutlich hat irgendwer in dieser Stadt den Mann, der jetzt tot ist, aufgenommen und beherbergt. Und umgebracht. Und er hat das dann ganz sicher nicht in einem Wohnblock getan, in dem die Nachbarin oder die Türkenkinder alles sehen, vor allem einen halb oder ganz toten Menschen, den man das Treppenhaus hinunterbringen muss. Und es müsste ein Haus sein mit Zugang zu einer geräumigen Garage, die einem allein gehört. In der man einen fremden Toyota abstellen kann, ohne dass es jemand auffällt.«

»Keine armen Leute also«, stellte Barbara fest. »Aber warum

sollte so jemand einen Menschen umbringen, von dem niemand etwas will? Jedenfalls kein Arbeitgeber und keine Frau, wenn ich dich recht verstanden habe. War der Gute vielleicht in Erpressungsgeschäften unterwegs? Hat er« – Barbaras Stimme klang plötzlich fasziniert – »womöglich zu einer finsteren Stasi-Connection gehört, die von der Normannenstraße direkt nach Ulm führt?«

»Tja«, sagte Berndorf. Manchmal nahm ihn Barbara ein wenig auf den Arm. »Wir haben sogar an so etwas gedacht. Aber bei der Gauck-Behörde liegt nichts über Tiefenbach vor. Und: Er war Bahningenieur. Glaubst du wirklich, Markus Wolff hat einen Maulwurf in der Bundesbahndirektion gehabt? Was sollte der dort? Die notorischen Verspätungen der Bundesbahn ausforschen?«

»Das hätte der Stasi sogar durchaus ähnlich gesehen«, meinte Barbara.

Der Mann, der vom Bahnsteig 15 des Münchner Hauptbahnhofs in den ICE nach Frankfurt stieg, zögerte kurz, als er den aluminiumglänzenden Zug sah. Es war ihm nicht klar gewesen, wie viel sich seit den 70er-Jahren geändert hatte. Er würde noch vorsichtiger sein müssen. Die Leute durften nicht merken, wie unsicher er in vielen Dingen war.

Der Abendzug war nicht voll besetzt, und er fand ein leeres Abteil. Er verstaute den Vuitton-Koffer und löschte die Deckenbeleuchtung. Dann setzte er sich und lehnte sich zurück. Die Magenschmerzen waren weg. Er stellte sich vor, Hannah säße ihm gegenüber und er würde ihr bei der Fahrt die Landschaft erklären und die Städte, an denen sie vorbeikamen. Langsam und lautlos setzte sich der Zug in Bewegung.

Die Stimme sang »When my dreamboat comes home«, kurzatmig und fröhlich über die Synkopen hüpfend. Berndorf hatte sich einen zweiten Whisky erlaubt. Er stand am Fenster und tippte mit den Fingerspitzen den Takt auf die Fensterbank. Für einen Augenblick fühlte er sich glücklich und übermütig. Zu übermütig für melancholische Tangos. Also hatte er eine CD von Fats Domino aufgelegt. Denn es war ein besonderer Abend. Barbara hatte angerufen. Und sie hatten sogar über einen gemeinsamen Urlaub gesprochen. Vielleicht im Frühjahr, vielleicht im Alentejo.

Tief unten ruckelte der letzte Nahverkehrszug nach Heidenheim vorbei, und das kalkweiße Licht der leeren Zugabteils ließ den fahlen halben Mond allein in der Nacht zurück. Ach ja, dachte Berndorf und trank aus. Der Whisky lockerte seine inneren Filmbilder. Als er das Glas zurückstellte, war es ihm, als rollten in seinem Kopf die Zugräder weiter und weiter.

Berndorf überlegte. Er hatte doch gerade eben einen Zug vor Augen gehabt. Er hatte ihn im Mondlicht vor Augen gehabt und doch nicht gesehen. Der Mond. Der Zug. »Er ist nur halb zu seh'n, und ist doch rund und schön«, murmelte er vor sich hin. Plötzlich griffen die Räder in Berndorfs Kopf.

Eisenbahnwaggons sind dazu da, dass man darin etwas transportiert. Erstens.

Was transportiert wird, kann man sehen. Zweitens.

Oder auch nicht. Drittens.

Und zwar je nachdem, wie die Waggons konstruiert sind.

»I'm gonna be a wheel someday« sang Fats.

Mittwoch, 28. Januar, 9 Uhr

Der Morgen war frisch und klar. In der kleinen Pension im Frankfurter Nordend frühstückte Heinz Neumann aus Kassel, wie der neue Gast sich am Vorabend an der Rezeption eingetragen hatte. Wegen seines empfindlichen Magens bat er um einen Kräutertee. In der »Rundschau« stand nichts über den Ausbruch eines Strafgefangenen aus einer württembergischen JVA. Er legte die Zeitung weg und bat an der Rezeption um seine Rechnung. Seine Koffer würde er später holen. Im Oeder Weg kam er an einem Friseursalon vorbei, der so früh noch keine Kundschaft hatte.
Als Thalmann sich die Haare waschen und schneiden ließ, war es ihm, als spüle ihm der Friseur den ganzen Dreck und Mief der Anstalt Mariazell vom Kopf.

Vom Neuen Bau aus rief Berndorf den Inspektionsleiter der Bahnhofswache im Stuttgarter Hauptbahnhof an. Der Mann hieß Wasmer, Berndorf kannte ihn noch aus der Zeit, als die Bahnpolizei noch nicht im Bundesgrenzschutz aufgegangen war. Wenn sie miteinander zu tun hatten, dann meist, weil sich irgendwo zwischen Stuttgart und Ulm ein Mensch auf die Gleise gelegt hatte. Oder gelegt worden war.
»Nicht schon wieder«, sagte Wasmer.

»Keine Sorge. Ich will bloß eine Auskunft. Was wird mit Zügen geschmuggelt?«
»Alles. Fast alles«, antwortete Wasmer. »Neuerdings sind es oft Menschen. Bei Waffen und Rauschgift ist das finanzielle Risiko zu hoch.«
»Weil ihr zu gut seid?«
»Du sagst es«, erwiderte Wasmer.
»Und wieso seid ihr es bei Menschen nicht?«
»Da sind wir es auch«, erklärte Wasmer würdig. »Aber du hast mich nicht verstanden. Es geht um das finanzielle Risiko. Wer Waffen oder Rauschgift mit der Eisenbahn schmuggeln will, riskiert eigenes Geld. Wer Menschen mit dem Zug einschleusen will, riskiert nur deren Geld. Gezahlt wird in der Branche mit Vorauskasse.«
»Sind dir schon Waggons untergekommen, die speziell für diesen Zweck umgebaut waren?«
Wasmer schwieg. »Du musst da einen komischen Fall haben«, sagte er dann.
»Ich habe jemand, der so etwas planen könnte«, erklärte Berndorf. »Nur, dass der Mann jetzt tot ist.«
»Meist verstecken sich die Leute zwischen den Kabelschächten unterhalb der Waggons«, sagte Wasmer. »Sie kommen dann halb erfroren und fast erstickt hier an. Aber dass man Waggons umbaut, um Menschen einzuschleusen…«, Wasmer überlegte. »Möglich wäre das schon, wenn auch aufwendig. Man könnte Deckenverkleidungen niedriger legen. Oder Hohlräume zwischen den Abteils einrichten. Erlebt habe ich es noch nicht.« Nach einer Pause fügte er hinzu, dass er sich die Züge, die dafür in Frage kämen, doch einmal genauer ansehen werde: »Willst du dabei sein?«
»Nicht unbedingt. Aber wenn ihr etwas findet, will ich's mir ansehen.« Dann legte Berndorf auf.
Tamar kam ins Zimmer, hell und strahlend wie ein Morgen im Mai. Berndorf sah es mit gemischten Gefühlen. »Ihr Schachfreund aus Ravensburg hat angerufen, aber bei Ihnen war

belegt«, sagte sie. Kriminalhauptkommissar Kastner spielte am siebten Brett in der Bezirksliga-Mannschaft des Polizeisportvereins Capablanca Ulm-Oberschwaben, in der Berndorf gelegentlich aushalf. Berndorf nahm den Hörer auf und wählte. Aber diesmal war es Kastner, der telefonierte.

In der B-Ebene der U-Bahn-Haltestelle Eschersheimer Tor war ein großer Stadtplan ausgehängt. Nach kurzem Suchen fand Thalmann die Eppsteiner Straße. Sie war im Frankfurter Westend, auf einen Blick sah er, dass er bequem zu Fuß dorthin kam. Der Weg führte durch eine Grünanlage, an kahlen Bäumen und Gesträuch vorbei. Auf einem kleinen Teich schwamm missmutig ein Schwan mit grau geflecktem Gefieder.
Und doch hatte Thalmann das Gefühl, als habe sich in seiner Brust etwas gelöst. Er ging, wohin er gehen wollte. Und er nahm dazu den Weg, der ihm gerade gefiel. So, als ob das die einfachste Sache der Welt sei. Das war es aber nicht. Auch wenn die Leute, die außerhalb des Knasts leben, das nicht wissen können. Aber was wissen diese Leute schon.

Kriminalrat Englin hatte wieder das »Tagblatt« vor sich liegen, aus dem sich an diesem Morgen Blochers Konterfei selbstzufrieden und angriffslustig dem Betrachter entgegenreckte. In einem mehrspaltigen Interview hatte sich Blocher über den zunehmenden Drogenkonsum Jugendlicher und über die Notwendigkeit äußern dürfen, »diesem schleichenden Übel auch mit unkonventionellen Mitteln das Handwerk zu legen«. Der reale Blocher, der neben Englin saß, schaute allerdings weniger selbstzufrieden als vielmehr mit gekränkter Eitelkeit in die Runde, fand Berndorf.
»Da sehen Sie es, Kollege«, sagte er zu Berndorf: »Sogar das Tagblatt hat sich für das entschuldigt, was ich Ihrer Ansicht nach einfach hätten schlucken sollen.«

»Schön für Sie«, sagte Berndorf. Englin bat um einen Bericht im Fall Tiefenbach. Berndorf hatte nicht viel mitzuteilen.
»Das ist ein wenig dürftig, finden Sie nicht?«, meinte Englin. Dann wollte er wissen, warum es im »Tagblatt« heiße, der Blausteiner Tote habe vermutlich Selbstmord begangen.
Er habe keine Ahnung, sagte Berndorf. Aber es wäre ihm Recht, wenn im offiziellen Pressebericht der Polizei auf eine Richtigstellung vorerst verzichtet würde. Dann entschloss er sich, Englin wenigstens zwei Brocken hinzuwerfen: »Wir wollen sehr unauffällig vorgehen, weil wir mögliche Querverbindungen zur organisierten Schleuserkriminalität nachprüfen müssen.« Englins Augenlid zuckte kurz. Organisierte Kriminalität klingt immer gut, dachte Berndorf. »Außerdem müssen wir der Frage nachgehen, ob es im Milieu Leute gibt, die mit K.-o.-Tropfen arbeiten.« Berndorf blickte zu Felleisen, der auf der anderen Seite des Konferenztisches saß. Der Leiter der »Sitte« war ein adrett gekleideter Mann mit einem sorgfältig gestutzten Kinnbart und wachen flinken Augen.
»Ihre Kollegin hat schon mit mir gesprochen«, sagte Felleisen. »Wir werden ein paar meiner Stammkunden aufsuchen. Die werden es wissen.«
»Einverstanden«, sagte Englin. »Allerdings haben wir im Augenblick andere Prioritäten.« Aus der JVA Mariazell sei gestern während einer Gefangenenmeuterei ein Häftling ausgebrochen, der Mann gelte als hochgefährlicher Gewaltverbrecher. »Mir ist der Name zwar kein Begriff«, sagte Englin, »aber offenbar stammt der Mann aus Ulm und wird vermutlich versuchen, hier Unterschlupf zu finden... Der Mann heißt... Moment«, Englin begann in seinen Notizen zu suchen.
»Wen haben wir denn derzeit in Mariazell?«, Markert, der Chef der Schutzpolizei, schaute fragend zu Berndorf hinüber. »Es wird doch nicht...«
»Thalmann«, sagte Englin, »Wolfgang Thalmann heißt der Mann.«
»O Gott«, sagte Markert und wurde bleich. Berndorf erinnerte

sich. Markert war damals ein schmächtiger junger Mann gewesen, ein Schlaks in Uniform, und sie waren nebeneinander in dem Wohnzimmer mit der Couchgarnitur gestanden, vor der Frau, deren Kopf über die Rückenlehne nach hinten hing. Und überall war das Blut gewesen.
»Sie kennen den Fall?«, fragte Englin.
»Ja«, sagte Berndorf. »Allerdings kennen wir den Fall.«

Das Haus in der Eppsteiner Straße war um die Jahrhundertwende erbaut worden. Vor nicht allzu langer Zeit hatte man es renoviert. Weiße Fenstersimse und Ornamentbögen hoben sich von dem Zartrosa der Fassade ab. Thalmann ging durch den Vorgarten und klingelte. Aus der Gegensprechanlage fragte eine quäkende Stimme nach seinem Wunsch.
»Heinz Neumann. Ich bin angemeldet.«
Die Kanzlei lag im Hochparterre. Eine dunkel gekleidete Sekretärin führte Thalmann in ein Wartezimmer. Er sei auf 11 Uhr bestellt, sagte Thalmann.
»Wir bitten Sie, sich etwas zu gedulden«, sagte die Sekretärin und zog die Tür nachdrücklich hinter sich zu. Thalmann stellte fest, dass er dies künftig nicht mehr ertragen würde. Niemals würde ihn jemand mehr irgendwo einschließen. Er griff in die Jackentasche und fühlte nach dem angenehm glatten Perlmuttgriff. Wie es der Zufall wollte – er hatte sich mit dem Friseur über das Rasieren unterhalten und dass er Elektrorasierer eigentlich verabscheue. Da sei er ganz seiner Meinung, hatte der Friseur gesagt, und dann waren sie auf die Nassrasur gekommen und dass die eigentlich nur mit einem sorgfältig scharf geschliffenen, gepflegten altmodischen Rasiermesser wirklich perfekt gelinge. Ja, hatte Thalmann gesagt, er habe auch so ein Messer gehabt, noch von seinem Vater, aber leider sei es ihm abhanden gekommen. Wer so etwas eigentlich noch im Sortiment habe? Das sei weiter kein Problem, hatte der Friseur gemeint.

Und jetzt steckte das Messer in seiner Brusttasche. Glatt, kühl und beruhigend fühlte es sich an.

»Die Frau hatte damals schon eine neue Wohnung, aber dann hat sie noch in eine letzte Aussprache eingewilligt«, sagte Markert. Er war nach der Konferenz mit Tamar und Berndorf in dessen Büro gegangen, um die nächsten Schritte abzuklären. »Und dann hat er dem Mädchen ein Schlafmittel gegeben und gewartet, bis seine Frau von der Arbeit kam. Er habe die Kleine schon zu Bett gebracht, hat er ihr gesagt. Und ob er etwas zu trinken bringen soll. Und dann ist er von hinten an sie herangetreten.«
Berndorf stand am Fenster und sah auf die Blau und das Fischerviertel hinaus. Markert erzählte nicht, wie es in der Wohnung ausgesehen hatte. Oder in der Schreinerei, in der sie später in den Nacht den zweiten Toten gefunden hatten. Das war auch besser so. Wenn sie es wollte, konnte Tamar es in den Akten nachlesen.
»Und das Mädchen hat überlebt?«, wollte Tamar wissen.
»Ja«, sagte Markert. »Es hat einen Schnitt am Hals abbekommen. Aber die Ärzte haben es retten können.«
»Im Verhör gab Thalmann an, er habe bei dem Mädchen keine Kraft mehr gehabt«, sagte Berndorf und drehte sich um. »Er sei plötzlich leer gewesen. Wie ausgeblutet.«
»Als Erstes müssen wir das Mädchen finden«, meinte Tamar.

»Ich glaube, sie hieß Hannah«, sagte Markert. »Sie muss heute 22 oder 23 Jahre alt sein. Aber nach allem, was war, wird sie kaum in Ulm leben.« Sie werde sich darum kümmern, versprach Tamar.
»Fragen Sie doch mal die Mühlbauer, die hat sich damals um das Kind gekümmert«, schlug Markert vor. Sabine Mühlbauer arbeitete im Jugendschutz-Dezernat. Tamar machte sich auf den Weg.

Berndorf rief noch einmal in Ravensburg an. Diesmal kam er durch. »Du weißt es schon?«, fragte Kastner zur Begrüßung. »Dieser Thalmann ist abgehauen.«
»Hier erzählen sie irgendeinen Stuss von einer Meuterei«, sagte Berndorf.
»Ach, Scheiße!«, antwortete Kastner ärgerlich. »Einer von den Werkmeistern in Mariazell säuft sich zu Tode, und als er umfällt, bricht die große Panik aus, und Thalmann schmuggelt sich derweil in einer Sitztruhe aus dem Knast. In einer Sitztruhe, hast du so etwas schon einmal gehört? Irgendwas stimmt da nicht. Die Sitztruhe wird einem Tettnanger Zahnarzt geliefert, und wie sie ausgeliefert ist, springt der Thalmann aus der Truhe, nimmt die Zahnarztgattin und eine Innenarchitektin als Geiseln und haut mit den beiden ab.«
»Und jetzt?«
»Die beiden Frauen sind gestern Abend halb erfroren und mit aufgeschürften Füßen auf einer Landstraße bei Fürstenfeldbruck von einem Bauern aufgesammelt worden, Thalmann hatte sie im Wald ausgesetzt und ihnen ihre Schuhe weggenommen. Den Wagen der einen haben die Fürstenfeldbrucker Kollegen heute Nacht vor dem S-Bahnhof gefunden. Da war Thalmann längst in München.«
»Hat er den Frauen Geld abgenommen?«
»Nein. Eigentlich komisch.«
»Find' ich auch«, sagte Berndorf.
»Wann kommst du zu einer Partie Schach? Lisa würde sich freuen.«
»Wenn ich hier klarer sehe«, sagte Berndorf.

Plötzlich ging es sehr schnell. Die Sekretärin bat Thalmann in ein großes Zimmer mit schweren Vorhängen vor den hohen Fenstern. Zürns Anwalt war ein älterer, massiger Mann mit fast kahlem Schädel, über den die wenigen verbliebenen Haarsträhnen quer gekämmt waren. Er hatte dunkle, neugierige

Augen, die Thalmann ohne jede Scheu von oben bis unten musterten. »Sie sind Herr Neumann, Herr Heinz Neumann«, sagte er dann. »Dabei belassen wir es auch. Und Sie kommen von Herrn Zürn. Falls Herr Zürn ein Mandant von mir ist, erklären Sie mir jetzt, warum ich mit Ihnen verhandeln sollte.« Diesen Ton ertrage ich nicht, nicht sehr lange, dachte Thalmann. »Hannah«, sagte er dann. »Das Kennwort heißt Hannah. Mit ›h‹ wie Heinrich am Ende. Übrigens haben wir nichts zu verhandeln.« Er hob seinen Blick und sah dem Anwalt reglos in die Augen.

»Sicher, wir haben nichts zu verhandeln«, sagte dieser und wandte den Blick ab, »die Anweisungen sind klar. Ihre von mir treuhänderisch verwalteten Honoraranteile wiesen zum Jahresende nach Abzug der von der Auftraggeberseite gewünschten Überweisungen ein Guthaben von 43 577 Mark auf. Da die Gelder sehr kurzfristig flüssig zu machen waren, ergibt sich ein Abschlag von drei Prozent. Ich weise darauf hin, dass der Zeitpunkt der Abwicklung nicht von mir zu verantworten ist. Sie erhalten von mir keine Abrechnung, ich erhalte von Ihnen keine Quittung. Meine Sekretärin wird Ihnen den Schlüssel zu Ihrem Schließfach im Hauptbahnhof geben.«

Der Anwalt stand auf. »Ich wünsche Ihnen einen guten Tag. Sie sind nie hier gewesen.«

Mittwoch, 28. Januar, 11 Uhr

Thalmann war 1981 verurteilt worden; sein Verteidiger war damals der Ulmer Rechtsanwalt Hans-Martin Halberg. Noch heute erinnerte sich Berndorf an das Plädoyer und daran, wie Halberg dem Schwurgericht zu erklären versucht hatte, Thalmanns Seele sei »in der tiefsten Nacht der Verzweiflung« gefangen. Gauggenrieder, der Vorsitzende der Schwurgerichtskammer, hatte nur kurz mit den Augenbrauen gezuckt, als das Wort von der »tiefsten Nacht« fiel. Berndorf hatte damals sofort gewusst, dass damit das letzte Fenster eines Verständnisses für Thalmann zugefallen war.

Halbergs Kanzlei befand sich in einem alten, im Krieg unzerstört gebliebenen Bürgerhaus am Judenhof; die Büroräume erreichte man über einen mächtigen Treppenaufgang mit alten Eichenbohlen. Halberg trug das Haar noch immer kurz geschnitten und in die Stirn gekämmt, aber es war weiß geworden. Man erlebte Halberg nur noch selten vor Gericht, und fast nie vor einer der Großen Strafkammern. Das eine oder andere Mal hatte die Polizei sich um den Anwalt kümmern müssen, weil einer der Jungen rabiat geworden war, die Halberg auf dem Hauptbahnhof aufzulesen pflegte.

»Da haben wir aber wirklich die Ehre«, sagte er, erhob sich hinter seinem breit ausladenden leeren Schreibtisch und kam Berndorf entgegen. »Der Chef der Mordkommission!« Er schüttelte ihm die Hand. »Unsere Mandanten kommen heutzutage eher selten oder gar nicht mit Ihnen in Berührung – zum Glück für sie.«

»Sie erinnern sich an Thalmann, Wolfgang Thalmann?«, fragte Berndorf unvermittelt. Er hatte keine Lust, über Halbergs nicht mehr vorhandene Klientel zu plaudern. »Sie haben ihn vor 17 Jahren verteidigt.«

Halberg hatte sich gesetzt. Plötzlich sah er noch älter aus. »Ja doch. Sicher erinnere ich mich. Das ist nicht so leicht zu vergessen.« Er zögerte. »Hat man ihn entlassen?« Unsicherheit klang in seiner Stimme.

»Nein«, sagte Berndorf. »Entlassen hat man ihn nicht. Er selbst hat es getan.«

Halberg verstand nicht. Berndorf erklärte es ihm. »Und jetzt wüssten wir gerne, ob Thalmann Anlaufstellen hat, die er aufsuchen könnte. Und ob jemand in Gefahr ist. Beispielsweise die Tochter.«

Halberg schwieg lange. »Thalmann hat den Kontakt zu mir nach dem Urteil abgebrochen. Er hat sich auch in der Frage einer Revision nicht von mir beraten lassen wollen. Es wurde dann auch keine eingelegt.«

»Hätten Sie denn einen Ansatzpunkt gesehen?«

»Wenn ich ehrlich bin: nein«, antwortete der Anwalt. »Wir hätten bei der Frage eines psychiatrischen Gutachtens ansetzen müssen. Aber genau das wollte Thalmann nicht. Er war ein äußerst schwieriger Mandant.«

»Kennen Sie den egozentrischen Typus?«, fuhr er nach einer kurzen Pause fort. »Menschen, die ausschließlich ichbezogen sind? Deren Welt eine einzige Bühne ist, auf der sie – und nur sie – die immerwährende Hauptrolle spielen? Kennen Sie die hinreißende Mutter, die sich für ihr Kind aufopfert, damit dieses Kind sein ganzes Leben lang um die Mutter kreisen wird? Kennen Sie den unermüdlichen Kollegen, der nichts für sich und alles für die Sache tut, weil alles, was schwierig ist und undankbar, nur ihm anvertraut werden kann?«

Der Anwalt machte eine Pause. »Thalmann war so jemand. Der verantwortungsbewusste Kollege, vorausblickend, als erster im Betrieb mit neuen Technologien vertraut. Zu Hause der perfekte Familienvater. Ernährungsbewusst. Jemand, der noch selbst einkauft, weil die Frau es nicht richtig versteht. Der abends heimkommt und sagt, jetzt freut sich aber das kleine Mädchen. Ja. Und irgendwann tritt der Juniorchef in den Betrieb ein und wird ihm vor die Nase gesetzt. Und die Frau fängt an, als Verkäuferin halbtags zu arbeiten, weil sie auch jemand sein will. Und dann schluckt man Pillen, gegen den Stress, gegen die Erbitterung über die ›Schmach, die Unwert schweigendem Verdienst erweist‹, aber die Welt geht trotzdem aus den Fugen, immer mehr, die Frau will sich von ihm trennen, warum tut sie ihm das an, natürlich tut sie es, weil man sie dazu abgerichtet hat, weil es zum üblen Spiel gehört, das die Welt mit ihm treibt, mit ihm und seinem Kind, aber das Kind wird niemand bekommen, es ist das Pfand, mit dem er die Welt ins Unrecht setzen wird! Entschuldigung...«, Halberg unterbrach sich, »ich bin ins Plädieren gekommen.«

»Ich höre Ihre Plädoyers gern«, sagte Berndorf höflich.
»Aber Sie wollen wissen, wen Thalmann aufsuchen wird«, antwortete Halberg. »Ich weiß es nicht. Ich weiß nicht, ob und wem Gefahr droht. Noch in der Untersuchungshaft hat er seiner Tochter Briefe geschrieben, mit Herzchen drauf, und in den Briefen stand wahrhaftig, dass sie das Einzige sei, was ihm geblieben ist. Der Kontakt ist dann unterbunden worden. Ja doch, Sie sollten auf die Tochter Acht geben. Soviel ich weiß, hat das Stadtjugendamt damals die Vormundschaft übernommen. Vielleicht wissen die etwas über ihren Verbleib.«
»Sie sprachen vorhin von den Pillen, die Thalmann genommen hat«, sagte Berndorf. »Wissen Sie noch, was das für Zeug war?«
»Ich weiß gar nicht, ob es noch auf dem Markt ist«, sagte Halberg, »Sansopan hieß es wohl, ein Mittel gegen Depressionen und Angstzustände, stimmungsaufhellend, er hat es sich von mehreren Ärzten verschreiben lassen.«
»War er abhängig?«
»Der Gutachter, das war immerhin der Pharmakologe Twienholt hier von der Ulmer Universität, hat es ausgeschlossen«, antwortete Halberg. »Das heißt, er hat bestritten, dass derartige Pharmaka überhaupt eine Abhängigkeit im medizinischen Sinne verursachen könnten. Im medizinischen Sinne, was immer das heißt! Ich habe damals nachgehakt, ob eine Persönlichkeitsveränderung denkbar sei, weil Thalmann das Medikament ja doch in auffälliger Dosierung zu sich genommen hat. Aber Twienholt sagte, die einzige denkbare Veränderung bestehe darin, dass Erregungszustände gemildert würden, abgedämpft. Darin sei ja wohl kaum eine charakterliche Veränderung zu sehen. Danach war für die Verteidigung nicht mehr viel zu machen.«
Berndorf fragte noch einmal nach möglichen Anlaufstellen für Thalmann.
»Zu mir wird er jedenfalls kaum kommen«, meinte Halberg. »Er hat mir mein Plädoyer ziemlich übel genommen.«

Im Jugendschutz-Dezernat hatte sich Sabine Mühlbauer sofort an die Thalmann-Tochter erinnert. Ihres Wissens sei das Mädchen vom Jugendamt in der Nähe Ulms untergebracht worden. Tamar bedankte sich und rief das Jugendamt an. Doch dann wurde es ziemlich nervtötend. Die Sachbearbeiterin berief sich auf den Datenschutz und erklärte, sie sei keine Erfüllungsgehilfin der Polizei. Tamar wurde so wütend, dass sie der Frau mit einer Strafanzeige wegen unterlassener Hilfeleistung drohte, falls Hannah Thalmann nicht rechtzeitig gefunden würde und ihr etwas zustieße. Nicht zum ersten Mal stellte sie fest, dass manche Frauen ganz besonders gereizt reagierten, wenn sie es mit einer Polizistin zu tun hatten. Diese Pissnelke! Sie verlangte schließlich den Dienststellenleiter. Aber der war auch eine Frau. Immerhin hörte sie zu und ließ sich dann sofort die Akten kommen.

»Natürlich kennen wir das Mädchen«, sagte sie dann. »Sie hat den Namen behalten, obwohl wir ihr vorgeschlagen haben, sie solle den Mädchennamen der Mutter annehmen. Eigentlich hätten wir sie nach der Tragödie zu ihrer Großmutter, der Mutter der ermordeten Frau, bringen wollen. Aber die hat das alles nicht verkraftet, hatte zu trinken begonnen, wer will es ihr verdenken, mein Gott!«

Sie unterbrach sich, Tamar hörte, wie ihr irgendwelche Unterlagen gebracht wurden. »Wir haben dann eine Pflegestelle gefunden, bewusst außerhalb Ulms, in Schelklingen, bei ganz vernünftigen, ruhigen Leuten. Hannah ist dort aufgewachsen, ohne Probleme, hat den Realschulabschluss gemacht und danach eine Lehre in einem Einrichtungshaus. Ich erinnere mich gut an Hannah, eine nette, stille junge Frau. Die Pflegemutter hat sicherlich noch Kontakt mit ihr – Moment, Regina Wagner heißt die Frau.«

Drei Stunden später saß Tamar im kleinen voll gestellten Wohnzimmer eines spitzgiebligen Siedlerhäuschens in Schelklingen, einem Arbeiterdorf am Rande der Alb, einer dicken großbusigen Frau gegenüber und trank Kaffee. Tamar kannte die Alb und wusste, dass es einfach ungehörig gewesen wäre, die Einladung abzulehnen. An der Wand neben ihr hingen Farbdrucke von Mutter Theresa und Johannes Paul II. neben einem abstrakten Ölbild, auf dem Rot und Blau und Schwarz im Widerstreit lagen. Auf dem Boden spielte ein Fünfjähriger mit einem Tretauto und schielte nach Tamar, ob sie ihm auch zuschaue.

»Sie hent koin Platz it ghett für sell Büble«, hatte die dicke Frau erklärt, »no hent se's halt zur alt' Wagnere. Ma ko da ja it noi sage.«

Dann erklärte sie, dass das Bild an der Wand von Hannah sei, und dass Tamar sicher sehe, dass es schön sei, auch wenn man es nicht verstehen müsse. Übrigens sei Hannah vor einem halben Jahr nach Stuttgart gegangen, und Tamar schien es, als ob die dicke Frau deshalb ein wenig traurig war.

Tamar wollte wissen, ob in letzter Zeit irgendjemand Kontakt mit Hannah aufzunehmen versucht habe.

»Sie moinet den Vadder«, stellte Regina Wagner fest und setzte die Kaffeetasse ab. »Noi, der zwidere Mensch kommt hier it nei. Außerdem isch er in Mariazell.«

Dann zögerte sie. »Komisch isch es scho, dass Sie fraget«, sagte sie dann. In letzter Zeit hätte Hannah ab und zu Geld von ihrer Großmutter bekommen. Ihr sei es recht gewesen, und auch wieder nicht: »Des arm' Weib hot doch selber nix.« Dann suchte sie für Tamar heraus, wo Hannah in Stuttgart wohnte und wo sie arbeitete.

Tamar rief noch von Schelklingen aus im Neuen Bau an. Doch Berndorf war nach Ravensburg gefahren. Kurz entschlossen wählte sie die Nummer des Stuttgarter Polizeipräsidiums und ließ sich mit der Hauptkommissarin Eberhardt verbinden, die auf der Polizeihochschule eine ihrer Dozentinnen gewesen war. Auf die Gefahr hin, dass die Hauptkommissarin gar nicht zuständig war, schilderte sie ihr den Fall und gab Hannahs

Adresse durch sowie die des kleinen Ladens für Kunsthandwerk, wo die junge Frau arbeitete.
Brigitte Eberhardt hatte zugehört, ohne sie zu unterbrechen. »Wir schicken sofort jemand hin«, sagte sie dann. »Die Beschreibung von Thalmann muss bei uns vorliegen.«
»Danke«, sagte Tamar. »Haben Sie etwas dagegen, wenn ich außerdem noch selbst nach Stuttgart fahre und mit der Tochter rede?«
»Machen Sie nur, Kollegin«, sagte Brigitte Eberhardt. Das ist eine, die sich keinen Fall wegnehmen lässt, dachte sie beifällig.

Tamar fuhr zurück nach Ulm, auf den »alten« Eselsberg. Der hieß so, um ihn und seine Wohnblocks aus den 50er-Jahren vom benachbarten »weißen« Eselsberg und seinen postmodernen Appartementbauten der 90er-Jahre zu unterscheiden. Hannahs Großmutter lebte in einem der Blocks, der – nach den Namen auf dem Klingelbrett zu schließen – inzwischen fest in türkischer Hand war. Sie musste lange klingeln, schließlich meldete sich eine verhuschte Stimme, Tamar sagte sehr nachdrücklich, dass sie von der Polizei komme. Es kam keine Antwort. Dann summte der Türöffner. Tamar stieg in den vierten Stock.
Dort erwartete sie eine kleine rotwangige Frau. Wie ein Hutzelweibchen, dachte Tamar. Dann sah sie die trüben Augen und roch die Alkoholfahne. Mit aufgeplusterten Schwänzen drückten sich zwei getigerte Katzen um Hannahs Großmutter herum.
»Sie kommen doch nicht wegen den Katzen«, sagte die Frau. »Es sind so liebe Tiere. Und wen stören sie denn! Und Krach machen sie auch keinen, da müssten sie mal die jungen Leute unten hören.« Dann zögerte sie und blieb auf dem winzigen Flur stehen. »Ich kann sie nicht reinbitten, ich habe noch nicht aufgeräumt.«
Sie komme nicht wegen der Katzen, sagte Tamar. »Ich komme

wegen Hannah. Ihrer Enkeltochter. Und der Person, die Ihnen Geld für Hannah gebracht hat.«

Die alte Frau blickte zuerst ratlos, dann spielte sich etwas in ihrem Gesicht ab, fand Tamar, als ließe sie den Vorhang herunter. »Ich weiß nicht, wovon Sie reden. Und was das die Polizei angeht. Glauben Sie mir, junge Frau, ich hab' genug Leid gehabt in meinem Leben.«

»Sie werden noch mehr Leid haben, wenn Sie von fremden Leuten Geld für Hannah annehmen«, sagte Tamar streng. »Wissen Sie nicht, dass Hannahs Vater draußen ist? Und was er ihr antun kann?«

»Wie reden Sie mit mir?« Das rotwangige Gesicht verzog sich. Gleich fängt sie an zu heulen, dachte Tamar und stieß die nächstbeste Tür auf. Sie führte in ein verwahrlostes Wohnzimmer. Tamar ging hinein und musterte die Likörflaschen auf dem Couchtisch, die beiden von den Katzen zerkratzten und aufgerissenen Sesselchen, den überquellenden Aschenbecher. Im Fernseher lief eine Werbesendung mit einem Warenquiz.

»Hören Sie«, die Frau zupfte sie am Ärmel. »Sie müssen entschuldigen. Es sieht wirklich schrecklich aus… Aber das Geld, das habe ich alles Hannah zugesteckt, es war doch nichts dabei, eine Schulfreundin meiner armen Tochter hat es mir gebracht.« Nein, sagte sie dann, den Namen der Schulfreundin kenne sie nicht.

»Mütter kennen die Freundinnen ihrer Töchter«, sagte Tamar grimmig. »Alle Mütter tun das.«

»O nein«, sagte die alte Frau. Ihre Tochter sei nicht so gewesen. Dann fing sie wieder an zu schniefen.

»Wir reden nicht von Ihrer Tochter«, sagte Tamar. »Wir reden von dem, was Sie wissen.« Dann stand sie auf und ging zur Küche.

»Warten Sie«, sagte die Frau.

Mittwoch, 28. Januar, 14 Uhr

»Gut, dass du kommst«, sagte Kastner und schüttelte Berndorf die Hand. Kastner war baumlang und breitschultrig, mit seinen grau melierten Haaren und seinem buschigen Schnauzbart sah er aus, als ob er mancher Ravensburgerin gefährlich werden könnte, wenn seine Lisa ihn nur ließe. Und Lisa hatte ihre Augen nicht überall. Vor seinem Schreibtisch saß ein unauffälliger Mann mit sandfarbenem Haar, er trug die Uniform des Justizvollzugsdienstes und stand auf, als Kastner ihn mit Berndorf bekannt machte.

»Das ist der Kollege Zürn von der JVA Mariazell«, sagte Kastner. »Ich habe ihn hergebeten, weil wir noch einmal die Umstände der Flucht von Thalmann durchsprechen wollen. Vielleicht finden wir doch ein paar brauchbare Hinweise für die weitere Fahndung.« Berndorf nickte Zürn zu, zog sich einen Stuhl an den Schreibtisch heran und setzte sich.

»Ja«, sagte Kastner, »ein bisschen merkwürdig ist es schon.« Aus einem Stapel von Fotografien, die vor ihm lagen, zog er eine hervor und reichte sie Berndorf. Die Aufnahme zeigte ein sargähnliches Möbelstück, mit aufgeschlagenem Deckel, schräg von oben fotografiert. An der Innenseite des Sargs war ein Schlüsselloch; ein Schlüssel steckte drin.

»Übrigens ist das kein Sarg«, sagte Kastner. »Das ist eine Sitztruhe. Eine Sitztruhe aus der Anstaltsschreinerei der JVA Mariazell, da kennt man sich ja mit dem Sitzen aus. Eine

Sitztruhe, von innen abzuschließen. Damit man nicht gestört wird, wenn man drinliegt. Ist ja eigentlich klar.« Er zog ein weiteres Bild hervor. Es zeigte eine Seitenwand mit einem aufgeschobenen Paneel. »Man will atmen in so einem Ding. Kann ich gut verstehen.«
Das alles sei ihm auch schon aufgefallen, sagte Zürn mit einer leisen, beherrschten Stimme. »Es sieht so aus, als ob die Truhe vorher präpariert worden ist.« Aber leider könne er dazu gar nichts sagen. Die Arbeiten in der Schreinerei seien von Werkmeister Maugg beaufsichtigt worden. »Kollege Maugg ist leider tot.«
»Ja, leider«, sagte Kastner. »Es ist ja alles über den toten Kollegen Maugg gelaufen, ein ungemein praktischer Kollege war das, wirklich, was wird die JVA jetzt ohne ihn tun?« Kastner wandte sich Berndorf zu. »Diese Schreinerei! Hochmodern. Durchrationalisiert. Rechnergesteuerte Maschinen. Du willst eine Sitztruhe? Mooreiche massiv? Finnisch-altdeutsch? Kein Problem. Du sagst es, sagen wir einmal: hier dem Kollegen Zürn, und der sagt es dem Kollegen Maugg, und die Automaten fräsen es Dir.«
Da liege ein Missverständnis vor, sagte Zürn, mit dem Betrieb der Schreinerei habe er nichts zu tun, selbstverständlich habe er auch nicht akquiriert.
»Entschuldigung, Kollege«, sagte Kastner. »Natürlich haben Sie nicht akquiriert, wo käme der Justizvollzugsdienst hin, wenn er auch noch akquirieren müsste!« Dann machte er eine Pause. »Übrigens hab ich zwei von unseren jungen schlauen Leuten vom Dezernat Wirtschaftskriminalität drangesetzt«, sagte er dann. »Das sind Computer-Freaks, die werden das alles bis auf den Grund zu durchleuchten. Restlos. Produktionsabläufe. Arbeitsstunden. Stromverbrauch. Eingekaufte Werkstoffe. Abgerechnete Werkstoffe. Lagerbestände. Keine Frage bleibt da offen, die das Andenken des armen toten Kollegen Maugg in Zweifel ziehen könnte.«
»Und wenn herauskommt, dass etwas faul ist«, fuhr er fort,

»dass da eine Sache gelaufen ist, die der alte Trunkenbold Maugg ganz gewiss niemals allein gefingert hat, dann stellen wir ein paar Leuten die Wohnung auf den Kopf, vielleicht schon heute Nacht. Das wird eine Freude für die Nachbarn werden, Zürn, glauben Sie mir das.« Er wandte sich Berndorf zu. »Wegen des Hausdurchsuchungsbefehls haben wir den Bereitschaftsrichter schon vorgewarnt.«

Zürn schwieg. Kastner hatte zu plump geblufft, fand Berndorf. So schnell würden die schlauen jungen Leute nicht fündig werden. Aber jetzt war er an der Reihe.

»Wir befürchten, Kollege Zürn, dass Thalmann weitere Straftaten begehen wird«, sagte er freundlich. »Weitere Verbrechen. Dass er möglicherweise wieder töten wird. Dass wir dies verhindern, hat für uns absolute Priorität. Das heißt, dass dies allen anderen Aspekten gegenüber vorrangig ist.« Berndorf machte eine Pause.

Zürn schien ungerührt. »Es ist doch selbstverständlich, dass meine Kollegen und ich Ihnen alles sagen, was Ihnen bei der Fahndung helfen kann«, sagte er höflich und zog sich wieder in seine Uniform zurück.

Alle drei schwiegen. Zürn hatte die Hände gefaltet, und mit dem Daumennagel der einen Hand scheuerte er an der Nagelhaut des anderen Daumens. Es war eine kleine kratzende, scharrende Bewegung. Sie hörte nicht auf.

Noch immer schwiegen die drei Männer. Der Daumennagel schabte weiter.

»Solche Hautfetzen sind wirklich ärgerlich«, sagte Berndorf in die Stille. »Können einem den letzten Nerv rauben.«

Zürn hob den Kopf und sah ihn verstört an. Plötzlich wusste Berndorf, dass sie den Richtigen vor sich hatten. Er nickte Kastner zu. Es war der gleiche Blick, mit dem sie sich von Schachbrett zu Schachbrett verständigten, wenn eine Partie am Kippen war.

Noch am Nachmittag hatte Tamar in dem Laden angerufen, in dem Hannah Thalmann arbeitete, und sie auch selbst ans Telefon bekommen. Hannah hatte eine feste Stimme, in der die bäuerische Dialektfärbung der Alb kaum mehr durchdrang. Nein, sie habe nichts von ihrem Vater gehört, sagte sie, sie wisse überhaupt nichts von ihm: »Wir haben keinen Kontakt, seit das damals geschah.« Tamar hatte ihr dann eröffnet, dass Thalmann geflohen sei und dass er vielleicht versuchen werde, mit Hannah Kontakt aufzunehmen. Hannah hatte gezögert und dann gemeint, sie könnten ruhig darüber reden. Sie habe auch nichts dagegen, wenn Tamar zu ihr in die Galerie komme: »Es ist sowieso besser, wenn mein Chef Bescheid weiß.«

Tamar war über die Autobahn nach Stuttgart gefahren und hatte ihren Wagen in einem Parkhaus in Degerloch oberhalb der Stadt abgestellt. Der Laden lag in einer Seitenstraße zwischen Schlossplatz und Liederhalle. Tamar stellte fest, dass es tatsächlich eine kleine Galerie mit einem eigenen Ausstellungsraum war. Ihr Blick fiel auf glatte, gerundete Steinplastiken, die sie an Muscheln erinnerten. Die Formen erschienen ihr weich und anschmiegsam, so, als wollten sie – sehr zart – berührt werden.
An den Wänden hingen großformatige Ölgemälde in kräftigen wilden Farben, eines der Bilder zeigte eine junge Frau, die sich mit abgewandtem Kopf einem bärtigen, grauhaarigen Mann anbot.
»Ein Patriarch. Auf seine Würde bedacht. Längst über das Alter hinaus, in dem man sich noch auf Dummheiten einlässt. Und sie – sie zeigt gar nicht viel, eine Bewegung mit der Hand, eine gewisse Stellung des Fußes. Und doch hat sie ihn schon an der Angel. Packend, finden Sie nicht? Ein biblisches Motiv, nebenbei bemerkt.« Der Mann, der neben ihr stand, sprach mit einer hellen, fast jugendlichen Stimme. Dabei war er glatzköpfig, was seine dicken Lippen fast obszön erscheinen ließ. Einen

Augenblick lang überlegte sich Tamar, ob er sich die Glatze hatte rasieren lassen. Er trug einen naturfarbenen Leinenanzug und darunter ein schwarzes Seidenhemd.
»Verzeihung«, sagte er, als er Tamars prüfenden Blick bemerkte, »die Dame ist der Herr von der Polizei! Ich bin beeindruckt.« Dann ging er in einen angrenzenden Raum und rief hinein: »Kommen Sie, Hannah. Ihr Besuch.«
Eine mittelgroße junge Frau mit schmaler Taille und kräftigen Hüften erschien im Durchgang zur Galerie. Sie hatte ein blasses unregelmäßiges Gesicht mit einem großzügig geschwungenen Mund. Eines ihrer graugrünen Augen schien größer zu sein als das andere, was ihren Blick auf eine für Tamar beunruhigende Weise fragend und verletzlich erscheinen ließ. Ihre Haare waren fuchsrot und kurz geschnitten. Sie trug einen langen schwarzen Rock und darüber einen schwarzen Rollkragenpullover. Tamar stellte sich vor. Dabei überlegte sie, ob der Pullover die Narbe verdecken müsse.

»Ich bin Hannah Thalmann«, sagte die junge Frau. Die Stimme klang jünger als am Telefon. Im Hintergrund meinte der Mann im Leinenanzug, sie würden ohnehin gleich schließen und Hannah könne mit ihrem Besuch ruhig schon gehen. Tamar hatte Mühe, richtig zuzuhören. Hannah holte ihren Mantel. Er war lang und dunkel und schon lange aus Mode.
Die beiden Frauen gingen Richtung Schlossplatz. Als sie an dem Wagen vorbeikam, der zwanzig Meter von der Galerie entfernt geparkt war, nickte Tamar den beiden Männern darin unauffällig zu.
Hannah schlug vor, dass sie zu ihr gehen könnten. Sie habe nichts für den Abend vor, und in einem Café würde sie nicht gerne über ihren Vater sprechen: »Oder muss das auf der Polizei sein?«
»Nein«, sagte Tamar, das müsse wirklich nicht sein, und sie begleite Hannah gerne nach Hause.

Hannah wohnte in der Gutenbergstraße, in der Dachstockwohnung eines der alten, aus Backsteinen gemauerten Miethäuser des Stuttgarter Westens.

Das Appartement war winzig, aber es hatte ein großes Dachfenster. Tamar nahm eine Staffelei wahr, das halb fertige Bild darauf zeigte eine heftige Farbenexplosion, andere Bilder waren an die Wand gelehnt und verdeckten sich teilweise. Hannah stellte das halb fertige Bild weg, es sei das alles »noch nicht so weit«, meinte sie und ging zu der kleinen Teeküche, um Wasser aufzusetzen.

Es sei übrigens wirklich kein Problem gewesen, sagte sie dann, dass Tamar sie in der Galerie abgeholt habe: »Das ist angenehm bei einem schwulen Chef. Er betatscht einen nicht und hat mehr Verständnis.«

Das Betatschen sei wirklich eine Pest, meinte Tamar. »Was glauben Sie, was jungen Polizistinnen manchmal zugemutet wird, auch heute noch.«

Beim Tee wollte Hannah wissen, wie ihr Vater aus dem Knast gekommen war. Sie nennt ihn wirklich ihren Vater, dachte Tamar. Dabei hätte dieser Kerl um ein Haar auch sie umgebracht.

»Wenn es stimmt, was meine Kollegen behaupten, hat er sich in einer Sitztruhe hinaustragen lassen«, sagte sie.

Hannah schüttelte den Kopf. »Das ist nicht wirklich wahr.« Sie richtete ihre ungleich großen graugrünen Augen auf Tamar. »So etwas gibt es nur in einem schlechten komischen Film. In einem sehr schlechten. Und was immer mein Vater ist: komisch ist er ganz bestimmt nicht.«

»Das glauben wir auch nicht. Überhaupt nicht«, sagte Tamar und ging auf die Geschichte mit der Sitztruhe lieber nicht ein. »Wir haben deshalb sogar veranlasst, dass Sie überwacht werden.«

Hannah runzelte die Stirn. »Um ihn dann zu schnappen? Wie ein wildes Tier?«

»Um Sie zu schützen«, sagte Tamar sanft. Zu spät fiel ihr ein,

dass sich das anhören musste, als seien sie bei der Verkehrserziehung im Schulkindergarten.
»Ach Scheiße«, antwortete die junge Frau zornig, setzte die Teetasse ab und wandte sich Tamar zu, die neben ihr auf der kleinen Couch saß. »Ich weiß nichts von meinem Vater. Nichts weiß ich, nichts von meiner Mutter, nichts von unserem Leben. Nur, dass da einmal diese schreckliche Geschichte war. Das Schreckliche, das mein Vater getan hat. Warum hat er das getan, wer hat ihn das tun lassen, was war davor? Das Einzige, was ich weiß, ist das da.« Hannah zog sich den Rollkragenpullover herunter. Sie hielt den Kopf zur Seite, so dass sich die Haut spannte und Tamar die schmale, kaum sichtbare Narbe sah, die sich unterhalb des Ohres nach vorne zog.
Hannah stand auf und ging zu einem kleinen Bücherregal. »Sie haben alles weggenommen, was an meinen Vater erinnert. Das arme Kind, das nichts mehr von seinem bösen Vater wissen darf! Er sollte mir auch in Gedanken nicht mehr weh tun dürfen, haben sie gesagt.« Mit einem Fotoalbum in der Hand kam sie zu der Couch zurück. Das Album zeigte schon verblasste Farbaufnahmen einer ernsten jungen Frau und eines Mädchens, das auffällig adrett gekleidet war, wie eine kleine puppenhafte Prinzessin. Fast jedes zweite Bild aus dem Album fehlte. »Sie haben die Bilder von meinem Vater herausgerissen, ich sollte mich nicht ängstigen müssen, aber nachts träume ich, dass ich nach den Bildern suche.«
Hannah schwieg. Tamar überlegte, warum sie – verflucht noch einmal – nicht gelernt hatte, was die taktvolle Polizistin in einer solchen Situation sagt.
»Sie müssen nichts sagen«, sagte Hannah. »Sie sollen nur verstehen, was das Problem ist. Ich möchte wissen, ob wir auch einmal glücklich waren. Meine Mutter, mein Vater. Und ich. Und wenn mir mein Vater erzählen kann, wie es war, bevor das Unglück kam – dann ist mir das wichtiger als alles andere. Ich habe mir deshalb schon lang überlegt, ob ich ihn besuchen soll.«

Tamar wollte wissen, warum sie es nicht getan habe.
»Ich hatte Angst«, sagte Hannah. »Ich hatte Angst, dass wieder alles über mich hereinbricht. Dass die Mutti tot ist. Und auch der andere Mann. Und dass dieses Böse nach mir greift. Das Böse, in das sich mein Vater verfangen hat.«

Das Licht der Deckenleuchte fiel auf den erschöpften Zürn. Zum fünften Mal hatte ihn Kastner erklären lassen, wer am Morgen das Verladen der Möbel überwacht hatte. Wann er wo Thalmann zum letzten Mal gesprochen hatte.
Zum fünften Mal erzählte Zürn, wer wofür zuständig ist.
An der Tür klopfte es, ein junger Mann in Jeans und mit einer Hornbrille kam herein, trat zu Kastner und reichte ihm einen Zettel. Halblaut erklärte er ihm etwas.
»Das können wir alle hören«, sagte Kastner dröhnend. »Auch der Kollege Zürn. Gerade der Kollege Zürn.«
Der Mann mit der Hornbrille richtete sich auf. Er trug einen hellbeigen Pullover, auf dessen Brust springende dunkelblaue Hirsche gestickt waren.
»Wir haben das interne Abrechnungssystem der JVA überprüft und sind dabei auf eine separate Datenbank gestoßen«, sagte der Mann mit den Hirschen. »Die Datenbank ist gegen den allgemeinen Informationstransfer abgeschirmt. Gespeichert sind gesonderte Aufträge und Arbeitsvorgänge der Anstaltsschreinerei mit einem finanziellen Volumen von knapp 300 000 Mark.«
»Hören Sie, Kollege Zürn«, sagte Kastner, »300 000 Mark! Hat gewiss alles der arme alte Maugg fingert, allein, des Nachts in der Schreinerei!«
»Da ist noch etwas«, sagte der junge Mann und schob sich seine Hornbrille zurecht. »Von den Erlösen sind der Datei zufolge knapp 60 000 Mark für Zuwendungen verwendet worden. Der Rest ist zu gleichen Teilen als Auszahlung an die Empfänger Maugg, Thalmann und Zürn verbucht.«

Zürn schwieg. Bleiern fiel das Deckenlicht auf die vier Männer um Kastners Schreibtisch.

»Ich möchte mit einem Anwalt sprechen«, sagte Zürn schließlich.

Tamar hatte in Ulm angerufen, sie würde erst spät kommen; ohnehin hatte Bastian Nachtdienst in seiner Klinik. Danach gingen Hannah und sie essen. Draußen war es nasskalt, und das Licht der Straßenlampen versickerte im Dunst. Vor einem Sanitätsgeschäft war ein Wagen geparkt, in dem zwei Männer saßen. Sie vermieden den Blickkontakt zu Tamar.

Hannah führte sie zu einer Eckkneipe an der Einmündung einer dunklen Nebenstraße. »Der Wirt kocht mexikanisch«, erklärte sie. »Nichts Besonderes. Aber ich bin gern dort.« Sie stiegen einige Treppenstufen hoch und traten in einen Schankraum, der von herunterhängenden Deckenlampen nur kümmerlich erleuchtet war. An dunklen Resopaltischen saßen fast nur jüngere Leute, die meisten von ihnen Mädchen oder junge Frauen. In einer Ecke hockte ein älterer Mann in sich gekehrt vor einem Bier. Vielleicht war er der letzte Überlebende eines Stammtisches aus den Zeiten, dachte Tamar, als man in dem Lokal noch einen Gaisburger Marsch bestellen konnte oder Krautwickel.

Die beiden Frauen fanden einen Tisch für sich. An der Wand hinter Hannah hing ein großer Reklamespiegel, auf dem ein schnauzbärtiger Kerl mit einem Sombrero neben einem mächtigen Säulenkaktus für eine Tequila-Marke warb. Der Sombrero war gelb und der Kaktus grün, und als Kontrast dazu schimmerte im Kneipenlicht fuchsrot Hannahs kurz geschnittener Haarschopf.

Als Kellner kam ein junger Mann mit einer goldblond gefärbten Igelfrisur. Sie bestellten Enchiladas und als Vorspeise Tacos mit einer Chili- und einer Avocado-Sauce. Zum Trinken wollte Hannah ein Bier. Sie duzte sich mit dem Kellner, der ungefragt auch Tamar in das Du einbezog. Eigentlich verabscheute Tamar das Szene-Duzen noch mehr als Bier.

»Bring mir ein Mineralwasser«, sagte sie schließlich und wartete, bis der Kellner gegangen war. »Das ›Sie‹ klingt hier irgendwie blöd«, meinte sie dann, »vielleicht sollten wir auch Du sagen – wenn es Ihnen nichts ausmacht.«

»Wenn es dir nichts ausmacht«, korrigierte Hannah. Dabei warf sie Tamar einen kurzen und forschenden Blick zu. Der Kellner brachte die Tapas, die Schale mit der Avocado-Paste war für Tamar. Es schmeckte so aufregend wie vegetarischer Brotaufstrich.

»Darf ich mal probieren?«, fragte Hannah. Tamar schob ihr die Schale zu und beobachtete, wie Hannah einen der Mais-Chips in die Sauce eintauchte. Sie hatte eine kleine zierliche Hand mit festen entschlossenen Fingern.

Umgekehrt sollte nun auch Tamar von der Chili-Sauce versuchen. »Aber Vorsicht!«, sagte Hannah noch. Wieso? dachte Tamar. Dann war es schon zu spät. Der Chili brannte so höllisch, dass Tamar die Tränen in die Augen schossen.

Der Mann in der Ecke hatte sein Bierglas zu sich hergezogen und behielt es in der Hand, als ob er sich damit schützen müsse. Er vermied es, anders als wie zufällig nach dem Tisch drüben an der Wand zu sehen. Das Pochen in seiner Brust klang allmählich wieder ab. Die Stimme des Blutes? So weit her war es damit nicht, dachte er. Sonst hätte er sich ganz sicher sein müssen. Das letzte Bild seines Mädchens, das er sich hatte besorgen können, zeigte Hannah bei der Abschlussfeier ihrer Realschulklasse. Zart, unglaublich zart und schutzbedürftig sah sie darauf aus mit ihren langen rotblonden Locken und dem blassen Gesichtchen.

Die junge Frau da drüben, mit dem kurzen roten Haar, war schmal und zierlich. Aber sie wirkte weder zart, noch war sie schutzbedürftig. Im Grunde erinnerte nichts mehr an das Mädchen auf dem Schulfoto, dachte er, ausgenommen dieser eigentümliche Zug um die ungleichen Augen. Und warum hatte sie diese verkleidete Polizistin bei sich? Es musste also doch Hannah sein. Offenbar glaubten sie, dass sie seiner Tochter einen Leibwächter hinterherschicken müssten, um sie vor ihm zu schützen. Vor ihrem eigenen Vater.

»Polizistinnen hab' ich mir immer mit einem Dutt und in einem Kostüm vorgestellt«, sagte Hannah. »Wir hatten nämlich einmal eine im Unterricht, die uns etwas über die netten Onkels erzählt hat. Sie trug einen Dutt, wie die alten Frauen bei uns im Dorf, aber dazu ein Kostüm, ein graues, glaube ich. Ich dachte, dass das ihre Uniform ist.« Sie unterbrach sich und warf einen Blick auf Tamars hoch gesteckte Frisur.
Tamar tastete nach ihrem Haar. »Das gilt nicht?«
»Nein«, sagte Hannah und legte den Kopf schief, »meinen Anforderungen an einen echten Polizistinnen-Dutt hätte das, glaube ich, nicht genügt.«
»Die Kollegin gibt es übrigens immer noch«, meinte Tamar. »Dutt und Kostüm – das ist, ohne jeden Zweifel, Sabine Mühlbauer vom Dezernat Jugendschutz. Übrigens eine wirklich nette und patente Frau.« Hannah wollte wissen, warum nette Frauen zur Polizei gehen. Tamar meinte, sie solle sie etwas Leichteres fragen.
»Also, warum bist du Polizistin geworden?«
Tamar überlegte. So genau wusste sie es wirklich nicht. »Früher wollte ich mal Anwältin werden. Aber dann ist mir aufgefallen, dass wirklich nur die grauenhaftesten Streber Jura studieren.« Sie machte eine Pause und versenkte einen kurzen Blick in Hannahs irrlichternde Augen. Aus irgendeinem Grund war das fast nicht auszuhalten.
Sie schaute weg. Im Spiegel mit der Tequila-Reklame sah sie, dass der einzelne ältere Mann aufstand und seinen Mantel anzog.

Sie überlegte, ob sie Hannah etwas von ihrer Arbeit erzählen solle. Von ihrer Arbeit mit ganz normalen Leuten. Von dem Onkel zum Beispiel, der mit seinem elfjährigen Neffen gebalgt und ihm zum Spaß am Kopf geschüttelt und ihm dabei ganz beiläufig das Genick gebrochen hatte und der, als die Eltern schreiend herbeistürzten, auf sie einredete, dass er doch nichts weiter getan habe, als den Jungen nur eben zu schütteln, nur ein bisschen, wenn er es einmal zeigen dürfe, und der dann den zweiten Sohn, den Neunjährigen, am Kopf genommen und vor der kreischenden Mutter geschüttelt habe, und dann war auch diesem das Genick gebrochen. Sollte sie das Hannah wirklich erzählen, ausgerechnet Hannah?
Hannah warf ihr einen forschenden Blick zu. »Ich stell' mir deinen Job unheimlich spannend vor«, sagte sie leichthin. Spannend, dachte Tamar. Schrecklich und grauenhaft und unsagbar ist das alles, aber wenn du es nicht weißt, wer weiß es dann?
Der Goldblonde brachte die Enchiladas.

Der Mann war aus dem Lokal in den Nieselregen hinausgetreten und schlug den Mantelkragen hoch. Vor dem Bezahlen hatte er überlegt, ob er noch einen Kaffee bestellen solle. Aber nach den Maisfladen zu schließen, hätte er nicht viel Freude daran gehabt. Außerdem schlief er ohnehin schlecht. Hannah, wenn sie es war, hätte er wegen dieser Polizistin ohnehin nicht ansprechen können.
Langsam ging er über den Gehsteig der Gutenbergstraße. Als er an dem Wagen mit den beiden Männern vorbeikam, warf er einen gleichgültigen Blick in das Schaufenster, das auf gleicher Höhe war. Das Schaufenster gehörte zu einem Sanitätsgeschäft und zeigte Hühneraugenpflaster und auf einer Schautafel eine fröhliche junge Frau, die sich ein Stützkorsett anlegte. Der Mann wechselte die Straßenseite und bog zur Rotebühlstraße ab, die quer durch den Stuttgarter Westen führt.

Er überlegte, warum es überhaupt Polizeibeamte in Uniform und solche in Zivil gab. Wer sich darauf verstand, erkannte sie schon an der Kopfhaltung. Vermutlich hatten sie alle ein Fahndungsfoto von ihm. Aber das war seine geringste Sorge. Auf dem Foto sah er aus wie Frankensteins Neffe. Dabei war ein Passant wie hundert andere auch.

Kurz vor der Rotebühlstraße erreichte er eine kleine Pension. Vertreter übernachteten hier, Kundendienstmitarbeiter, Monteure. Und eben auch Heinrich Andres. Der Name Neumann war verbraucht.

Kastner schaltete das Licht in der Küche des Reihenhauses an und ging zum Kühlschrank. »Setz dich«, sagte er. Berndorf rutschte auf die Eckbank hinter dem Esstisch. Kastner brachte eine dunkle gekühlte Flasche mit einem handbeschrifteten Etikett und stellte dazu zwei Gläser. Dann ging er ins Wohnzimmer und kehrte mit Schachuhr, Brett und einem Figurenkasten zurück.

»Und Lisa?«

»Wird schon schlafen«, sagte Kastner und goss die beiden Gläser halb voll. »Es läuft grad nicht so besonders gut zwischen uns. Dass es wieder besser wird, Prost!« Die beiden Männer hoben die Gläser mit der wasserhellen Flüssigkeit. Kastners selbst gebranntes Zwetschgenwasser nahm Berndorf für einen Augenblick den Atem.

»Du hast mal wieder eine Kiste mit einer anderen am Hals«, stellte er fest, als er wieder reden konnte.

»Ja. Nein. Eigentlich ist es schon vorbei. Aber Lisa glaubt es nicht.«

Berndorf sagte nichts. Allein zu leben hat schon seine Vorteile, dachte er. Aber wieso eigentlich? Wenn er mit Barbara zusammen wäre, hätte er solche Geschichten nicht. Aber das war schon immer Kastners Problem gewesen. Die Frauen flogen auf ihn, wie die Flöhe auf einen Diensthund.

Kastner zog die beiden Laufwerke der Schachuhr auf und stellte die Zeiger. »Was ist eigentlich mit euch?«, fragte er beiläufig. »Noch immer die unverbrüchliche Liebe aus der Ferne?«
»Sehr aus der Ferne gerade«, antwortete Berndorf. »Barbara ist in den USA, ein Forschungsprojekt.«
Kastner schüttelte den Kopf. »Wie lange kennt ihr euch schon?«
»28 Jahre und 3 Monate«, sagte Berndorf, ohne weiter nachzudenken. »Fang schon an.«
»Ihr solltet euch mal fürs Guinness-Buch der Rekorde melden«, meinte Kastner, eröffnete mit dem Damenbauern und setzte mit einem lässigen Tippen die Schachuhr in Gang.
Blitzschach nach einem schweren Tag und Zwetschgenwasser dazu sind eine mörderische Kombination. Nach dem dritten Einbruch in der dritten Partie hatte Berndorf genug. Morgen würde er noch mit dem Anstaltspsychologen reden und dann nach Ulm zurückfahren. Und Kastner musste morgen für seinen großen Auftritt fit sein. Dass ein verurteilter Mörder den Knast als seinen eigenen Handwerksbetrieb organisiert und schließlich mit seinem Gewinnanteil das Weite sucht, war ja wohl eine Geschichte zumindest auch für die »Landesschau«.
»Na ja«, meinte Kastner, »sie werden es klein spielen. Es ist für das Justizministerium denn doch zu peinlich. Und überhaupt: 300 000 Mark! Das ist doch gar nix. In Stuttgart haben sie den Schlauff aus Saulgau zum Staatssekretär im Innenministerium gemacht, aus dem einzigen kühlen Grunde, weil zu wenig Kabinettsmitglieder aus Südwürttemberg in der Regierung sind. Der Schlauff kostet – Sekretärin, Referent, Fahrer, Büro eingerechnet – im Jahr ein Mehrfaches von dem, was dein Thalmann und seine beiden Helfer zur Seite geschafft haben. Und die haben wenigstens richtige Arbeit dafür geliefert.«
Schlauff und Kastner hatten, wie Berndorf wusste, dem gleichen Ausbildungsjahrgang angehört. Aber dann war Schlauff in die Politik gegangen und Kastner nach Ravensburg.

Der Kellnerknabe brachte zwei Tassen Espresso und zwei eisgekühlte Tequilas. Verwundert stellte Tamar fest, dass sie die gefüllten Maisfladen samt und sonders aufgegessen hatte. Wieso bin ich so verfressen, überlegte sie. Und irgendwann hatte sie nun doch die Geschichte von dem Onkel und den beiden Neffen erzählt; Hannah war jemand, der zuhören konnte. Eine, die es verstand, dass man von einer solchen Geschichte reden musste, weil man sie nicht aus dem Kopf brachte.

»Aber meistens ist es nicht schrecklich, sondern nur noch ätzend«, fuhr sie fort. Sie fühlte sich wohlig und fest entschlossen, nun auch einmal von sich zu reden. »Du stellst dir nicht vor, was für stumpfsinnige Rituale diese alten Männer in ihren Dienstbesprechungen zelebrieren. Manchmal denke ich sogar, wenn ich das alles gewusst hätte, wäre ich laut schreiend aus der Polizeifachhochschule weggelaufen. Und wenn ich hätte Lehrerin werden müssen.«

Entschlossen kippte sie den Tequila. Vermutlich glühte ihr der Kopf. Hannah fragte nach Tamars Chef. »Der geht ja noch«, antwortete sie. »Manchmal blickt er sogar etwas. Aber ich glaube, dass er irgendwann einen Humphrey-Bogart-Film zu viel gesehen hat.«

Verblüfft stellte sie fest, dass sie merkwürdig perlenden Unsinn redete. In Wahrheit waren der Neue Bau mit seinem Kriminalrat Englin und dem melancholischen Berndorf fern und unwichtig. Alles, worauf es ankam, war hier, in dieser schummrigen Eckkneipe, auch wenn die Dinge dabei auf merkwürdige und leichtfüßige Weise ins Flirren gerieten. Vielleicht kommt es vom mexikanischen Essen, von Tapas und Chili und Tequila. Aber wieso eigentlich hatte sie sich, als sie auf der Toilette war, das hoch gesteckte Haar gelöst?

Dann wollte sie etwas über Hannah und ihre Arbeit in der Galerie wissen. Waren die Bilder von ihr? »Nein«, sagte Hannah, »wo denkst du hin!« Die Bilder und die Plastiken seien die Arbeiten zweier Absolventinnen der Kunstakademie, und beide hätten auch schon mehrere Ausstellungen gehabt. »Ich

finde alle beide zu konventionell, zu gefällig«, sagte sie dann.
»Ich mag es nicht, wenn es so zahm ist. Aber die Sachen verkaufen sich nicht schlecht. Und die Galerie lebt vom Verkaufen.«
Dann erzählte Hannah, sie hoffe, vielleicht doch an die Kunstakademie zugelassen zu werden. Tamar fragte, wie sie das finanzieren wolle.
»Warum soll es dafür kein Bafög geben?«, sagte Hannah. »Und jobben kann ich auch. In der Galerie zum Beispiel.«
»Und deine Großmutter? Gibt die dir nichts?« Was red' ich da, dachte sie noch. Aber da war es schon heraus.
Hannahs Gesicht rutschte ab. »Ach ja, die Polizistin!«, sagte sie dann mit kühler Stimme, »fast habe ich es vergessen. Nein, meine Großmutter kann mir nichts geben. Das ist eine dumme arme Alkoholikerin, das wissen Sie doch! Das Geld, das sie mir gegeben hat, ist von jemand anderem. Von einer Freundin meiner Mutter. Von meinem Vater kann es nicht sein, das wissen Sie auch, im Knast kann man doch nichts verdienen...«
Ganz gewiss, sagte sich Tamar, ganz gewiss bin ich die dümmste Pute auf Gottes Erdboden.

Kastner legte Berndorf im Bad ein Handtuch und einen Schlafanzug zurecht. Dann holte er aus dem Spiegelschrank über dem Handwaschbecken eine Tablettenschachtel, knickte sich eine stabförmige Pille aus der Folie und brach ein Drittel davon ab. Er spülte es mit Wasser aus einem Zahnputzglas herunter.
»Was nimmst du da?«
Kastner zeigte es ihm. »Sansopan. Es hilft mir, cool zu bleiben. Ich hab' schon auch Stress, weißt du. Und dann die Sache mit Lisa.«
»Du weißt schon, dass es auch ohne die Pillen geht?«, fragte Berndorf. »Du brauchst bloß deine Pfoten von den fremden Weibern zu lassen. Und trink um Gottes willen keinen Schnaps dazu.«

»Hast ja Recht«, sagte Kastner schwächlich. »Aber du weißt, wie es ist.«

Berndorf war zu müde, um sich zu fragen, ob er das wirklich wusste. Er ging in das kleine Gästezimmer und zog sich aus. Kastners Pyjama war zwei Nummern zu groß.

Dann löschte er das Licht. Eigentlich hätte er kopfüber in den Schlaf fallen müssen. Doch das Räderwerk in seinem Kopf drehte und drehte sich und wollte nicht damit aufhören. 28 Jahre und 3 Monate. 3 Monate und 28 Jahre.

Auf einmal war alles wieder gegenwärtig. Sprechchöre flammten auf, brachen sich an den Häuserwänden. »Bullen schützen Nazipack / Haut sie alle in den Sack.« Steine flogen. Oder war das erst später gewesen? Bereitschaftspolizisten gingen seitlich der Neuen Aula in Stellung, geschützt hinter ihren Plastikschilden, die Schlagstöcke in der Hand. In der Universitätskanzlei barsten die ersten Fensterscheiben. Mit erhobenen Händen stellte sich eine schmale junge Frau vor einen der Steinewerfer und schrie ihn an: »Nicht provozieren. Keine Steine!« Der gepanzerte Wasserwerfer auf der Hauptstraße richtete den Strahl mit voller Wucht auf die Studenten vor der Kanzlei. Das Wasser war mit Reizgas versetzt. Die Bereitschaftspolizisten an der Neuen Aula setzten sich in Bewegung. Die Menge der Studenten geriet durcheinander. Einige wollten weglaufen. Aber sie waren in der Falle. Einer der Einsatzführer stürzte mit erhobenem Knüppel auf die schmale junge Frau zu.

Der Einsatzführer war Steinbronner. Irgendjemand riss ihm den Arm zurück. Ein anderer Polizist. Ziemlich jung war er damals gewesen.

Berndorf dämmerte in einen traumlosen Schlaf.

Der Mann, der sich jetzt Heinrich Andres nannte, lag auf dem Rücken, die Hände unter dem Kopf gefaltet. Den Vorhang hatte er offen gelassen. Er sah dem Widerschein der Straßenlichter zu, die über die Zimmerdecke huschten, und hörte die

Fahrgeräusche der wenigen Autos, die noch durch die Stadt fuhren. Es war seine zweite Nacht in der Freiheit. Er hatte sein Geld geholt, auch wenn es nur 38000 Mark waren. Drei Prozent Abzug! Der Frankfurter Anwalt hatte seinen Schnitt gemacht. Einen ordentlichen Schnitt. Wenn er sich damit nur nicht geschnitten hat, dachte der Mann und lächelte schmal. Es gibt noch andere Leute, die etwas vom Schneiden verstehen.
In einem Kaufhaus hatte er sich einen Anzug gekauft und einen Mantel dazu; für die beiden Lederjacken des Tettnanger Zahnarztes hatte ihm ein Händler auf dem Flohmarkt in Sachsenhausen 200 Mark gegeben. Den Anzug hatte er sich so ausgesucht, dass er darin möglichst unauffällig aussah, ungefähr so wie einer der stellungsuchenden Jedermänner, die es inzwischen mehr als genug im Land geben musste, wenn man den Nachrichten glauben durfte.
Noch im Dunklen dachte er an Hannah. Inzwischen war er sicher, dass die junge Frau mit dem kurzen Haar seine Tochter war. Er hatte sie sich anders vorgestellt. War es das, was das Jugendamt aus ihr gemacht hatte? Dunkel kam ihm der Gedanke, dass sie nie wieder sein kleines Mädchen sein würde. Ohnehin war die Polizei zu dicht an ihr dran. So bald würde er also nicht mit ihr sprechen können. Schade. Aber er hatte noch anderes zu tun. Zu erledigen.

Donnerstag, 29. Januar

Die Dienststunden des Diplompsychologen Dr. Bernd Krummsiek in der JVA Mariazell begannen um acht Uhr. Aber Krummsieks Tochter hatte vor Schulbeginn wieder einen ihrer Brechanfälle gehabt, und so traf er erst kurz vor neun Uhr ein. Verärgert nahm er den Mann wahr, der auf der Bank vor seinem Dienstzimmer gewartet hatte und der bei seinem Kommen aufstand. Der Mann trug einen grauen Glencheck-Anzug und dazu einen Rollkragenpullover. Auch der Pullover war grau. Der Mann war mittelgroß und wohl schon über 50. In seiner Haltung war etwas, von dem sich Krummsiek unangenehm berührt fühlte.

»Was wollen Sie? Ich habe jetzt überhaupt keine Zeit, sind Sie denn überhaupt angemeldet«, sagte er anstelle einer Begrüßung.

»Guten Morgen«, sagte Berndorf langsam. »Ich bin nicht angemeldet. Vielleicht sollten Sie doch mit mir sprechen.« Dann stellte er sich vor.

»Aber wie denken Sie sich das, diese Aufregung hier im Haus! Ich kann jetzt wirklich nicht«, wehrte Krummsiek ab. Berndorf sah ihn kalt und ruhig an.

Krummsieks Unbehagen wuchs. Zugleich kam ihm der Gedanke, dass ihm dieser graue Mensch Ärger machen könnte.

»Also bitte – kommen Sie rein«, sagte er schließlich mürrisch. Krummsieks Dienstzimmer wirkte unerwartet hell, fast freundlich. Berndorf erklärte, was er wissen wollte.

»Eigentlich kann ich Ihnen über Thalmann nicht viel mehr sagen, als in meinem Gutachten zur Frage einer bedingten Haftentlassung steht«, sagte Krummsiek. »Ich habe ihm, Sie können es ja nachlesen, eine eigentlich sehr günstige Prognose gestellt. Natürlich war er, wie soll ich es ausdrücken, für Explorationsgespräche nur bedingt zugänglich, über die Tat hat er sich mir gegenüber nie äußern wollen. Wenn ein Gespräch zustande kam, dann meist über populärwissenschaftliche Themen, Psychopharmaka haben ihn außerordentlich interessiert... Nun bin ich nicht Psychiater, sondern Psychologe, aber ich habe ihm immerhin einige Fachbücher zur Verfügung stellen können, soweit es zu dieser Materie leicht fassliche Literatur gibt, der Mann war ja eigentlich Schreiner, Sie verstehen.«

Berndorf sagte, er verstehe nicht. Krummsiek blickte ihn verunsichert an.

»Entschuldigen Sie«, sagte er dann. »Psychopharmaka sind Medikamente, die das menschliche Verhalten und Befinden beeinflussen können. Beruhigungsmittel gehören dazu, Tranquilizer, oder Neuroleptika, wie sie zur Behandlung von Psychosen medikamentiert werden. Thalmann zeigte sich besonders an Abhandlungen über sogenannte Thymoleptika interessiert, das sind stimmungsaufhellende Wirkstoffe, wie sie bei Depressionen oder Angstzuständen gegeben werden.«

»War er selbst von so etwas abhängig?«, fragte Berndorf.

»Er hat wohl früher Tabletten genommen, ziemlich starke Tranquilizer, zunächst auch noch in der Haft, wie den Unterlagen zu entnehmen ist«, sagte Krummsiek. »Viele der Gefangenen kämen ohne so etwas gar nicht über die Runden, vor allem nicht zu Beginn von langen Strafen. Mein Vorgänger hat ihn dann davon abgebracht. Thalmann hat schließlich so viel darüber gelesen, dass er sich selbst für einen Fachmann auf diesem Gebiet hielt. Sie kennen das sicher: Laien, die sich in ein Fachgebiet eingelesen haben, neigen dazu, sich irgendwann für kompetenter als die Experten selbst zu halten. Und

vertreten mit geradezu zelotischem Eifer irgendwelche Erkenntnisse, die sie bruchstückhaft oder halb verstanden aufgeschnappt haben.«
»Und was hat Thalmann halb verstanden?«
»Ach Gott«, sagte Krummsiek und hob hilflos beide Hände, »er hat eine Verschwörung gewittert, ein Komplott, angeblich hätten die Nazis schon Menschenversuche gemacht mit solchen Medikamenten, absurdes, abstruses Zeug! Er hat deshalb sogar an die Ludwigsburger Zentralstelle zur Verfolgung von NS-Verbrechen geschrieben, die haben natürlich nichts damit anfangen können.«
Berndorf wollte wissen, ob er den Briefwechsel einsehen könne. Krummsiek zögerte. Er habe sich Ablichtungen gemacht, sagte er dann. Thalmann habe es ihm geradezu aufgedrängt. Berndorf meinte sanft, es wäre für die JVA Mariazell im gegenwärtigen Stadium sehr hilfreich, mit der Polizei in aller erdenklichen Weise zusammenzuarbeiten.
»Ich mache Ihnen Kopien davon«, rang sich Krummsiek durch.

Eine halbe Stunde später fuhr Berndorf nach Ulm zurück, kam aber trotzdem zu spät zur Dienstbesprechung. Englin zuckte missbilligend zweimal mit dem Augenlid, und Blocher nickte bekräftigend und tadelnd dazu. Tamar, die mit missmutiger Miene am Tisch saß, schüttelte nur leicht mit dem Kopf, was bedeuten sollte, dass Berndorf nicht viel versäumt hatte.
Berndorf erstattete kurz Bericht, dann meinte Englin, dass die Reise nach Ravensburg wohl recht überflüssig gewesen sei: »Die Kollegen dort haben die Sache ja offensichtlich im Griff.« Es sei ja auch ihr entsprungener Häftling. Und da die Stuttgarter Kollegen die Thalmann-Tochter ins Auge genommen hätten, wie Frau Wegenast veranlasst habe, »geht uns in Ulm die Sache eigentlich gar nichts mehr an«. Berndorf solle sich doch bitte am Nachmittag mit dem Ersten Staatsanwalt Desarts in

Verbindung setzen, der reklamiere wegen des toten Mannes aus Görlitz, »falls Sie sich doch nicht geirrt haben und es da wirklich ein Fremdverschulden gibt«.

In seinem Büro erzählte ihm Tamar kurz von ihrem Gespräch mit Hannah. Das mexikanische Abendessen und das kurzzeitige Du sparte sie aus.

»Und sonst kein Ärger?«

»Nichts von Belang, rein privat, my dear Watson«, sagte Tamar abweisend.

In der Dienstpost fand sich ein Brief aus Görlitz mit einem Foto Heinz Tiefenbachs. Es war offenbar der vergrößerte Abzug eines Ausschnittes aus einer Amateuraufnahme und zeigte einen Mann, der gezwungen in die Kamera lächelt, etwas verlegen oder auch abweisend. Berndorf rief in Görlitz an, um sich zu bedanken. Rauwolfs Stimme klang distanziert. Berndorf erzählte ihm kurz, warum er in Ravensburg gewesen war. Schon deshalb, dachte er sich, weil vermutlich jeder Fernsehsender am Abend über den Fall berichten würde.

»Schön, dass so etwas nicht nur bei uns passiert«, sagte Rauwolf versöhnlich. Berndorf erinnerte sich: Das sächsische Justizministerium hatte erst vor kurzem einen bundesweit bekannten Hochstapler als Anstaltspsychiater eingestellt.

»Im Übrigen – etwas Neues haben wir auch«, fuhr Rauwolf fort. »Habe ich Ihnen gesagt, dass Tiefenbach in einem Altbau gewohnt hat, der sonst leer steht? Wir haben viele solche Häuser.« Vorgestern nun habe sich ein Nachbar gemeldet, der eine Wohnung gegenüber der von Tiefenbach habe und ihn von früher, von der Arbeit bei den Bahnwerken her kenne.

»Der Mann hat am 20. Januar, einem Dienstag, bei ihm angerufen, aber es hat niemand abgenommen. Das hat ihn gewundert, weil er aus seinem Fenster gesehen hat, dass bei Tiefenbach Licht war. Na ja, da hat er sich halt gedacht, der alte Knabe hat sich ein Mädchen auf die Bude genommen.«

Berndorf zögerte. Hätte er gewusst, wo er am 20. Januar gewesen war? Richtig, dachte er dann, da war ich auf der Tagung, in Münster-Hiltrup. »Ihr Zeuge erinnert sich aber gut«, meinte er dann.

»Ja«, sagte Rauwolf, »ich war auch skeptisch. Aber der Mann war auf Montage gewesen und hat sich sofort gemeldet, als er das von Tiefenbach gehört hat. Und an den 20. Januar kann er sich so gut erinnern, weil Dortmund gegen Bayern gespielt hat. Deswegen hat er ja auch angerufen: ob sie es zusammen im Fernsehen anschauen wollen.«

Stimmt, dachte Berndorf. Am 20. Januar hatten die Bayern gegen Dortmund gespielt. Er hatte es in der Kneipe in der Münsteraner Altstadt angesehen, zusammen mit Mordechai Rabinovitch von der Universität Tel Aviv.

Merkwürdigerweise war Rabinovitch Bayern-Fan.

Erster Staatsanwalt Eduard Desarts war ein dunkelhaariger Mann mit einem von scharfen Linien gekerbten Gesicht und einer Neigung zu Magengeschwüren. Irgendwann hatte er sich das Rauchen abgewöhnt. Seither stand auf dem Besprechungstisch in seinem Büro eine Bonbonniere mit Karamellbonbons. Er bot sie an, wenn ein Gespräch ins Stocken geriet. Oder wenn er die Stimmung entspannen wollte. Oder wenn er selber Lust auf eines hatte.

»Nehmen Sie sich doch eins«, sagte er zur Begrüßung und wies auf die Bonbonniere.

»Danke«, sagte Berndorf und dachte an seine fünf Kilo Übergewicht. Vermutlich waren es sechs.

Dann sprachen sie zuerst über Thalmann. Berndorf erzählte aus Ravensburg und von dem Gespräch mit dem Anstaltspsychologen. Desarts wurde nachdenklich.

»Ich war dem alten Kropke als Sitzungsvertreter zugeteilt, damals in der Verhandlung gegen Thalmann«, sagte er dann.

Berndorf erinnerte sich.

»Ich denke, dass es ein Fehlurteil war. Thalmann war so extrem medikamentenabhängig, dass man die Frage der Schuldfähigkeit hätte genauer prüfen müssen. Übrigens hat er mir selbst den Hinweis geliefert.« Desarts machte eine Pause. »Das Zeugs heißt oder hieß Sansopan, es sind Stäbchen mit markierten Bruchstellen, man bricht sich ein oder zwei Teile ab, nie mehr. Ich weiß das, weil meine Frau es genommen hat. Thalmann hat jeweils die ganzen Stäbchen geschluckt, ich habe ihn extra danach gefragt.«

Berndorf wusste, warum Desarts danach gefragt hatte. Desarts Frau war depressiv, vor einigen Jahren hatte er sich scheiden lassen, vielleicht auch, weil sie ihn nicht mehr ertrug.

»Der Sachverständige hat damals eine Abhängigkeit heftig bestritten«, sagte er schließlich.

»Wissen Sie, wer der Sachverständige war?«, fragte Desarts bitter. »Es war Professor Gustav Twienholt, ein Pharmakologe, hoch angesehen, versteht sich, und vor seiner Berufung nach Ulm Leiter des Entwicklungslabors von Luethi in Saulgau. Luethi hat das Patent auf Sansopan und mehrere andere Medikamente dieser Art.« Desarts hob die Stimme. »Twienholt hat in eigener Sache begutachtet.«

Berndorf warf Desarts einen fragenden Blick zu. »Ich hab' das damals auch Kropke gesagt«, antwortete der Staatsanwalt. Seine Stimme hatte sich wieder gesenkt. »Er hat gemeint, es sei Sache der Verteidigung, das zu rügen. Der Anwalt Halberg besorge ja auch nicht die Geschäfte der Staatsanwaltschaft, hat er gemeint.«

Dann kamen sie auf den Fall Tiefenbach zu sprechen. Viel ist es nicht, sagte Berndorf, als er vorgetragen hatte, was er gesehen und – vor allem – was er von Rauwolf erfahren hatte. Dann schob er noch die beiden Brocken nach, die er auch Englin vorgeworfen hatte.

»Ein Mann, der nicht genommen haben kann, was er genommen hat, der nicht dorthin gefahren ist, wohin er gefahren ist, und der am 20. Januar nicht das Bayern-Spiel angeschaut hat«, fasste Desarts zusammen. »Es wäre nicht schlecht, Berndorf, wenn wir auch eine positive Aussage hätten. Einen klitzeklei-

nen Hinweis darauf, dass jemand auch etwas getan hat. Dass jemand tatsächlich mit K.-o.-Tropfen hantiert oder wirklich umgebaute Eisenbahnwaggons bestellt. Aus dem, was wer nicht getan hat, kann ich schlecht eine Anklage zusammenschustern.«
Berndorf schaute Desarts an.
»Entschuldigung«, sagte der Staatsanwalt, »ich weiß, dass Sie das auch wissen. Fahren Sie nach Görlitz?«
Er habe für die nächsten Tage einen Flug von Stuttgart-Echterdingen nach Dresden gebucht, antwortete Berndorf. Von dort werde er mit dem Zug nach Görlitz fahren: »Es gibt da ein paar Leute, mit denen ich reden will.«

Die Herren trugen Smoking und Sonnenbrillen, und die Damen waren vollbusig. Irgendwann in den 50er-Jahren hatte sie ein Ulmer Malermeister auf die Fassade eines zweigeschossigen Baus gepinselt. Es war das »Lido«, nach dem Krieg auf einem Ruinengrundstück provisorisch hochgezogen und seither unter wechselnden Pächtern eine der wenigen Stätten des Ulmer Nachtlebens. Es lag zwischen einer Tankstelle und Wohnblocks, die dort um die Jahrhundertwende aus Backsteinen hingestellt worden waren.
Drinnen roch es nach kaltem Rauch und abgestandenem Bier. Im schummrigen Licht sah Tamar Spieltische, an den Wänden hingen Aufnahmen von Nackttänzerinnen. Einige davon zeigten halbe Kinder.
Die Stühle waren noch auf die Tische gestellt. Eine Putzfrau kam auf sie zu: »Noch nicht offen. Gehen Sie! Erst in zwei Stunden.« Es war eine ältere Frau mit einem Kopftuch; Tamar spürte den ärgerlichen und verächtlichen Blick, mit dem die Frau sie von der Seite musterte.
Felleisen griff sich einen der Stühle von dem Tisch, neben dem er stand, und stellte ihn Tamar hin.
Dann nahm er sich einen zweiten und setzte sich. »Rufen Sie

Holaschke«, sagte er zu der Putzfrau. »Sagen Sie ihm, Felleisen ist hier.«

Er holte ein silbernes Zigarettenetui heraus, klappte es auf und bot Tamar an, sich zu bedienen. Sie lehnte ab. »Sie haben ja so Recht«, sagte Felleisen und zündete sich eine filterlose Zigarette an. »Fangen Sie gar nicht erst damit an. Ich zum Beispiel schaff' es nicht , davon loszukommen. Neulich habe ich es sogar bei einem Hypnotiseur versucht.«

»Es hat nicht geholfen?«, fragte Tamar.

»Es kam gar nicht erst zum Hypnotisieren. Irgendwie kam mir der Mensch bekannt vor, und als er sein Pendel vorzog, fiel es mir ein: Er war wegen Kindesmissbrauchs zur Fahndung ausgeschrieben.«

»Und dann haben Sie ihn festgenommen und müssen jetzt weiterrauchen?«

»Genau«, sagte Felleisen. »Ich bin ein Opfer meines Berufs.«

Ein Mensch mit einer kühn toupierten schwarzen Mähne trat aus einem Hinterzimmer und kam auf sie zu. Er trug einen dunklen italienischen Anzug, Stiefeletten und hatte sich seit mehreren Tagen nicht rasiert.

»Der Herr Felleisen! Welch eine Überraschung«, sagte er, nahm sich einen Stuhl und setzte sich ihnen gegenüber. »Es sind sonst nämlich andere Herrschaften, die mit einer Dame hierher kommen.« Er begann Tamar eingehend zu mustern. Sie trug an diesem Wintertag einen eng sitzenden Wollpullover über einem weiten Rock. Seine Augen tasteten die Konturen ihres Oberkörpers ab. »Charmant«, sagte er dann. »Etwas für den anspruchsvollen Geschmack.« Zur Antwort warf sie einen kühlen und abschätzigen Blick auf seinen Hosenschlitz. Dann lächelte sie ihn mitleidsvoll an.

»Geben Sie acht, Holaschke, dass diese Dame nicht Ihr Etablissement auf den Kopf stellt«, sagte Felleisen. »Und fragen Sie bloß nicht, weshalb. Wir finden immer etwas.«

»Soll ich meinen Anwalt anrufen?«, fragte Holaschke.

»Es wäre sehr aufschlussreich, wenn Sie das täten«, antwortete

Felleisen. Tamar entschied, dass sie das Tempo anziehen müssten. »Seit wann wissen Sie, dass ihre Mädchen K.-o.-Tropfen benützen?«

Holaschke schwieg. Dann schüttelte er den Kopf. »Nee«, sagte er, »nicht mit mir. Gibt es bei mir nicht. Hat es nie gegeben, wird es nie geben. Felleisen müsste wissen, dass das bei mir nicht läuft.«

»Gar nichts weiß ich«, sagte Felleisen. »Außer, dass da etwas faul ist.«

»Hören Sie, junge Frau«, sagte Holaschke, »ein Nachtlokal ist ein Nachtlokal. Wer da reingeht, weiß, dass das nicht ganz billig ist. Und am nächsten Morgen hat mancher schon mal Ärger mit Muttchen, weil er ein paar Mäuse zu viel hat springen lassen. Aber zur Polizei zu gehen und von K.-o.-Tropfen reden: das ist ein starkes Stück...«

»Niemand hat das getan«, flötete Tamar mit ihrer sanftesten Stimme. »Der Mann hat nicht geredet. Kein einziges Wort mehr.«

»Er war nämlich tot«, sagte Felleisen. »Mausetot.«

Holaschke blickte von Felleisen zu Tamar und wieder zurück. »Und Sie können beweisen, dass der Mann hier war?«

»Ach das!«, sagte Felleisen. »Dafür genügt notfalls so etwas.« Aus seiner Westentasche zog er ein mattglänzendes schwarzes Streichholzbriefchen hervor und zeigte es umher. Über der Aufschrift »Lido-Bar« sah man die kühnen Umrisse eines rosenfarbenen nackten Busens.

»Das ist ein Bluff«, erklärte Holaschke entschlossen. »Wenn Sie das bei ihm gefunden hätten, wären Sie hier in voller Bataillonsstärke und mit Hausdurchsuchungsbefehl angerückt.«

»Kann noch alles kommen«, antwortete Felleisen.

»Und ich denke, dass Sie nicht so dumm sind, um das zu riskieren«, sagte Tamar. »Warum kooperieren Sie nicht einfach mit uns und erzählen uns, was Sie über die Leute wissen, die K.-o.-Tropfen einsetzen?«

Holaschke grinste. »Schicken Sie den da weg«, er wies mit dem

Kopf auf Felleisen,»und Sie werden sich wundern, wie gut ich Ihnen das Kooperieren besorge.«

Tamar stand auf und trat lächelnd auf Holaschke zu.»Schöne Frisur haben Sie da«, sagte sie und hob die Hand. Holaschke stand hastig auf. Tamar tippte leicht mit der Hand gegen seine Brust. Holaschkes Oberkörper zuckte nach vorn, um das Gleichgewicht zu behalten. Tamar griff mit der Hand in Holaschkes Kragen und riss ihn zu sich her. Dabei rammte sie ihm das Knie in den Unterleib. Holaschke flog nach vorne und landete auf dem Fußboden.

Plötzlich war er glatzköpfig.

»Sie haben Ihr Toupet verloren«, sagte Felleisen.»Vielleicht wäre es doch besser, wenn Sie uns erzählen, was mit diesen Tropfen ist. Die Leute fallen so leicht. Womöglich brechen Sie sich noch was.«

Donnerstag, 29. Januar, 18.50 Uhr

Winternebel lag über der Stadt. Halberg hatte den Fernseher eingeschaltet und sah sich die Nachrichten der Landesschau an. Die Umstände, unter denen Thalmann seine Flucht aus Mariazell bewerkstelligt hatte, wurden ausführlich, fast, hatte er den Eindruck, genüsslich geschildert. Eine ausgedehnte Kamerafahrt zeigte das Interieur der Zahnarztwohnung, mit der in der Totalen aufgenommenen Sitztruhe als filmischem Höhepunkt.

Mit Genugtuung sah Halberg ein eingeblendetes Foto von 1981, das damals zu Beginn der Verhandlung vor der Schwurgerichtskammer gemacht worden war. Zu sehen war darauf vor allem er, Halberg, mit sehr sachlichem, sehr aufmerksamem Gesichtsausdruck, wie er fand; dahinter Thalmann auf der Anklagebank, blass und mit den zu langen Haaren, die man damals noch trug.

Der Kommentator sprach vom fidelen Knast von Mariazell und ließ dunkel durchblicken, dass die Affäre vielleicht sogar Konsequenzen in der Landesregierung haben müsse; der Justizminister war den Hardlinern der Staatspartei schon länger ein Dorn im Auge.

Lange würde Thalmann ja wohl nicht in Freiheit bleiben, dachte Halberg und überlegte sich, ob und wie er ihn dann im Prozess um die Mariazeller Vorgänge verteidigen würde. Dann fiel ihm ein, dass Thalmann kaum noch einmal auf seine Dienste zurückgreifen würde. Seufzend holte er sich aus dem Seitenfach seines Schreibtischs die Cognac-Flasche und einen Schwenker und schenkte sich maßvoll ein. Seine Sekretärin war bereits gegangen; sie hatte auch nichts mehr zu tun gehabt. Aus alter Gewohnheit verbrachte Halberg einen Teil der Abendstunden in seiner Kanzlei; er war Junggeselle, und die jungen Männer, von denen er sich noch ab und an einen leistete, fanden sich erst später in der Bierbar ein, die derzeit der Ulmer Umschlagplatz für diese Art Dienstleistungen war. Für 19 Uhr hatte sich ein Besucher angemeldet; der Mann hatte der Sekretärin am Telefon gesagt, er wolle sich wegen eines Wiederaufnahmeverfahrens beraten lassen.

»Okay, ist ja recht«, sagte Holaschke. Sorgfältig zog er sich das Toupet über den kahlen Schädel und strich sich die falschen Haare zurecht. Dann klopfte er sich Hosenbeine und Ärmel ab. »Aber von diesen Tropfen weiß ich wirklich nichts. Keiner im Milieu würde so etwas zulassen. Jedenfalls keiner, der etwas zu sagen hat. Am besten ist, Sie sprechen mit dem Kapo. Wenn Sie wollen, rufe ich an und frage, ob er mit Ihnen redet.« Felleisen nickte. Holaschke holte an der Theke ein Handy und wählte. »Ich habe die Polizei hier«, sagte er dann, ohne erst seinen Namen zu nennen. »Es ist Felleisen, und eine Frau. Offenbar gibt es Leute, die mit K.-o.-Tropfen arbeiten. Und einen Toten gibt es auch.«

»Nein«, sagte er nach einer Pause. »Bei mir kann es nicht passiert sein. Kann ich die beiden zu dir schicken?«
Kurz darauf schaltete er das Handy wieder ab. »Der Kapo will mit Ihnen reden«, sagte er zu Felleisen. »Sie kennen ja den Weg.«

In seiner Wohnung goss sich Berndorf einen Tee auf; unter den Nachwirkungen von Kastners Zwetschgenschnaps hatte er am Morgen beschlossen, ein paar Tage lang keinen Whisky anzurühren. Vier oder drei Tage lang. Jedenfalls zwei.
Aus seinem Fenster sah er, dass Nebel über der Stadt lag. Irgendwo dort draußen wohnte unerkannt und unverdächtig, als Bürger unter anderen ehrbaren Bürgern, der Mensch, den Heinz Tiefenbach in den letzten Tagen seines Lebens aufgesucht hatte und bei dem er den Tod gefunden hatte. Und der Mörder aß gerade zu Abend und schenkte sich ein Bier ein, oder er achtete darauf, dass der Wein die richtige Temperatur hatte. Vielleicht saß er auch vor dem Fernseher und sah zu, wie ein Talkmaster einen anderen Talkmaster interviewte, oder er hatte eine CD aus dem »Ring«-Zyklus aufgelegt, und seine Frau las einen historischen Roman. Oder in einem Hochglanz-Magazin einen Beitrag über neue Rosenzüchtungen.
Auf dem Fensterbrett lag sein Montaigne-Band, mit den aufgeschlagenen Seiten nach unten. Eine alte Unsitte, die Barbara hasste. Er fing im Stehen an zu lesen. Jeden Tag ein paar Sätze zum Weiterdenken. Manchmal kam die Stimme des Alten wie aus dem Nebenzimmer. Oft forderte sie auch seinen Widerspruch heraus.
»So überwältigend ist des Gewissens Macht!« stand da. »Sie treibt uns dazu, dass wir in eigner Person uns verraten, anklagen und bekämpfen und wenn sie keinen anderen Zeugen findet, ruft sie uns wider uns auf...« Schön wär's, dachte Berndorf. Aber Tiefenbachs Mörder saß warm und behaglich in seinem Sessel, oder er brachte seiner Frau einen Sherry.

Wenn nicht sogar die Frau die Mörderin war.
Dann wies er sich zurecht. Was du dir da zusammenspinnst, sind Klischees aus einer Seifenoper. Oder aus dem Vorabendkrimi. In Wahrheit wusste er absolut nichts. Nichts über Tiefenbachs Mörder, und nichts über den entflohenen Strafgefangenen Wolfgang Thalmann, den tüchtigen EDV-Fachmann, der so gewandt mit dem Rasiermesser umgehen konnte.
Stopp, dachte Berndorf plötzlich. Über Thalmann können wir etwas wissen. Zum Beispiel, dass er nicht mehr in Frankfurt ist.
Am Abend hatte Kastner noch im Neuen Bau angerufen und Einzelheiten von Zürns Geständnis durchgegeben. Für Thalmann seien mehrere zehntausend Mark auf das Anderkonto eines Frankfurter Anwalts überwiesen worden, hatte Zürn angegeben. Der Anwalt schwieg, aber die Frankfurter Kollegen hatten bereits herausgefunden, dass das Konto vor zwei Tagen abgeräumt worden war. Thalmann war also bis Frankfurt gekommen und verfügte inzwischen über einiges Geld. Aber bei der Geldübergabe mussten andere Leute beteiligt gewesen sein, vielleicht ein Bankangestellter oder die Sekretärin des Anwalts. Irgendwer würde der Polizei einen Tipp geben können. Oder den Leuten im Milieu, die nur zu gerne einem entsprungenen Knacki das Geld tragen helfen. Thalmann würde es nicht darauf ankommen lassen, dass in den Frankfurter Zeitungen ein Fahndungsaufruf erschien.
Aber auch Ulm war zu gefährlich für ihn. Zu viele kannten ihn von früher, und jedermann hier hatte von seiner Flucht und ihren Umständen gehört oder würde morgen davon lesen. Nicht Frankfurt, nicht Ulm. Also Stuttgart, dachte er sich dann. In Stuttgart lebt Thalmanns Tochter, von Frankfurt aus ist er mit dem ICE in zwei Stunden dort. Und in einer Stunde ist er von Stuttgart aus in Ulm, wenn er in Ulm noch etwas zu tun vorhat.
Tamar sollte noch einmal mit den Stuttgarter Kollegen reden. Sie sollten sich in kleinen Pensionen umsehen, in den Hotels

garni, überall dort, wo kleine Geschäftsreisende und Monteure abstiegen. Leute also, unter denen der EDV-Controller einer Schreinerei nicht weiter auffallen würde.
Berndorf klappte das Taschenbuch zu, goss sich neuen Tee ein und setzte sich an seinen Schreibtisch. Er sah die Kopien durch, die ihm Krummsiek von Thalmanns Korrespondenz gegeben hatte. Sofort erkannte er Thalmanns kleine und sehr akkurate Schrift. So hatte er auch aus der U-Haft an seine Tochter geschrieben; die Briefe waren damals sämtlich sichergestellt worden.

Der Kapo wohnte in Donaustetten, einem Ulmer Vorort auf der anderen Seite des Flusses. Als sie über die Adenauerbrücke fuhren, wurde der Nebel noch dichter.
»Was sollte ich über den Mann wissen, zu dem wir fahren?«, fragte Tamar.
»Er heißt Puchner. Erwin Puchner. Aber man kennt ihn nur als Kapo«, antwortete Felleisen. »Er war früher Pächter des ›König Karl‹. Jetzt hat er sich zur Ruhe gesetzt. Offiziell wenigstens.«
Das ›König Karl‹ war ein Bordell am Rande der Altstadt.
»Er sieht aus wie ein pensionierter Sparkassenbuchhalter«, fuhr Felleisen fort. »Aber bisher hat er die Sache immer in der Hand behalten. Sogar die türkische Mafia respektiert ihn.«
Sie fuhren über eine Waldstraße, von kahlen Bäumen gesäumt. Dann trat der Wald zurück und sie kamen in ein Wohngebiet mit neuen Einfamilienhäusern, denen die Bauaufsicht allerhand vorspringende Erker und Balkone erlaubt hatte. Im Nebel sahen sie noch unwirklicher aus als sonst. Felleisen bog nach links ab und hielt vor einem eher unauffälligen Haus, mit einem Vorgarten, der von einem Jägerzaun eingegrenzt war. Felleisen ging durch das Gartentor, Tamar folgte ihm. An der Haustür öffnete ihm eine kleine grauhaarige Frau mit einem Dutt. »Kommen Sie nur herein«, sagte sie, »mein Mann wartet schon auf Sie.«

Das Haus wirkte auch innen unauffällig und kleinbürgerlich, mit Spitzenvorhängen an den Wänden und Häkeldecken auf den Möbeln, die auf den ersten Blick nach Gelsenkirchner Barock aussahen. Als sie der grauhaarigen Frau ihren Mantel gab, fiel Tamars Blick auf eine Pieta neben dem Garderobenspiegel. Es war eine bemalte Holzplastik, und unvermittelt sprang ihr der Ausdruck von Schmerz und Verzweiflung in die Augen. Erst dann wurde ihr klar, dass das ganze Haus mit echten Antiquitäten voll gestellt war. Mein Gott, was werden die auf dem Klo haben, dachte sie.

Sie folgte Felleisen in ein Wohnzimmer, das sie ein wenig an das ihrer Großeltern erinnerte. An einem ovalen Tisch mit holzgeschnitzten Stühlen stand ein grauhaariger Mann. Er war weniger als mittelgroß, trug eine Strickweste und eine Brille mit stark gewölbten Gläsern.

»Je später der Abend ...!«, sagte er, und seine Stimme hatte jenen Klang falscher Jovialität, an dem Tamar das Stuttgarter Schwäbisch erkannte. Felleisen und Puchner begrüßten sich; verblüfft stellte Tamar fest, dass die beiden Männer sich duzten. Felleisen stellte Tamar vor: »Eine Kollegin vom Morddezernat«, fügte er hinzu, und Puchner reichte ihr eine weiche ausdruckslose Hand. Dann setzten sie sich an den ovalen Tisch. Die grauhaarige Frau brachte auf einem Silbertablett eine Flasche aus Kristallglas. Daneben standen kleine Schnapsgläser. »Ein Enzian«, erklärte der Kapo. »So einen kriegen Sie hier gar nicht. Wir haben ihn aus Tirol mitgebracht.«

Tamar lehnte dankend ab und bat um ein Glas Mineralwasser. Die Grauhaarige ging es holen.

»Wir suchen Leute, die mit K.-o.-Tropfen arbeiten«, sagte Felleisen schließlich, als sie sich zugetrunken hatten. »Die Kollegin hat einen Toten. Er könnte zu viel abbekommen haben.«

Puchner starrte durch seine halbkugelgroßen Brillengläser auf Tamar. »Diese Tropfen sind eine üble Sache. Aber wir dulden das nicht. Sie sehen ja selbst: es bringt nur Ärger mit der Polizei.« Er schien zu überlegen. Dann wandte er sich an

Felleisen: »Du kennst diese Discothek im Industriegebiet, beim Magirus.« Felleisen nickte. »Da lässt einer, der neu im Geschäft ist, Halbwüchsige für sich anschaffen. Das Bürschle ist einer von den Discjockeys dort. Einer, der selbst so viel schluckt, dass er immer eine halbe Apotheke bei sich hat.«
»Der Tote, um den es geht, wird kaum in eine Discothek gegangen sein«, wandte Tamar ein. »Er wäre auch nicht hineingekommen.«
»Die Zeiten haben sich schon wieder geändert«, sagte Puchner. »Die Taxifahrer wissen Bescheid und sagen den Kunden das Kennwort für den Türsteher.«
»Und warum haben wir noch nicht davon gehört?«, fragte Felleisen tadelnd.
Puchner schüttelte den Kopf. »Du solltest öfters einen Enzian mit mir trinken. Außerdem hab' ich dir doch gesagt, dass die Mädchen halbwüchsig sind. Kein Freier geht da zur Polizei.«
Felleisen war nicht zufrieden. »Wenn ich das richtig verstehe, zahlen die Leute da draußen ihren Beitrag nicht. Und deshalb sollen wir den Laden aufmischen.«
Der Kapo zuckte mit den Achseln. »Ich hab' mir gedacht, euch ist's lieber, wenn ihr selbst nach dem Rechten schaut. Wenn wir's machen, wird es vielleicht ein bissle grob. Die Leut' sind heut ja so zartfühlend. Vor allem bei Kindern.« Er nahm einen vorsichtigen Schluck aus dem Schnapsglas. »Da ist noch etwas«, sagte er dann. »Ich will doch nichts von euch. Sondern ihr etwas von mir.« Tamar und Felleisen wechselten einen Blick. »Vielleicht hast du Recht«, sagte Felleisen.
»Aber wenn wir dir schon den Gefallen tun und die Leute ausheben, die nicht an euch zahlen, dann sag mir bitte auch, wer sonst mit solchem Zeugs zugange ist.«
»Zwei Polinnen«, sagte Puchner. »Im Kiosk am Busbahnhof.«

Der erste Brief, den Krummsiek für Berndorf kopiert hatte, stammte vom Oktober 1987. Thalmann hatte damals an eine

Tübinger Arbeitsgemeinschaft geschrieben, die Opfer von ärztlichen Kunstfehlern beriet. »Ich bin Strafgefangener«, hieß es in dem Schreiben. »Verurteilt hat man mich wegen Mordes. Bis heute versuche ich zu begreifen, was zur Tatzeit vorgefallen ist. Aber es gelingt mir nicht. An einzelne Vorgänge kann ich mich zwar erinnern. Aber ich habe keine Empfindung dabei. Diese Ereignisse sind wie durch eine Glasscheibe von mir getrennt.«
Thalmann bat dann um Auskunft, ob diese Art der Erinnerung damit zu tun haben könnte, dass er damals unter dem Einfluss von Medikamenten gestanden habe; wegen seiner Depressionen habe er Sansopan in hoher Dosierung genommen.
Einige Wochen später hatte ein Mitarbeiter der Arbeitsgemeinschaft – die Unterschrift war unleserlich – den Eingang des Schreibens bestätigt und darauf verwiesen, dass es in Thalmanns Anfrage offenkundig um das Problem seiner damaligen Schuldfähigkeit gehe. Leider dürfe die Arbeitsgemeinschaft aber keine Rechtsauskünfte erteilen und müsse Thalmann deshalb bitten, sich in der Frage eines Wiederaufnahmeverfahrens an einen zugelassenen Anwalt zu wenden.
In den folgenden Monaten und Jahren schrieb Thalmann an zahlreiche medizinische Forschungsinstitute, immer wieder mit der Bitte um Auskunft über mögliche persönlichkeitsverändernde Auswirkungen bestimmter Psychopharmaka, und zwar nicht nur von Sansopan, sondern allgemein von stimmungsaufhellenden Medikamenten. Die Briefe waren sehr höflich gehalten, und zu Beginn wies Thalmann jedesmal darauf hin, dass er selbst Betroffener sei.

Pünktlich um 19 Uhr, mit Beginn der ZDF-Nachrichten, schlug die Türklingel an. Halberg schaltete den Fernseher aus und schob die Holzverkleidung des Wandregals vor den Bildschirm. Dann ging er zur Tür. Der Besucher war mittelgroß und trug einen Hut und einen billigen Wintermantel.

»Herr Andres?«, fragte Halberg und ließ den Besucher eintreten. Der Mann schwieg. Vor der Garderobe blieb er stehen und hängte seinen Hut auf. Dann drehte er sich um und griff Halberg mit einer raschen Bewegung an den Hals. Halberg spürte, wie etwas an seiner Kehle lag. Es fühlte sich kühl an, glatt und scharf.
»Bleiben Sie ganz ruhig«, sagte der Mann. »Schreien Sie nicht. Tun Sie, was ich Ihnen sage.«
Erst jetzt erkannte ihn Halberg.

Ein Mensch hinter Gittern hat es nicht leicht, Gehör zu finden. Immerhin hatten einige der Angeschriebenen geantwortet, und einzelne hatten Thalmann sogar den einen oder anderen Aufsatz zur Problematik von Psychopharmaka zukommen lassen. Aus dem sich unmerklich ändernden Ton der Antwortbriefe schloss Berndorf, dass in den letzten Jahren die Bereitschaft zugenommen hatte, problematische Nebenwirkungen mancher Medikamente jedenfalls nicht von vornherein auszuschließen. An Thalmann selbst und seiner Geschichte zeigte sich niemand interessiert.
Berndorf legte die Kopien beiseite. Der Tee war kalt geworden. Sie haben ihn sich selbst überlassen, dachte er. Wir sperren die Leute weg, sollen sie selbst sehen, wie sie aus ihrem Hass, ihrer Schuld und dem Gespinst ihrer Rechtfertigungsversuche wieder herauskommen.
Er stand auf und griff wieder nach den Montaigne-Essais. Nach kurzem Suchen fand er im Kapitel »Von der Reue« den Absatz, an den er gestern geraten war.
»Nur du selber weißt, ob du feige und grausam bist oder pflichtgetreu und gottesfürchtig; die andern haben kein wirkliches Bild von dir, sondern suchen sich anhand ungewisser Mutmaßungen eins zu machen. Sie sehen weniger, wie du bist, als wie du dich gibst. Halte dich darum nicht an ihr Urteil, halt dich an das deine.«

Auf das Urteil Thalmanns, dachte Berndorf, wird sich niemand verlassen wollen. Nur war damit die Frage nicht beantwortet, ob seine Vorwürfe wirklich so »absurd und abstrus« waren, wie der Anstaltspsychologe Krummsiek gemeint hatte. Gut möglich, dachte Berndorf, dass das Urteil des Anstaltspsychologen auch nur eine der Mutmaßungen war, von denen Montaigne gesprochen hatte.
Berndorf griff nach seinem Telefon und wählte Kovacz' Nummer. Vielleicht würde der Gerichtsmediziner ihm sagen können, was er von den Briefen aus dem Mariazeller Knast halten solle. Aber es meldete sich nur der Anrufbeantworter.
Er legte auf. Thalmanns Korrespondenz hatte ihn müde gemacht. Vielleicht würde Montaigne ihm den Kopf lüften. Doch der kam von der Reue auf die späte Tugendhaftigkeit im Alter zu sprechen: »Jener Mann, der in der Antike sagte, er sei den Jahren dankbar, dass sie ihn von der Wollust befreit hätten, war andrer Auffassung als ich. Niemals werde ich der Impotenz Dank wissen, und wenn sie mir noch so gut bekäme.« Ich auch nicht, dachte Berndorf.
Summend meldete sich das Telefon neben ihm. Berndorfs Herz begann, schneller zu schlagen. Er nahm den Hörer ab.
»Du hast deinen Mörder also doch noch nicht«, sagte die klare helle Stimme.
»Es sind mindestens zwei«, antwortete Berndorf. »Woher weißt du?«
»Du wärst sonst im Präsidium. Oder heißt es Direktion?« Barbara klang vergnügt. Berndorf fühlte sich, als hätte ein Luftzug seine trüben Gedanken weggeblasen. »Und du würdest dir und deinem Mörder Bier und Schinkensandwiches bringen lassen, stell' ich mir vor.«
»Du verwechselst mich mit Maigret«, sagte Berndorf. »Zu viel der Ehre. Bei uns gibt es leider nur Kaffee und Fleischbrühe. Aus dem Automaten.« Trotz ihrem Protest bestand er auf einem Rückruf. Er musste ihr von Thalmann, dem Ausbrecher in der Sitztruhe erzählen. Es wurde ein längerer Bericht.

»Das mit der Mooreiche glaubt dir kein Mensch«, sagte Barbara entschieden.

»Ich kann es nicht ändern«, antwortete er ergeben. »Übrigens hat der Fall ein paar Details, die nicht mehr so komisch sind.« Er suchte den Brief heraus, den Thalmann an die Tübinger Arbeitsgemeinschaft geschrieben hatte, und las ihn ihr vor.

»Nein«, sagte Barbara, »der Fall ist wirklich nicht komisch. Wen hat er alles umgebracht?« Berndorf fasste kurz zusammen.

»Und heute sieht er sich selbst als einen Fremden, der das getan hat«, stellte sie fest. »Für eine Therapie ist das, glaube ich, kein besonders guter Ansatz.« Sie sagte es zögernd, und plötzlich war ihre Stimme weg. »Bist du noch da?«, fragte Berndorf. »Aber sicher. Oder hörst du andere Stimmen?«, meldete sich Barbara zurück. »Weißt du, was mir auffällt? Du hast gerade ziemlich viel mit Pharmazeutik am Hals. Erst der arme Mensch aus Görlitz, und jetzt dieser da mit seinem Rasiermesser. Was die Leute an Pillen schlucken, geht offenbar auf keine Kuhhaut. Ich seh' das hier auf dem Campus jeden Tag. Alle wollen sie smilys sein. Das ist unsere schöne neue Welt.«

»Ja, brave new world, und die ist nicht erst von heute. Ich les' Dir aus einem zweiten Brief vor. Thalmann hat ihn an einen Göttinger Medizinhistoriker gerichtet. Da schreibt er, er wolle herausfinden – ich zitiere –, ›ob bei den nationalsozialistischen Menschenversuchen in den Konzentrationslagern auch Psychopharmaka erprobt worden sind‹. Zitat Ende. Und ein paar Wochen später hat er bei der Ludwigsburger Zentralstelle zur Aufklärung von NS-Straftaten eine förmliche Strafanzeige erstattet. Und zwar gegen mehrere Pharma-Firmen. Es sind große Namen darunter. In der Anzeige wirft er ihnen vor, sie hätten Medikamente auf den Markt gebracht, die in den Konzentrationslagern erprobt worden sind. An Versuchspersonen, die dabei gestorben sind oder die man danach ermordet hat.«

»Und?« Barbaras Stimme klang gespannt.

»Nichts«, sagte Berndorf. »Der Göttinger Historiker hat höflich geantwortet, er habe den Brief mit Interesse gelesen, aber seines Wissens habe die pharmakologische Forschung vor 1945 andere Schwerpunkte gehabt, als Thalmann vermute. Und Ludwigsburg bestätigte zwar den Eingang der Anzeige. Einige Monate später hat dann aber ein Sachbearbeiter zurückgeschrieben, Thalmann möge doch bitte benennen, welche Verantwortlichen der von ihm genannten Firmen konkret welche Versuche veranlasst hätten.«

»Und das konnte er nicht?«

»Nein, das konnte er wohl nicht«, bestätigte Berndorf. »Es ist nicht so einfach, so etwas zu recherchieren. Vor allem nicht, wenn einer als verurteilter Mörder im Knast sitzt.«

Barbara schwieg. »Du klingst müde«, meinte sie dann.

»Es geht«, antwortete Berndorf. Er fühlte sich nicht wirklich müde. Er fühlte sich allein. Er blickte auf die glatte Kunststoffhaut der Sprechmuschel und sagte nach kurzem Zögern: »Kastner hat vorgeschlagen, wir sollten uns für das Guinness-Buch der Rekorde melden.«

»Oh!«, kam es über den Großen Teich. »Wie darf ich das verstehen?«

»Ich nehme an, er meint: unter Ferne Liebende, Langzeitrekord.«

Er hörte Barbara kurz durchatmen: »Häng endlich deinen Job an den Nagel«, sagte sie dann entschlossen. »Nimm deine Polizeimarke und schick sie diesen engen, beschränkten Männern in Stuttgart zurück. Und komm nach Berlin.«

»Willst du wirklich? Ich bin kein guter Hausmann. Und eine Detektei in Kreuzberg oder Neukölln: Berndorf, Nachforschungen, Hinterhaus, III. Etage? Das wäre doch gewöhnungsbedürftig. Ich überleg's mir.«

»Das sagst du immer.« Barbaras Stimme klang entfernt.

Donnerstag, 29. Januar, 23 Uhr

Wasmer stand am Fenster im Aufenthaltsraum der Bahnhofswache. Sie lag im linken Flügel des Bahnhofsgebäudes. Missmutig starrte er auf den Bahnsteig unter ihm. Er hatte bei der Fahrdienstleitung veranlasst, dass der Fernschnellzug Warschau–Prag–Nürnberg–Stuttgart heute Abend hier ankommen würde. Aber der Zug hatte eine gute halbe Stunde Verspätung.
Im Stuttgarter Hauptbahnhof war es still geworden. Ab und zu huschten schattenhafte Gestalten durch das Neonlicht. Wasmer nahm einen Schluck aus der Cola-Dose, die er vor einer Viertelstunde aus dem Automaten gezogen hatte, und verzog angewidert das Gesicht. Irgendjemand kicherte. Wasmer drehte sich um. Auf dem kleinen flimmernden Fernseher war einer der Sportkanäle eingeschaltet. Muskelmänner, die als Tarzans kostümiert waren, purzelten durch ein Ringgeviert. Unter dem Deckenlicht dösten zwei Männer in grünen Uniformen. Es waren Hundeführer, und ihre Schäferhunde lagen ausgestreckt zu ihren Füßen, die Köpfe mit den langen Schnauzen auf ihren Pfoten. Sie schliefen nicht, sondern behielten ihre Umgebung wach und misstrauisch im Blick.
In einer Ecke saßen drei Männer in Zivil. Es waren die Fachleute, die Wasmer vom Grenzübergang Weil am Rhein angefordert hatte. Sie hatten Messgeräte mitgebracht, die den Anteil des Kohlendioxyds in der Raumluft erfassen konnten. Damit konnte man feststellen, ob sich in einem Raum Lebewesen befanden.

Im Donautal, dem Ulmer Industriegebiet, hielt ein schwarzer VW-Bus mit schwarz getönten Seitenscheiben auf dem Parkplatz einer Spedition. Hundert Meter weiter verschwamm die Neon-Reklame der Discothek »69« farbig im Nebel. Felleisen sah in den Rückspiegel. Hinter ihm saß die junge Kollegin aus

dem Morddezernat. Kalt wie eine Hundeschnauze, dachte Felleisen. Drei weitere Einsatzfahrzeuge bogen von der Zubringerstraße ab. Die Fahrer hatten das Blaulicht ausgeschaltet.
»Noch einmal«, sagte Felleisen. »Was wir suchen, sind Lolitas. Solche mit einem Flachmann im Handtäschchen. Oder mit etwas, das wie Nasentropfen aussieht.«
»Du musst uns nicht sagen, wie wir unseren Job tun sollen«, erwiderte Blocher gekränkt. Es war fast unmöglich, dachte Felleisen, Blocher nicht zu kränken.

Der letzte Bus aus Blaustein bog auf die Bahnhofstraße ein. Vom Westen trieben Nebelfetzen her. Die Lampen über dem leeren Ulmer Omnibusbahnhof schwankten im Wind. Berndorf hatte seinen Wagen beim Hauptbahnhof geparkt und ging über die Bussteige auf einen viereckigen heruntergekommenen Pavillon zu. Vor zwei Stunden hatte ihn Tamar am Telefon erreicht und von dem Gespräch mit Felleisen und dem Kapo berichtet. Auch Felleisen war der Ansicht, dass eine Aktion nur sinnvoll war, wenn sie sofort anlief.
»Das spricht sich doch heute Nacht noch herum, dass die Bullen hinter Leuten mit K.-o.-Tropfen her sind«, hatte er gemeint. Englin hatten sie gar nicht erst gefragt, denn der hatte donnerstags seinen Abend bei den Rotariern.
An der Außenwand des Pavillons warben halb abgerissene Plakate für das Musical »Miss Saigon« und für einen Boxkampf in der Messehalle. Der Kampf war schon vor einem halben Jahr gewesen. Ein Streifenwagen bog auf den Busbahnhof ein. Berndorf nickte der Besatzung zu. Dann ging er um die Ecke des Pavillons und stieß die Eingangstür auf. Sie war aus Sicherheitsglas. Trotzdem hatte jemand versucht, sie mit einem Stein einzuschlagen. Zigarettenqualm und der saure Geruch von umgeschüttetem Bier schlugen ihm entgegen.
An einem der Tische saß ein Mann in einem Arbeitsanzug mit

zwei Frauen. Eine davon war blond. Ein zweiter Mann stand vor dem Münzspielautomat, neben ihm schlief ein dritter, den Kopf auf den Tisch gelegt. Der Wirt lehnte an der Theke. Er hatte ein bleiches rundes Gesicht und schmutziggraue, nach hinten gekämmte Haare. Als er Berndorf sah, schienen seine Augen plötzlich groß zu werden.

Berndorf hob grüßend die rechte Hand und senkte sie dann ganz leicht. Es war eine Geste, die zugleich beruhigend und warnend sein sollte.»Bring mir ein Bier«, sagte er dem Wirt und setzte sich. Den Mantel behielt er an.

Der Betrunkene am Münzspielautomat hieb zornig auf die Steuerungstaste. Der Wirt zog sich hinter die Theke zurück und zapfte das Bier für Berndorf.

Im Wandregal hinter dem Tresen lief ein Fernseher. Einer der Sportkanäle übertrug Wrestling. An dem Tisch nebenan redete der Mann in dem blauen Overall auf die beiden Frauen ein. Er war klein und schmächtig und trug eine Brille mit dicken Gläsern.

»Solche alte Fliesen, das ist eine Scheißarbeit«, sagte der kleine Mann.»Alles verklebt. Ein unglaublicher Dreck, musst du alles abschleifen.«

»Du bist süß«, sagte die Schwarzhaarige.»Kauf uns noch einen Schnaps.« Ihr Akzent klang nach Vorstadt. Nach einer Vorstadt irgendwo in Osteuropa.

»Alles musst du wegmachen«, erklärte der Kleine.»Sonst hält der neue Estrich nicht. Was glaubt ihr, wie das stinkt.«

»Zahl eine Runde«, sagte die Blonde. Es war schon einige Zeit her, dass sie sich die Haare gefärbt hatte. Sie kam so wenig aus der Ulmer Vorstadt wie die Schwarzhaarige.»Ich blas' dir auch einen.« Dann warf sie einen scheinbar erschrockenen Blick auf Berndorf und schlug sich mit der Hand auf den Mund. Die Schwarzhaarige kicherte.

»Eine unglaubliche Schmiere gibt das«, sagte der Kleine. Dann winkte er dem Wirt.»Bring uns noch mal das Gleiche. Für auf den Weg. Der Olga. Der Ludmilla. Und mir.«

Der Wirt brachte drei Schnäpse. Der Spielautomat schüttete rasselnd zwanzig Markstücke aus. »Das is nur fair«, sagte der Betrunkene. Im Fernsehen flog einer der Catcher aus dem Ring. »Nur fair is das«, sagte der Betrunkene.

Der Fernschnellzug aus Warschau lief ein. Geschäftsleute, ein paar junge Frauen, eine Gruppe Musiker verschwanden in der abweisenden Stuttgarter Nacht. Ihre Papiere waren in Ordnung. Die Fachleute aus Weil machten sich daran, die Waggons abzusuchen.
Die Hundeführer gingen auf die andere Seite des Zuges, um von dort mit ihren Tieren das Gleis abzugehen. Die beiden Schäferhunde wedelten freudig mit ihren Schwänzen. Wenigstens zwei, die Spaß an ihrer Arbeit haben, dachte Wasmer missvergnügt.

In schmerzhaften Wellen wummerte der Lärm gegen die Trommelfelle. Lichtblitze zuckten über die Menge schwitzender erregter tanzender Körper. Vor Blocher öffnete sich eine Gasse. Er kannte das schon, und insgeheim genoss er die Angst und die Abneigung, die ihm und seinem großen massigen Körper entgegenschlugen. Allerdings sah er auf den ersten Blick, dass sie an diesem Abend vermutlich nicht mehr als ein paar Gramm Haschisch und eine Hand voll Ecstasy-Pillen sicherstellen würden.
Aber darauf kam es nicht an. Es kam darauf an, Flagge zu zeigen. Im Hintergrund sah er Felleisen, der zusammen mit Berndorfs arroganter Assistentin dabei war, einige halbwüchsige Mädchen einzusammeln.
K.-o.-Tropfen? Blocher glaubte es nicht. Die kleinen Huren hatten gar kein Problem damit, sich ficken zu lassen. Die brauchten die Tropfen nicht.

Olga und Ludmilla hatte den Kleinen in die Mitte genommen und untergehakt. Sie gingen durch die Nebelschwaden vom Kiosk zu der kümmerlichen kleinen Anlage an der Blau hinunter.
»Fliesen verlegen in einem Altbau, das stellt ihr euch viel zu einfach vor«, sagte der Kleine.
»Dafür blas' ich dir einen«, sagte Olga. »Jetzt. Gleich.«
»Kriegst auch noch einen Schnaps«, sagte Ludmilla und holte einen Flachmann aus ihrer Jackentasche. »Einen Schnaps für den Schatz.« Sie schraubte das Fläschchen auf.
Zwei Lichter flammten auf. »Polizei«, sagte eine Stimme. Ludmilla ließ den Flachmann fallen. Aus der Dunkelheit schoss eine Hand und fing die Flasche auf.

Das Funksprechgerät quäkte. Wasmer meldete sich. »Chef, kommen Sie doch mal nach vorne zum Gepäckwagen«, sagte einer seiner Beamten. Wasmer ging den Zug entlang. Die Tür des Gepäckwagens war aufgeschoben. Als er hineinkletterte, sah er die beiden Hunde vor der Rückwand des Wagens. Sie schnüffelten aufgeregt. Einer winselte.
»Der Innenraum ist einen knappen Meter zu kurz«, sagte einer der Hundeführer. »Wir haben es gemerkt, weil die Hunde sofort Witterung aufgenommen haben.«
»Ich müsst' grad lachen, wenn wir die Kollegen mit dem Messgerät gar nicht gebraucht hätten«, sagte Wasmer. Er sagte es, damit die Hundeführer zufrieden waren.
Zwei der Beamten aus der Bahnhofswache brachten einen Werkzeugkasten und begannen, die Verkleidung der Rückwand abzuschrauben.
»Vorsicht«, sagte einer von ihnen plötzlich. Wasmer zog seine Dienstpistole und entsicherte sie. Ein Seitenteil der Rückwand klappte auf.
Ein grauhaariger Mann in einem zerknitterten Anzug kam mit erhobenen Händen heraus. Er sah elend und verzweifelt aus.

Hinter ihm sah Wasmer eine Frau mit einem Kopftuch und einem kleinen Mädchen an der Hand. Die Frau konnte sich kaum mehr auf den Beinen halten. Neben ihr war ein jüngerer Mann. Die Hunde wedelten. Ein zweiter jüngerer Mann trat aus dem Versteck. Und dann noch eine Frau und noch ein Kind.
Scheiße, dachte Wasmer. Was fuchtle ich hier mit einer Knarre herum.

Es ging auf Mitternacht zu. Berndorf hatte nur die Lampe auf seinem Schreibtisch eingeschaltet. Sie verstünden kein Deutsch, sagten die beiden Frauen vor ihm. Sie sagten es immer wieder. Beide waren noch keine 30 Jahre alt, aber selbst im gnädigen Licht der einen Stehlampe sahen sie aus wie 50. Sie besaßen keine Aufenthaltsgenehmigungen, und Olga, die künstliche Blondine, war wegen Beischlafdiebstahls zur Festnahme ausgeschrieben.
Berndorf schickte Ludmilla hinaus. Dann betrachtete er Olga. Sie versuchte einen koketten Blick. Armes Huhn, dachte Berndorf.
»Ich weiß, dass Sie mich verstehen«, sagte er langsam. »Sie wissen, dass ich es weiß. Sie wissen auch, dass Sie in den Knast kommen. Vielleicht kann ich Ihnen aber helfen. Wenn Sie mir helfen.« Er reichte ihr das Bild Tiefenbachs über den Schreibtisch.
Olga betrachtete das Bild. Ihr Gesicht war wieder stumpf und verschlossen. Berndorf hatte den Eindruck, dass sie den Toten wirklich nie gesehen hatte. Es wunderte ihn nicht.
Tamar kam herein. »Eines der Mädchen hatte tatsächlich einen Flachmann in der Handtasche. Wir wissen nicht, was drin ist. Aber es hat einen Bodensatz. Das Mädchen sagt, sie hat es einem Kumpel abgenommen. Damit er nicht betrunken fährt. Natürlich weiß sie nicht, wie der Kumpel heißt.«
Berndorf ging mit Tamar in ihr Dienstzimmer. Vor dem

Schreibtisch hockte eine 15-Jährige mit verschmierter Wimperntusche und grellorange gefärbtem Haar. »Sie ist von zu Hause abgehauen«, sagte Tamar, »eine Vermisstenmeldung liegt nicht vor. Den Flachmann haben wir mit der anderen Probe zur Gerichtsmedizin geschickt.« Dass das Mädchen ihr gesagt hatte, es sei vom Vater missbraucht worden, wollte sie in seinem Beisein nicht vor Berndorf wiederholen.
»Wenn sie ausgerissen ist, sollten wir sie erst einmal hier behalten«, sagte Berndorf. Die 15-Jährige schniefte. »Den da kennst Du nicht?«, fragte Berndorf und hielt ihr das Foto von Tiefenbach vor. Das Mädchen zuckte ratlos mit den Schultern.
»Überleg Dir's«, sagte Tamar. »Wir reden morgen noch einmal.«

Freitag, 30. Januar, 9.10 Uhr

Hastig parkte die Rechtsanwaltsgehilfin Pia Holzner ihren kleinen Fiat in der Tiefgarage. Es war schon nach 9 Uhr, Halbergs uralter BMW V8 stand bereits in seiner Bucht. Wieder einmal war sie zu spät, was ja eigentlich keine Rolle spielte, weil die Kanzlei kaum mehr Mandanten hatte. Nur änderte das nichts an dem Theater, das Halberg wegen der lächerlichen paar Minuten veranstalten würde.
Sie öffnete die Tür zur Kanzlei. Die Tür zu Halbergs Büro war angelehnt. Sie rief einen Gruß hinein und hängte ihren Mantel auf. Von Halberg war nichts zu hören. Das Gezeter würde also erst später losgehen. Dann ging sie an ihren Schreibtisch und schaltete ihren PC ein. Auf dem Anrufbeantworter waren keine Gespräche gespeichert. Sie entschied, erst einen Kaffee aufzubrühen.
Als sie mit dem Tablett in Halbergs Büro kam und die Tür hinter sich mit der Schulter zurückdrückte, sah sie aus den Augenwinkeln, dass der Anwalt hinter seinem Schreibtisch

saß. Sie drehte sich ihm zu und sagte fröhlich: »Guten Morgen!« Dann sah sie, dass es doch nicht Halberg war. Hinter dem Schreibtisch saß irgendetwas, dessen Kopf grotesk nach hinten über die Rückenlehne hing. Plötzlich sah sie das Blut und hörte, dass jemand das Tablett auf den Boden hatte fallen lassen. Der heiße Kaffee spritzte ihr auf die Knöchel. Irgendjemand schrie gellend. Sie konnte nicht mehr damit aufhören.

Freitag, 30. Januar, 11.30 Uhr

Das linke Augenlid des Kriminaloberrats Englin zuckte in regelmäßigen Intervallen, zweimal kurz, einmal lang. Blocher nickte dazu missbilligend mit dem Kopf. Tamar sah ihm dabei zu. Er schaffte es nicht, den gleichen Takt wie Englins Augenlid zu halten.
»Es ist sehr bedauerlich«, sagte Englin, »es ist außerordentlich bedauerlich, dass das Dezernat Eins gestern keine weiteren Vorkehrungen in der Sache Thalmann getroffen hat.«
Berndorf, Leiter des Dezernats Eins, antwortete kalt, es sei Englins Entscheidung gewesen, wegen Thalmann nichts weiter zu unternehmen.
Englins Gesicht wurde starr. »Ich habe Sie angewiesen, in der Sache Tiefenbach tätig zu werden. Ich habe Sie nicht angewiesen, deswegen Ihre sonstigen Dienstpflichten zu vernachlässigen.«
Berndorf sagte, dass er nichts vernachlässigt habe. Es klang matt, wie er selbst fand. Was, bitte, hatte er denn schon erreicht? »Wir haben jetzt das weitere Vorgehen zu besprechen«, sagte Englin ernst und staatsmännisch.
So richtig zubeißen trauen sich beide nicht, dachte Tamar.
»Vermutlich«, sagte Staatsanwalt Desarts, »vermutlich stimmen wir alle darin überein, dass dringender Tatverdacht gegen Thalmann besteht. Halberg ist auf die gleiche Weise getötet worden, die wir als Thalmanns Methode kennen. Und Halberg war Thalmanns Anwalt.«

So schlüssig ist das aber nicht, dachte Tamar. Wo kommen wir hin, wenn jeder seinem Anwalt, der ihn lausig verteidigt hat, den Hals abschneidet?

»Tut mir leid«, sagte Berndorf, der sich entschieden hatte, möglichst kooperativ zu sein. »Ich denke zwar auch, dass es Thalmann war. Aber Halberg ist in seinem privaten Umgang nicht gerade wählerisch gewesen. Deshalb ist auch ein ganz anderer Ablauf denkbar. Dass die Methode mit der Thalmanns übereinstimmt, kann schierer Zufall sein.«

Desarts verzog das Gesicht. Halbergs Neigungen waren in der Tat bekannt.

»Wir haben also drei Probleme«, fuhr Berndorf fort. »Wir müssen erstens Thalmann finden. Wir müssen zweitens das Strichermilieu überprüfen, für den Fall, dass Thalmann nicht Halbergs Mörder ist. Und wir müssen drittens für den Fall, dass Thalmann es doch war, davon ausgehen, dass er – aus seiner Sicht – eine Rechnung beglichen hat. Eine Rechnung aus seinem Prozess. Dann aber hat er noch andere Rechnungen offen. Wir müssen also diejenigen schützen, die als Nächste auf seiner Liste stehen könnten.«

Das verstehe er nicht, sagte Englin.

»Ich verstehe es sehr gut«, sagte Desarts. »Gauggenrieder könnte auf der Liste stehen, der Vorsitzende im Thalmann-Prozess. Und mein alter Kollege Kropke, der die Anklage vertreten hat.«

»Sie auch«, sagte Berndorf. »Sie waren auch dabei. Und irgendwie habe ich das Gefühl, dass wir uns um diesen Pharmakologen kümmern müssen, den Sachverständigen von damals.«

»Sie meinen Twienholt, Professor Gustav Twienholt«, sagte Desarts.

Englin erklärte, dass er das selbst in die Hand nehmen werde. Twienholt sei eine wichtige Persönlichkeit. »Das ist ein hoch angesehener Wissenschaftler, inzwischen natürlich emeritiert, aber noch immer jemand mit Namen!« Staatsanwalt Desarts warf Berndorf einen etwas ratlosen Blick zu, doch dieser zuck-

te nur mit den Achseln. Desarts würde es überleben, dass Englin ihn nicht für eine wichtige Persönlichkeit hielt.
Na ja, dachte sich Berndorf dann. Das mit dem Überleben muss sich ja erst noch zeigen.

Von seinem Büro aus rief Berndorf als Erstes in Görlitz an und berichtete Rauwolf von der nächtlichen Suchaktion nach den Leuten mit den K.-o.-Tropfen.
»Es hat wohl nichts gebracht«, sagte er dann. Rauwolf schwieg. Schließlich fragte er kühl zurück, ob Ulm nicht besser den Fall überhaupt abgeben wolle.
»Ich versteh' Sie gut«, antwortete Berndorf verlegen. »Aber es ist hier passiert. Ich bin sicher, Täter und Motiv finden wir nur hier.«
Er sei sich da nicht mehr so sicher, antwortete Rauwolf. »Wir haben noch einmal Tiefenbachs Wohnung durchsucht. Auffällig erscheint uns erstens, dass in den sehr sorgfältig geordneten Unterlagen Tiefenbachs keine privaten Dokumente zu finden sind. Zweitens haben wir Wischspuren an den Türklinken der Wohnung sowie an Schrank und Regaltüren gefunden, schließlich auch auf der Tastatur des PC, den Tiefenbach besessen hat.«
»Da hat also jemand sauber gemacht«, sagte Berndorf.
»Es sieht eher so aus, als ob der Betreffende Handschuhe getragen hat«, sagte Rauwolf. »Wenn Sie einverstanden sind, bitte ich einen Spezialisten des Landeskriminalamtes Dresden, sich anzusehen, was in dem PC gespeichert ist.«
Berndorf sagte, dass das sicher eine gute Idee sei. Dann legte er auf und kam sich eine Weile lang dumm, alt und unfähig vor. Das wurde auch nicht besser, als Kastner anrief und mitteilte, dass die Frankfurter Kollegen die Sekretärin des Anwalts zum Reden gebracht hätten, über den die Geldtransfers aus Mariazell gelaufen waren. Alle brachten etwas heraus, dachte er. Nur er saß mit leeren Händen da, einfallslos, ohne

eine einzige Idee. Das Telefon weckte Berndorf aus seinem Trübsinn. Es war Wasmer.

»Wir haben gestern Nacht den Warschau-Express gefilzt. Das Versteck war im Gepäckwagen. Sie hatten die innere Rückwand einen knappen Meter nach vorne gezogen. In dem Hohlraum gibt es sogar eine Sitzbank.«

Berndorf wartete.

»Es war eine irakische Familie, Großvater, zwei Söhne mit ihren Frauen, drei Kinder. Der Großvater hat ein Englisch gesprochen, dass ich neidisch geworden bin. Bis auf ein paar Dollars, die sie bei sich hatten, haben sie ihr letztes Geld ausgegeben, um die Flucht zu finanzieren.« Wasmer machte eine Pause. »Wir werden sie nach Tschechien zurückschicken. Kannst du mir mal sagen, warum ich diesen Scheißjob tue?«

»Wegen der Kohle und deiner Pensionsberechtigung«, antwortete Berndorf. Er war heute nicht seelsorgerlich aufgelegt. »Kannst du mir eine Beschreibung von dem Versteck schicken? Fotos brauche ich auch, und Muster von den Schrauben und Scharnieren, die verwendet wurden.«

»Und bis wann willst du das haben?«, fragte Wasmer.

»Am besten noch heute Abend.«

Wasmer sagte, er werde sehen, was sich machen lasse.

Berndorf legte auf und wählte sofort neu. Am Apparat meldete sich wieder Rauwolf. »Ich werde am Sonntag kommen«, sagte Berndorf. »Können Sie es einrichten, dass ich am Montag mit jemand von den Bahnwerken reden kann?« Er erklärte ihm, warum.

Tamar kam in sein Büro, effizient und ungerührt: Eine Aphrodite, den Fluten des Eismeeres entstiegen, dachte Berndorf. Der Anblick des toten Halberg und die unaufhörlich schreiende Anwaltssekretärin schienen sie nicht im Geringsten erschüttert zu haben. In der Zwischenzeit hatte sie noch einmal mit der 15-Jährigen gesprochen, die sich aber durchaus nicht an Tiefenbach erinnern wollte. Außerdem war sie standhaft dabei geblieben, dass sie den Flachmann mit dem Bodensatz einem Freund abgenommen habe, von dem sie nur wusste, dass man ihn »Schluffi« rief.

Danach hatte Tamar mit Felleisen und mit Markert von der Schutzpolizei über eine Razzia im Strichermilieu gesprochen: »Markert würde Leute bereitstellen – wenn Sie einverstanden sind. Felleisen ist skeptisch.«

»Ich bin's auch«, sagte Berndorf. »Dass der Anwalt umgebracht wurde, wird sich in der Szene sofort herumsprechen. Jeder hat ihn dort gekannt. Außerdem kommt es in den Regionalnachrichten. Also werden die Jungs damit rechnen, dass heute Abend die Polizei angebraust kommt. Folglich können wir es gleich bleiben lassen.«

»Felleisen meint das auch«, sagte Tamar. »Also abgehakt. Nächstes Thema: Ihre Liste von Thalmanns möglichen weiteren Opfern.« Sie hatte herausgefunden, dass der frühere Erste Staatsanwalt Walther Kropke im Dornstadter Altenzentrum lebte. Von dem Vorsitzenden Richter a. D. Gauggenrieder wusste man, dass er im Ulmer Vorort Söflingen wohnte. Tamar hatte bereits bei ihm angerufen, aber nur Gauggenrieders Frau erreicht: ihr Mann sei mit den Hunden unterwegs. Für Kropke wie für Gauggenrieder sei Polizeischutz angefordert.

Berndorf sagte, dass er mit beiden auch noch selbst reden werde. In diesem Augenblick klingelte das Telefon. Es war Englin.

Er bestand darauf, dass Berndorf mit zur Pressekonferenz gehe, auf der über die Ermordung Halbergs berichtet werden sollte.

Wäre Thalmann spektakulär festgenommen worden, hätte Englin die Pressekonferenz allein wahrgenommen, dachte Berndorf, als er sich vor dem kleinen Spiegel in seinem Wandschrank kurz über die Haare fuhr. Viel bringt es ja nicht, dachte er seufzend und schloss die Schranktür wieder.

Es wunderte ihn jedes Mal, wie viele Journalisten sich zu den Pressekonferenzen der Polizeidirektion oben im Schulungsraum des Neuen Baues einfanden, seit es die privaten Sender gab. Diesmal war das Gedränge noch größer als sonst, und der Tisch mit Englin, Desarts und ihm selbst war von Scheinwerfern für die Fernsehkameras ausgeleuchtet. Die Journalisten ihm gegenüber waren fast durchweg junge Leute, immerhin saß auch Frentzel vom Tagblatt dabei; sie begrüßten sich mit einem kurzen Nicken.

Zu Beginn der Konferenz redeten vor allem Englin und Desarts. Als Fragen zugelassen wurden, hatte es eine Blondine in einer schwarzen Lederweste und mit einer ins Schrille kippenden Stimme vor allem auf Berndorf abgesehen. Sie wollte von ihm wissen, warum die Öffentlichkeit nicht vor einem entsprungenen Frauen- und Kindermörder geschützt werden könne und wie viele Verbrechen Thalmann wohl noch begehen werde, bis die Frauen und Kinder in Ulm wieder ruhig schlafen könnten.

Berndorf sagte, bisher habe er keinen Hinweis darauf, dass Thalmann sich in Ulm aufhalte.

»Aber gerade haben Sie uns doch geschildert, wie er seinen früheren Anwalt umgebracht hat«, hakte die Blondine nach.

»Das habe ich Ihnen nicht geschildert«, sagte Berndorf. »Ich weiß nicht, wer Halberg getötet hat. Wenn Sie sagen, dass es Thalmann war, wissen Sie mehr als ich.«

Auf dem Rückweg von der Pressekonferenz wurde Berndorf von Englin aufgehalten. »Das war leider nicht klug, Kollege«, sagte er. »Wir sollten mit den Fernsehmedien kooperieren. Es ist auch ein Wunsch des Staatssekretärs. Und wir sollten auf keinen Fall den Eindruck erwecken, als ob es unterschiedliche Einschätzungen hier im Hause gebe.«

»Tut mir leid«, antwortete Berndorf. »Aber mein Wunsch war es nicht, an dieser Pressekonferenz teilzunehmen. Und die Fragen dieser Dame habe ich auch nicht bestellt.«

»Das ist keine Erklärung, warum Sie sich nicht an unsere Linie

halten«, gab Englin kühl zurück und verschwand in seinem Büro.
In Berndorfs Büro wartete Tamar auf ihn. Das Labor habe angerufen, sagte sie. »Sie haben Fingerabdrücke identifiziert, die die Spurensicherung gefunden hat. Thalmann war bei Halberg.«
Ach ja, dachte sich Berndorf. Da hat das blonde Gift aber einen schönen Deppen gefunden, den es im Fernsehen vorführen kann.

Freitag, 30. Januar, 14 Uhr

Links an der Wand hing ein großes Plakat, das zum Besuch des Blühenden Barock in Ludwigsburg einlud, hinter dem Tresen mit den Milchglasscheiben unterhielten sich angeregt zwei Frauen; eine bläulich getönte Zweimeterfrau in einem grünen Pflegerinnenkittel erklärte einer jüngeren die Einzelheiten eines Streits in der Abteilung 4b, bei dem es um die Reinigung der Bettpfannen gegangen war.
Berndorf gelang es auch im dritten Anlauf nicht, eine der beiden Frauen für sich zu interessieren. Schließlich ging er zu einer Tür, auf der »Verwaltung. Kein Zutritt« stand, öffnete sie und hielt einem Mann mit aufgeknöpfter Weste, der ihn mürrisch über einen leeren Schreibtisch hinweg anstarrte, seinen Polizeiausweis entgegen.
Er wolle zu Herrn Kropke, »Staatsanwalt außer Dienst Ernst Kropke«. Bei dem sei doch schon jemand von der Polizei, sagte der Mann am Schreibtisch. »Aber bitte.« Dann klingelte er. Niemand kam. Schließlich ging er nach links in den Schalterraum und kam mit der Zweimeterfrau zurück. »Kropke? 4c. Zimmer 37«, sagte sie. Dann ließ sie sich herab, ihm den Weg zu zeigen.
Das Altenzentrum Dornstadt war in den 60er-Jahren auf der

Albhochfläche unweit der Autobahn errichtet worden. Die Bäume, die man entlang der Wege zwischen den Appartementblocks und Bettentrakten gepflanzt hatten, waren inzwischen hoch genug, um im Sommer die hässlichen Fassaden ein wenig zu verdecken. Jetzt war es Winter. Im Block 4c roch es nach Krankenhaus, Desinfektionsmitteln und ungelüfteten Kleidern. Sie kamen an alten Frauen und Männern vorbei, die auf Holzstühlen in den Gängen hockten oder schief in ihren Rollstühlen hingen. Vor einem der Zimmer saß der Polizeihauptmeister Krauß auf einem Stuhl. Er stand auf und tippte mit der rechten Hand an seine Dienstmütze.
Der wird was nützen, dachte Berndorf.

Staatsanwalt a. D. Kropke lag in einem verstellbaren braunen Sessel mit Fußbank und starrte in den Fernseher. In einer Talkshow beschrieb eine dickliche brünette Frau die sexuellen Praktiken, die ihr Nachbar vor dem Mittagessen an ihr vorzunehmen pflegte.
Berndorf stellte sich vor.
Kropke riss seine wässerigen Augen mühsam vom Fernseher los. »Ja«, sagte er dann, »der Auflauf war heute wieder nicht in Ordnung. Kaum Schinken drin. Sagen Sie das. Ich war Erster Staatsanwalt. Ich muss mir das nicht bieten lassen. Das geht so nicht mit der Küche.«
Berndorf versuchte zu erklären, dass ein Beamter sich um Kropkes Sicherheit kümmern werde.
»Schön, schön, junger Mann«, sagte Kropke, »aber das mit dem Auflauf ist wirklich nicht in Ordnung. Der Beamte soll sich drum kümmern. Was sagten Sie noch, warum der kommt?«

Im Ulmer Hauptbahnhof hatte Tamar mehr Glück, als an einem so nasskalten Tag zu erwarten war. Eine der Angestellten im Reisecenter, eine junge Frau, griff mit grün lackierten

Fingernägeln nach dem Foto und erkannte ihn sofort. Der Mann habe gestern am späten Nachmittag eine Fahrkarte samt ICE-Zuschlag nach München gekauft. Sie erinnere sich auch deshalb, weil der Mann umständlich nachgefragt habe, ob er einen Sitzplatz für den Zug 21.57 Uhr reservieren solle: »Ich habe ihm gesagt, dass das um diese Zeit nicht mehr nötig sei.« Der Mann habe auf sie gewirkt, sagte sie noch, »als ob er unsicher sei, wissen Sie, wie einer, der das Reisen nicht gewohnt ist«.

Es hatte aufgehört zu regnen. Von den kahlen Bäumen rund um das Einfamilienhaus im Ulmer Vorort Söflingen tropfte es. Ein mittelgroßer Hund mit buschigem Fell starrte Berndorf aus gelben Augen lauernd an. Lautlos gesellte sich ein zweiter zu ihm. Die Hunde wedelten nicht.
»Vorsicht«, sagte eine Stimme von der Haustür her. »Die sind auf den Mann dressiert.« Die Stimme gehörte einem älteren Mann mit Strickweste und in Hausschuhen, dem Vorsitzenden Richter außer Diensten Ulrich Gauggenrieder. Durchdringend pfiff er auf zwei Fingern. Die Hunde wandten sich widerstrebend von Berndorf ab und verschwanden hinter dem Haus.
»Keine Gefahr mehr, Berndorf«, sagte Gauggenrieder. »Kommen Sie rein, ich erinner' mich noch gut an Sie!« Dann erklärte er, dass seine Malinois die Angewohnheit hätten, niemand Fremdes auf das Grundstück zu lassen. »Das sind Belgische Schäferhunde, Berndorf, die Rasse ist voll Saft und Kraft, nicht wie der degenerierte Deutsche Schäferhund. Bei den Hunden ist es wie bei den Menschen: Wenn keine richtige Zuchtauswahl mehr stattfindet, beginnt der Abstieg.«
In einem Wohnzimmer voller Landschafts- und Hundebilder wurde Berndorf der Ehefrau Gauggenrieder vorgestellt, einer verhärmten Frau mit aschgrauen kurzen Haaren: »Das ist der Herr Berndorf, Chef der Mordkommission, ich kenn' ihn, seit er junger Kriminalbeamter war.« Luzie Gauggenrieder be-

stand darauf, einen Kaffee aufzusetzen, und Berndorf musste in der Zwischenzeit die Einzelheiten der Flucht Thalmanns und des Mordes an Halberg ausbreiten.
»An ihren Früchten sollt ihr sie erkennen!«, sagte Gauggenrieder. »Moderner Strafvollzug. Dass ich nicht lache. Aber das mit Halberg sieht doch eher nach einem seiner Lustbuben aus?«
Berndorf sagte, dass sie Thalmanns Fingerabdrücke in der Kanzlei gefunden hätten. Und dann, solange die Ehefrau noch in der Küche war, fügte er hinzu, dass Thalmann unberechenbar sei. »Wir können nicht ausschließen, dass noch andere Beteiligte an dem Prozess in Gefahr sind.«
Das könne schon sein, sagte Gauggenrieder und wiegte bedächtig den Kopf. »Zum Beispiel der arme alte Kropke. Aber nicht der Gauggenrieder. An meinen Hunden kommt kein Thalmann vorbei. Und deswegen kann ich auch keinen Personenschutz brauchen. Die Hunde dulden keinen Fremden im Garten. Auch keinen Polizisten.«
Dann kam Luzie Gauggenrieder und brachte Kaffee und einen aufgetauten Zwetschgenkuchen.

Im Neuen Bau breitete Tamar strahlend ihren Fahndungserfolg aus. Berndorf sagte nichts. Ihn ärgerte der Kaffee, den er in Söflingen getrunken hatte. Gauggenrieder war ein alter Faschist und nie etwas anderes gewesen, dachte er bei sich. Dann knurrte er Tamar an.
»Natürlich glaub' ich Ihnen, dass die Fahrkartenverkäuferin mit Thalmann gesprochen hat. Und trotzdem will ich ein Belgischer Schäferhund sein, wenn Thalmann in München ist. Er ist nicht einmal in Augsburg. Er ist irgendwo, wohin man ein Ticket aus dem Automaten ziehen kann.« Er zog seine Schreibtischschublade auf und begann herumzusuchen.
»Was suchen Sie, Chef?«
»Einen Fahrplan.« Er zog ein weißes Bändchen heraus und

schlug es auf. »Sehen Sie, das Streckennetz. Nach München oder nach Augsburg ist er deshalb nicht gefahren, weil er will, dass wir glauben, er sei dort. Nach Memmingen und Kempten nicht, weil das zu nahe an Mariazell liegt. Nach Heidenheim nicht, weil er von dort aus nirgendwohin kommt.«
»Hier«, Berndorf legte den Zeigefinger auf den Plan, »er ist nach Plochingen gefahren. Liegt zwischen Stuttgart und Ulm, in Stuttgart ist seine Tochter, hier hat er seine Rechnungen offen, und jederzeit ist er da oder dort. Oder er steigt von der S-Bahn in den ICE um und fährt sonst wohin.«
Tamar schaute ihn zweifelnd an.
»Natürlich weiß ich nicht wirklich, ob Thalmann in Plochingen ist. Vielleicht ist er auch in Ehingen. Oder in Geislingen. Nur – ich an seiner Stelle wäre gestern Abend nach Plochingen gefahren.«
Das Telefon auf seinem Schreibtisch klingelte. Berndorf nahm ab und runzelte die Stirn. »Wie Sie meinen«, sagte er dann. »Also in einer halben Stunde.« Das sei Englin gewesen, erklärte er, nachdem er aufgelegt hatte. »Er will, dass ich ihn zu diesem Gutachter Twienholt begleite. Sozusagen als sein Hol-mal-den-Wagen-Harry.« Dann nahm er den Hörer wieder auf und tippte Frentzels Durchwahl beim Tagblatt ein. Eine ihm unbekannte Stimme meldete sich und sagte, Frentzel sei in der Cafeteria, aber man könne ihn dort ans Telefon rufen. Schließlich hatte Berndorf den Gerichtsreporter am Apparat. »Sie können mir noch einen Gefallen tun«, sagte er.
»Immer zu Diensten«, sagte Frentzel. »Soll ich Sie für Ihren Fernsehauftritt bauchpinseln?« Er klang schon wieder sehr aufgekratzt. Berndorf bat, ihm lieber im Tagblatt-Archiv ein paar Informationen über den emeritierten Ulmer Universitätsprofessor Gustav Twienholt herauszusuchen und sie ihm vorzulesen.
»Wann?«
»Geht es in der nächsten Viertelstunde?«
Dann legte Berndorf wieder auf und schaute Tamar an. »Sagen

Sie mal«, sagte er dann, »haben Sie die Thalmann-Tochter eigentlich danach gefragt, ob sie von irgendjemandem Geld bekommen hat?«

Tamar wurde rot. Dann sah sie, dass Berndorf es bemerkte. »Nein«, sagte sie. »Doch. Ja. Ich habe sie gefragt. Aber sie wollte nichts sagen. Das heißt, ich wusste es ja schon. Von ihrer Großmutter. Der hat angeblich eine Frau das Geld gebracht. Ich hätte das alles in den Bericht schreiben müssen.«

»Hätten Sie«, sagte Berndorf nachdenklich und überlegte, warum die junge Frau ihm gegenüber so pfefferschotenrot geworden war. »Die Geldbotin war übrigens die Sekretärin des Frankfurter Anwalts«, sagte er dann. »Kastner hat es mir heute Mittag gesagt. Die Zahlungsaufträge liefen über Zürn. Angeblich waren es über 20 000 Mark. Na ja, geht uns nichts an, soll die Justizkasse mit der Thalmann-Tochter ausmachen.« Aber was, zum Kuckuck, fragte er sich, war mit Tamar? »Übrigens möchte ich, dass Sie morgen mit mir zu der Thalmann-Tochter fahren.«

Tamar atmete tief durch. »Sie beanstanden also meine Arbeit. Sollten Sie da nicht besser allein mit ihr sprechen?«

Berndorf hob beide Hände in einer entschuldigenden Geste. »Überhaupt nichts beanstande ich. Aber ich muss mir eine Vorstellung machen können. Ich will einfach wissen, wie sie aussieht. Was das für ein Mensch ist. Und Sie brauche ich gerade deshalb dabei, weil Sie schon mit ihr gesprochen haben.«

Dann klingelte das Telefon wieder. »Wir haben gar nicht so wenig über Twienholt«, sagte Frentzel, »Porträts, Interviews, Berichte über Vorträge, die er gehalten hat.« Berndorf sagte, dass er nur ein paar biografische Fakten brauche.

»Moment«, sagte Frentzel. Berndorf hörte, wie am andere Ende der Leitung geblättert wurde. »Also: geboren 1922 in Bad Muskau, Kriegsabitur, Wehrmacht, Nordafrika, nach dem Krieg Medizin- und Pharmaziestudium, Promotion 1948, Habilitation 1952, danach in der pharmazeutischen Forschung,

1956 eine außerplanmäßige Professur in Erlangen, Leiter der Forschungsabteilung von Luethi in Saulgau, 1975 Ruf nach Ulm. Bundesverdienstkreuz am Band. Pettenkofer-Medaille.« Frentzel machte eine Pause. »Das war aus einem Porträt, das 1982 zu seinem 60. Geburtstag erschienen ist. Man will ja nicht neugierig sein: aber warum sich der Chef der Mordkommission für diesen Pillendreher interessiert, möcht' unsereins schon gern wissen.«
»Ich brauch' es für den Small Talk. Damit ich mich nicht danebenbenehme«, sagte Berndorf.

Englin fuhr den schweren Dienst-Daimler selbst. Wozu braucht er mich dann, fragte sich Berndorf und setzte sich auf den Beifahrersitz.
»Wissen Sie«, sagte Englin vertraulich, als er in die Neue Straße einbog, »Twienholt hat noch immer beste Beziehungen zu Luethi in Saulgau. Ich möchte deutlich machen, dass wir in Bezug auf ihn höchste Sorgfalt walten lassen.« Endlich begriff Berndorf. Luethi war der bedeutendste Arbeitgeber in Saulgau, und Saulgau war der Wahlkreis von Schlauff, dem neuen Staatssekretär im Innenministerium. Und Englin, wer wusste das nicht, wollte auf eine Direktorenstelle.
Englin bog in die Frauenstraße ein und fuhr den Michelsberg hoch, zum vornehmsten Ulmer Wohngebiet. Fast unmittelbar unter der Wilhelmsburg, einem Festungsbauwerk aus dem 19. Jahrhundert, lenkte er den Wagen in eine Seitenstraße und hielt vor einem Anwesen, das von einem hohen Metallzaun aus verzinktem Stahl umgeben war. Dichte immergrüne Hecken versperrten den Blick durch den Zaun. Englin wählte über das Autotelefon eine Nummer an und meldete sich, als abgenommen wurde. Lautlos glitten zwei Torflügel auseinander. Englin fuhr auf einen gepflasterten Innenhof, und die Türflügel schlossen sich wieder. Vor ihnen lag die abweisende Rückfront eines weißen, in den Berghang geduckten Gebäudes

mit ausladendem Dach. Die beiden Kriminalbeamten waren ausgestiegen. Eine nicht mehr junge Frau in einer unauffällig eleganten Kombination aus Rock, Jacke und Pullover kam ihnen entgegen, sie hatte ein blasses angespanntes Gesicht und jene blonden Haare, die nicht ergrauen.

»Mein Vater erwartet Sie«, sagte sie und gab den beiden Männern die Hand. Englin versuchte, einen Handkuss anzudeuten. »Frau Dr. Twienholt-Schülin«, sagte er dann, »ich darf Ihnen meinen Mitarbeiter vorstellen, Kriminalhauptkommissar Berndorf.« Meinen Mitarbeiter! dachte Berndorf. Dann fiel ihm ein, dass er den Namen der Frau im Zusammenhang mit einem Freundeskreis für das Ulmer Theater schon gehört hatte, Anne-Marie hieß sie mit Vornamen.

Sie kamen durch eine große Halle und stiegen eine breite Marmortreppe empor. Die Frau geleitete sie zu einer Tür, die sich in einen weit geschwungenen Raum öffnete. Sie sahen sich einer breiten Fensterfront gegenüber. Durch die Winterdämmerung leuchtete tief unten das Lichtermeer der Stadt, über dem hoch und gewaltig das erleuchtete Münster zu schweben schien.

»Unten in der Stadt nimmt man gar nicht wahr, wie groß es in Wirklichkeit ist«, sagte eine Stimme neben Berndorf. Sie hatte einen unverkennbar norddeutschen Tonfall und gehörte einem sehr alten, weißhaarigen Mann mit einem schmalen, scharf profilierten Gesicht. Er stützte sich auf einen Stock, hielt sich aber sehr aufrecht und richtete forschende wässerig-blaue Augen auf seine Gäste.

Auch hier übernahm Englin die Vorstellung. Gustav Twienholt bat seine Besucher zu einer Sitzgruppe mit schweren braunen Lederfauteuils. »Für einen Tee ist es zu spät. Darf ich den Herren einen Whisky oder Cognac anbieten?« Englin bat um ein Mineralwasser. Berndorf sagte, dass er gerne einen Whisky nehme. »Einen Scotch? Pur? Sehr vernünftig«, sagte Twienholt, als Berndorf nickte, und warf seiner Tochter einen nachdrücklichen Blick zu, »ich schließe mich an.«

Die drei Männer setzten sich. Twienholts Tochter schob an der Schrankwand, die der Fensterfront gegenüber lag, eine Hausbar auf, die nach sehr teuren Etiketten und noch teureren Kristallgläsern aussah, wie Berndorf fand. Dann brachte sie die Getränke und setzte sich neben ihren Vater. Berndorf sah, dass sie sich selbst einen Port eingeschenkt hatte.

»Wenn ich Sie richtig verstanden habe, haben Sie – oder wir haben es – ein Sicherheitsproblem«, bemerkte Twienholt. Berndorf registrierte, dass er »ver-s-tanden« sagte. Englin bestätigte eifrig. Ja, es gebe ein Sicherheitsproblem. »Leider.« Dann erläuterte er die bedauerlichen Umstände, die Thalmanns Flucht ermöglicht hätten, und die Befürchtung, es könnten der Ermordung des Anwalts Halbergs weitere Verbrechen folgen. »Insbesondere mein Kollege hat diese Befürchtung«, fügte er hinzu und schaute Berndorf aufmunternd an.

»Thalmann sieht sich als Opfer«, erklärte Berndorf. »Als Opfer vor allem der Tabletten, die er damals genommen hat. Sie, Herr Professor Twienholt, haben sich damals in seinem Prozess als Sachverständiger dazu geäußert. Sie haben erklärt, er sei von diesen Medikamenten nicht abhängig gewesen. Es kann sein, dass er in Ihnen einen Hauptverantwortlichen für das Urteil sieht.«

Twienholt hatte ihn aufmerksam angesehen. »Ich erinnere mich. Und ich weiß zu schätzen, dass Sie den Sachverhalt korrekt darstellen. Wie Sie richtig bemerken, bin ich als Sachverständiger gehört worden. Nicht als Gutachter, und ich habe ausdrücklich keine Einschätzung über die Schuldfähigkeit dieses Angeklagten Thalmann abgegeben. Sachverständig war ich insofern, als das Medikament, das dieser Mann genommen hat, unter meiner Leitung entwickelt worden ist.« Wieder fiel es Berndorf auf, dass er »sachver-s-tändig« sagte. Gleich wird er über den nächsten sp-itzen St-ein st-olpern.

Nach einem kurzen Zögern fuhr Twienholt fort. »Ich habe damals gesagt, und dieses ›damals‹ bitte ich Sie zu beachten, dass eine Abhängigkeit von diesen Tabletten nicht begründet werden kann. Und dass von ihnen ebenso wenig eine Veränderung der Persönlichkeitsstruktur ausgehen kann. Dies war mein damaliger Wissensstand. Ich würde dies heute so nicht wiederholen.«

»Dies ändert nichts daran, dass Thalmann möglicherweise versuchen wird, an Sie heranzutreten«, sagte Berndorf.

»Ich bin ein alter Mann«, sagte Twienholt, »mir selbst kann es gleichgültig sein.« Dennoch sei er im Hinblick auf seine Tochter und ihren Mann, aber vor allem auch wegen seiner Enkelin für den angebotenen Polizeischutz dankbar. Dabei warf er einen Blick auf ein großes Ölgemälde an der rechten Seitenwand, das eine selbstbewusste junge Frau in weißem Dress und mit Tennisschläger zeigte. Der Maler hatte dem schmalen Gesicht einen Zug kühler Selbstsicherheit gegeben, der Berndorf sehr glaubwürdig erschien: Die jungen Leute aus solchen Häusern sehen wohl wirklich so aus, dachte er.

»Es ist meine Tochter Nike«, sagte Anne-Marie Twienholt-Schülin, die seinem Blick gefolgt war. »Sie studiert in Köln, kommt aber gerne an den Wochenenden nach Ulm – wenn sie kein Turnier hat.«

»Aber ich bitte Sie«, schaltete sich Englin ein, »Sie brauchen sich wirklich nicht zu beunruhigen. Wir werden Thalmann in wenigen Tagen wieder sicher verwahrt haben!«

Was heißt: ›Wieder sicher verwahrt?‹, dachte Berndorf. Dann vereinbarte man, dass für die nächsten Tage zwei Beamte im Haus einquartiert würden. Sie würde ihnen eines der Gäste-Appartements zur Verfügung stellen, sagte die Twienholt-Tochter noch, als Englin und Berndorf sich verabschiedeten. Beim Hinausgehen fiel Berndorfs Blick auf ein Bild in einem schweren dunklen Rahmen. Es zeigte ein schilfbestandenes Gewässer in Abendstimmung, ein einzelner Schwan verharrte mit drohend ausgebreiteten Schwingen auf dem dunkel schimmernden Wasser.

»Zu spaßen ist nicht mit ihm«, sagte Twienholt. Offenbar meinte er den Schwan. »Das Bild wird Caspar David Friedrich zugeschrieben. Er soll mehrere Motive mit Schwänen gemalt haben. Aber Sie wissen ja, wie das mit Expertisen ist.«

»Von seinem Professorengehalt hat er dieses Anwesen aber nicht hingestellt«, sagte Berndorf, als sie zum Neuen Bau zurückfuhren.
»Natürlich nicht«, antwortete Englin. »Er hat Anteile an Luethi.«
»Seine Tochter ist Ärztin?«, fragte Berndorf.
»Ja«, antwortete Englin bereitwillig, »sie hat in der Villa auch noch eine eigene Praxis. Aber sie behandelt nur wenige ausgesuchte Patienten. Der Schwiegersohn ist der Wirtschaftsanwalt Eberhard Schülin.« Englin steuerte den Wagen am Stadthaus vorbei auf die Zufahrt zum Neuen Bau. Er warf einen Blick auf Berndorf, ob er ihm auch zuhöre.
»Der Schülin tut auch nicht viel. Macht irgendwas mit dem Internet. Was soll's. Wenn ich auch nur die Hälfte von Twienholts Luethi-Anteilen hätte, ich täte keinen Handstreich mehr.« Ein Anflug von Sozialneid, fragte sich Berndorf. Dann wurde ihm klar, dass Englin nur kurz mal hatte zeigen wollen, wie vertraut er mit der wirklich guten Gesellschaft von Ulm war.

Freitag, 30. Januar, 19 Uhr

Am Abend zwang sich Berndorf zu einer Stunde Waldlauf durch die Au an der Donau entlang. Während er in seinem Anorak und seinem alten Trainingsanzug über die Kieswege trabte, überholten ihn immer wieder andere Jogger. Er fühlte sich alt und spürte die Kilo, die er zu viel hatte, und ganz sicher auch Twienholts Whisky.
Als er wieder in seiner Wohnung war und geduscht hatte, empfand er trotzdem die stille und wärmende Euphorie, die sich nach der überstandenen Anstrengung des Laufens ein-

stellt. Alle, denen von Thalmann Gefahr drohen könnte, hatten Polizeischutz, dachte er, auch Gauggenrieder, wenngleich die Kollegen sich außerhalb des Grundstücks halten mussten. Und in den Städten zwischen Ulm und Stuttgart, aber auch entlang der Bahnlinie nach München waren Streifen unterwegs, die Hotels und Pensionen überprüften. Irgendwann würden sie Thalmann fassen, und dann könnte er endlich die Görlitzer Sache in Angriff nehmen.

Oberarzt Dr. Bastian Burgmair hatte sich an einem Bœuf Stroganoff versucht; er gehörte einer Generation an, deren aufstrebende Akademiker etwas vom Kochen verstanden. Tamar hatte sich derweil in ihr Zimmer zurückgezogen, um einen Brief zu schreiben. Sie wollte sich bei Hannah für ihre plumppolizistinnenhafte Fragerei entschuldigen. Und zugleich wollte sie ihr zeigen, wie gerne sie sie wiedersehen würde. Einfach so. Weil sie gerne mit ihr befreundet wäre.
Beim Schreiben stellte Tamar fest, dass es Gefühle und Empfindungen gibt, die von ganz eindeutiger und klarer Natur sind und die sich doch hartnäckig jedem Versuch entziehen, sie in Worte zu fassen. Vor allem dann, wenn man sie so formulieren muss, dass es auch die Kollegen von der Stuttgarter Polizei würden lesen dürfen. Falls sie auf den Gedanken gekommen sein sollten, Hannahs Post zu überwachen.
Aber wahrscheinlich würde sie den Brief gar nicht abschicken. Eigentlich schrieb sie ihn nur für sich. Um in ihrem eigenen Kopf aufzuräumen. Berndorf hatte sich nicht davon abbringen lassen, mit ihr morgen Hannah zu besuchen.

Freitag, 30. Januar, 20 Uhr

Als Berndorf sich umgezogen hatte, rief Kovacz an. Er habe auf seinem Display gesehen, dass der Kommissar ihn gestern zu erreichen versucht habe. Berndorf hatte es schon fast vergessen.
»Ja, danke für den Rückruf«, sagte er dann, »es war wegen dieses entsprungenen Strafgefangenen Thalmann, genauer: wegen eines Briefwechsels, den er geführt hat. Da wusste ich noch nicht, dass es den alten Halberg erwischt hat. Und dass wir Ihnen in der anderen Sache Vergleichsproben schicken würden.«
»Ja«, sagte Kovacz, »ich habe mir Halberg angesehen. Es war eine saubere Arbeit, rein fachmännisch betrachtet.« Der Gerichtsmediziner war noch in seinem Büro und schlug vor, dass Berndorf kurz zu ihm herüberkomme und ihm den Briefwechsel zeige.
Von Berndorfs Wohnung war es nicht weit zu der alten gelben Villa der Gerichtsmedizin. Die Haupttür war verschlossen, und Kovacz musste herunterkommen, um ihn hereinzulassen. Wieder in seinem Büro, ging Kovacz zu einem frei stehenden Kühlschrank und meinte, der Tag sei ja nun alt genug, dass sie sich guten Gewissens ein Bier erlauben könnten. Dann holte er aus dem Kühlschrank, von dem Berndorf lieber nicht wissen wollte, was sonst noch darin war, zwei von Kälte beschlagene Flaschen, öffnete sie und reichte Berndorf eine davon.

Die beiden Männer tranken sich schweigend zu. Kovacz setzte sich an seinen Schreibtisch und schlug einen Ordner auf. »Wegen Halberg habe ich mir zum Vergleich die Akten des Thalmann-Falles herausgesucht. Die Schnitttechnik, wenn ich das so sagen darf, erinnert schon sehr an die beiden damaligen Morde. Wollen Sie sehen?«

Berndorf winkte ab: »Nicht nötig. Die Spurensicherung hat in der Kanzlei Thalmanns Fingerabdrücke gefunden.«

»Tut mir Leid um den alten Halberg«, sagte Kovacz. »Auch wenn ich ihn selbst kaum als Anwalt genommen hätte, falls ich in die Verlegenheit gekommen wäre, einen Strafverteidiger zu benötigen.«

»Thalmann scheint ja auch nicht so recht zufrieden gewesen zu sein«, sagte Berndorf. »In Wahrheit weiß ich nichts über die Motive. Nichts darüber, was in diesem Menschen vorgeht. Deswegen wollte ich Ihnen das hier zeigen.« Und ohne weiteren Kommentar reichte er Kovacz den Ordner mit den Kopien der Briefe Thalmanns und der Antworten darauf.

Kovacz begann zu lesen. Bis auf den Schein seiner Schreibtischlampe war es dunkel im Büro. Berndorf fühlte sich entspannt und friedlich.

»Viel hat er nicht herausgefunden«, sagte Kovacz und schloss den Ordner. »Es wäre auch zu viel verlangt.«

»Absurd und abstrus, hat der Anstaltspsychologe die Briefe genannt«, sagte Berndorf.

»Absurd? Abstrus? Ich weiß nicht«, antwortete Kovacz. »Wenn ich Thalmann richtig verstehe, glaubt er, dass die Nazis nach Medikamenten gesucht haben, mit denen sie ihre Arbeitssklaven und vielleicht auch ihre Soldaten in einen euphorischen Zustand versetzen konnten. Dass sie eine Art Doping wollten für das Menschenmaterial, das zur Vernichtung durch Arbeit bestimmt war. Vielleicht auch eine Volksdroge für die Helotenmenschen im Osten.«

»Lem hat so etwas beschrieben«, sagte Berndorf.

»Eben«, antwortete Kovacz. »Es ist Science-fiction. Die Nazi-

Ärzte hatten einen anderen Ansatz. Sie dachten als Militärmediziner. Sie wollten herausfinden, was sie gegen den Kältetod der Soldaten in Russland tun könnten. Wie man Flieger am Leben erhalten kann, die über dem Meer abgeschossen worden sind. Und so haben sie damit begonnen, Kälteversuche zu machen, Experimente mit Häftlingen, die man ins Eiswasser steckte. Bis sie nahezu oder ganz erfroren waren.«
Berndorf hatte darüber gelesen, auch über die nackten weiblichen Häftlinge, die mit ihrer Körperwärme die Halberfrorenen wiederbeleben sollten. Aber das war nicht das, was er wissen wollte.
»Irgendwann allerdings haben diese Kälteversuche noch eine andere Richtung genommen«, fuhr Kovacz nach einer kurzen Pause fort. »Eine Gruppe von Ärzten hatte begonnen, nach wirkungsvolleren Narkosemethoden zu suchen. Nach Methoden, mit deren Hilfe die Schockwirkung einer Operation gedämpft werden kann. Sie überlegten, wie sie Operationen an unterkühlten Organen ausführen könnten. Schließlich kamen sie darauf, dass sie dazu auf das Wärmezentrum im Gehirn einwirken müssten. Sie begannen, mit Medikamenten zu experimentieren, die dafür geeignet waren.«
Berndorf wartete. Das Licht lag auf dem Ordner. Kovacz' Gesicht war im Schatten kaum zu sehen.
»Es war ein Nebenprodukt«, sagte er dann. »Die Ärzte entdeckten, dass die Versuchspersonen durch bestimmte Wirkstoffe plötzlich in den Zustand einer zunächst völlig unverständlichen Gelassenheit gerieten. Sie wurden nicht apathisch und blieben auch ansprechbar, aber so, als seien sie von dem Schicksal, das auf sie wartete und über das sie sich keine Illusionen machen konnten, völlig unberührt. Als sei es durch eine mächtige Glasscheibe von ihnen getrennt. So, wie es Thalmann beschreibt. Ich weiß nicht zuverlässig, was für Stoffe das waren. Aber es deutet einiges darauf hin, dass Phenothiazin-Derivate erprobt worden sind.«
Kovacz trank seine Flasche aus. »Sie haben mich gefragt, ob

Thalmanns Briefe abstrus seien. Oder absurd. Sie können es selbst beantworten. Die ersten Veröffentlichungen über Phenothiazin sind 1946 erschienen. Selbstverständlich steht in diesen Publikationen kein Wort über KZ-Versuche.«
Die beiden Männer schwiegen. Dann fragte Berndorf, warum die Ludwigsburger Zentralstelle denn nichts von diesen Versuchen wisse. »Die haben den Thalmann ja ziemlich ins Leere laufen lassen.«
»Ganz gewiss wissen die Bescheid«, sagte Kovacz. »Nur gibt es da ein Problem. Es war ja keine deutsche Firma, die mit den neuen Arzneistoffen auf den Markt ging. Die meisten Patente liegen in der Schweiz. Glaubt man der Fachliteratur, wurde das erste Phenothiazin-Präparat allerdings von einem französischen Arzt klinisch eingesetzt, der es zur Vorbereitung von Operationen verwandt hat. Das war 1950. Angeblich wurde erst danach entdeckt, wozu diese Präparate sonst noch gut sind. Phenothiazine schalten die Angst aus, die Aggressivität, sie stellen ruhig, sie dämpfen Erregungszustände. Die Nervenärzte und die Pfleger in den überfüllten Landeskrankenhäusern mussten das als ein Geschenk des Himmels empfinden.«

»Ich nehme an, es haben nicht nur die Psychiater darauf zurückgegriffen«, sagte Berndorf.
»Richtig«, antwortete Kovacz. »Angst, Aggressivität und Erregungszustände suchen nicht nur die Patienten der Irrenanstalten heim. Inzwischen gibt es eine ganze Palette von Medikamenten, die dem gestörten, gestressten, überforderten Menschen als Schutzfilter für seine wund gescheuerte Seele angeboten werden. Sie kommen sämtlich aus der gleichen Stoffgruppe. Stimmungsaufheller oder Thymoleptika sagt man dazu.«
»Und Thalmann hat das geschluckt?«
»Nicht nur er«, antwortete Kovacz. »Auch der Tote aus dem Steinbruch. Der war sogar vollgepumpt davon.«
Berndorf hatte für einen kurzen Augenblick das Gefühl, als

wolle sich in seinem Kopf ein Gedanke festsetzen. Dann war wieder alles leer. »Sie sagten, Thalmanns Behauptung sei dennoch nicht schlüssig?«
»Schlüssig ist sie durchaus«, antwortete Kovacz. »Nur sind die Hersteller dieser Medikamente hoch seriöse französische, Schweizer und inzwischen auch deutsche Pharmaunternehmen. Mit Sicherheit hat jede dieser Firmen dafür gesorgt, dass sie keinesfalls mit irgendwelchen NS-Experimenten in Verbindung gebracht werden kann.«
Berndorf überlegte, was Thalmann wohl mit dieser Auskunft beginnen würde.
»Ich weiß, dass Sie das gerne klarer, eindeutiger hätten«, fuhr Kovacz nach einer Pause fort. »Eindeutig ist nur, dass eine Medizin, die das menschliche Gehirn mit den Mitteln der Chemie zu konditionieren sucht, ihre ersten, groß angelegten Versuchsreihen in Dachau und Buchenwald und Christophsbrunn hat durchführen können. Fragen Sie in Ludwigsburg mal nach den Ermittlungen gegen die Forschungsgruppe Remsheimer, Universität Tübingen.«
»Ich habe morgen Vormittag einen Termin dort«, sagte Berndorf. »Der Staatsanwalt, der von Thalmann angeschrieben wurde, will mir Akteneinsicht geben. Etwas widerstrebend, aber immerhin.« Er dankte für das Bier und verabschiedete sich.
Vor der Tür blieb er stehen. »Ich werde vergesslich«, sagte er. »Haben Sie diese Flachmänner mit Schnaps oder was auch immer schon untersuchen können?«
»Ja«, antwortete Kovacz, »sehr interessant. Die beiden Mixturen sind sich sehr ähnlich, auch wenn sie unterschiedlich zusammengesetzt sind. Ich habe einen papierchromatographischen Vergleich gemacht. Sie können es auf einen Blick sehen. Die beiden Taschenflaschen sind nicht in derselben Giftküche abgefüllt worden, haben allerdings beide die ziemlich gleiche Wirkung. Zusammen mit Alkohol garantiert Ihnen das Zeug einen völligen Black-out.«

Berndorf wartete.
»Im entscheidenden Punkt ist die Auskunft leider negativ«, sagte Kovacz. »Die beiden Proben haben nicht nur untereinander keine Übereinstimmung. Was dem Toten im Steinbruch gegeben wurde, ist eine wiederum völlig andere Kombination.«
»Können Sie den Unterschied irgendwie charakterisieren?« Berndorf fragte nur für den Fall, dass Kovacz doch noch ein Kaninchen im Zylinder hatte.
»Sie hatten mich neulich danach gefragt, ob in dem Steinbruch-Fall Leute vom Fach beteiligt gewesen sein könnten«, sagte Kovacz. »Das weiß ich wirklich nicht. Aber im Vergleich zu den Proben von heute Nacht kommt mir das, was dem Toten gegeben wurde, doch – subtiler vor, ein anderer Ausdruck fällt mir nicht ein. Subtiler, aber nicht weniger wirkungsvoll.«

Die Nacht war kalt und windig. Berndorf ging nach Hause, plötzlich war er nur noch müde. Mit Barbara, freilich, hätte er gerne gesprochen. Aber die war über das Wochenende zu einem Workshop mit irgendwelchen jungen Studenten gefahren.

Das Bœuf Stroganoff war etwas zäh, fand Burgmair. Ärgerlicherweise passte das zu Tamars Stimmungslage. Irgendwie nicht ganz da. Abweisend. Burgmair wollte wissen, ob es ein Problem im Dienst gebe.
»Ach Gott nein«, antwortete Tamar, »ich hab mir gestern die halbe Nacht um die Ohren gehauen, damit wir in dem Fall mit dem Steinbruch endlich weiterkommen, und in der Zwischenzeit hat der entsprungene Häftling einem alten Anwalt die Gurgel durchgeschnitten, und jetzt sind wir schuld, weil wir den Häftling nicht geschnappt haben! Aber Probleme haben wir nicht, nein, an irgendetwas müssen die Leute ja sterben.«

Über die Fahrt nach Stuttgart morgen konnte sie mit Burgmair nicht reden. Er würde nicht verstehen, was das Problem war. Wusste sie es denn selbst?
Dann fiel ihr ein, was Berndorf über den Medikamententick Thalmanns erzählt hatte.
»Sag mal«, sagte sie, »was weißt du von Psychopharmaka? Gibt es da Nebenwirkungen, die totgeschwiegen werden?«
Burgmair schmeckte unbehaglich die Sauce nach. Er war Internist, kein Gehirnklempner. »Nebenwirkungen kann es immer geben. Ist auch eine Frage der Dosierung.«
»Kennst du wenigstens jemand, der darüber Bescheid weiß und nicht nur daherredet?«, beharrte Tamar. »Vielleicht eine Arbeitsgemeinschaft kritischer Ärzte? So etwas gibt es sogar bei uns.«
»Kritische Ärzte bei der Polizei?«
»Ach was. Kritische Polizisten.«
»Ich weiß nicht, ob du dich bei deinen Oberen mit so etwas beliebt machst«, sagte Burgmair und entschied, dass er das nächste Mal das Fleisch kürzer anbraten werde.

Achtzig Kilometer oder ein paar mehr von Ulm entfernt, ließ sich in diesen Minuten ein Mann in einem dicht besetzten billigen italienischen Restaurant die Rechnung bringen. Dann trank er sein Bier aus und ging. Er wandte sich zu Fuß dem Bahnhof zu.
Vor einer Telefonzelle zögerte er einen Augenblick. Aber er durfte Hannah nicht anrufen. Nicht jetzt schon. Mit Sicherheit würde ihr Apparat abgehört. Dabei würde sie ihn verstehen. Auch die Sache mit dem Anwalt Halberg. Dem Anwalt, der ihn hätte verteidigen sollen. Dem er vertraut und dem er erzählt hatte, was mit ihm geschehen war. Und der ihn doch nur vor aller Öffentlichkeit, vor allen Menschen bloßgestellt hatte, lächerlich gemacht als jemanden, der krank sei vor Geltungstrieb.

Hannah würde es verstehen. Dass alles eine Verschwörung gewesen war, um das Glück einer kleinen Familie zu zerstören. Deswegen hatten sie ihm die Tabletten gegeben. Hatten ihm den heimtückischen Nichtskönner vorgesetzt. Hatten seine Frau dazu gebracht, ihn zu verlassen. Mit dummen hässlichen Einflüsterungen. Und am Ende hatten sie es alle auf die Lüge geschoben, dass er krank sei. Das war er nicht. Er blickte den Dingen auf den Grund.

Und auch der Anwalt hätte nicht sterben müssen. Er hätte ihm nur zu sagen brauchen, wer ihn bezahlt hatte. Wer ihm das schmutzige Geld gegeben hatte, um ihn vor Gericht als kranken Menschen zu verhöhnen. Um zu vertuschen, was mit den Tabletten gewesen war. Dass man ihn vergiftet hatte. Dass alles hatte vertuscht werden müssen, weil sonst ein gigantisches Komplott der Pharmaindustrie aufgedeckt worden wäre.

Aber der Anwalt hatte ihm nicht die Wahrheit sagen wollen. Seine Lügen waren sein Todesurteil. Hannah würde das verstehen. Sie würde verstehen, dass er nicht aufgeben durfte. Bis die anderen keine Wahl mehr hatten, als die Wahrheit einzugestehen.

Fünfzig Meter vor der Pension, die in einer Seitenstraße lag, fiel ihm ein am Fahrbahnrand abgestellter Streifenwagen auf. Mit ruhigen und gleichgültigen Schritten ging er weiter, am Zugang zu der Pension vorbei, und überquerte den Bahnhofsplatz. In drei Minuten würde eine S-Bahn nach Stuttgart abfahren. Am Automaten löste er ein Fahrkarte.

Sie könne sich ja irren, sagte die Pensionswirtin den beiden Polizisten: »Wir haben einen Gast, der so ähnlich aussieht. Es könnte der Herr auf Zimmer 8 sein. Moment, der Herr Meiner ist das. Er ist gestern gekommen. Aber er ist nicht da. Er ist in die Stadt gegangen.«

Samstag, 31. Januar

»Er war es wirklich«, sagte Berndorf und betrachtete den Vuitton-Koffer: »Den hat er noch von Tettnang. Offenbar war ihm nicht klar, dass kein Handelsvertreter und kein Monteur so ein Ding haben würde.« Sie standen zusammen in dem winzigen Einzelzimmer, Tamar und er, argwöhnisch von der Pensionswirtin an der Tür beobachtet. Viele Habseligkeiten hatte Meiner alias Thalmann nicht besessen, drei Hemden, zwei Pullover, etwas Unterwäsche, einen Kulturbeutel, es sah alles neu aus und nach Kaufhausware. Interessiert betrachtete er den Lederriemen: »Man schärft damit das Rasiermesser«, erklärte er Tamar. »Wir lassen ihn untersuchen.« Das Rasiermesser selbst war nicht zu finden. Ebenso wenig Papiere oder Dokumente oder Geld.

Die Pensionswirtin wollte wissen, wer ihr jetzt das Zimmer bezahle. »Hat der Herr Meiner nicht im Voraus bezahlt?«, fragte Berndorf: »Sonst tut er das immer.« Die Wirtin wollte noch protestieren, ließ es dann aber bleiben.

»Ich fass' es noch immer nicht, dass er tatsächlich in Plochingen war«, sagte Tamar. Berndorf hob hilflos beide Hände. »Wir sehen ja, dass es ein guter Platz für ihn war. Er ist weg, und wir haben keine Ahnung, wo er steckt.«

Es war Vormittag, kurz vor 10 Uhr. Für den frühen Nachmittag hatte Berndorf ein Gespräch mit Hannah vereinbart. Nach dem Mord an Halberg habe sich die Lage verändert, hatte er der widerstrebenden Tamar erklärt, und sie müssten prüfen, ob die junge Frau nicht doch irgendwelche Hinweise auf die weiteren Pläne ihres Vaters habe.

Die Zwischenzeit wollte er zu einem Besuch bei der Zentralstelle in Ludwigsburg nutzen. Noch am Freitag hatte er Staatsanwalt Karl-Martin Heuchert angerufen. Er war der Staatsanwalt, der die Anzeige des Strafgefangenen Thalmann mit der Bitte um konkrete Angaben beantwortet oder vielmehr abgewimmelt hatte. Nach einigem Zögern hatte Heuchert zuge-

sagt, die beiden Ulmer Beamten am Samstag Vormittag zu empfangen.
»Ganz klar ist mir ja nicht, was das mit der Sache Thalmann zu tun hat«, sagte Tamar, als sie in Plochingen losfuhren.
»Mir ja auch nicht«, gestand Berndorf.

Staatsanwalt Karl-Martin Heuchert war ein zurückhaltender Mann mit unruhigen Augen. Er bat seine Besucher an einen Besprechungstisch, auf dem mehrere Aktenbündel lagen. »Ich habe nicht ganz verstanden, weshalb Sie mich aufsuchen«, sagte er dann und sah von Tamar zu Berndorf und dann wieder zu Tamar.
Berndorf schilderte ihm kurz den Fall Thalmann, dessen Ausbruch aus Mariazell und den Mord an Halberg. Dann zeigte er ihm den Ordner mit Thalmanns Briefen. »Wir wissen nicht, welche Bedeutung das hat. Aber Thalmann war tablettenabhängig, und er hat sich in der Haft mit der Geschichte der Psychopharmaka beschäftigt. Er hat deswegen an Sie geschrieben. Was er sich zusammengereimt hat, mag eine fixe Idee sein. Aber möglicherweise können sich daraus Anhaltspunkte für seine weiteren Pläne ableiten lassen.«
Heuchert nickte höflich und überflog die Kopie der Strafanzeige Thalmanns. »Ich erinnere mich. Wir haben damals lediglich um konkrete Angaben gebeten – verstehen Sie, wir sind keine Auskunftei. Und wir können auch keinen finsteren Weltverschwörungstheorien nachgehen.«
Berndorf wartete. Nach einer längeren Pause sprach der Staatsanwalt weiter. »Der Sachverhalt selbst ist unstrittig. Bei den nationalsozialistischen Menschenversuchen ist auch mit Wirkstoffen experimentiert worden, die Bewusstsein und Wahrnehmungsfähigkeit verändern. Anders, als es dieser Herr Thalmann vermutet, sind diese Versuche nicht nur in den Konzentrationslagern durchgeführt worden. Es hat solche Versuche auch außerhalb der KZ gegeben, vor allem dann,

wenn universitäre Forschungsstellen beteiligt waren. Leider liegen uns gerade aus diesem Bereich nur sehr wenig Dokumente vor.«
Berndorf erinnerte sich an das Gespräch mit Kovacz. »Auch nicht über die Forschungsgruppe Remsheimer?«, fragte er dann.
Der Staatsanwalt betrachtete ihn aufmerksam. »Sie hätten mich gleich danach fragen sollen.« Er zog sich das Telefon heran. »Über die Gruppe Remsheimer haben wir allerdings Material. Ich lasse Ihnen die verfügbaren Akten heraussuchen. Wir haben ein Bibliothekszimmer: Dort können Sie das Material durchsehen und sich Notizen machen.«

In dem Arbeitsraum standen mehrere Tische vor einer Bücherwand mit Nachschlagewerken und den Fortsetzungsbänden von Fachzeitschriften. Ein Mann in einem grauen Arbeitsmantel stellte schweigend eine Reihe von Aktenordnern vor ihnen auf.
»Dieses Material ist während des Ermittlungsverfahrens gegen Professor Dr. Hannsheinrich Remsheimer zusammengetragen worden«, erläuterte Heuchert. »Remsheimer war Universitätsdozent in München und an den Kälteversuchen im Konzentrationslager Dachau beteiligt. 1944 hat ihn die Hauptverwaltung des Sanitätswesens der Wehrmacht mit der Weiterführung dieser Versuche beauftragt. Gleichzeitig wurde Remsheimer an die Universität Tübingen berufen. Die Versuche fanden während der letzten Kriegsmonate in der Landespflegeanstalt Christophsbrunn statt.«
Berndorf blickte hoch. »Christophsbrunn? Ich dachte, nach den Protesten gegen die Euthanasie-Morde sei dort nichts mehr passiert.«
»Das dachten wir auch«, sagte Heuchert. »Remsheimer war ja noch 1945 im Dachau-Prozess zum Tode verurteilt worden. Man hat ihn dann aber begnadigt und 1952 freigelassen. Die

Versuche in Christophsbrunn waren im Dachau-Prozess nicht zur Sprache gekommen, und auch wir erfuhren erst durch eine Strafanzeige davon, die eine Vereinigung ehemaliger französischer Kriegsgefangener 1959 erstattet hat.«
»Daraufhin wurde dann ermittelt?«, fragte Tamar.
»Leider mit keinem großen Erfolg«, antwortete Heuchert ausdruckslos. »Wir haben ungefähr dreißig Totenscheine gefunden, sämtlich auf russische und französische Kriegsgefangene ausgestellt, die in Christophsbrunn in den letzten Kriegsmonaten an Herzversagen oder Lungenentzündung gestorben sein sollen. Was mit ihnen gemacht worden ist, können wir nur ahnen.«
»Das Verfahren ist also eingestellt worden«, stellte Berndorf fest.
»Es blieb uns nichts anderes übrig«, sagte Heuchert. »Remsheimer setzte sich ins Ausland ab, kaum dass die Ermittlungen aufgenommen worden waren. Die Presse hat damals unterstellt, er sei aus den Kreisen der Justiz gewarnt worden.« Er warf Berndorf einen unbeteiligten Blick zu. »Laut Mitteilung der deutschen Botschaft in Damaskus ist Professor Hannsheinrich Remsheimer am 6. Juli 1982 in Aleppo verstorben.«
»Friedlich und in seinem Bett, nehme ich an«, sagte Berndorf.
»Das hatten wir nicht mehr zu ermitteln«, antwortete Heuchert trocken. »Übrigens hat sich das seinerzeitige Ermittlungsverfahren noch gegen weitere Beschuldigte gerichtet, gegen zwei von Remsheimers Oberärzten.« Er machte eine Pause. »Aber was wollen Sie? Der eine lebte in Buenos Aires und hatte 1959 längst die argentinische Staatsbürgerschaft erworben, und der andere war bei einem Fliegerangriff kurz vor Kriegsende ums Leben gekommen. Aber überzeugen Sie sich selbst.« Dann ging er.
Berndorf setzte sich an den Tisch und zog einen der Ordner zu sich her. Auch Tamar nahm sich einen Stuhl. »Chef, wonach suchen wir eigentlich?«, fragte sie dann.
»Ich weiß es nicht«, sagte Berndorf. »Namen, die Thalmann

interessieren könnten. Querverbindungen zur Pharmaindustrie, wenn sich solche Verbindungen finden lassen.«

In dem Ordner, den Tamar aufgeschlagen hatte, waren Zeugenaussagen, Gutachten und Dokumente aus dem Dachau-Hauptprozess vom Dezember 1945 und dem Buchenwald-Prozess vom August 1947 abgeheftet. Fotografien ergänzten das Material. Sie zeigten nackte Körper mit fürchterlichen offenen Wunden, ausgemergelte Überlebende und Menschen, die tot oder nahe dem Tode in den Gurten hingen, in die man sie geschnallt hatte. In den Aussagen wurde beschrieben, wie KZ-Häftlinge mit Gasbrand und mit Malaria infiziert wurden, welche Experimente man mit ihnen in Unterdruckkammern vornahm, und wie man sie in Eisbäder tauchte, bis sie unmittelbar vor dem Erfrierungstod standen.

Einer der dafür verantwortlichen Ärzte war der Chirurg und Universitätsdozent Hannsheinrich Remsheimer. Aus den Zeugenaussagen ging hervor, dass auch einer seiner Assistenten, ein Oberarzt, an den Versuchen mitgewirkt hatte. Allerdings gehörte dieser Oberarzt nicht zu den Dachauer Angeklagten. Tamar hatte aus der Fachhochschule die Angewohnheit behalten, sich grundsätzlich Notizen zu machen. Sie notierte sich den Namen des Assistenten. Es war ein Dr. med. Hendrik Hendriksen.

In einem zweiten Ordner stieß Tamar erneut auf diesen Namen. In einem als »Geheim!« gekennzeichneten Aktenvermerk vom Juli 1944 wurde Remsheimer beauftragt, »die bei den bisherigen Abkühlungsversuchen erzielten Ergebnisse im Hinblick auf eine alsbald verfügbare Medikation zu überprüfen«. Zu diesem Zweck wurden der Forschungsgruppe Remsheimer ein Dr. Luitbold Samnacher, Neurologe an der Universität Jena, sowie der Oberarzt Dr. Hendriksen beigeordnet. Der Aktenvermerk stammte aus der Sanitätsverwaltung der Wehrmacht, von der schon Heuchert gesprochen hatte.

Die folgenden Seiten ließen Tamar allerdings immer ratloser werden. Die Forschungsgruppe nahm zwar im August 1944 in

Christophsbrunn auf der Schwäbischen Alb unter dem Codenamen »Schwanensee« ihre Arbeit auf. Doch die Berichte, die zunächst Samnacher, später aber zumeist Hendriksen unterzeichnet hatte, waren nichts sagend oder verschlüsselt. Meist bezogen sie sich auf eine vorhergegangene Unterredung, oder sie kündigten einen mündlichen Bericht an. Sofern von Medikamenten die Rede war, wurden nur Kennziffern angegeben. So schrieb Hendriksen kurz vor Jahresende 1944 aus Christophsbrunn an Remsheimer, »dass die mit dem Präparat PHT 24 an fünf Probanden erzielten Ergebnisse außerordentlich erfolgversprechend sind«. Er bitte deshalb, Remsheimer möge sich beim Wehrkreiskommando Stuttgart um Zuteilung weiterer Kriegsgefangener als Probanden verwenden.

»Ich begreife das nicht«, sagte Tamar. »Was haben die da getan? Das Gleiche wie in Dachau?«

»Ich nehme es an«, sagte Berndorf. »Aber sie waren vorsichtiger geworden. Das waren ja keine dummen Leute. 1944 wussten sie längst, dass der Krieg verloren war. Also haben sie es möglichst vermieden, sich selbst zu belasten.«

»Verstehe ich nicht«, sagte Tamar. »Nach dem, was die in Dachau getan haben, konnten die doch nichts mehr verlieren.«

»Vielleicht rechneten sie damit, dass in Dachau keine Zeugen überleben würden.« Aber da war noch etwas anderes, dachte Berndorf. »Christophsbrunn hatte einen düsteren Ruf. Bis Ende 1940 sind dort mehrere tausend Menschen umgebracht worden, Geisteskranke oder solche, die man dafür hielt. Pflegebedürftige. Verwirrte. Schließlich protestierten die Kirchen. Nach 1941 hörten die Euthanasie-Morde zwar nicht überall auf, aber in Christophsbrunn. Ich könnte mir vorstellen, dass man die Remsheimer-Gruppe wegen dieser Vorgeschichte angewiesen hat, zurückhaltend aufzutreten.«

Tamar wandte sich wieder dem Ordner zu, den sie aufgeschlagen hatte. Sie fand die Strafanzeige gegen Remsheimer, die 1959 bei der Generalstaatsanwaltschaft in Stuttgart eingegangen war, und im Anschluss daran die Aussagen von Zeugen,

die um 1960 von der Kriminalpolizei vernommen worden waren. Sehr viel hatten die Kollegen nicht herausgefunden, dachte sie. Manchmal läuft man gegen Mauern. Vielleicht war das so ein Fall.
»Chef«, sagte sie plötzlich. »Da hat jemand wirklich Tabula rasa gemacht. Ich habe hier den Vermerk eines Kollegen, datiert vom April 1960. Danach gibt es laut Auskunft des Universitätsarchivs Tübingen keinerlei Unterlagen über ein Forschungsprojekt in Christophsbrunn. Und es kommt noch besser. Weder von Remsheimer noch von Hendriksen oder Samnacher sind Personalakten vorhanden. ›Wie die Universitätsverwaltung erklärt, müssen diese Unterlagen bereits 1945 nach dem Zusammenbruch von dem damaligen französischen Militär-Gouvernement beschlagnahmt worden sein‹, heißt es in dem Vermerk. Unser Kollege hat das für eine Ausrede gehalten.«
Sie zeigte Berndorf eine kurze Notiz, die auf einer Schreibmaschine mit schadhaften kursiven Typen getippt war:
»Der aus Frankreich erstatteten Anzeige liegen keine näheren Angaben über die Beschuldigten zugrunde. Das deutet darauf hin, dass die betreffenden Personalakten dortseitig nicht bekannt sind. An der Auskunft der Universitätsverwaltung bestehen daher Zweifel. Ich bitte hiermit, die französischen Justizbehörden um Amtshilfe zu ersuchen. Gezeichnet J. Seiffert, Kriminalinspektor.«
»Ach Gott«, sagte Berndorf. Es klang fast gerührt. »Der Prophet Jonas. Gottesfürchtig und misstrauisch bis auf die Knochen.«
»Sie kannten ihn?«
»Anfang der 70er-Jahre habe ich auf dem Präsidium in Stuttgart mit ihm zu tun gehabt«, sagte Berndorf. »Jonas Seiffert gehörte zu den Stundenleuten, wie man auf der Alb die Pietisten nennt. Wenn er keinen Dienst hatte, predigte er auf dem Wochenmarkt.«
»Und?«, fragte Tamar. »Hatte er Zulauf?«

»Ich glaube nicht. Im Grunde seines Älbler Herzens hat er die Stadt verabscheut. Die Menschen hier verlieren ihre Seele, und sie merken es nicht, hat er mir einmal gesagt.«

Tamar las weiter. Auf das Ersuchen um Amtshilfe hin hatte die Pariser Generalstaatsanwaltschaft im Juni 1961 mitgeteilt, dass bei ihr über Remsheimer, Hendriksen oder Samnacher keinerlei Erkenntnisse vorlägen. Zu diesem Zeitpunkt hatte Seiffert immerhin mehrere Zeugen ausfindig gemacht, zwei der in Christophsbrunn tätig gewesenen Pfleger, außerdem zwei Frauen, eine hatte in der Küche, die andere in der Verwaltung gearbeitet.

An Remsheimer erinnerten sich die Zeugen damals kaum mehr, wohl aber an die Oberärzte Samnacher und Hendriksen.

»Vor allem der Herr Oberarzt Hendriksen ist sehr bestimmt aufgetreten und hat keine Ungenauigkeit durchgehen lassen«, hatte einer der Pfleger zu Protokoll gegeben: »Er kam aus Flensburg und hat auch sehr darauf geachtet, dass wir nicht schwäbisch gesprochen haben. Es musste immer hochdeutsch sein. Manchmal hat sich der Herr Dr. Samnacher darüber lustig gemacht. Dr. Samnacher war Oberbayer und immer sehr leutselig zu den Pflegekräften.«

Von Menschenversuchen, von Experimenten an Gefangenen wollte keiner der Zeugen etwas gehört haben. Nein, hatte eine Sekretärin in ihrer Vernehmung ausgesagt, eine Hildegard Vöhringer, die Kriegsgefangenen seien gut behandelt worden: »Aber die meisten waren sehr krank. Manche sind dann noch von Herrn Oberarzt Hendriksen operiert worden.«

Seiffert hatte dann wissen wollen, ob die Patienten denn wieder gesund geworden seien. Die Zeugin wich aus: »Ob Patienten wieder entlassen worden sind, weiß ich nicht. Sie waren ja schon sehr krank.«

Seiffert hielt ihr dann vor, dass bei Kriegsende keiner der Gefangenen in der Station mehr am Leben war.

Die Antwort: »Wo sie verblieben sind, weiß ich nicht. Damit war unsere Verwaltung nicht befasst.«

Eine zweite Frau, eine Roswitha Belz, hatte Seiffert berichtet, »dass einige von den Gefangenen lange geschrien haben«. Dr. Hendriksen habe dann angeordnet, »dass sie in ein kaltes Bad gelegt werden. Nach einer halben Stunde oder kürzer ist das Schreien dann immer weniger geworden.« Auf Seifferts Frage, ob sie sich nichts dabei gedacht habe, hatte sie geantwortet: »Wir hatten genug Arbeit. Und bei Herrn Oberarzt Hendriksen hat niemand Fragen gestellt. Er hätte es nicht geduldet.«
Schließlich fand Tamar noch die Aussage eines Pflegers, die beiden Oberärzte hätten die kranken Kriegsgefangenen mit Tabletten behandelt. »Das war genau festgelegt, wer was bekommen musste.« Er sei sich sicher, hatte der Pfleger erklärt, dass es sich bei diesen Medikamenten um starke Beruhigungsmittel gehandelt habe. »Die Patienten waren danach immer still und ruhig.«
Tamar notierte sich Stichworte und die Namen der Zeugen. »Hendriksen hat also die Gefangenen mit Beruhigungsmitteln wehrlos gemacht«, sagte sie dann zu Berndorf, »und dann zugesehen, wie lange sie zum Erfrieren brauchen. Oder welche sinnlosen Operationen sie aushalten. Hendriksen hat es getan. In Christophsbrunn ist er der Hauptverantwortliche.«
»Er hat das wohl auch so gesehen«, antwortete Berndorf. »Ich habe hier eine Aktennotiz vom 18. April 1945. Sie ist an die Hauptverwaltung des Sanitätswesens gerichtet, also an die Wehrmacht und nicht an die Universität. Vermutlich ist die Notiz deshalb erhalten geblieben. Da heißt es: ›Mit dem heutigen Tage habe ich sämtliche Arbeiten an dem Vorhaben Schwanensee eingestellt und die bisher erarbeiteten Ergebnisse weisungsgemäß der Vernichtung zugeführt. Mit deutschem Gruß! gezeichnet Dr. Hendrik Hendriksen.‹ Seltsam, finden Sie nicht?«
Tamar runzelte die Stirn. »Es klingt falsch. Wenn jemand Spuren verwischen will, dann gibt er das doch nicht zu Protokoll.«
»Es sei denn, er hat einen triftigen Grund«, antwortete Bern-

dorf. »Und der kann nur darin bestehen, dass er die Unterlagen eben nicht vernichtet hat.«

Tamar blickte skeptisch. »Hendriksen hätte also die Forschungsergebnisse zur Seite geschafft, um sie nach dem Krieg gewinnbringend zu verkaufen? Tut mir Leid, Chef, aber das erinnert mich irgendwie an die Geschichte von Hitlers Tagebüchern.«

»Warten Sie ab«, sagte Berndorf leicht pikiert. »Ich hab' hier gerade nachgelesen, was aus diesem Luitbold Samnacher geworden ist, dem anderen Helfer des Professors Remsheimer. Bevor er nach Christophsbrunn kam, war Samnacher Lagerarzt in Buchenwald. 1947 ist er deswegen im Buchenwald-Prozess zu 20 Jahren Zuchthaus verurteilt worden. Das war schon gnädig.«

Er machte eine kurze Pause. Was wusste er denn, überlegte er, wie gnädig 20 Jahre Knast sind? »Egal«, fuhr er dann fort. »Aufschlussreich ist, dass er von diesen 20 Jahren keinen Tag abgesessen hat. Noch im gleichen Jahr 1947 haben ihn die Amerikaner zu weiteren Vernehmungen in die USA überstellt. Danach lebte er unbehelligt und in Freiheit unter der kalifornischen Sonne, bis 1952. Da ist er dann nach Argentinien übergesiedelt, wo es damals noch den Diktator Perón gab, der seine schützende Hand über solche Leute hielt. Und wenn Samnacher nicht 1979 bei einem Wohnungsbrand ums Leben gekommen wäre, würde er heute noch glücklich und zufrieden als Neurologe in Buenos Aires praktizieren. Ich hoffe, dass bei dem Wohnungsbrand jemand nachgeholfen hat.«

»Moment«, sagte Tamar. »Was wollten die Amerikaner von ihm?«

»Das können wir nur ahnen«, antwortete Berndorf. »Vielleicht wollten sie wissen, was in der Dokumentation stand, die Hendriksen angeblich vernichtet hat. Denn den konnten sie nicht mehr befragen.«

Berndorf schob Tamar seinen Ordner zu und zeigte auf einen darin abgehefteten Totenschein. »Der Oberarzt Hendrik Hen-

driksen ist am 27. April 1945 in der Nähe von Wengenried/ Landkreis Ravensburg bei einem Angriff alliierter Tiefflieger getötet worden.«
Der Totenschein war noch am gleichen Tag ausgestellt worden. Berndorf dachte nach. Irgendetwas war merkwürdig an diesem Todesfall.
»Vielleicht haben Sie doch Recht«, sagte Tamar langsam. »Hendriksen hat die Unterlagen nicht vernichtet. Und Samnacher hat sie den Amerikanern mitgebracht.«
»Das nun wieder nicht«, antwortete Berndorf. »Samnacher war ja in Haft, bis er in die USA überstellt wurde. Ich glaube nicht, dass er da die ganze Zeit eine wissenschaftliche Dokumentation mit sich führen konnte. Die wäre ihm schon vorher abgenommen worden. Aber den Amerikanern konnte er auch so einiges erzählen.«
Tamar verzog das Gesicht. »Wo ist das Material dann aber geblieben?«
»Wie es aussieht, werden wir es nicht mehr erfahren. Es ist auch nicht unser Fall«, sagte Berndorf. »Es war der Fall des Propheten.«

Anderthalb Stunden waren vergangen. Berndorf schwieg, in sich gekehrt. Tamar überlegte sich, was für Menschen diese Ärzte gewesen sein mochten, die einer jungen Frau die Beine bis auf die Knochen aufschnitten und Glassplitter in die Wunde steckten, nur um zu sehen, wie die Frau langsam und grauenvoll an den Entzündungen zugrunde ging. Und die das menschliche Versuchstier töten ließen, wenn der Körper wider Erwarten nicht zu atmen aufhören wollte. Die einen Menschen mit Beruhigungsmitteln zuschütten, um ihn dann langsam in einem Eisbad erfrieren zu lassen.
Sie brachten die Bände zurück. Ob sie einen Anhaltspunkt gefunden hätten, fragte Staatsanwalt Heuchert. Berndorf verneinte.

»Wenn es Querverbindungen zur Industrie gibt«, sagte Heuchert, »dann sind die Spuren sehr sorgfältig verwischt worden. Zu sorgfältig für uns.«

Samstag, 31. Januar, 14 Uhr

Noch immer schweigend fuhren Tamar und Berndorf nach Stuttgart. Immer wieder regnete es, und Tamar musste den Scheibenwischer einschalten. »Nach welchen Maßstäben können wir eigentlich menschliche Schuld messen?«, fragte sie unvermittelt.

»Nach denen, die man durchsetzen kann«, antwortete Berndorf. Er redet wie ein alter resignierter Mann, dachte Tamar. Aber das ist er ja auch.

»Das genügt mir nicht«, sagte sie dann. »Wenn es nun Schuld gibt, die sich jedem Maßstab entzieht – mit welchem Recht können wir diesen Begriff dann überhaupt noch auf irgendetwas anwenden?«

»Ich werde mich hüten«, erwiderte er unerwartet heftig. »Mein Job ist es, herauszufinden, wo dieser Thalmann steckt und was er vorhat. Ich möchte eine Vorstellung davon haben, wie er denkt und was er als Nächstes tut. Schuld? Den Teufel werd ich tun und von Thalmanns Schuld reden.«

»Und was ist mit diesen Remsheimer und Hendriksen und Samnacher? Hüten Sie sich da auch, von deren Schuld zu reden?«

»Nein«, sagte Berndorf verlegen. »Aber es gibt Wörter, die sehr schnell hohl klingen. Wenn dieser Hendriksen überlebt hätte: Glauben Sie, Sie könnten heute mit ihm über seine Schuld sprechen? Ich denke, das Wort würde an ihm abprallen wie eine Papierkugel an einer Steinmauer.«

»Das können Sie nun wirklich nicht wissen«, wandte Tamar ein.

»Doch«, sagte Berndorf. »Von den Tätern haben ja genug überlebt, haben es sich im Nachkriegsdeutschland oder anderswo bequem und komfortabel eingerichtet, von niemandem behelligt. Die haben nachts gut geschlafen. Waren mit sich im Reinen. Hatten ein gutes Gewissen und haben es noch immer, wenn sie nicht gestorben sind.« Dass jemand wie dieser Professor Remsheimer für ein paar Jahre in den Bau einfuhr, dachte Berndorf, war sogar eine Ausnahme gewesen. Aber was sollte er der jungen Frau da von der Adenauer-Republik erzählen! Niemand will so etwas mehr hören, so wenig wie Opas Geschichten vom Russlandfeldzug.
Es regnete stärker. Die Scheibenwischer kämpften mit den Wassermassen. Von den Autos vor ihnen schimmerte das Rot der Heckleuchten nur noch verschwommen durch den Regen. Tamar hielt jetzt das Steuer mit beiden Händen. »Ich muss mehr darüber lesen. Eigentlich dachte ich, die Zeit von damals hat mit mir nichts mehr zu tun.«
Durch die Wasserschleier leuchtete es rot auf. Tamar bremste den Wagen ab. »Aber was wissen wir denn jetzt über das, was Thalmann vorhat oder tun wird?«, fragte sie unvermittelt.
Nichts, dachte Berndorf. »Über die Versuche selbst haben wir nicht viel erfahren«, sagte er dann. »Wir wissen nicht einmal, womit Hendriksen und dieser Samnacher ihre menschlichen Versuchskaninchen ruhig gestellt haben. Wir wissen nur, dass Thalmann mit seinem Verdacht wohl nicht so ganz falsch liegt. Und immerhin haben wir nachgeprüft, ob es weitere Kandidaten gibt. Es hat sich kein Name aufgedrängt.«
Tamar runzelte die Stirn. »Kandidaten? Sie meinen: fürs Halsabschneiden.«

Vor dem Engelberg-Tunnel hatte sich ein kurzer Stau gebildet. Trotzdem würden sie in einer halben Stunde in der Galerie sein, wo sie sich mit Hannah treffen wollten. Die ganze Zeit über hatte Tamar den Gedanken daran verdrängt. Jetzt nahm er ihr kurz die Luft. Ich werde dastehen und es nicht ertragen. Es darf nicht alles kaputt sein. Was ist das eigentlich, was nicht kaputt sein soll?

Die Stuttgarter Innenstadt lag schon verlassen im Nieselregen. Wie bei Tamars erstem Besuch trug Hannah einen Rock und einen schwarzen Rollkragenpullover, der ihren Hals verhüllte. Sie saßen zu dritt in einem kleinen Besprechungszimmer, in dem der Galerist sonst Verlagsvertreter und Käufer empfing. An der Wand hing ein großer Rückenakt eines jungen Mannes. Der Galerist selbst hatte sich diskret ins Wochenende verabschiedet.

Berndorf erklärte, warum sie gekommen waren. Hannah hörte mit aufmerksamem Gesicht zu. »Dass mein Vater diesen armen Anwalt getötet hat, ist aber nicht bewiesen?«, fragte sie dann kühl. Jeden Blick auf Tamar hatte sie vermieden.

Nein, bewiesen sei nichts, sagte Berndorf. Dann fragte er ruhig: »Haben Sie in den letzten Monaten oder Jahren Geld von dritter Seite erhalten?«

Hannah verzog keine Miene. »Das wissen Sie doch. Meine Großmutter hat es mir gegeben. Sie hat gesagt, es sei von einer Schulfreundin meiner Mutter. Ich habe es geglaubt. Ich habe es sogar gerne geglaubt.«

Berndorf hob beschwichtigend die Hand. »Kein Vorwurf. Es ist auch nichts dabei. Woher sollten Sie wissen, dass ein Strafgefangener in der Haft Geld beiseite schaffen kann. Und wenn Sie es in gutem Glauben angenommen haben, durften Sie es auch ausgeben.«

Deswegen aber seien sie beide, er und seine Kollegin Wegenast, nicht gekommen. »Wir denken, dass Ihr Vater irgendwann mit Ihnen Kontakt aufnehmen wird. Telefonisch oder brieflich. Wir wollen Ihnen nicht vorschreiben, wie Sie darauf reagieren sollen. Trotzdem möchte ich Sie bitten, sich nicht auf eine persönliche Begegnung einzulassen. Aber Sie könnten ihm, wenn es sich ergibt, eine Botschaft zukommen lassen: Ihr Vater soll sich überlegen, ob er mit mir reden will. Beispiels-

weise über Psychopharmaka und die Forschungsgruppe des Professor Remsheimer.«
»Warum sollte mein Vater mit Ihnen reden wollen?«, fragte Hannah zornig. »Sie wollen ihn doch nur hinter Gitter bringen.« Allerdings, dachte Tamar.
»Sicher will ich das«, sagte Berndorf ruhig. »Trotzdem könnten Sie ihm ausrichten, was ich Ihnen gesagt habe. Wenn es sich ergeben sollte.«
Auf der Rückfahrt, kurz vor dem Aufstieg zum Aichelberg, sagte Tamar, so ganz habe sie nicht verstanden, worauf Berndorf hinauswolle.
»Ja«, sagte Berndorf, »manchmal geht das einem so. Dass man nicht versteht, worauf der andere hinauswill. Oder warum jemand ganz plötzlich überhaupt nichts mehr redet.«
Tamar schwieg. Allerdings hatte sie bei dem Gespräch mit Hannah keinen Ton gesagt. Was aber ging das Berndorf an? Ganz zuletzt hatte ihr Hannah doch einen Blick zugeworfen, forschend und schmerzlich, wie man es womöglich nur aus zwei ungleichen Augen tun kann, dachte Tamar. Dann fiel ihr ein, dass sie ihren Brief an Hannah noch nicht einmal abgeschickt hatte.
»Ich denke, dass diese junge Frau eine starke Persönlichkeit ist«, sagte Berndorf. »Vielleicht kann sie uns helfen, ihren Vater zum Aufgeben zu bewegen.«
»Einspruch«, protestierte Tamar. »Wir haben Hannah zu schützen. Wir haben nicht das Recht, sie als Werkzeug oder Köder zu benutzen.«
»Davon hab' ich kein Wort gesagt«, antwortete Berndorf. »Sie soll Thalmann nur sagen, dass er mit mir reden kann. Denn mit Sicherheit wird er versuchen, mit ihr Kontakt aufzunehmen.«
Tamar sagte nichts mehr. Die Tafelberge der Alb versanken in der Dämmerung.

In der Brauereigastwirtschaft im Söflinger Klosterhof bestellte sich ein einzelner Gast eine Tellersulz mit Bratkartoffeln und ein Weizenbier. Er war müde, und er hatte Hunger. Er war am Nachmittag in Dornstadt gewesen und dann mit dem Bus nach Ulm zurückgefahren. Lange war er danach durch die Straßen gelaufen, bis er den Bungalow mit den heruntergelassenen Rolläden gefunden hatte.

Der Bungalow lag unverhofft günstig, denn durch die Gärten konnte man zu dem Haus mit den Bäumen und den beiden Hunden gelangen, ohne die Straße überqueren zu müssen. Der Namen, der am Türschild des Bungalows stand, war im Telefonbuch eingetragen. Aber wenn er anrief, meldete sich ein automatischer Anrufbeantworter. Der Bungalow war also bewohnt, doch die Bewohner mussten verreist sein. Er wusste, dass es sich manche Leute heute leisten konnten, im Winter in den Süden zu fliegen. Nach Teneriffa oder Lanzarote. Das hätte seiner kleinen Tochter sicher auch gefallen, damals, als sie noch eine Familie waren. Nur war damals an so etwas nicht zu denken.

Sonntag, 1. Februar

Der Tag hatte grau begonnen und sah nicht aus, als ob er daran etwas ändern wolle. Sowohl Tamar wie auch Oberarzt Bastian Burgmair hatten Sonntagsdienst. Trotzdem hätten sie am Morgen ein bisschen Spaß haben können, fand Burgmair. Aber Tamar war gerade ziemlich zickig. Schweigend frühstückten sie. Burgmair fiel auf, dass sie die meiste Zeit gedankenverloren aus dem Fenster und in den grauen Winterhimmel starrte. Vielleicht sollte er mit ihr im Februar eine Woche in den Skiurlaub ins Montafon fahren, überlegte er. In das Hotel, in dem sie zum ersten Mal miteinander ins Bett gegangen waren.

Berndorf war am Morgen nach Stuttgart-Echterdingen gefahren. In seinem Gepäck hatte er den Bericht über das Versteck im Warschau-Express; Wasmer hatte Fotos beigefügt und – in sorgfältig beschrifteten Klarsichthüllen – unterschiedliche Schrauben und zwei Scharniere, die offenbar von der Tür des Verstecks und einer Klappbank stammten.
Der City-Jet nach Dresden war nur halb besetzt. Berndorf hatte einen Fensterplatz. Als die Maschine gestartet war und über den Fildern nach Norden abdrehte, kippte er seinen Sitz zurück und schlug in seinem Montaigne das Kapitel über das Bereuen auf. Er wollte es noch einmal von vorne lesen. Fast sofort blieb er an dem Satz hängen:

»Ich schildere nicht das Sein, ich schildre das Unterwegssein...« Ein Vibrieren lief durch den Jet. Da schau her, dachte Berndorf. Das Schaukeln der Dinge.

Im Altenzentrum hatte es Nudelbouillon gegeben, dann einen Gänsebraten mit Rotkohl und Semmelknödel und zum Nachtisch das gemischte Eis, wie immer an den Sonntagen. Kropke hatte Schonkost bestellt, Reis mit Kalbsgeschnetzeltem, der Reis war klebrig und die Körner setzten sich unter seiner Gebissplatte fest. Ob er es dem Polizisten draußen sagen sollte? Es war der Dickere von den beiden, die jetzt tagsüber zu ihm kamen. Im Fernsehen übertrugen sie ein Lastwagenrennen. Früher gab es das nicht. Irgendetwas war unter seiner Gebissplatte. Wenn er wieder wusste, was es war, würde er es dem Polizisten sagen. Es war ein Polizeihauptmeister, er brauchte ihn nicht mit dem Namen anzureden.

Im Neuen Bau sah Tamar die Berichte der Samstagsschicht durch. Ein Handtaschenraub in der Fußgängerzone, drei Wohnungseinbrüche auf dem weißen Eselsberg, und in Dornstadt im Norden Ulms war ein 17-Jähriger mit 20 Gramm Haschisch festgenommen worden, die er sich von Blochers notorischem V-Mann Hugler hatte andrehen lassen. Dann zwang sie sich an die Schreibmaschine. Sie hatte noch die ganzen Berichte der letzten Tage zu schreiben, so schwer ihr der Kopf auch von ganz anderen Dingen war. Sie musste an Hannah denken, und dass sie selbst es ganz gewiss keinen Tag länger mit ihrem Oberarzt aushielte.
Wenigstens hatte sie den Brief eingeworfen.

In der Kapelle des Altenzentrums dämmerten die alten Leute vor sich hin, vom schweren Sonntagsessen an den Rand des

Schlafs gedrückt. Pfarrer Johannes Rübsam ließ einen gottergebenen Blick über seine Gemeinde schweifen, hin zu dem Wandbehang ihm gegenüber, auf dem der Evangelische Frauenkreis die Speisung der 5000 dargestellt hatte, mit fünf Broten und zwei Fischen versinnbildlicht. Es war der vierte Sonntag nach Epiphanias, und die Organistin Blickle-Schaich kam wieder einmal zu spät.

Dann huschte sie herein, mit vorwurfsvollen Augen im – wie es Rübsam schien – verheulten Gesicht. Ist die Tochter schwanger, überlegte Rübsam und entschied, dass Waltraut Blickle-Schaich dann noch etwas fiebriger, erregter aussehen müßte. Also war wieder etwas mit dem Sohn, und gleich wird sie den Einsatz verpatzen.

Es war dann der dritte Akkord, der danebenging. O Herr, Du musst mich auch nicht immer beim Wort nehmen, dachte Rübsam und verlas den Wochenspruch aus dem 1. Korintherbrief, Kapitel 4: »Der Herr wird ans Licht bringen, was im Finstern verborgen ist, und wird das Trachten der Herzen offenbar machen.«

Ich weiß nicht, ob ich mir das wirklich wünschen soll, dachte Rübsam und blickte noch einmal über seine grau und hinfällig gewordene Gemeinde. Rechts saßen streng die zwei Diakonissen, die über die Rechtgläubigkeit seiner Predigten wachten. Links hinten hatte ein Mann mit grau durchsetztem dunklen Haar und einem hageren Gesicht Platz genommen. Rübsam hatte ihn noch nie gesehen. Es muss jemand sein, der hier einen Angehörigen besucht, dachte er.

Rübsam hatte über das Licht predigen wollen, in das wir alle eingehen. Aber dann fand er das doch unpassend für ein Altenheim und erzählte, wie es war, als es vor drei Jahren einen Stromausfall gegeben hatte.

Vor dem Landeanflug in Dresden klappte Berndorf das Taschenbuch mit leichtem Bedauern zu. Er war gerade an einen dieser kantigen Sätze geraten, die den alten Franzosen so irritierend machten: »Nun erhalten sich aber die Gesetze in Ansehen, nicht weil sie gerecht sind, sondern weil sie Gesetze sind.« In den vier Jahrhunderten seit Montaignes Tod hätte sich daran einiges ändern müssen, dachte Berndorf. Geändert hatte sich vor allem, dass die Gesetze überhaupt kein Ansehen mehr besaßen. Und dass sich die Gesellschaft schon lange nicht mehr darum scherte, ob sie gerecht war oder nicht. Es war schon viel, wenn wenigstens das himmelschreiendste Unrecht verhindert wurde. Oder bestraft. Aber manchmal, dachte Berndorf, gelingt nicht einmal das. Holpernd setzte der City-Jet auf. Berndorf freute sich auf die Zugfahrt.

Der Gottesdienst war überstanden. Johannes Rübsam sprach den Schlusssegen, und die Organistin Blickle-Schaich verpatzte das Amen. Rübsam ging in die kleine Sakristei und zog seinen Talar aus. Dann stellte er das Abendmahlsgeschirr bereit, weil er danach noch zu einigen bettlägerigen Gemeindegliedern wollte. Draußen raschelte die Organistin. Offenbar brauchte sie eine tröstende Ansprache. Wie Du meinst, Herr, dachte Rübsam.
Es war in der Tat Alexander, der Sohn, gewesen. Diesmal war es nicht die Kehrwoche und auch nicht der Arm, den er sich deswegen gebrochen hatte. Vielmehr hatten Blickle-Schaichs die Polizei im Haus gehabt. »Dieser unglaubliche Mensch hat herumgeschrien, Alexander hätte Haschisch gekauft. Und die ganze Wohnung haben sie auf den Kopf gestellt, stellen Sie sich das vor, bei uns, am Samstagnachmittag, dass es alle Nachbarn sehen. Wie kann denn der Alexander so etwas rauchen, das ist doch ein so unwissender Bub, den haben sie doch nur verführt und angestiftet!«
Dann fing sie an zu heulen. Als sie fertig war, beschrieb sie die Hausdurchsuchung. »Und Ingo stand dabei und hat immer nur auf den Fußballen gewippt.« Ingo Schaich war Studiendi-

rektor für Französisch und Erdkunde, fiel es Rübsam ein. Falls das etwas erklärt, dachte er dann.

Polizeihauptmeister Krauser hatte die »Bild am Sonntag« ausgelesen. Er überlegte, ob er sich auf dem Gang ein wenig die Beine vertreten solle. Oder ob er nicht doch gleich zum alten Kropke ins Zimmer gehen würde, Lastwagenrennen angucken.
Ein Mann kam vom Eingang und über den Gang auf ihn zu. Er war in einen schwarzen Talar gekleidet und trug mit der rechten Hand ein Tablett mit einem Kelch und mit Keksen. Nicht mit Keksen, fiel es Krauser ein: mit Oblaten.
»Grüß Gott«, sagte der Mann im Talar. »Sie geben auf den Herrn Kropke Acht. Das ist aber recht.«
»Krauser«, sagte Krauser und schüttelte die linke Hand, die der Mann ihm reichte.
»Ich bring' dem Herrn Kropke das Abendmahl«, sagte der Mann. »Er kriegt es immer nach dem Sonntagsgottesdienst.«

»Das kann einfach nicht sein«, sagte Johannes Rübsam. »Ich habe meinen Talar und das Abendmahlsgeschirr in der Sakristei gelassen und ganz kurz mit der Organistin geredet, zehn Minuten vielleicht, und wie ich zurückkomme, ist alles weg! Wer stiehlt denn so etwas? In einem Altenheim?«
Der Verwalter sah ihn missmutig an. »Also geben Sie uns nicht die Schuld, wenn Sie Ihre Sachen nicht zusammenhalten können«, sagte er dann. Rübsam holte Luft. An dem Verwalter piepste es. Aus seiner Hemdentasche holte er einen Empfänger in der Größe einer Zigarettenschachtel heraus und schaute misstrauisch auf das Display.
»Da ist irgendwas in 4c«, sagte der Verwalter. »Ach Gott, da ist ja der olle Kropke.« Er stand auf und setzte sich in Trab. Rübsam lief hinter ihm her.

Erster Staatsanwalt außer Dienst Ernst Kropke stand totenblass und zitternd neben dem Waschtisch. »Die Letzte Ölung«, sagte er zu Krauser. »Er hat mir die Letzte Ölung geben wollen, ich bin noch lange nicht so weit, die dürfen so etwas nicht. Und was tun Sie hier eigentlich? Sie sollen mich schützen, das weiß ich genau.« Dann wandte er sich an den Verwalter. »Ich werde mich beschweren. Wozu habe ich Polizeischutz? Da kommt dieser Mensch und will mir die Letzte Ölung...«

»Niemand tut Ihnen was«, sagte der Verwalter. »Ich hab' Ihnen hier den Pfarrer Rübsam mitgebracht, der...«

»Nein«, sagte Kropke, »nicht schon wieder. Ich lass mich nicht... Gehen Sie weg. Ich will nicht. Noch nicht.«

»Keine Angst«, sagte Rübsam. »Von mir bekommen Sie keine Letzte Ölung. Ich bin evangelischer Pfarrer. Aber was haben Sie mit Ihrem Pullover gemacht?«

Dann ging er durch das Zimmer zu der halb geöffneten Balkontür. Das Abendmahlsgeschirr war auf einem Plastiktisch vor dem Balkonfenster abgestellt, daneben lag der Talar, unordentlich zusammengeknüllt. Rübsam trat zum Balkongeländer und sah hinunter. Kropkes Appartement lag im Hochparterre. Unter dem Balkon waren Blumenbeete. Jetzt im Winter waren sie leer, und die Fußabdrücke in der feuchten dunklen Erde waren von oben gut zu sehen. Kropkes Besucher war hier hinuntergesprungen. Aus dem Hochparterre war das kein Problem.

Rübsam nahm seinen Talar und das Abendmahlsgeschirr und ging in das Zimmer zurück.

Kropke sah an sich herunter. »Ich weiß nicht«, sagte er. In dem grauen Pullover mit den Flecken der Nudelbouillon klafften zwei große Risse, die sich wie ein »X« kreuzten.

»Das sieht aus, also, wie mit der Schere geschnitten sieht das aus«, meinte Krauser.

»Das ist doch Unsinn«, sagte der Verwalter. »Wer soll denn so etwas tun?«

»Richtig«, warf Rübsam ein. »Einen Talar darf man ja stehlen

im Altersheim. Aber Pullover zerschneiden.« Der Verwalter warf ihm einen hasserfüllten Blick zu.
»Eine Schere hat der Pfarrer nicht gehabt«, erinnerte sich Kropke. »Es war ein Messer. Wie sagt man. Ein Messer zum... Also ein Messer.«
Rübsam griff mit der freien Hand an Kropkes Pullover und zog eine der Schnittstellen zu sich her, um sie genauer zu betrachten. »Ein Messer zum Rasieren, wollten Sie sagen. Da haben Sie ganz Recht. Es ist eine sehr scharfe Klinge gewesen.«
»Ein übler Scherz«, sagte Krauser. Rübsam sah ihn an. »Wenn Sie meinen. Der Kriminalist sind ja Sie.«

Der Interregio hielt. Berndorf griff sich seine Tasche und stieg aus. Für einen Augenblick hatte er das Gefühl, er sei auf einem jener Bahnhöfe angekommen, an denen die Zeit Endstation hat. Er versuchte sich vorzustellen, wie es hier vor dem Ersten Weltkrieg ausgesehen haben musste, als er Umschlagplatz war für die Warenströme aus dem blühenden Sachsen ins kaiserlich-russische Polen oder hinüber nach Böhmen und elegante polnische Damen hier in den Nachtschnellzug nach Paris umstiegen. Heute sah man nur noch Rost, Graffiti und leere Bierdosen.
»Willkommen in Görlitz!« Ein drahtiger mittelgroßer Mann mit sorgfältig gestutztem Schnurrbart und kurz geschnittenem dunklen Haar trat auf ihn zu: »Sie sind Hauptkommissar Berndorf? Rauwolf.« Er hatte einen festen Händedruck. Berndorf bat um Entschuldigung, dass er an einem Sonntag komme. Rauwolf sagte, er habe ohnehin Bereitschaftsdienst.
Es war später Nachmittag, und Rauwolf fuhr Berndorf zunächst zu dessen Hotel, einem erst in den letzten Jahren renovierten Bau aus den Gründerjahren. Aus seinem Zimmerfenster sah Berndorf auf die elegante, ockerfarbene Fassade eines Geschäftshauses mit weißen Jugendstilornamenten.
Rauwolf schlug vor, dass Berndorf sich zunächst die Wohnung

Tiefenbachs ansehen solle; sie könnten zu Fuß dorthin gehen. Berndorf war einverstanden. Sie verließen das Hotel und das Gründerzeitviertel und überquerten einen Platz mit einer kleinen Parkanlage in der Mitte, eine in den Gleisen quietschende Straßenbahn schaukelte ihnen entgegen. Rauwolf führte ihn nach rechts in ein Wohngebiet mit hohen grauen Häusern, deren Fenster von schweren Simsen eingefasst waren. Ab und zu kamen sie an einem Video-Shop vorbei, im Fenster einer kleinen Kneipe hing ein Transparent des Fanclubs der Eishockeymannschaft von Weißwasser. Die Dämmerung hatte eingesetzt, aber die meisten Häuser blieben dunkel.
In den Altbauwohnungen lebten nur noch wenige Menschen, erklärte Rauwolf.»Wissen Sie, die Neubauwohnungen in den Plattenbauten haben Fernheizung, eigenes Bad und WC. Hier gibt es oft noch das Klo auf der Etage.« Vor einem der Häuser hielt er an und schloss die Haustür auf. Die meisten der Briefkästen im Hausflur trugen keine Namensschilder mehr, und fast alle waren mit Prospekten verstopft. Es roch feucht und muffig.
Sie stiegen in den dritten Stock hoch und blieben vor einer Wohnungstür stehen, die mit Papierstreifen versiegelt war. Rauwolf schnitt die Siegel auf und öffnete. Sie traten in eine geräumige Diele ein, von der mehrere Türen abgingen. Berndorf registrierte hohe Decken und schwere, altmodische, fast gutbürgerlich anmutende Möbel. Im Schlafzimmer stand ein Doppelbett mit ordentlich aufgeschüttelten Kopfkissen, und im Wohnzimmer fand sich eine braunlederne Sitzgruppe vor einem Fernsehgerät mit Videorecorder. Die gläserne Platte des Couchtisches war leicht angestaubt. Dennoch sah die Wohnung aufgeräumt aus und so, als sei regelmäßig sauber gemacht worden. In einem Arbeitszimmer war ein Personalcomputer aufgebaut. Die Seitenwand nahm ein Bücherregal ein, deren unterste Reihe nicht ganz mit Aktenordnern ausgefüllt war.

Berndorf musterte das Bücherregal. Den meisten Platz nahm Fachliteratur über das Eisenbahnwesen ein, darunter mehrere Bände über die deutschen Bahnhöfe und ihre Architektur sowie eine Sammlung von Fahrplänen der Reichsbahn von 1922 bis 1945. Außerdem fand er Kriminalromane und Bücher zu Politik, Zeit- und Militärgeschichte, alles streng alphabetisch geordnet, nach Marx' »Kapital« kam eine Gesamtausgabe von Mehring, einige Bände weiter die ausgewählten Werke von Lenin. Plötzlich stutzte er.

»Schauen Sie«, sagte er zu Rauwolf. »Ambler, Andric, Andrzejewski, Aragon, Balzac. Dann Clausewitz, Chesterton, Cartier, Bulgakow, Bebel.«

»Eh?« fragte Rauwolf.

»Die Reihenfolge ist plötzlich unterbrochen und umgekehrt«, sagte Berndorf. »Es sind gerade so viel Bücher, wie man als Stapel mit den Händen herausnehmen kann.« Er maß es mit seinen Händen nach. »Der Mann, der hier gewohnt hat, war ein außerordentlich genauer und pentibler Charakter. Man sieht es auf den ersten Blick. Er hat die Bücher alphabetisch geordnet, und weil er ein Ordnungsfanatiker war, hat er diese Reihenfolge auch nicht geändert. Aber – jemand hat die Bücher herausgenommen und den Stapel in der falschen Reihenfolge wieder zurückgestellt.«

Rauwolf sah ihn stirnrunzelnd an. »Und warum sollte man so etwas tun?«

»Das passiert, wenn man einen Stapel Bücher herausnimmt und sie durchsieht oder dahinter etwas sucht. Je nachdem, wie man den Stapel absetzt, wird das letzte Buch das erste, das wieder zurückgestellt wird. Ob Sie veranlassen könnten, das Bücherregal zu fotografieren?«

»Es hat also doch jemand die Wohnung durchsucht. Womöglich der Mann, der das Telefon nicht abgenommen hat?«, fragte Rauwolf. Berndorf verkniff es sich, »my dear Watson« zu sagen.

Sie aßen in einem Steakhouse am Rande des kleinen Platzes

mit der Anlage. Rauwolf sagte, dass er für den nächsten Tag Gesprächstermine bei Tiefenbachs geschiedener Frau und dessen Schwester verabredet habe. Dann bestellte Berndorf noch eine Runde Bier, und Rauwolf erzählte, wie er 1986 zur Volkspolizei gekommen war. Nach der Wende hatte er die Aufnahmeprüfungen für den gehobenen Dienst der Kriminalpolizei bestanden und war jetzt Leiter einer Ermittlungsabteilung. »Ich habe mehr Glück gehabt als Tiefenbach. Der war schon zu lange auf seinem sozialistischen Gleis. Und wir zwei ...«, er prostete Berndorf zu, »arbeiten in einer Branche, wo sie nicht so schneidig Leute rauswerfen können wie bei der Bahn.«
Danach trennten sie sich, und Berndorf wanderte allein durch die Stadt, die einmal groß und bedeutend gewesen war, vorbei an Handelshäusern und Stadtpalästen im Stil der italienischen Renaissance, die jetzt im toten Winkel der Geschichte vom geschäftigen Treiben verflossener Jahrhunderte träumten. Er ging über den riesigen leeren Stadtplatz, über den ab und an ein Wagen mit deutschem oder polnischem Kennzeichen holperte, und im fahlen Licht der Straßenlampen studierte er die Schilder, die daran erinnerten, dass Napoleon im Frühjahr 1813 hier sein Hauptquartier gehabt hatte. Für einen Augenblick hatte Berndorf das Gefühl, als sei die Zeit stehen geblieben. Schließlich ging er müde in sein Hotel zurück.
Er war das Alleinsein gewohnt. Aber in einem Hotelzimmer ertrug er es nur schlecht. Er setzte sich in den Sessel neben seinem Einzelbett und schlug den Montaigne-Band auf. Sein Blick blieb am Wort »Wollust« hängen. Oh ja, schachmatt in zwei Zügen: »Man rühme sich nicht«, stand da, »die Wollust zu verachten und zu bekämpfen, wenn man sie nicht kennt, wenn man weder etwas von ihren Reizen und Machtmitteln, noch von ihrer höchst verlockenden Schönheit weiß.«
Ich rühme mich ja nicht, dachte Berndorf. Ich ruf' ja nicht einmal Barbara an. Sie wird noch auf dem verdammten Workshop sein. Und in dieser verlassenen Stadt Görlitz waren die reizenden Schönheiten der Wollust einfach nirgends zu sehen.

Dann überlegte er, dass es an der Ostküste nun auch schon Nachmittag sein müsse. Wochenend-Seminare dauerten doch nicht bis zum Sonntagabend? Am Sonntagvormittag ist die Abschlussbesprechung, dann gibt es noch einen gemeinsamen Lunch, und dann fahren die Leute nach Hause, etwas wollen die Profs ja auch noch vom Sonntag haben. Er wählte die Nummer von Barbaras Anschluss in Yale.
»Hello?« Eine sehr müde, sehr schläfrige Stimme meldete sich.
»Ich hab' dich geweckt?«, fragte Berndorf.
»Allerdings hast du das.« Plötzlich war die Stimme klar und hell. »Aber es ist ganz recht. Mittagsschlaf vertrage ich nicht. Wo steckst du überhaupt? Es ist schon wieder Sonntag und du bist nicht zu Hause. Vorhin warst du es nicht.«
Berndorf erklärte es ihr.
»Görlitz ist schön«, sagte Barbara. »Schön und melancholisch. Eine Stadt, die dir gefallen müsste. Und du bist wegen irgendwelcher Schrauben da – hab' ich das richtig verstanden?«
»So ungefähr.« Manchmal war sein Beruf wirklich merkwürdig, dachte Berndorf.
»Manchmal ist dein Beruf wirklich merkwürdig«, sagte Barbara. »Und jetzt sitzt du in einem Hotel und es ist alles ganz schrecklich. Hast du wenigstens etwas zu lesen? Am Ende wieder den Herrn aus der Gascogne?«
»Er hat es gerade mit der Wollust«, sagte Berndorf etwas kleinlaut.
»Für ein Einzelzimmer im Hotel vielleicht nicht gerade das richtige Kapitel«, meinte Barbara sachlich. »Übrigens habe ich etwas für dich. In der Bibliothek hier habe ich eine Ausgabe von Montaignes Tagebuch über seine Bäderreise nach Italien gefunden. Er hätte sogar gern dein Ulm besichtigt, das fiel ihm aber erst in Augsburg ein. Ich habe da einen Satz entdeckt, den schenk' ich dir durchs Telefon.« Sie machte eine Pause und las dann vor: »Wie die Größe und die Macht ist auch die Neugier sich oft selbst im Wege.«

Viele hundert Kilometer südwestlich von Görlitz, im Fünf-Bäume-Weg des Ulmer Stadtteils Söflingen, glitt ein Mann durch den Kellerschacht eines Wohnhauses, drückte die Scheibe des Kellerfensters ein und öffnete es. Eine halbe Stunde später hatte er das Haus durchsucht und sich für ein Zimmer mit Gartentür und einem Bett entschieden, das offenbar für Gäste bestimmt war. Ein Gast war ja auch er, dachte er sich. Er zog nur die Schuhe, seinen Mantel und die Anzugjacke aus und schlüpfte unter eine dünne Decke. Der Staatsanwalt war ein Fehlschlag gewesen. Er hatte nicht einmal begriffen, wer zu ihm gekommen war und wie nahe er dem Tode war.

Aber wie konnte er jemanden zur Rechenschaft ziehen, der nur noch greisenhaft war und blöde?

Montag, 2. Februar

Berndorf frühstückte zwischen missmutigen Geschäftsreisenden aus Westdeutschland. Dann ging er wieder zu Tiefenbachs Wohnung, wo er mit Rauwolf und dem Computerexperten des sächsischen Landeskriminalamtes verabredet war. Es war ein untersetzter wortkarger Mann, der sich ohne weiteren Aufenthalt an den PC setzte. Rauwolf und Berndorf machten sich daran, noch einmal die Wohnung nach Hinweisen durchzusehen, die Tiefenbach hinterlassen haben mochte oder wer immer es war, der am Abend des Bayernspiels das Licht eingeschaltet hatte.

Diesmal sah auch Rauwolf, dass bereits vor ihnen jemand die Wohnung durchsucht haben musste. »Man sieht es an den Hemden«, sagte er, »sie waren ordentlich zusammengelegt, aber jetzt sind die Stapel verrutscht. Ich habe wohl Tomaten auf den Augen gehabt.«

Sonst entdeckten sie nichts, kein Foto, keinen persönlichen Brief. Die Aktenordner im Bücherregal enthielten Zeugnisse,

Prüfungsbescheinigungen, Planskizzen für Radaufhängungen und verstellbare Zugsitze. Das Material sah nicht gerade aus, als könnte es irgendwelche Industriespione in Versuchung führen, dachte Berndorf. In einem weiteren Ordner fanden sie Beitragsquittungen der SED und später der PDS, Einladungen zu und Protokolle von Sitzungen einer Partei-Betriebsgruppe, dazu Aufrufe zur Gründung einer Görlitzer Arbeitslosen-Initiative.
Der Tintenstrahldrucker von Tiefenbachs PC setzte sich ratternd in Tätigkeit.
»Nö, Kollegen«, sagte der Experte. »Nüscht von Belang. Er hat Bahnfahrpläne drauf gespeichert, ein paar Computerspiele, Texte einer Arbeitslosen-Initiative. Ich lass es ausdrucken. Auch auf den Disketten ist nichts Besonderes. Fahrpläne, und... Moment. Etwas ist komisch.«
Er fing an, noch einmal die Disketten durchzusehen, die in mehreren Plastikschachteln abgelegt waren. Dann schüttelte er den Kopf. »Die CD-Rom mit dem Telefonverzeichnis ist weg. Aber er hat eine gehabt. Jedenfalls hat er dafür einen Dateinamen angelegt.«
Rauwolf fragte, ob irgendwelche Informationen versteckt gespeichert sein könnten. Der Fachmann schaute ihn nur mitleidig an: »Wenn ich so etwas nicht finden könnte – wozu hätte ich dann herfahren sollen?« Wenig später kam ein Polizeifotograf und nahm die Regalwand auf.

Um 11 Uhr war Berndorf mit dem Personalchef der Bahnwerke verabredet; Rauwolf hatte das Gespräch noch am Freitag auf Berndorfs Bitte vermittelt.
Sie fuhren durch ein graues Viertel mit leer stehenden Wohnkasernen aus der Zeit der Jahrhundertwende. Dann kamen sie in ein Industriegebiet, von dem Berndorf nicht viel mehr sah als lang gestreckte Mauern und Zäune, hinter denen Schutthaufen lagen. Neben der Straße verliefen Eisenbahngleise.

Dann bogen sie durch eine breite Einfahrt und hielten vor der Rampe eines Verwaltungsgebäudes.

In der Eingangshalle standen Glasvitrinen mit den Modellen von Zügen und Waggons. Eine nur mäßig freundliche Sächsin meldete sie an. Wenig später wurden sie von einer jüngeren Frau abgeholt und mit einem Fahrstuhl in die dritte Etage gebracht.

Der Personalchef war ein Westdeutscher, der sie aus eng stehenden Augen musterte. Er steckte in einem Anzug mit hochgeschlossener Weste und trug ein gestreiftes Hemd mit einem weißen Kragen.

Rauwolf erklärte, dass er und sein Ulmer Kollege wegen des Todesfalls Tiefenbach ermittelten: »Wir hätten gerne mehr über den Aufgabenbereich Tiefenbachs gewusst.«

Der Personalchef zog einen Ordner zu sich her. »Ich habe ihn persönlich nicht gekannt«, sagte er. »Er ist vor meinem Dienstantritt hier ausgeschieden.« Soweit er den Unterlagen entnehmen könne, sei Tiefenbach mit der Entwicklung von Prototypen für U- und S-Bahnen befasst gewesen. »Eine reine Luftnummer. Die DDR hat in keiner Weise daran denken können, neue Verkehrssysteme zu installieren. Und auf dem Weltmarkt waren die Bahnwerke in diesem Sektor absolut nicht konkurrenzfähig.«

»Was machen Sie eigentlich jetzt?«, wollte Berndorf wissen.

»Instandsetzungen und Zulieferungen«, sagte der Personalchef. »Und wir arbeiten an einem neuen Typ von Doppelstockwagen. Immerhin gehören wir jetzt zu einem der leistungsfähigsten Unternehmen in Europa.« Mit einer Handbewegung wies er auf das Firmenlogo.

»Gibt es noch Partnerunternehmen, die auf eigene Rechnung arbeiten und kleine Reparaturaufträge für Sie übernehmen?«

Der Personalchef blickte verständnislos. »Nein – warum fragen Sie?«

»Tiefenbach hat also keine Möglichkeit gehabt, irgendwo Geld zusätzlich zu verdienen?«

Der Personalchef meinte, dass er das nun wirklich nicht wissen könne.
Berndorf holte aus seiner Aktentasche den Bericht Wasmers. Dann legte er die Klarsichthüllen mit den Materialproben auf den Schreibtisch des Personalchefs. »Ich wüsste gerne, ob das Schrauben und Scharniere sind, die bei Ihnen verwendet werden. Sie haben sicher jemand, der das überprüfen kann.«
Der Personalchef überlegte kurz und griff dann zum Telefon. Wenig später betrat ein grauhaariger Mann in einem blaugrauen Arbeitskittel das Büro. Der Kollege sei der Verwalter des Magazins, sagte der Personalchef. Dann wandte er sich an den Grauhaarigen: »Das sind Herren von der Polizei. Sie wollen wissen, ob dieses Material bei uns verwendet wird.«
Der Magazinverwalter warf ein neugierigen Blick auf die beiden Besucher. Dann nahm er sich die Klarsichthüllen vor und betrachtete sie mit den Augen eines Weitsichtigen. »Sie können die Schrauben ruhig herausnehmen«, sagte Berndorf.
Der Mann schüttelte die Schrauben heraus und vermaß sie mit einer Schublehre, die er aus seinem Kittel geholt hatte.
»Nein«, sagte er schließlich. »Das stammt nicht von uns. Bei den Scharnieren seh' ich es auf einen Blick. Verwenden wir nicht.«
»Und woran sehen Sie das?«, wollte Berndorf wissen.
»Es ist russische Ware«, sagte der Grauhaarige. »Die Abmessungen sind anders.«

Zu Mittag aß Berndorf in einem kleinen, fast bedrückend leeren Restaurant am Marktplatz. Danach ging er noch einmal durch die Stadt, am Renaissancebau des Rathauses und an den umliegenden Patrizierhäusern vorbei zur Polizeidirektion, von wo ihn Rauwolf nach Bautzen bringen sollte. Um 14 Uhr war er dort mit Tiefenbachs Schwester verabredet, einer Rosemarie Kautkus.
In seiner Vorstellung bestand Bautzen aus ein paar Häusern

im Schatten eines alles beherrschenden Zuchthauses. Zu seiner Überraschung fuhr ihn Rauwolf in eine spätmittelalterliche, auf einem Hügelzug gelegene Stadt mit malerischen Türmen. Rosemarie Kautkus war eine schwerfällige, dunkelhaarige Frau mit vielen grauen Strähnen. Offenbar lebte sie allein in ihrer Altbauwohnung, das heißt, allein mit einer großen Voliere, in der Wellensittiche mit kurzen Flirrflügen von einem kahlen Ast zum nächsten wechselten.

Rauwolf verabschiedete sich. Berndorf würde von Bautzen aus den Zug nach Dresden nehmen und am späten Abend zurückfliegen.

Die dicke Frau lud Berndorf ein, an einem runden wackeligen Mahagonitisch vor der Voliere Platz zu nehmen. »Ich denke, er hat es selbst gemacht«, sagte sie, als sie sich beide gesetzt hatten. Berndorf wollte wissen, warum sie das glaube.

»Ach«, sagte sie, »die Arbeitslosigkeit. Und die Frau war auch nicht das Richtige für ihn. Wissen Sie, für mich ist er immer mein kleiner, anständiger, strebsamer Bruder geblieben. Nur fällt für die Anständigen und Strebsamen nie eine von den dicken Kartoffeln ab. Die Klöße in der Röhre sind für die anderen. Das war schon immer so bei uns.«

Berndorf fragte, ob sie ihm etwas von ihrer Familie erzählen wolle, von ihrer Mutter und ihrem Vater. Die Mutter sei Krankenschwester gewesen, sagte sie, »und der Vater Stellmeister bei den Bahnwerken. Aber dann kam der Krieg, Vater war Panzerfahrer und ist bei Kursk vermisst worden, ich habe keine Erinnerung an ihn. Meine Mutter hat hier im Krankenhaus gearbeitet und uns durchgebracht, in der DDR ging das, aber eine Familie, in der kein Vater da war, hat auch hier nicht so recht gezählt, den Ton haben die Männer angegeben, die irgendwie aus dem Krieg zurückgekehrt sind.«

Sie machte eine Pause. »Ich weiß, wie das damals war«, hörte sich Berndorf zu seiner Überraschung sagen. Die Erinnerung an die Dachwohnung in dem Dorfschulhaus kam in ihm hoch, in der seine Mutter mit ihm gelebt hatte. Es waren zwei Kam-

mern über der Lehrerwohnung, sie waren 1944 dorthin evakuiert worden, wie das damals hieß. Der Lehrer war ein grober, polternder Mensch mit einer hämischen Frau, der immer neue Beschwerden und Gehässigkeiten einfielen. Wann die Waschküche nicht benutzt werden durfte. Dass die Treppe zur Haustür nicht sauber genug geputzt war. Dass er abends kein Wasser mehr aus dem Keller zu holen hatte. Noch heute spürte Berndorf den Hass in sich. Seine Mutter, die Kriegerwitwe, hatte es nie gelernt, sich zu wehren.
Die Frau schaute ihn aufmerksam an. »Ich sehe es«, sagte sie dann, »wir sind ziemlich der gleiche Jahrgang.« Beide schwiegen. Dann sprach sie weiter.
»1957 hat sich meine Mutter umgebracht. Sie hatte Krebs. Sie hat das Gift rechtzeitig genommen. Ich denke, dass mein Bruder auch so etwas gemacht hat.« Sie stand auf. »Entschuldigen Sie. Ich würde mir gerne einen Kaffee machen. Trinken Sie einen mit?« Berndorf sagte, dass er das sehr gerne tun würde. Sie gingen in eine altmodische, aber frisch geweißelte Wohnküche mit einem Tisch, auf dem ein weißblaurotes Tischtuch lag. Rosemarie Kautkus setzte Wasser auf den Gasherd und stellte zwei Tassen auf den Tisch. Berndorf rutschte auf die Küchenbank. Dann goss die Frau zwei Tassen Nescafé auf.
Als sie sich gegenübersaßen und beide den ersten Schluck genommen hatten, brach Berndorf sein Schweigen. »Heinz war Ihr Halbbruder?«
Die Frau sah ihm scharf und misstrauisch in die Augen. »Ich verstehe nicht.«
»Sie sagten, Ihr Vater sei bei Kursk vermisst worden. Die Kämpfe am Kursker Bogen waren im Juli 1943. Ihr Bruder ist 1945 geboren«, erklärte Berndorf.

Die Frau setzte die Tasse ab. »Ja. Sicher. Es ist auch nichts dabei. Es war trotzdem mein Bruder. Meine Mutter hat mir nie etwas davon erzählt. Ich weiß es von meiner Tante, ihrer Schwester.

Die hat es mir vor ein paar Jahren gesagt, inzwischen ist sie auch schon tot.«

Sie stand auf und ging zum Küchenbüfett. Mit einer Schachtel Zigaretten kam sie zurück und bot Berndorf eine an. Der lehnte ab, aber er gab ihr Feuer. »Er muss fast ebenso jung gewesen sein wie meine Mutter. Er war auf Heimaturlaub und musste im Lazarett wegen der Malaria behandelt werden, die er sich in Nordafrika geholt hatte. Meine Mutter war Krankenschwester im Lazarett. Zwei junge Menschen. Was hat meine Mutter bis dahin schon gehabt im Leben. Passiert ist es dann wohl auf einem Sommerfest im Pückler-Park.«

»Pückler-Park?«, fragte Berndorf.

»Warum nicht?«, sagte die Frau. »Der junge Mann war hier aus der Gegend. Deswegen kam er ja im Heimaturlaub nach Muskau. Und da haben sie sich dann kennen gelernt. Was heißt kennen gelernt! Er hat sich nie wieder gemeldet. Vielleicht ist er ja auch gefallen.«

Berndorf hörte nicht mehr zu. In seinem Kopf drehten sich ein oder zwei Dinge.

Aber klar doch, dachte er dann. Fürst Pückler-Muskau, der berühmte Gartenarchitekt, hatte die erste seiner Liebhaber-Anlagen in Muskau errichtet, und dieses Muskau lag hier irgendwo in der Lausitz, unweit von Görlitz, und selbstverständlich nicht in Schleswig-Holstein. Wieso nur und in welchem Zusammenhang war er auf den Gedanken gekommen, Muskau für ein norddeutsches Bad zu halten? Es musste in einem Gespräch gewesen sein, aber er konnte sich beim besten Willen nicht erinnern.

»Sie wissen nicht, wie der junge Mann hieß?«

»Nein«, sagte Rosemarie Kautkus, »die Tante wusste den Namen nicht, oder nicht mehr. Ich glaube auch nicht, dass ich sie danach gefragt habe. Es hatte auch keine Bedeutung. Wir hatten schon einen Mann in der Familie, von dem nur die Erinnerung geblieben war. Oder nicht einmal die.«

So besonders gefallen hat es der Tochter wohl doch nicht, dass

sich die Mutter von einem anderen Mann hatte ein Kind machen lassen, dachte Berndorf. »Wusste Ihr Bruder davon?«
»Ja doch«, sagte die Frau. »Er hat sich das genauso ausgerechnet, wie Sie das getan haben. Militärgeschichte ist eines von seinen Hobbys gewesen. Er hat mich kurz nach ihrem Tod danach gefragt, und ich habe ihm erzählt, was ich Ihnen auch gesagt habe.«
Berndorf wollte wissen, ob es sonst noch jemanden gebe, der über die Beziehung der beiden jungen Leute im Sommer 1944 Auskunft geben könnte. »Und der Ihrem Bruder vielleicht sagen konnte, wer sein Vater gewesen ist.«
»Ich glaube, dass das gar nicht notwendig war«, meinte Rosemarie Kautkus. »Als die Mutter ging, haben wir ein versiegeltes Paket gefunden. Ich denke, dass Briefe drin waren. Es stand nur drauf, dass Heinz es aufbewahren solle.«
Die Briefe waren also von jemand, der die Tochter nichts anging, dachte Berndorf. Aber den Sohn gingen sie etwas an.
»Bei diesem Gespräch damals wusste Heinz also schon Bescheid?«
»Das habe ich Ihnen doch schon gesagt.« Die Frau klang verärgert.
»Sie wissen doch auch, was ich meine«, sagte Berndorf. »Als Ihr Bruder sie nach der Geschichte gefragt hat, muss er die Briefe bereits gelesen haben. Und wenn er das getan hat, hat er auch gewusst, wer sein Vater war. Warum hat er Ihnen da den Namen nicht genannt?«
Rosemarie Kautkus blickte verlegen. »Heinz hat nie viel von sich erzählt. Und wenn er etwas erzählt hat, musste es die ganze Geschichte sein. Ich denke, dass er erst wissen wollte, wer sein Vater war. Und warum er sich nach dem Krieg nicht gemeldet hat.«

Das Abend-Flugzeug nach Stuttgart war voll besetzt. Beim Einsteigen hatte sich ein stiernackiger Mann in einem Pelzmantel vor Berndorf gedrängt. Der Mann schleppte zwei Ak-

tenkoffer und mehrere Einkaufstaschen mit sich, die er samt Pelzmantel hastig über die Gepäckablage verteilte.
Berndorf kam hinter ihm zu sitzen. Er verstaute seine Tasche unter dem Sitz und nahm wieder den Montaigne-Band vor. Der Stiernackige beugte den Kopf zu seinem Nebenmann und begann, auf ihn einzureden. Der Kopf war rosafarben und von einem weißblonden Borstenkranz umstanden. Das Gespräch drehte sich um ein Golf- und Freizeitzentrum und die erforderlichen Kapitalanlagen dafür. Berndorf beschloss, wegzuhören, und vertiefte sich in das Taschenbuch. Montaigne beschäftigte sich mit der Glaubwürdigkeit der Menschen: »Wem aber schenkt man in einer so verderbten Zeit schon Glauben, wenn er von sich selber spricht, wo es doch kaum einen, vielmehr keinen gibt, dem man, wenn er von andren spricht, Glauben schenken kann, obwohl dann ja weniger Interesse am Lügen besteht?«
Berndorf ließ das Buch sinken. Kein Kriminalbeamter glaubt unbesehen, was man ihm erzählt. Aber ganz gewiss war es wahr, dass die Menschen noch mehr lügen, wenn sie von sich selbst reden. Aber war es nicht auch so, dass es gerade ihre Lügen sind, mit denen die Menschen sich verraten?
Die Stimme vor ihm drängte sich in sein Bewusstsein. »Wenn es so ist«, sagte der Stiernackige, »dann sollten wir das Projekt stornieren«. Es war ein Norddeutscher. Er sagte »s-tornieren«. Ein Blitzschlag hellte Berndorfs Gedächtnis auf. Plötzlich war er hellwach. Er wusste jetzt, warum er in seinen Gedanken den Ort Muskau nach Schleswig-Holstein verlegt hatte.
»Nein«, sagte er, und er sagte es so laut, dass die Stewardess, die in der Sitzreihe hinter ihm gerade einen Tomatensaft ausschenkte, kurz zurückzuckte.

Zur gleichen Zeit machte sich der Zeugwart des Schutz- und Gebrauchshundevereins Söflingen 1912 e. V. auf den Weg, um im Clubheim auf dem vereinseigenen Gelände an den Blauäckern das Material für eine Prüfung am kommenden Wochenende bereitzulegen. Zu seiner Verärgerung stellte er fest, dass die Tür des Vereinsheims nur angelehnt war. Er machte Licht. Es schien sonst alles in Ordnung zu sein. Er ging in das Hinterzimmer. Jemand hatte den Schrank mit der Schutzkleidung aufgebrochen, eine neuwertige Garnitur wattierter Arm- und Beinschützer und ein Schutzmantel fehlten. Es war die Ausrüstung für den Angreifer, der Kampfbereitschaft und Abwehrverhalten des Hundes auf die Probe stellen musste. Der Zeugwart holte sein Handy heraus und rief bei der Söflinger Polizei an, doch der Anruf wurde in die Dienstbereitschaft der Ulmer Polizeidirektion umgeleitet.

Ulrich Gauggenrieder saß noch vor dem Fernseher. Seine Frau war schon zu Bett gegangen. Das erlaubte ihm, ein Porno-Video einzulegen, auf dem drei muskulöse Farbige eine zappelnde Blondine vergewaltigten. Draußen hörte er ein Rascheln, dann ein kurzes Jaulen.
Gauggenrieder stand auf, öffnete die Terrassentür und pfiff seinen Hunden. Nichts rührte sich. Er starrte angestrengt in die Dunkelheit. Es schien ihm, als lägen im Garten zwei länglich hingestreckte Schatten. Dann spürte er etwas an seiner Kehle, glatt und kalt.

»Hören Sie«, sagte der Beamte in der Dienstbereitschaft, »wir müssen einen schweren Unfall auf der B30 aufnehmen. Sie können doch das Vereinsheim heute Abend mit einem Vorhängeschloss sichern. Wir schicken dann morgen jemand vorbei, der sich den Schaden ansieht. Wir haben jetzt leider keine Streife zur Verfügung.«
»Typisch«, sagte der Mann am Handy, »wenn wir einmal die Polizei brauchen, kommen nichts als Ausreden. Aber wenn man mal falsch geparkt hat!«

Der Beamte legte die Hand auf die Sprechmuschel und warf einen hilflosen Blick auf die Kriminalkommissarin Wegenast, die ebenfalls Bereitschaft hatte und sich gerade einen Becher Kaffee von der gemeinsamen Maschine holen wollte. »Was das heute wieder für Leute sind! Da haben sie beim Schutzhundeverein in Söflingen eingebrochen, und jetzt sollen wir sofort auf der Matte stehen.«
Tamar runzelte die Stirn. »Was kann man beim Hundeverein bloß klauen?«
»Offenbar Schutzkleidung«, sagte der Beamte. »Der da vermisst irgend so etwas.« Und er wies mit dem Kinn auf den Telefonhörer.
»Schutzkleidung?«, fragte Tamar. Im nächsten Augenblick warf sie den Pappbecher weg. »Legen Sie sofort auf und schicken Sie alles, was wir noch haben, in den Fünf-Bäume-Weg, oh ist das eine gottverdammte Scheiße!«

Dienstag, 3. Februar

Mit quietschenden Reifen und Blaulicht bog der Streifenwagen in den Innenhof des Neuen Baues ein. Die schwere Limousine mit dem Stuttgarter Regierungskennzeichen folgte dichtauf. Kriminalrat Englin stürzte zum Wagen und riss die Tür zum Fond auf. Ein untersetzter Mann mit kurz geschorenem Haar sprang heraus. Schlauff hatte die Bühne betreten. »Sehr ernst, Englin, sehr ernst«, sagte er und drückte dem Kriminalrat kurz die Hand. Ein zweiter Mann mit gleichfalls kurz geschorenem Haar und einer auf die Nase herunterhängenden Halbbrille folgte Schlauff auf dem Fuß. Auch er drückte Englin kurz die Hand. Die drei Männer verschwanden im Neuen Bau.
Im großen Besprechungszimmer der Direktion warteten die Dezernatsleiter und ihre Mitarbeiter, unter ihnen auch Berndorf und Tamar. Englin geleitete Schlauff und den zweiten Mann an die Stirnseite des Besprechungstisches. Eiskaltes Blau und geschniegelt wie der Fußballfinanzminister. Ach ja, dachte Berndorf: Sie haben Steinbronner mitgebracht. Steinbronner war der Einsatzleiter des Landespolizeipräsidiums. Dass er nach Ulm gekommen war, bedeutete, dass Stuttgart den Fall übernehmen würde.
Schlauff ließ sich von Englin kurz erklären, was Ulm nach der Flucht Thalmanns bisher unternommen hatte. Dann hakte er nach: »Dass der Richter Gauggenrieder zu den gefährdeten Personen gehörte, war also bekannt?«

Englin sagte, so sei es. »Wir haben deshalb vor dem Wohnhaus auch einen Streifenwagen postiert.«

»Ermordet worden ist der Mann aber in seinem Garten?«, fragte Steinbronner. »Warum waren die Kollegen im Wagen und nicht auf dem Grundstück?«

Englin zögerte und blickte Hilfe suchend auf Berndorf.

»Wegen der Hunde«, sagte Berndorf. »Gauggenrieder hatte zwei bissige Hunde. Die ließen keine Polizisten aufs Grundstück.«

»Sie!«, sagte Steinbronner. »Wir sind hier nicht im Kabarett.« Berndorf sah ihm ruhig ins Gesicht. Der spielt schon wieder mit dem Schlagstock, dachte er.

»Das können wir der Öffentlichkeit nicht erzählen, dass die Polizei vor dem Haus im Streifenwagen sitzt und der Mörder im Garten ungestört dem alten Richter und seinen Hunden den Hals abschneidet«, entschied Schlauff. »Englin, Sie werden erklären, dass Gauggenrieder sich Personenschutz verbeten habe. Und dass Ihre Beamten nicht mit einem Angriff gerechnet haben, sonst hätte der zuständige Dezernatsleiter ja auch nicht eine« – Schlauff macht eine viel sagende Pause – »eine Dienstreise angetreten. Leider sieht das in der Öffentlichkeit nicht besonders gut aus. Aber das müssen Sie jetzt auf Ihre Kappe nehmen.« Dann erklärte er, dass er Kriminaldirektor Steinbronner mit der Leitung einer sofort zu bildenden Sonderkommission, der »Soko Thalmann« beauftrage, und kündigte an, dass er, Englin und Steinbronner die näheren Details in einer Pressekonferenz mitteilen würden, die in einer Stunde stattfinden solle. Damit war die Besprechung beendet, Schlauff und Englin verließen den Raum. Als Berndorf gehen wollte, rief ihn Steinbronner zurück. »Wir müssen die Fahndung nach Thalmann auf eine völlig neue Grundlage stellen«, sagte er. »Im Hinblick auf die bisherigen, völlig unbefriedigenden Ergebnisse entbinde ich Sie von einer Mitwirkung in der ›Soko Thalmann‹. Diese Entscheidungs ist mit dem Staatssekretär und Ihrem Vorgesetzten abgestimmt.«

Berndorf wollte wissen, ob er vom Dienst suspendiert sei.
»Nein. Noch nicht«, sagte Steinbronner, »aber Sie haben sicherlich Resturlaubstage und Überstunden. Sie können Sie jetzt ausgleichen.«
Berndorf sagte, dass er dies gerne tun werde: »Aber erst in einigen Tagen.« Dann ging er in sein Dienstzimmer und begann, seine Notizen zusammenzusuchen und einzupacken. Aus den Akten nahm er Abzüge der Fotografie Tiefenbachs, die ihm Rauwolf geschickt hatte und die ihm vom Labor noch einmal vergrößert worden war. Zusammen mit einer Aufnahme von Tiefenbachs Toyota steckte er die Abzüge in eine Klarsichtmappe.
Tamar kam in sein Zimmer. »Es ist wirklich eine gottverdammte Scheiße, Chef. Mir tut es so Leid, dass ich zu spät zu dem Richter gekommen bin.« Berndorf meinte, dass das nun wirklich nicht ihre Schuld gewesen sei. Der alte Gauggenrieder habe eben seine belgischen Arierhunde überschätzt. Tamar wollte wissen, ob sie in den kommenden Tagen etwas für ihn tun oder erledigen könne.
»Das können Sie wirklich«, sagte Berndorf. »Als wir zusammen in Ludwigsburg waren, haben Sie sich doch Notizen gemacht. Können Sie nachsehen, wie dieser Oberarzt hieß, der bei Kriegsende ums Leben kam? Der Name klang irgendwie friesisch.«
»Sie meinen Hendrik Hendriksen«, sagte Tamar. »Ich hab es mir auch so gemerkt. Und der Tieffliegerangriff war bei Wengenried, das muss irgendwo in Oberschwaben sein.«
Berndorf hob die Hand. »Sie sind perfekt. Danke. Aber ich brauche noch etwas. Könnten Sie beim Landesamt für Besoldung nachfragen, ob Jonas Seiffert noch lebt und wo ich ihn erreichen kann? Sie wissen, Jonas ist der Inspektor, der 1960 wegen Christophsbrunn ermittelt hat. Falls Rauwolf anruft, der Görlitzer Kollege, wäre es wichtig, dass Sie mir die Daten durchgeben, die er herausgefunden hat. Wenn Sie mich zu Hause nicht erreichen, sprechen Sie es mir auf den Anrufbe-

antworter. Ich geh' heute Nachmittag und vermutlich auch morgen noch Klingeln putzen.«
Tamar blickte ihn fragend an.
»Ich will wissen, ob Tiefenbach nicht doch in Ulm gesehen worden ist«, erklärte Berndorf und griff zum Telefonhörer. Er nickte Tamar zu: »Lassen Sie sich von Steinbronner nicht unterkriegen.«
Immerhin gibt er noch nicht auf, dachte Tamar.
Sie kehrte in ihr Büro zurück. Im Neuen Bau summte es wie in einem Bienenstock, wenn dort eine neue Königin ausfliegt. Im Schulungsraum waren inzwischen Beamte des Stuttgarter Präsidiums eingezogen, die sich sofort eigene Telefonleitungen schalten ließen. Im voll geparkten Innenhof blockierten sich Mannschaftswagen mit Bereitschaftspolizisten aus Biberach und die Fahrzeuge mit den Nahkampfexperten des Mobilen Sondereinsatzkommandos Göppingen.
»So sind sie, die Stuttgarter«, sagte Markert, als er zusammen mit Tamar aus dem Fenster das Durcheinander betrachtete, »mehr Blech als Verstand.«

Berndorf rief den Wirtschaftsanwalt Eberhard Schülin an. Es meldete sich eine distinguierte Sekretärinnenstimme. Berndorf bat um einen Beratungstermin. Die Stimme bot einen Termin in der nächsten Woche an. Ob es nicht früher gehe, fragte Berndorf.
»Moment«, sagte die Sekretärin und, nach einer Pause: »Wie war noch einmal Ihr Name?« Berndorf wiederholte ihn und wurde durchgestellt. »Schülin«, meldete sich eine zweite Stimme, der Name wurde rasch, wie angespannt ausgesprochen.
»Herr Kriminalkommissar Berndorf, richtig?«, fragte die Stimme nach. »Ich gehe recht in der Annahme, dass Sie in der Sache Thalmann anrufen? Ich muss Ihnen sagen, dass wir nun doch sehr beunruhigt sind.«
Er hoffe, dass durch die inzwischen getroffenen Vorkehrungen

jede Gefährdung ausgeschlossen sei, sagte Berndorf. Aber deswegen rufe er nicht an. Er wolle sich vielmehr von Schülin anwaltlich vertreten lassen und bitte um einen Beratungstermin.
»Moment«, sagte nun auch Schülin. »Wenn wir nicht zu lang brauchen«, schlug er dann vor, »könnte ich um 14 Uhr eine halbe Stunde für Sie einschieben.« Berndorf sagte, das sei ihm sehr recht, und bedankte sich.
Als Nächstes wählte er Frentzels Nummer in der Tagblatt-Redaktion. »Ich dachte, die hätten Sie kaltgestellt«, sagte der Gerichtsreporter.
»Das versuchen sie zumindest«, meinte Berndorf. »Sie haben mir neulich freundlicherweise diese biografischen Angaben über Professor Gustav Twienholt vorgelesen. Könnten Sie mir von dem Artikel eine Kopie machen? Und haben Sie in Ihrem Archiv nicht auch Bilder von ihm? Könnte mir Ihr Labor einen Abzug machen?«
»Hoppla«, sagte Frentzel. »Im Alleingang auf Kriegspfad? Mir soll's recht sein. Kommen Sie vorbei, und wir können die Bilder gemeinsam heraussuchen.«
Frentzel hatte ein kleines Büro, dessen Fenster auf die Feuermauer einer Methodistenkirche hinausgingen. In der Kirche übte ein Posaunenchor. Durch die Feuermauer hörte Berndorf, dass es ein Anfängerkurs war. Frentzel hatte einen braunen DIN-A4-Umschlag vor sich liegen, in dem 20 oder 30 Fotoabzüge steckten. Er holte sie heraus und breitete sie vor Berndorf aus.
Es handelte sich um Porträts von Twienholt und um Aufnahmen, die ihn bei Vorträgen zeigten und bei seiner Amtseinführung als Dekan. Auf mehreren Fotos war er zusammen mit dem Ulmer Oberbürgermeister und dem Kultusminister abgelichtet, offenbar waren sie bei einem Festakt aus Anlass seiner Auszeichnung mit dem Bundesverdienstkreuz am Bande entstanden.
Berndorf suchte sich drei der Porträts heraus: Ob er davon

einen Abzug bekommen könne? Frentzel nahm ihn mit ins Fotolabor, wo ein groß gewachsener junger Mann nur wissen wollte, ob es reiche, wenn die Abzüge in zwei Stunden fertig seien. Das sei schneller, als er zu hoffen gewagt habe, sagte Berndorf und schob einen Hundertmarkschein unter eine Bildberechnungsscheibe, die auf dem Labortisch lag.

»Für die Kaffeekasse«, sagte er. Das gebe aber einigen Kaffee ab, sagte der junge Mann.

»Für den Einstand«, sagte Berndorf. Der junge Mann zog ganz leicht die Augenbrauen hoch.

»Sie können mir noch immer nicht sagen, warum der Mann Sie so interessiert?«, hakte Frentzel nach, als sie wieder zur Redaktion hinuntergingen.

»Waren Sie schon einmal in der Lausitz? In Görlitz zum Beispiel?«, fragte Berndorf zurück.

»Ich bin dort geboren«, antwortete Frentzel beleidigt.

»Um so besser. Dann wissen Sie, dass die Leute dort ein sehr kultiviertes Hochdeutsch sprechen. Durchaus kein Sächsisch. Und dass sie vor allem kein ›s-t‹ s-prechen wie hoch im Norden.«

»Aber ja doch«, sagte Frentzel ratlos.

»Und wenn es in Ihrem Archiv heißt, jemand sei in Bad Muskau geboren, und der Mensch spricht das hols-teinische ›s-t‹, dann gibt es mehrere Erklärungen. Erstens: Der Mensch ist zwar in der Lausitz geboren, aber im Norden aufgewachsen. Zweitens: In Ihrem Archiv steht Mist. Drittens: Die Biografie ist gelogen.«

»Wer bin ich, dass ich Erklärung zwei ausschließen könnte?«, meinte Frentzel. »Aber irgendwie scheinen Sie zu Erklärung drei zu neigen.«

Berndorf sah ihn von der Seite an. »Sie sind ein ahnungsvoller Engel«, sagte er dann. »Aber sie müssen noch ein paar Tage an sich halten. Dann können Sie lobsingen.«

Dienstag, 3. Februar, 14 Uhr

Die Kanzlei des Wirtschaftsanwalts Eberhard Schülin befand sich in der Dachetage eines Neubaus an der Promenade oberhalb der Donau. Am Eingangsportal waren Berndorf zwei sorgfältig polierte Messingschilder aufgefallen, von denen das eine Schülin als Fachanwalt für Wirtschafts- und Urheberrecht auswies und das zweite in modischer Rotistype anzeigte: »ulmnet – Fachagentur für elektronische Kommunikation«. In der Kanzlei wurde der Kommissar von einer sehr jungen Frau mit dunkelrot geschminkten Lippen und einem langen, hüfthoch geschlitzten Rock empfangen und gebeten, kurz zu warten. Nach wenigen Minuten kam sie dann aber schon und wies ihn in ein großes, teuer eingerichtetes Büro, von dem aus man die Donau sah und die Eisenbahnbrücke zum bayerischen Ufer.
Schülin war ein schlanker Mann, größer als er, mit grau meliertem, sorgfältig geföhntem Haar. Er sagte, auch wenn Berndorf in anderer Sache gekommen sei, so müsse er ihm doch noch einmal sagen, wie sehr seine Familie nach dem Mord an Richter Gauggenrieder beunruhigt sei, insbesondere auch sein Schwiegervater: »Er sorgt sich vor allem um seine Enkelin.«
Berndorf erklärte, dass vom Innenministerium inzwischen eine Sonderkommission mit Stuttgarter Experten eingesetzt worden sei, um Thalmann so schnell als möglich festzunehmen und jede weitere Gefährdung Dritter auszuschließen. Schülin schob nach, dass dies sehr viel früher hätte geschehen müssen. »Aber deswegen sind Sie ja nicht gekommen. Was also kann ich für Sie tun?«
Er sei von der Teilnahme an der weiteren Fahndung nach Thalmann ausgeschlossen worden, sagte Berndorf. »Dabei ist mir kein Vorwurf zu machen. Ich möchte wissen, auf welchem disziplinar- oder verwaltungsrechtlichen Weg ich mich gegen diesen Ausschluss zur Wehr setzen kann.«
Schülin schaute ihn zweifelnd und abweisend an. »Hören Sie

– wieso wenden Sie sich gerade an mich? Ich gehöre zu einem Personenkreis, der leider absolut keinen Grund hat, mit den bisherigen Bemühungen der Ulmer Polizei zufrieden zu sein. Und im Übrigen bin ich kein Fachmann für Disziplinarrecht. Ich bin Wirtschaftsanwalt und beschäftige mich beispielsweise mit den immensen Transaktionen, die über das Internet abgewickelt werden können, und deren rechtliche Absicherung. Ich möchte Ihnen nicht zu nahe treten, aber meine Honorare sind für einen mittleren Beamten wirklich einige Hausnummern zu hoch.«

Ja, sagte Berndorf, das hätte er sich natürlich denken müssen. »Ich kam darauf, weil Sie mir als kompetenter Anwalt empfohlen wurden.« Schülins Augen wurden noch schmaler.

»Das war...«, Berndorf brach ab und machte ein ratloses Gesicht. »Ich weiß wirklich nicht mehr, wer Sie mir empfohlen hat. Komisch. Ich glaube, es war nicht einmal in Ulm. Es war irgendwo anders.« Dann sah er Schülin direkt ins Gesicht. »Kann das sein, dass Sie in letzter Zeit in den neuen Ländern zu tun hatten? Genauer: in Görlitz?«

Schülins Gesicht wurde steinern. »Nein«, sagte er, »ich habe durchaus nicht in Görlitz zu tun gehabt. Und nun sollten Sie sich wirklich nicht länger aufhalten lassen.« Berndorf deutete eine kurze Verbeugung an und wandte sich zum Gehen.

Schülins Stimme holte ihn ein. »Lassen Sie mich noch sagen, dass ich sehr gut verstehe, warum Sie dienstliche Schwierigkeiten haben.«

Berndorf drehte sich um. »Wie Sie meinen«, sagte er. »Und Sie waren tatsächlich nicht in Görlitz?« Diesmal ging er wirklich. Er hatte keine Lust, in die Direktion zurückzukehren. Also fuhr er nach Hause, setzte sich einen Tee auf und überlegte seine nächsten Schritte. Was wusste er denn? Im Sommer 1944 war Heinz Tiefenbachs Mutter mit einem jungen Soldaten hinter die Büsche des Pückler-Parks in Muskau gegangen. Der Soldat war auf Heimaturlaub gewesen.

Wer war dieser Soldat?

Was war aus ihm geworden?
Auf beide Fragen würden sich Antworten finden lassen. Nur war damit der Fall nicht gelöst. Es gab noch eine andere Frage. Um sie zu beantworten, brauchte er genauere Informationen über die Ärzte, die in den letzten Kriegsmonaten in Christophsbrunn ihre Experimente an Kriegsgefangenen vorgenommen hatten. Er hatte nicht einmal eine Fotografie von ihnen. Vor allem brauchte er eine Aufnahme von Hendriksen. Des Mannes aus Flensburg, der so großen Wert auf die korrekte hochdeutsche Aussprache gelegt hatte. In den Universitätsakten würde nichts zu finden sein. Irgendjemand hatte sie gründlich gefilzt. Aber vielleicht sollte er trotzdem nach Tübingen fahren.
Der Wasserkessel fing an zu pfeifen. Er goss sich seinen Tee auf. In seinem Küchenschrank fand er noch eine angebrochene Schachtel mit Keksen. Dann trug er das Tablett mit dem Tee und den Keksen in sein Wohnzimmer. Am liebsten hätte er Barbara angerufen. Aber es war viel zu früh dafür. Unvermittelt sprang ihn die Depression an. Er war allein. Er hatte versagt. Was er vorhatte, war ohne jede Aussicht auf Erfolg.
Sein Telefon begann zu summen. Er stand müde auf. Barbara konnte es nicht sein.
»Rauwolf hat sich gemeldet«, sagte Tamar. »Ich soll Ihnen etwas über Schloss Muskau sagen. Bis 1945 ist dort ein Gärtnerehepaar Twienholt beschäftigt gewesen. Die Eheleute hatten einen Sohn, Gustav, 1922 geboren. Die Eltern leben nicht mehr, Rauwolf lässt prüfen, ob es noch Leute gibt, die den Sohn gekannt haben. Ist was, Chef?« Berndorf sagte, nein, es sei nichts. Er hatte tief durchgeatmet.
»Da ist noch etwas«, sagte Tamar. »Rauwolf sagt, er hat in Muskau einen alten Fotoladen gefunden, den es dort in der dritten Generation gibt. Die Inhaber haben immer noch ihr altes Archiv. Gustav Twienholt hat sich 1943 in seiner Uniform fotografieren lassen. Der Laden hat tatsächlich noch das Negativ. Rauwolf schickt mir einen Abzug über Bildfunk. Sie krie-

gen ihn, sobald ich ihn hab'. Ich werf' ihn in Ihren Briefkasten. Übrigens – Twienholt, ist das nicht der Prof, der wegen Thalmann Polizeischutz hat?«
»Behalten Sie es für sich«, antwortete Berndorf. »Und den Abzug werfen Sie bitte nicht bei mir in den Briefkasten, sondern nehmen ihn mit nach Hause. Ich hole ihn dort ab.« Er legte auf und schloss die Augen. Gestern Abend, sofort nach der Landung in Echterdingen, hatte er Rauwolf angerufen und ihn gebeten, in Muskau Nachforschungen anzustellen. Und jetzt, gegen alle Erwartung, nahm der Fall Konturen an. Zwar waren die Beweise noch immer lausig. Aber die Sache war doch nicht mehr aussichtslos. Nicht mehr ganz aussichtslos. Dann rief er Kastner in Ravensburg an.
»Ich hab' schon gehört, wie sich die Sau Steinbronner aufgeführt hat«, sagte Kastner zur Begrüßung. »Soll ich dafür sorgen, dass dir die Gewerkschaft Rückendeckung gibt?« Kastner war stellvertretender Bezirksvorsitzender der GdP.
»Danke, aber mit einem Anwalt habe ich schon gesprochen«, antwortete Berndorf. »Du kannst mir in einer anderen Sache helfen: Wengenried ist doch euer Gäu?«
»Aber ja«, sagte Kastner. »Es ist ein Dorf bei Altshausen.«
»1945 ist dort bei einem Fliegerangriff ein Dr. med. Hendrik Hendriksen getötet worden. Ich nehme an, die haben ihn dort begraben. Kannst du rauskriegen, ob das Grab noch besteht?«
»Ein Grab nach über 50 Jahren? Da müssen wir Glück haben.« Kastner versprach, sich darum zu kümmern.

Der Anrufer, der sich bei Tamar gemeldet hatte, sprach mit einer klaren und angenehmen Stimme. Er stellte sich als Johannes Rübsam vor, Pfarrer der Paulus-Gemeinde, und erklärte Tamar, dass er im zweiwöchigen Turnus Gottesdienst im Dornstadter Altenzentrum halte. »Ich hatte zunächst angenommen, es sei überflüssig, bei Ihnen anzurufen. Bei dem Vorfall war schließlich ein Polizeibeamter anwesend. Nach

dem Verbrechen von gestern Abend dachte ich, ich sollte mich vielleicht doch bei Ihnen melden.«
Altenzentrum? Tamar versicherte eilends, dass sein Anruf sicher kein Fehler sei. Rübsam berichtete von dem verschwundenen Talar und dem alten Staatsanwalt, dem ein Unbekannter den Pullover zerschnitten hatte. »Ihr Kollege hat es ja für einen üblen Scherz gehalten. Mir hat die Sache irgendwie nicht nach einem Scherz ausgesehen.«
Tamar hatte sich mit der linken Hand den Einsatzplan für den Personenschutz in der Sache Thalmann hergezogen. »Der Beamte, der dabei war – hieß der vielleicht Krauser?«
»Ja«, sagte Rübsam, »das könnte der Name gewesen sein.«
Das erklärt einiges, dachte Tamar. »Ich bin Ihnen sehr dankbar, dass Sie angerufen haben«, sagte sie dann und bat um einen Termin, um seine Aussage zu Protokoll zu nehmen.

Es war später Nachmittag geworden. Berndorf trank seinen Tee aus und machte sich auf den Weg zum Tagblatt, um die Abzüge abzuholen. Frentzel saß gerade über einem Kommentar, Berndorf las die Überschrift: »Bauernopfer im Neuen Bau«. Offenbar war mit dem Bauer er gemeint. Frentzel verzog das Gesicht und sagte: »Nix für ungut.« In einem Umschlag, der für ihn bereitlag, waren die Abzüge der Twienholt-Porträts; der junge Mann aus dem Labor hatte sie auf A4-Format vergrößert. Berndorf nahm den Umschlag, hob dankend die Hand und ging, ohne Frentzel weiter aufzuhalten.
Vom Tagblatt-Gebäude aus schlug er den Weg zum Michelsberg ein. Spätwinterliche Dämmerung zog auf. Er kam an einem kleinen Reisebüro vorbei, in dessen Schaufenster ein großes Plakat in blauen, gelben und weißen Farben für einen Urlaub in Israel warb. Ein paar Tage in einem anderen Licht und unter einer wärmeren Sonne würden ihm gut tun, dachte er, wenn er denn Zeit dafür hätte. Dann fiel ihm ein, dass ihm Steinbronner den Stuhl vor die Tür gesetzt hatte. Sie wollten

ja, dass er Urlaub nehme. Denn es wird ernst, und da kann man den Versager nicht brauchen. Den Mann, der auf Dienstreise bei den Ossis ist, wenn es die wirklich wichtigen Morde gibt! Als Nächstes fiel ihm ein, dass er in Tel Aviv den Kriminologen Mordechai Rabinovitch besuchen könnte.
Entschlossen stieß er die Tür des Reisebüros auf.

Eine halbe Stunde später war er oben am Michelsberg und machte sich an die Arbeit. Er begann bei einer kleinen Gärtnerei. Sie lag etwas oberhalb der Straße, die vom Autobahnzubringer in das Villenviertel führt. Eine dickliche junge Frau mit roten Flecken im Gesicht blickte gleichgültig auf seinen Polizeiausweis und die Klarsichtmappe mit den Fotos von Heinz Tiefenbach und seinem Toyota. Nein, sie hatte den Mann nie gesehen, und das Auto war ihr auch nicht aufgefallen. Sie hatte auch von niemandem gehört, der Besuch bekommen hatte.
Berndorf ging zum nächsten Haus und klingelte eine alte Frau heraus. Auch ihr sagten die Fotos nichts. Inzwischen war es dunkel geworden, und die meisten Leute waren zu Hause. Aber niemand konnte sich an Heinz Tiefenbach und an einen Wagen mit Görlitzer Nummer erinnern.
Über anderthalb Stunden vergingen. Fünfzig Meter vor sich sah Berndorf einen Streifenwagen. Er war vor dem Anwesen Twienholt geparkt. Ein Wagen hielt neben ihm, ein Daimler-Coupe, lautlos senkte sich eine Fensterscheibe.
»Kommissar Berndorf?«, fragte eine weibliche Stimme. Sie gehörte Anne-Marie Twienholt-Schülin. »Was tun Sie, um Gottes Willen, um diese Zeit auf der Straße?«
»Ich möchte wissen, ob jemand diesen Mann hier gesehen hat«, sagte Berndorf, beugte sich zum offenen Wagenfenster und hielt ihr kurz die Klarsichtmappe hin. »Aber so können Sie ja nichts erkennen.« Ob er ihr die Fotos in ihrem Haus zeigen dürfe? Die Frau zögerte. »Steigen Sie ein«, sagte sie schließlich. Berndorf ging um den Wagen herum und setzte sich auf den

Beifahrersitz. Dann fuhr sie mit ihm die 50 Meter zu der Villa und durch die sich automatisch öffnenden Tore.
Berndorf nickte den Polizisten im Streifenwagen zu. Dann warf er wieder einen Blick auf Anne-Marie Twienholt-Schülin. Im Seitenprofil und im Licht der Armaturen sah sie noch angespannter und blasser aus, als Berndorf sie in Erinnerung hatte. Im Hof stiegen sie aus und gingen zusammen in die Eingangshalle. Berndorf gab ihr die Mappe mit den Fotos. Die Frau ging zu einer Stehlampe, knipste sie an und hielt die Fotos unters Licht.
»Nein«, sagte sie, »ich kenne diesen Mann nicht. Auch nicht das Auto. Warum zeigen Sie mir diese Bilder?«
Berndorf sagte, er denke, dass der Mann auf dem Foto irgendwo auf dem Michelsberg zu Besuch gewesen sei. Und dass sein Auto dann auf einer der Straßen hier geparkt gewesen sein müsse. »Darf ich die Aufnahmen auch Ihrem Herrn Vater zeigen?«
»Wozu soll das gut sein?«, antwortete die Frau. »Ich sagte Ihnen doch, wir kennen diesen Menschen nicht. Und mein Vater geht nicht aus. Er macht auch keine Spaziergänge.«
Berndorf schaute sie aufmerksam an.
»Na schön«, sagte sie schließlich. »Wenn es der Wahrheitsfindung dient.« Sie ging ihm voran die Treppe hoch und dann nach rechts über einen weiten, hellen Flur. An den Wänden hingen unauffällig gerahmte Bilder, die in leuchtenden Farben und in spätexpressionistischer Manier Landschaftsszenen aus Oberschwaben und von der Alb zeigten.
Vor einer Tür hielt sie, klopfte leicht und ging dann hinein. Mit einer Handbewegung wies sie Berndorf an, zu warten, und schloss die Tür wieder hinter sich.
Nach wenigen Augenblicken kam sie wieder heraus und bat ihn hinein. Berndorf betrat ein großes, fast überheiztes Arbeits- und Bibliothekszimmer. Twienholt stand hinter einem Schreibtisch, auf dem zahlreiche Notizen sowie aufgeschlagene Bücher und Fachzeitschriften lagen. Wieder fiel Berndorf

auf, dass Twienholt ein sehr alter Mann war. Nicht tattrig, nicht ohne Würde. Aber ein Greis.

Die beiden Männer begrüßten sich kurz, Twienholt bat höflich um Entschuldigung, dass er nur wenig Zeit habe. Er müsse in wenigen Tagen auf einem Fachkongress in Berlin ein Referat halten. »Ein sehr spezielles Thema.« Er sagte: »s-peziell«. Da war es wieder, dachte Berndorf.

»Aber Sie haben sicher einen triftigen Grund, uns aufzusuchen«, schloss Twienholt. Berndorf zeigte ihm die Klarsichtmappe.

»Tut mir Leid«, sagte Twienholt. »Den Mann kenne ich nicht. Und das Auto sagt mir leider gar nichts. Ist es in irgendeiner Weise merkwürdig? Ich achte auf solche Dinge nicht.« In diesem Augenblick betrat Schülin den Raum und ging mit raschen Schritten zum Schreibtisch: »Was tut dieser Mann hier?« Das sei Kriminalkommissar Berndorf, sagte Twienholt höflich, aber Schülin antwortete grob, dass er das wisse. »Ich hatte mit Herrn Berndorf bereits das Vergnügen.«

Berndorf streckte nun auch ihm die Klarsichtmappe entgegen. Schülin warf einen Blick darauf und antwortete zornig, dass ihm diese Bilder nichts sagten und er es sehr begrüßen würde, wenn Berndorf die weitere Ermittlungsarbeit den Fachleuten aus Stuttgart überlassen würde: »So, wie ich Sie verstanden habe, sind Sie von diesen Arbeiten ja auch aus gutem Grund befreit worden.«

Berndorf sagte, die Fotografien in der Mappe hätten nichts mit dem Fall Thalmann zu tun: »Wir denken, dass der Mann auf diesem Bild Selbstmord begangen hat, aber wir kennen die Beweggründe noch nicht.«

Schülin antwortete, dass sich Berndorf dann bei seinen Recherchen bitte nicht aufhalten lassen möge. Berndorf verbeugte sich und sagte, er bedanke sich für die Mitarbeit. Dann ging er. Schülin begleitete ihn schweigend bis zur Haustür. Dort sagte er leise und drohend: »Glauben Sie bloß nicht, dass Ihre Auftritte kein Nachspiel haben!«

Berndorf ging in seine Wohnung zurück. Er fühlte sich erschöpft. Schülins Drohung hatte ihn noch erheitert. Aber kaum, dass er seine Wohnung betreten hatte, hockte ihm wieder die schwarze Übelkrähe, die Depression auf der Schulter. Reiß dich zusammen, sagte er sich. Dann setzte er Spaghettiwasser auf, schnitt eine Zwiebel für die Tomatensauce. Im Kühlschrank fand er noch einen Rest saurer Sahne.

Nach dem Essen schenkte er sich einen Whisky ein und überlegte, ob er sich eine CD von Hank Williams auflegen solle. Irgendwie war ihm nach *Howlin' at the moon* zumute.

Das Telefon summte. Berndorf nahm den Hörer ab und meldete sich.

»Was ist los?«, fragte Barbaras Stimme. »Du hörst dich anders an als sonst.«

»Ich habe einen großen Teller Spaghetti aufgefressen, sogar mit Sahne«, sagte Berndorf. »So höre ich mich an. Außerdem ist mir langweilig. Ich ruf' dich zurück und du erzählst mir was.«

Er legte auf und tippte Barbaras Nummer.

»Also gut«, sagte Berndorf. »Ich höre mich nicht nur nach schweren Spaghettis an. Damit du es weißt. Man hat mich Knall auf Fall kaltgestellt. Außerdem bin ich in der Öffentlichkeit als Versager abgestempelt.« Dann berichtete er der Reihe nach.

»Okay«, sagte Barbara. »Endlich haben wir zwei es wieder einmal mit Steinbronner zu tun. Da möchte ich aber wenigstens von ferne mit dabei sein. Also: Wir haben vier Komplexe, richtig? Den entsprungenen Mörder, der zwei weitere Leute umgebracht hat. Wir haben den Arbeitslosen aus Görlitz, der in Ulm ermordet wird. Und in beiden Fällen gibt es Hinweise, die zu einem emeritierten Universitätsprofessor und Pharmakologen führen und von diesem zu Komplex vier, nach Christophsbrunn und zu den Menschenversuchen der Wehrmacht. Korrekt so weit?«

»Korrekt«, sagte Berndorf. »Wobei Komplex vier des Pudels

Kern ist. Es kommt mir immer so vor, als gehe alles von dort aus. Und führe dorthin zurück.«

»Was hast du an Beweisen?«

»Wenig. Gar nichts«, sagte Berndorf. »Warum spricht ein Mann das norddeutsche ›s-t‹ und ist doch angeblich in der Lausitz geboren? Dieser Mann hatte, möglicherweise, einen unehelichen Sohn, drüben in der DDR. Warum wird dieser Sohn umgebracht, als er ein paar Jahre nach dem Mauerfall in die Nähe des vermeintlichen Vaters kommt? Und welche Übereinstimmungen gibt es zwischen den Forschungen, die dieser Pharmakologe angestellt hat, und den Experimenten der Wehrmachtsärzte?« Berndorf machte eine Pause. »Du siehst, ich habe nichts in der Hand. Fast nichts.«

»Das kann auch gar nicht anders sein«, sagte Barbara. »Die Wehrmacht hat ihre Beteiligung an den Menschenversuchen gründlich zu vertuschen versucht. Und Christophsbrunn war weit jenseits der Haager Konvention.«

»Das ist gerade ein Punkt, der mir nicht klar ist«, sagte Berndorf. »Warum haben sie keine KZ-Häftlinge genommen? Sie mussten doch damit rechnen, dass die Siegermächte eines Tages fragen würden, was die Deutschen mit ihren Kriegsgefangenen gemacht hatten.«

»Die alleinige Verfügung über KZ-Häftlinge lag bei Himmlers SS«, sagte Barbara. »Ich weiß es, weil ich es für ein Seminar über Hannah Arendt und ihr Eichmann-Buch vorbereiten musste. Die Wehrmachtsärzte wollten aber keinesfalls auf die SS angewiesen sein, und erst recht nicht wollten sie ihr Einblick in die eigenen Forschungen geben. Außerdem hätte Himmler Experimente mit Psychopharmaka für überflüssig gehalten. Himmler schwor auf Naturheilverfahren.«

»O du meine Fernuniversität, was täte ich ohne dich! Aber wie komme ich jetzt zu Material? Was ich vor allem brauche, sind Fotografien von diesen Ärzten«, sagte er dann. »Weißt du zufällig auch noch jemanden, der über die Wehrmachtsexperimente gearbeitet hat?«

»Will ich dir ja sagen«, antwortete Barbara. »Es gibt in Tübingen einen Verein zur Erforschung der Geschichte des Nationalsozialismus, jedenfalls glaube ich, dass er so heißt. Einer der Professoren dort ist Beat Sturzenegger. Den kenne ich fast so lange wie dich. Wenn du willst, schick' ich ihm eine E-Mail.«

Der Abend war feucht und kühl. Die Luft roch, als sei das Ende des Winters nicht mehr weit. Rund um Ulm begannen die Bereitschaftspolizisten, die Wälder der Alb und des Hochsträß, des Bergzuges zwischen Donau und Blau, zu durchkämmen. Auf dem Ulmer Hauptbahnhof und den Bahnhöfen der Region patrouillierten Streifen des Grenzschutzes. Vor den Standkontrollen auf den Bundesstraßen um Ulm bildeten sich die ersten Staus.
In der Einsatzleitung im Schulungsraum des Neuen Baus flackerten Monitore und klingelten die Telefone. Auf der Empore, wo sonst die Referenten saßen, stand Steinbronner und zündete sich ein Zigarillo an. »Glauben Sie mir, Blocher: Wir kriegen diesen Mann«, sagte Steinbronner zu dem vierschrötigen Mann, der neben ihm stand. »Und wenn wir jeden Pflasterstein umdrehen müssten.«
»Jawohl«, sagte Blocher.
Polizeistreifen brachten die ersten Verdächtigen in den Neuen Bau. Die meisten von ihnen waren schweigende, würdige grauhaarige Männer mit Schnauzbärten und dunklen, verschlossenen Augen. Die Biberacher Bereitschaftspolizisten hatten sie in der Ladenpassage des Universum-Hochhauses unweit des Ulmer Hauptbahnhofs aufgegriffen. Die jungen Beamten wussten nicht, dass das Universum ein türkisches Einkaufszentrum war. Außerdem hatten die Grenzschützer mehrere Betrunkene und drei junge Männer gebracht, bei denen Haschisch gefunden worden war. In der Wache unten zeterte ein Bauer vom Hochsträß. Die Polizisten hatten ihn vom Traktor heruntergeholt.

In einer Wohnung in Berlin-Neukölln zeigte die Schreinermeisterswitwe Magda Schubbach dem Mann, den ihr die Untermietzentrale geschickt hatte, das kleine Zimmer. Es war das einzige, das noch frei war. Der Mann war schon älter. Magda Schubbach fand ihn ruhig und seriös, und er war auch damit einverstanden, dass er das Bad morgens nur von 6.45 bis 7 Uhr benutzen durfte. Im Untermietvertrag trug er sich als Wolfgang Ullmer ein. Er nahm es gerne an, dass ihm die Witwe auf dem wackeligen Esszimmertisch noch ein spätes Abendessen herrichtete.

In dem Neu-Ulmer Hochhausappartement mit dem breiten Panoramafenster hantierte Yvonne am Sektkühler. Eberhard Schülin betrachtete ihre nackte Rückseite, den schlanken Rücken mit dem hübschen Grübchen. Was für ein Arsch, dachte Schülin. Warum musste auf das Leben gerade dann ein Schatten fallen, wenn es wie eine eisgekühlte Veuve Clicquot war! Yvonne kam mit den zwei Sektgläsern zurück zum Bett. Schülin griff sich sein Glas, ohne den Blick von ihrem buschigen dunklen Vlies zu lassen.
»Und du musst heute wirklich nicht zurück auf den Berg?«, fragte sie.
»Nein«, antwortete Schülin. »Müssen muss ich dort gar nichts mehr.«
»Schön«, sagte Yvonne. Schülin fand, es hätte begeisterter klingen können.
»Trotzdem ist was«, bemerkte Yvonne und reichte ihm ein Sektglas.
»Nichts von Bedeutung«, sagte Schülin und nahm einen Schluck. Dann stand er auf und ging zu seinem Jackett.
»Hör mal«, sagte er, als er mit einem Schlüsseltäschchen zurückkam. »Versteck das irgendwo bei deinen Sachen. Es ist für ein Schließfach eines Mandanten. Du musst gar nichts Weiteres wissen. Tu mir den Gefallen.«

»Sehr viel Vertrauen hast du ja nicht gerade«, sagte Yvonne und musterte ihn aus ihren mandelförmigen dunklen Augen. »Es ist für einen Mandanten. Der Name würde dir nichts sagen. Und zu dieser kalten Witwe passt er schon gar nicht. Komm her. Versteck's später...«

Mittwoch, 4. Februar

Eine frische Brise wehte von Westen, fuhr durch Immergrün und ließ halb verwelkte Kränze rascheln. Das Grab, vor dem die drei Männer standen, lag abseits der anderen Gräberreihen, in einem Winkel zwischen der Friedhofsmauer und einem kleinen Steinbau, in dem Gartengerät aufbewahrt wurde.
»Da siehst du«, sagte Kastner und fuhr mit dem Finger die Inschrift auf der schmucklosen kleinen Steinplatte nach. »Dr. Hendrik Hendriksen. 1912 bis 1945. Requiescat in Pace. Das ist doch der, den du suchst?«
»Das ist ja gerade die Frage«, sagte Berndorf. »Wer das wirklich ist, der da liegt.«
Das sei keine Frage, sagte der dritte Mann. Er trug einen grauen Arbeitskittel und war der Friedhofsverwalter der Gemeinde Wengenried. »Das war ein Militärarzt, und er hätt' Akten von Christophsbrunn wegbringen sollen, bevor die Franzosen kommen. Aber dann haben ihn Tiefflieger erwischt, auf der Straß' nach Überlingen. Mit ihm war ein Fahrer, der war auch tot, hier können Sie's sehen!« Und er führte sie zu einem zweiten Grab mit einer Steinplatte, auf der mit Mühe der Name »Anton Koslowski« und die Jahreszahlen »1898–1945« zu entziffern waren. »Ein Offizier von der Wehrmacht war auch dabei, ich erinner' mich noch gut, auch wenn ich damals ein kleiner Bub war. Der Totengräber war mein Onkel und schon damals ein altes verhutzeltes Männlein, aber der Offizier hat ihn in einem fort angeschrien, warum er nicht schneller macht.«

Berndorf fragte, wo die Akten geblieben seien. »Die kamen ins Schulhaus, auf die Bühne«, sagte der Verwalter. »Später hat man sie abgeholt.«
»Wer hat das gemacht? Die Franzosen?«
»Nein«, sagte der Verwalter. »Das waren keine Franzosen. Sie klangen nur so. Das waren Leute aus der Schweiz, der Wirt bekam Silberfranken von ihnen. Im Dorf hat man lange darüber geredet. Ich meine, was geht es die Schweizer an, was in Christophsbrunn passiert ist?«
Der Wind blies stärker. Kastner zog fröstelnd die Schultern hoch. »Mich wundert, dass die beiden Gräber noch nicht aufgelassen sind«, sagte er dann. »So lange lasst ihr uns doch sonst nicht drin.«
»Wir sind hier auf dem alten Friedhof«, antwortete der Mann in dem grauen Kittel. »Die Gemeinde hat in den Siebzigerjahren einen neuen angelegt. Deshalb hat man die Gräber hier gelassen. Außerdem ist es sozusagen ein Streitfall.«
»Ein Streitfall?«, hakte Kastner nach.
»Ja«, antwortete der Mann. »Ob die zwei da Kriegstote sind oder zivile. Wenn es Kriegstote gewesen wären, hätte die Kriegsgräberfürsorge sie auf den Soldatenfriedhof in Hagnau umbetten sollen. Aber ob die auf einem militärischen Einsatz gewesen sind, als es mit ihnen passiert ist, hat niemand so genau sagen können. Da hat man dann gesagt, wir lassen es so, wie es ist.«
»Und wer hat die Grabplatten bezahlt?«, fragte Berndorf.
»Das war die Gemeinde«, sagte der Mann. »Die hatten beide keine Angehörigen mehr.«
Die drei Männer gingen auf dem Kiesweg zwischen den Gräbern dem Ausgang zu. Plötzlich blieb Berndorf stehen. »Dieser Wehrmachtsoffizier – wissen Sie noch, wo der herkam?«, fragte er. »Ich meine, war das ein Bayer oder kam er aus dem Schwäbischen?«
Der Mann in dem Arbeitskittel schaute ihn an. »Komisch, dass Sie das fragen. Ein Schwab' war das nicht und auch kein Bayer.

Der kam aus Norddeutschland. Das weiß ich genau. Der hat geredet – also unsereins kann das gar nicht, wie der geredet hat.«

Gemeinsam fuhren Berndorf und Kastner nach Ravensburg zurück.
»Hast du einen Richter, der ohne große Umstände eine Exhumierung genehmigt?«, wollte Berndorf wissen.
»Du willst den toten Doktor ausgraben lassen?«, fragte Kastner zurück. »Eine Nazi-Geschichte also.«
»Ja. Exakt«, antwortete Berndorf. »Und es muss schnell gehen. Bevor mich der Steinbronner suspendieren lässt.«
»Da gibt es eine einzige Chance«, sagte Kastner. »Aber der Ausgang ist völlig ungewiss. Wir müssen zur Kumpf-Bachmann.«

Steinbronner riss, ohne anzuklopfen, die Tür zu Tamars Büro auf und stürmte hinein. Englin folgte ihm auf dem Fuße.
»Wo steckt verdammt noch mal dieser Berndorf?«, fuhr Steinbronner sie an.
»Er ist in der Sache Tiefenbach unterwegs. Er versucht herauszubekommen, wer ihn in Ulm gesehen hat.«
»Sehr schön. Der Leiter des Morddezernats macht eine Haustürbefragung. Es wird immer toller.«
»Sie haben ja alle Leute für die Soko abgezogen«, antwortete Tamar kühl.
»Werden Sie nicht unverschämt«, sagte Steinbronner. »Machen Sie, dass Sie diesen Berndorf erreichen. Sagen Sie ihm, dass er ab sofort beurlaubt ist. Und dass das noch gar nichts ist. Hackfleisch wird der Staatssekretär aus ihm machen.«
Dann stürzte er wieder aus dem Büro. Englin wollte ihm folgen, aber vorher warf er Tamar noch einen bedeutungsschweren Blick zu.

»Was bitte wird Berndorf eigentlich vorgeworfen?«, fragte Tamar.
»Es liegt eine massive Beschwerde der Familie Twienholt vor«, sagte Englin mit leidender Stimme. »Staatssekretär Schlauff tobt.«

Kampflustig musterte die Vorsitzende Richterin Kumpf-Bachmann die beiden Männer, die etwas verlegen vor ihrem Schreibtisch hockten. Es gab mehrere Dinge, die Isolde Kumpf-Bachmann aus tiefstem Herzen verabscheute. Eines davon war Umständlichkeit. Kastner begriff, dass er den Stier bei den Hörnern packen müsste. Es wäre ein Fehler, wenn man Isolde Kumpf-Bachmann für eine Kuh halten würde.
»Das ist mein Ulmer Kollege Berndorf und er will einen Toten von 1945 exhumieren lassen. Der Tote ist unter dem Namen eines NS-Arztes bestattet worden. Mein Kollege denkt, dass der Name falsch ist und der NS-Arzt unter dem Namen des richtigen Toten weiterlebt.«
»Das ist aber ein Fall für Ludwigsburg«, sagte Isolde Kumpf-Bachmann und sah Berndorf streng an.
»Ich habe einen aktuellen Vorgang«, sagte Berndorf. »Einen Mann, der in Ulm ermordet wurde. Ich glaube, dass er der Sohn des Mannes ist, der unter dem falschen Namen begraben wurde. Der Sohn wurde umgebracht, weil er seinen Vater gesucht hat und an den Falschen geraten ist.«
Isolde Kumpf-Bachmann sah sich den Ulmer Kommissar nun doch etwas genauer an. Sie entschied, dass er einen nachdenklichen und disziplinierten Eindruck auf sie mache und jedenfalls kein Spinner sei. »Jetzt will ich das aber von Anfang an und in aller Ausführlichkeit hören!«, sagte sie dann.

Es war Mittag, als Berndorf wieder in seinem Wagen saß und Ravensburg verlassen konnte. Isolde Kumpf-Bachmann hatte alle notwendigen Anweisungen erlassen, Hendriksen würde am nächsten Morgen exhumiert und seine Überreste in die Gerichtsmedizin nach Ulm gebracht. Auch Kovacz war verständigt, und so mochten Steinbronner und Englin im Viereck springen, wenn sie Lust dazu hatten!

Als Berndorf auf die Landstraße nach Norden einbog, jagte er die Drehzahl hoch und suchte sich im Handschuhfach eine Kassette heraus. »Vieni Ragazzo« lockte Gianna Nannini mit ihrer voll aufgerauhten Dröhnung. Berndorfs Citroën fegte durch das spätwinterliche Oberschwaben. In anderthalb Stunden würde er in Tübingen sein. Sturzenegger hatte Barbaras E-Mail erhalten und war bereit, mit ihm zu reden.

»Fammi prendere la luna« röhrte es aus den Lautsprecherboxen. Ja, dachte Berndorf, ich werd euch einen Mond aufgehen lassen!

In der Wohnung in Berlin-Neukölln machte sich der neue Untermieter daran, den Esszimmertisch herzurichten. Was für ein stiller und angenehmer Mieter dieser Herr Ullmer doch war, dachte sich die Witwe. Sie war gerade dabei, ihnen einen koffeinfreien Kaffee aufzugießen, denn anderen vertrug sie nicht. Was für ein Glück war es doch, dass sie den Werkzeugkasten ihres verstorbenen Mannes nicht weggegeben hatte! Dann fiel ihr ein, dass der Mieter vom großen Zimmer, der Herr Rabenicht, schon die ganze Zeit über einen klapprigen Beistelltisch klagte.

»Wissen Sie«, sagte sie und stellte das Tablett mit dem Kaffee und den Kokosplätzchen auf das Büfett, »der Herr Rabenicht hat da seinen Internet-Computer und seine Kassetten drauf, oder sagt man Disketten dazu? Und ob Sie vielleicht bei ihm auch noch nach dem Rechten sehen könnten? Es ist ja so ein Glück, dass wieder ein Mann im Haus ist, der einen Nagel gerade in die Wand schlagen kann.«

Im Lagezentrum im Ulmer Neuen Bau ordnete Kriminaldirektor Steinbronner an, die Ringfahndung nach Thalmann auf den gesamten Bereich zwischen Stuttgart und Ulm auszudehnen.

Mittwoch, 4. Februar, 14.30 Uhr

Es war wieder kälter geworden. Berndorf hatte seinen Wagen in einem Parkhaus in der Tübinger Südstadt abgestellt und ging zu Fuß über die Neckarbrücke in die Altstadt. Nach der Brücke schlug er den Uferweg ein, der zum Hölderlinturm führte, und er warf einen Blick auf den Fluss. Zwei Schwäne äugten verdrossen in das grünlich tümpelnde Wasser.
Vor dem Hölderlinturm wandte er sich nach rechts und ging über eine steile, kopfsteingepflasterte Gasse den Schlossberg empor.
Sturzeneggers Institut für Zeitgeschichtliche Feldforschung war in einem dem Schloss vorgelagerten Turm untergebracht; Barbara hatte ihm den Weg beschrieben. Die Gassen waren leer. Ab und an eilte eine Studentin an ihm vorbei. Vor dem Schlossportal kam ihm eine Gruppe Japaner entgegen. Er durchquerte den Schlosshof, stieg eine Treppe hoch und ging durch einen Durchgang auf eine hoch über dem Neckartal gelegene Terrasse. An ihrem westlichen Ende erhob sich das Dachgeschoss eines Rundturms, flach und kegelförmig. Die Ziegel sahen verwittert aus, und die Tür, die in den Turm führte, war so niedrig, dass Berndorf den Kopf einzog. Ein Gefühl der Unwirklichkeit beschlich ihn, so, als habe er sich in ein Spitzweg-Bild verirrt.
Die Wände im Eingangsgeschoss waren mit Vorlesungs- und Vortragsankündigungen voll gehängt. In einem Schaukasten lagen einzelne Veröffentlichungen aus dem Institut aus, darunter ein großformatiger Band über den Nationalsozialismus im Landkreis Tübingen. Berndorf folgte einem Wegweiser, der

ihn eine Etage tiefer zu dem Büro von Sturzenegger führte. An der Eingangstür zum Sekretariat hing ein Plakat mit einem Brecht-Zitat: »Unordnung ist, wo nichts am rechten Platz ist. Ordnung ist, wo am rechten Platz nichts ist.«
Berndorf klopfte, aber es antwortete niemand. Schließlich trat er ein. Das Zimmer war leer, ebenso der angrenzende Raum. Das Licht des trüben Tages kam durch Fenster so schmal wie Schießscharten. Auf den Schreibtischen, den Regalen und selbst den Stühlen stapelten sich Zeitschriften, Manuskripte und Bücher.
Ein Mann um die Sechzig mit widerspenstig hoch stehenden grauen Haaren kam in das Zimmer und machte sich an einem Kopierer zu schaffen. Offenbar wollte das Gerät nicht funktionieren. Nach einiger Zeit nahm er Berndorf wahr.
»Es ist niemand da«, sagte er. »Ich weiß auch nicht, wo sie alle sind.«
Der Mann kam Berndorf bekannt vor. Er hatte ihn schon im Fernsehen gesehen oder auf einem Zeitungsbild. »Professor Sturzenegger?«, fragte er und stellte sich vor. »Sie hatten mir freundlicherweise einen Gesprächstermin gegeben. Wenn ich mich nicht irre, wollten Sie jetzt mit mir reden.«
»Ach ja«, sagte Sturzenegger. »Entschuldigen Sie. Ich bin ja da.« Und er bat Berndorf in das angrenzende Zimmer. Vom Besucherstuhl nahm er einen Stapel Bücher und stellte ihn auf dem Fußboden ab. Dabei hielt er das Manuskript unter den Arm geklemmt, das er vorhin zu kopieren versucht hatte. Dann nahm er das Manuskript in die Hand und blickte suchend um sich. Schließlich legte er es auf den Bücherstapel. Unwillkürlich warf Berndorf einen Blick darauf. Der maschinengeschriebene Titel hieß »Ein Versuch über die Vergeblichkeit«.
»Ich weiß jetzt wieder«, sagte Sturzenegger und setzte sich hinter seinen Schreibtisch. »Meine alte Freundin Barbara Stein hat Sie mir empfohlen. Was treibt sie denn so? Ist sie noch immer mit diesem Polizisten zusammen?«

Berndorf schaute etwas ratlos.

»Ach Gott«, sagte Sturzenegger. »Sie sind das ja. Entschuldigen Sie. Sehr erfreut.«

Berndorf deutete eine knappe Verbeugung an. Nun aber ganz schnell zur Sache, dachte er. »Unter Leitung des Tübinger Universitätsprofessors Remsheimer haben in den letzten Kriegsmonaten in Christophsbrunn Versuche an französischen und russischen Kriegsgefangenen stattgefunden«, sagte er unvermittelt. »Ein früheres Ermittlungsverfahren ist eingestellt worden, weil die verantwortlichen Ärzte angeblich sämtlich verstorben sind. Ich glaube das nicht. Remsheimer mag tot sein. Bei seinen Oberärzten Samnacher und Hendriksen bin ich nicht ganz so sicher.« Während er sprach, versuchte er, Sturzeneggers Blick mit den Augen festzuhalten. »Ich brauche verwertbare Personenbeschreibungen, am besten Fotografien aus der damaligen Zeit. Vor allem von Hendriksen brauche ich das.«

»Ich weiß, wer Remsheimer war«, sagte Sturzenegger, plötzlich aufmerksam geworden. »Und Sie werden wissen, dass im Universitätsarchiv nichts von dem zu finden ist, was Sie suchen. Sie wären sonst nicht zu mir gekommen.« Er blickte sich suchend um. »Wussten Sie, dass Tübinger Nazi-Professoren noch 1947, aus dem Internierungslager heraus, Einfluss auf die Universität nehmen konnten? Lassen Sie also alle Hoffnung fahren.« Er stand auf. »Es sei denn...« Der Satz blieb unvollendet. Er ging an den überfüllten Regalen vorbei und schüttelte den Kopf. »Hier wohl eher nicht. Versuchen wir's in der Bibliothek.«

Auch Berndorf war aufgestanden. Sie verließen Sturzeneggers Büro und gingen eine verwinkelte Treppe hinab. Durch einen Bibliotheksraum, in dem drei oder vier junge Leute schweigend lasen oder Notizen in ihre Laptops schrieben, kamen sie in einen mit Regalen voll gestellten Nebenraum. In den Regalen standen Aktenordner, Manuskriptbündel, aber auch von Hand beschriftete Schachteln. Berndorf versuchte, eine Ord-

nung oder ein System zu erkennen, nach welchem die Ordner und das sonstige Material abgelegt waren. Lass es sein, dachte er sich dann. Versuche nicht die Vergeblichkeit.
Sturzenegger holte eine Schachtel aus einem der Regale, stellte sie auf den kleinen Arbeitstisch und nahm den Deckel ab. »Nein«, sagte er enttäuscht. Er suchte weiter.
Die Luft in dem Lagerraum war abgestanden. Es roch nach Staub und trockenem Holz. Was tu ich hier, fragte sich Berndorf. Auf dem kleinen Arbeitstisch stand die fünfte Schachtel mit Papieren und Fotografien. Nichts davon hatte mit Remsheimer oder Christophsbrunn zu tun. Ich jage Gespenster, Spukgestalten in einem alten Schlossturm, dachte Berndorf, gleich kommt Spitzwegs Geigenspieler und kratzt uns ein Ständchen.
»Da ist es ja«, sagte Sturzenegger und holte von einem obersten Regalbrett die sechste Schachtel. »Das haben Studenten von mir auf einem Speicher des Anatomischen Instituts gefunden.« Er nahm den Deckel ab. In der Schachtel lag ein ungeordneter Haufen von Fotografien. Er zog einen der Abzüge heraus, es war das großformatige, mattglänzende Bild eines Mannes, der den Kopf sinnend in der Hand aufgestützt hatte. Der Mann trug eine dunkle Uniform mit einer Hakenkreuzbinde.
»Hier. Der damalige Direktor des Anatomischen Instituts. Der Mann war zugleich Leiter des NS-Dozentenbundes.« Sturzenegger betrachtete die Fotografie mit andachtsvollem Abscheu. »Die Bilder waren für eine Festschrift zum zwanzigjährigen Bestehen des Dozentenbundes bestimmt. Den Herren kam dann das Kriegsende dazwischen.«
Die Bilder waren unsortiert, viele nicht einmal beschriftet. Sturzenegger ließ den Kommissar im Lesesaal zurück, wo dieser einen Arbeitstisch für sich fand. Berndorf begann, die Fotografien nach dem zeitlichen Ablauf zu sortieren. Die meisten Abzüge zeigten Gruppenaufnahmen von Männern in Parteiuniformen, die ihre Kinne energisch dem Beleuchter entgegenreckten oder sich gegenseitig das arische Profil zugewandt

hatten. Andere Fotografien zeigten Fackelzüge, die entweder aus Anlass von Berufungen oder an einem der Jahrestage des Marsches auf die Feldherrnhalle stattgefunden hatten. Dazwischen fanden sich Porträts von Professoren mit der Hakenkreuzbinde bei ihrer Antrittsvorlesung, und eine ganze Folge von Hochglanzbildern war bei einem Universitätsball 1940 aufgenommen worden – die Herren wieder uniformiert, die Damen im Abendkleid und mit hoch gesteckten Frisuren, der Ball habe »für die Verwundeten des siegreichen Frankreichfeldzugs« stattgefunden, vermerkte der Bildtext. Keines der Bilder zeigte Remsheimer oder einen seiner Assistenten.

Es war später Nachmittag geworden. Auf der Schnellstraße zwischen der Autobahn und Stuttgart-Degerloch ließ eine Standkontrolle der Polizei den abendlichen Berufsverkehr zusammenbrechen. Binnen zwanzig Minuten waren auch die Kreuzungen in der Stuttgarter Innenstadt blockiert.

In der Wohnung in Berlin-Neukölln aßen die Witwe Schubbach und der Herr Ullmer, der so geschickt mit dem Werkzeug ihres Verstorbenen umgehen konnte, gemeinsam zu Abend. Magda Schubbach hatte eigens noch beim Metzger mageren gekochten Schinken besorgt. Er durfte nicht fett sein, denn der Herr Ullmer hatte es auf dem Magen. Später am Abend konnte ein Gläschen Wein nicht schaden. Im Kamin brannte das elektrische Feuer.

Im Lesesaal des Instituts für Zeitgeschichtliche Feldforschung hatte Berndorf die Stehlampe auf seinem Arbeitstisch angeknipst. Zwei Tische weiter arbeitete ein junger Mann mit einem Mozartzopf. Sonst waren sie allein.
Berndorf hatte eine annähernd chronologische Ordnung in die

Bilder gebracht. Vor ihm lag ein Stapel mit Aufnahmen aus der zweiten Jahreshälfte 1944. Vereinzelt waren darunter Bilder von Männern in Wehrmachts- und SS-Uniformen zu sehen, die für den Führer gefallen waren. Berndorf lehnte sich zurück. Ihm tat der Rücken weh, und er hatte das Gefühl, seine Augen würden nichts mehr wahrnehmen.

Die Fotografie, die vor ihm lag, zeigte drei Männer. Ausnahmsweise trugen sie keine Parteiuniformen, sondern weiße Laborkittel und standen vor einem Arbeitstisch mit Mikroskopen. Der vorderste von ihnen blickte in die Kamera hoch, während er aufgenommen wurde. Er war mittelgroß und trug eine Brille mit kreisrunden Gläsern. Sein schütteres Haar war gescheitelt, und sein Kinnbart sorgfältig gestutzt. Er war zum Zeitpunkt der Aufnahme ungefähr 60 Jahre alt und offenbar der Chef der Gruppe.

Einer seiner Mitarbeiter, deutlich jünger und untersetzt, stand neben ihm. Er war dunkelhaarig und lächelte, offenbar über den Fotografen. Etwas abseits war noch ein dritter Mann. Er war schlank und hoch gewachsen, und es schien, als sehe er abweisend und ärgerlich zu dem Fotografen hin. Er war blond, und er konnte kaum älter sein als 30 Jahre. Genau sah man es nicht. Das Bild war ein Schnappschuss. Als der Fotograf auf den Auslöser gedrückt hatte, musste sich der blonde Mann leicht bewegt haben. Sein Gesicht war verwischt.

Berndorf massierte sich die linke Schulter. Der Student zwei Tische weiter löschte seine Lampe und stand auf. »Und tschüs«, sagte er halblaut. »Wiederschau'n«, sagte Berndorf. Dann drehte er die Fotografie um. Der Bildtext war auf löchriges vergilbtes Papier getippt.

»Tübingen, 10. September 1944. Forschen für den Endsieg: Oberstarzt Prof. Dr. Hannsheinrich Remsheimer, mit besonderem Auftrag an die Universität Tübingen berufen, hat seine Arbeit bereits aufgenommen. Unsere Aufnahme zeigt ihn an seinem Arbeitsplatz mit seinen Mitarbeitern Dr. Luitbold Samnacher und Dr. Hendrik Hendriksen.«

Bastian Burgmair schüttelte den Kopf. Den Löffel, mit dem er das Salat-Dressing hatte abschmecken wollen, hielt er noch immer in der Hand. Er wusste nicht, wo er ihn hinlegen sollte. Das Dressing wäre in Ordnung gewesen, dachte er. Vielleicht sollte er noch einen kleinen Löffel Senf dazugeben. Aber darum ging es jetzt nicht.
»Ich hab' keine Lust, dir alles fünfmal zu erklären«, sagte Tamar. Ihre Stimme klang leise und drohend. Aber warum nur, fragte sich Burgmair. Das Telefon schrillte. Tamar sah ihn an. Er hatte noch immer den Löffel in der Hand. Sie ging in die Diele und nahm den Hörer ab. Es war Berndorf.
»Haben Sie das Foto aus Görlitz?«, fragte er ohne weitere Umstände.
»Ja, ich hab's hier«, antwortete Tamar. »Aber...«
»Ich hol' es morgen Abend bei Ihnen ab. Ich komme dann nur an die Tür und werde gleich wieder gehen. Noch etwas.«
Tamar wollte ihn unterbrechen, aber Berndorf redete weiter.
»Haben Sie herausgefunden, ob Seiffert noch lebt? Sie wissen, der Kollege, der 1960 in Christophsbrunn ermittelt hat.«
»Ja, Chef«, sagte Tamar. »Sie finden ihn in Waldhülen. Das ist ein Dorf auf der Alb, irgendwo über dem Lautertal. Wenn Sie einen Augenblick warten, hole ich mein Notizbuch und gebe Ihnen die Nummer.«
Das Notizbuch war in ihrer Tasche. »Hier ist es«, sagte sie, als sie den Hörer wieder aufnahm. »Es ist der Anschluss der Ortsverwaltung. Seiffert ist Ortsvorsteher dort.« Sie gab ihm die Nummer durch. »Und jetzt unterbrechen Sie mich bitte nicht und hören ausnahmsweise einmal mir zu«, sagte sie rasch, ehe Berndorf auch nur »Danke« sagen konnte. »Erstens weiß ich nicht, wo ich morgen Abend bin. Rufen Sie mich morgen Nachmittag an. Dann kann ich es Ihnen sagen. Zweitens: Sie sind vom Dienst suspendiert. Im Neuen Bau heißt es, Sie hätten die Twienholt-Schülin-Sippe gegen sich aufgebracht. Was haben Sie mit denen eigentlich gemacht?«
»Ich? Ach nichts«, antwortete Berndorf. »Ich hab den Twien-

holt-Schwiegersohn nur gefragt, ob er in letzter Zeit in Görlitz gewesen sei. Dass die Sippe deshalb die Landesregierung bemüht, finde ich schon – nun ja, aufschlussreich finde ich es.«
»Jedenfalls hören Englin und Steinbrunner gar nicht mehr auf, sich vor Entrüstung zu überschlagen«, sagte Tamar unbeeindruckt. Verdammt, dachte sie dann. Ich muss diese Narrengeschichte nicht auch noch dramatisieren.
»Das hat nichts zu sagen«, sagte Berndorf. »Steinbronner und mich verbindet schon lange eine tiefe gegenseitige Abneigung. Ihm ist einmal ein Schlagstock aus der Hand gefallen. Egal. Kann ich trotzdem mit Ihrer Hilfe rechnen?«
»Was fragen Sie? Ich sagte Ihnen doch, dass Sie mich morgen anrufen sollen.«
»Bis dann.« Berndorf legte auf. Die junge Dame klingt etwas harsch, dachte er noch.
Tamar blieb einen Augenblick beim Telefon stehen. Ich hoffe nur, dachte sie, dass der alte Mann weiß, welches Spiel er spielt. Im Übrigen hatte sie gerade anderes zu klären. Entschlossen ging sie in die Küche zurück und fasste Oberarzt Bastian Burgmair ins Auge, der ganz offenkundig die einfachste Sache der Welt nicht begreifen wollte.
»Noch einmal«, sagte sie, »ich will nicht mehr mit dir schlafen und ich werde nicht mehr mit dir schlafen, und ich ziehe hier aus. Punkt. Aus. Schluss. Das ist so, weil es so ist. Es gibt keine Begründung. Keine, die dich etwas angeht oder die du verstehen würdest.« Es tut mir nicht einmal Leid, dachte sie dann.
»Aber«, sagte Bastian Burgmair und sah in seiner Kochschürze noch unglücklicher aus, als er es ohnehin schon war. In der Bratröhre musste das schottische Hochland-Moorhuhn nun gleich so weit sein, Moorhuhn an Wildreis hatte die besondere Überraschung für diesen Abend sein sollen, aber aus irgendeinem Grund explodierte Tamar, kaum dass er »an Wildreis« gesagt hatte.
»Und dein schottisches Hochland-Moorhuhn kannst du dir geschmort in den Hintern stecken«, fauchte sie. Sie drehte sich

auf der Stelle um, ging in ihr Zimmer, holte ihre beiden Koffer aus dem Schrank und begann zu packen.

Der »Hirsch« nannte sich Sporthotel und lag am Traifelberg oberhalb der Honauer Steige. In Wintern mit genug Schnee führten von dort gespurte Loipen durch die Trockentäler und über die Wacholderheiden der Schwäbischen Alb. Weiter westlich, auf der anderen Seite des tief in den Albtrauf eingeschnittenen Echaztales, klammerte sich Schloss Lichtenstein an einen Jurafelsen. Nicht viel älter als 150 Jahre und so etwas wie das württembergische Neuschwanstein, eines im Bausparformat. Als Junge war Berndorf einmal dort gewesen, und hauptsächlich war ihm das Bild eines Armbrustschützen in Erinnerung geblieben, der immer auf den Besucher zu zielen schien, gleich, aus welchem Blickwinkel ihn dieser auch betrachtete.
Noch in Tübingen hatte Berndorf den Verkehrsfunk abgehört. Er hatte keine Lust gehabt, in die Staus zu geraten, die Steinbronners Kontrollen angerichtet hatten. Also war er von Tübingen nach Reutlingen gefahren und von dort nach Süden auf die Alb abgebogen. Ohnehin war das der direkte Weg ins Lautertal. Die Honauer Steige führte in Serpentinen aufwärts. Kahler Wald säumte den Aufstieg. Dann lag die Albhochfläche vor ihm, weit und schmutzigweiß in der Dämmerung.
Als er das Hinweisschild des »Hirschen« sah, folgte er ihm kurz entschlossen. Er war müde und hungrig. Außerdem musste Jonas Seiffert in den Siebzigern sein. Er konnte ihn nicht noch am späten Abend überfallen.
Das Hotel war ein lang gestreckter Fachwerkbau. Berndorf klingelte an der Rezeption, schließlich erschien eine jüngere Frau mit flinken und neugierigen Augen. Obwohl der Regen der letzten Tage den Loipen zugesetzt hatte und in dem Hotel kaum noch Gäste waren, tat sie so, als müsse sie erst noch suchen, ob überhaupt ein Zimmer frei sei. Schließlich fand sie ein Einzelzimmer für ihn.

Es lag im zweiten Stock und hatte schräge, holzgetäfelte Wände. Berndorf stellte seine Tasche ab und ging ans Fenster. Er schob den Leinenvorhang zur Seite und warf einen Blick auf die dunkle schweigende Fläche, über die sich schon die Nacht ausbreitete. Im Westen sah man noch einen letzten Streifen rötlichen Lichtes. Dann setzte er sich auf das schmale Bett mit dem blau-weiß karierten Bezug und wählte auf seinem Handy die Nummer, die ihm Tamar durchgegeben hatte.
Nach dem zweiten Signalton meldete sich eine ruhige, geschäftsmäßige Stimme: »Seiffert. Ortsverwaltung.«
Berndorf stellte sich vor. »Wenn ich mich nicht täusche, kennen wir uns«, sagte er dann. »Polizeipräsidium Stuttgart, Anfang der Siebzigerjahre. Ich war sozusagen einer Ihrer Lehrlinge im Dezernat Kapitalverbrechen.«
»Sie sollen nicht untertreiben, junger Mann«, sagte Seiffert. »Sie waren ein Ausgelernter, ich weiß es noch wie heut. Schmal wie ein Handtuch. Aber ausgelernt.« Er machte eine kurze Pause. »Aber dass Sie sich erinnern, freut einen alten Mann schon. Wenn ich fragen darf: Was verschafft mir die Ehre?«
Berndorf berichtete kurz von seinen Nachforschungen. Sie verabredeten sich für den nächsten Nachmittag. »Ab zwei Uhr bin ich wieder in der Ortsverwaltung. Irgendwas muss man umtreiben, man rostet sonst.« Am Vormittag war Seiffert verhindert. Er musste zu einer Beerdigung.

Donnerstag, 5. Februar, 10 Uhr

Die Straße führte durch ein Waldtal. Von Zeit zu Zeit verengte es sich, und manchmal ragten graue Felsen über die Fahrbahn hoch. Ihre Kuppen waren mit Moos und Schneeresten bedeckt. Dann weitete sich das Tal, eine mit Birken bestandene Allee zweigte von der Straße ab. Durch die Bäume hindurch sah Berndorf die grauen Doppeltürme der Schlossanlage Christophsbrunn. Die Allee endete vor einer Absperrung. Berndorf folgte einem Wegweiser zu den Besucherparkplätzen und stellte seinen Citroën zwischen sorgfältig geschnittenen Heckenbuchen ab. Sonst stand kein Wagen da.
An der Pförtnerloge zeigte er seinen Dienstausweis vor und bat, ihn bei der Anstaltsleitung anzumelden. Ein Mensch in einer Strickweste machte sich widerwillig daran, bei jemand anzurufen, den er für zuständig hielt.
»Sind Sie angemeldet?«, wollte er dann wissen.
»Nein«, sagte Berndorf. »Ich brauche nur ein paar kurze Auskünfte.«
Der Pförtner wandte sich wieder dem Telefon zu. Schließlich fand er offenbar jemand, der für Berndorf Zeit hatte. »Dr. Friesche, zweiter Stock, kann Sie empfangen«, sagte er durch die Sprechscheibe der Pförtnerloge und ließ ihn durchgehen. Auf dem Weg zum Hauptgebäude kam Berndorf an einer Bronzeplatte vorbei, die in den gekiesten Boden eingelassen und von Koniferen gesäumt war.

»Zum Gedenken an die unschuldigen Menschen, die hier in den Jahren 1939 und 1940 Opfer eines verbrecherischen Systems wurden.«
Es waren einige tausend, dachte Berndorf, und sie waren Opfer von Mördern, die einen Namen hatten. Sie hatten die Geisteskranken in der Gaskammer ermordet, oder mit Spritzen. Die exakte Wahrheit schickte sich wohl nicht für Bronzetafeln.
Er stieg ein großzügiges, lichtes Treppenhaus empor. Es sah nach beginnendem Klassizismus aus. In einem Büro mit drei großen Fenstern nach Süden empfing ihn ein magerer Mann in einem weißen Arztkittel, das Haar nach hinten gekämmt. Durch eine randlose Brille betrachtete er Berndorf, als habe er das besonders unangenehme Exemplar einer Kreuzotter vor sich. Sein Namensschild wies ihn als Dr. Ludwig Friesche aus. Er war stellvertretender Leiter des Landeskrankenhauses Christophsbrunn.
»Ich bin etwas überrascht«, sagte er, »dass Sie Ihren Besuch nicht vorher angekündigt haben.«
Berndorf sagte, es habe sich bei seinen Ermittlungen ganz zufällig eine Frage ergeben. »Reine Routine. Ich möchte die Identität eines Toten klären. Möglicherweise hat dieser Mann in der Zeit zwischen August 1944 und Kriegsende an einem Forschungsvorhaben der Universität Tübingen mitgearbeitet, das hierher ausgelagert war.«
Friesches mageres Gesicht versteinerte.
»Ich wüsste gerne«, schloss Berndorf, »ob es in Ihrem Haus noch Unterlagen über diese Zeit gibt.«
Die Erstarrung in Friesches Gesicht löste sich. Eine leichte Röte stieg in ihm hoch. »Ich glaube, Sie wissen nicht, was diese Anstalt durchgemacht hat. Und was sie bis heute durchmacht. Die Erinnerung an die Vorkommnisse von 1939 und 1940 sind für unsere Arbeit außerordentlich belastend.«
»Bisher dachte ich«, sagte Berndorf leise, »diese Vorkommnisse seien vor allem für diejenigen belastend gewesen, die dabei umgebracht wurden.«

Friesche wurde blass. »Ich muss Ihnen sagen, dass Ihr Ton unangemessen sarkastisch ist. Diese Anstalt ist ein Heim für alte, schutzbedürftige Menschen, deren Gemüt keine weitere Unruhe verträgt. Dieses Heim ist in keiner Weise mit den damaligen – eh – bedauerlichen Vorfällen in Verbindung zu bringen.«

Berndorf sah ihn ruhig an. »Haben Sie nun Unterlagen über die fragliche Zeit, über die letzten Kriegsmonate also, oder haben Sie sie nicht?«

»Ich sage Ihnen doch, dass keinerlei Verbindung besteht. Soweit noch Akten und andere Unterlagen vorhanden waren, sind Sie an die staatlichen Archive überstellt worden. Wir haben mit jener Zeit nichts zu tun und sind deshalb in keinster Weise ein für Sie geeigneter Ansprechpartner.«

»Sie wissen aber schon, was bei diesem Forschungsvorhaben hier in diesem Haus getrieben wurde?«

In Friesches Gesicht kehrte die leichte Röte zurück. »Ich muss wiederholen, dass Ihr Ton absolut unangemessen ist. Im Übrigen weiß ich nicht, von welchen Vorgängen Sie sprechen. Ich darf Ihnen auch sagen, dass unsere Generation, die in diese Dinge nie verstrickt war, ein Recht darauf hat, damit nicht ständig konfrontiert zu werden. Ich darf Ihnen gegenüber auch meiner Verwunderung darüber Ausdruck geben, dass hier Steuergelder für Ermittlungen ausgegeben werden, an deren Ergebnissen niemand mehr interessiert sein kann.«

Weiter unterhalb von Christophsbrunn kam Berndorf an der Bahnstation einer Linie vorbei, die früher über die Alb ins Unterland geführt hatte. Soviel er wusste, war die Linie schon vor Jahren eingestellt worden. Noch immer aber gab es den Bahnhof und daneben eine »Restauration zur Eisenbahn«. Sie sah gepflegt aus und einladend. Berndorf parkte seinen Wagen und trat in den Speisesaal. Er war dunkel getäfelt, und an den Wänden hingen alte Fotografien, auf denen Dampflokomoti-

ven zu sehen waren und Bahnhofseinweihungen mit vollbärtigen Herren in Zylindern und wohlgenährten Offizieren, die Helme mit Federbüschen trugen.
Obwohl es ein Wochentag war, waren die meisten der weiß gedeckten Tische besetzt. Ein Ober wies Berndorf einen kleinen Tisch an, den er für sich hatte. Berndorf bestellte ein Hirschragout und überwand sich, keinen Wein dazu zu trinken, sondern Mineralwasser. Das Lokal hatte offenbar einen guten Ruf als Speiserestaurant der gehobenen Klasse. Das Publikum sah nach Geschäftsleuten aus. Sie mochten aus der Industriestadt Reutlingen gekommen sein oder aus Stuttgart. Das Hirschragout war vorzüglich – zart, nicht faserig. Mit dem richtigen Wildgeschmack. Berndorf griff zu. Plötzlich fiel ihm die Rückfahrt von Ludwigsburg ein. Tamar hatte ihm von den Zeugenaussagen erzählt; die sie in einem der Ordner gefunden hatte. An den Tagen, an denen in Christophsbrunn ein Transport mit behinderten Menschen eingetroffen war, begann das Krematorium abends zu arbeiten. Und in den Dörfern rund um Christophsbrunn schlossen die Bauersfrauen eilends die Fenster und nahmen die frische Wäsche von der Leine. Denn die Rauch- und Qualmwolken zogen nachts und am nächsten Tag weit über die Alb. Spät abends kehrten dann die Pfleger aus Christophsbrunn in der »Bahnhofsrestauration« ein und feierten bei Schnaps und Most. Es hatte deswegen sogar eine Eingabe bei der zuständigen Kreisparteileitung gegeben. Das Benehmen der Pfleger beleidige das allgemeine Volksempfinden, hatte ein besorgter Parteigenosse Anfang 1940 geschrieben.
Berndorf ließ das halbe Ragout stehen und zahlte. Nein, sagte er dem besorgten Ober, das Ragout sei nicht zu beanstanden. Es war noch zu früh. Trotzdem fuhr er nach Waldhülen. Es lag nur wenige Kilometer von Christophsbrunn entfernt. An der Einmündung einer kleinen Straße bog er links ein. Sie führte einen kahlen, von Wacholderbüschen bestandenen Berghang hinauf. Als er auf der Kuppe angelangt war, sah er ein Dorf

unter sich liegen. Es lag auf einem Ausläufer des Berghangs, um eine kleine Kirche mit spitzem Turm gruppierten sich steile und vielfach geflickte Dächer, an einem Südhang gegenüber des alten Ortskerns breitete sich eine Siedlung mit Wochenendhäusern aus.

Berndorf fuhr ins Dorf, vorbei an den kleinen schwäbischen Bauernhäusern: Küche, Wohn- und Schlafzimmer über den Ställen, daneben die Scheuer. Die Häuser sahen gepflegt aus, aber Bauern wohnten nicht mehr dort. Die lebten auf den Aussiedlerhöfen, die im Tal verstreut waren.

Der Platz vor dem Dorfwirtshaus war zugeparkt. Hatte Seiffert nicht von einer Beerdigung gesprochen? Also waren die Gäste noch beim Leichenschmaus.

Berndorf fand einen Parkplatz unter kahlen Kastanien, die vor einem grauen, zweigeschossigen Haus gepflanzt waren. Weil er noch fast eine halbe Stunde Zeit bis zu seinem Gespräch mit Jonas Seiffert hatte, rief er Tamar an.

»Gut, dass Sie anrufen«, sagte sie. Ihr Stimme klang fest. »Steinbronner lässt schon nach Ihnen suchen.«

»Suchet, so werdet ihr finden«, meinte Berndorf fromm.

»Wichtiger ist, wo Sie heute Abend zu finden sind?«

»Kennen Sie das Hotel im Bäumlesgraben?« Das war ein altmodisches Gasthaus unweit des Münsters, wie es sonst eigentlich keine Hotels mehr gab. Berndorf hätte es sofort geglaubt, wenn Tamar ihm erzählt hätte, dass sie noch ein »Lavoir« im Zimmer hätte, ein Waschbecken auf einer Kommode mit einem großen Krug Wasser darin. Was hatte Tamar dort zu suchen?

»Sie können jederzeit vorbeikommen. Wenn ich nicht da sein sollte, ist ein Umschlag mit dem Foto für Sie an der Rezeption hinterlegt.«

Offenbar gab es keinen besonderen Grund, warum Tamar dort war. Sie wohnte einfach dort. Ach Gott, dachte er, der Oberarzt hat es vergeigt.

Er stieg aus und ging zu dem alten Friedhof, der um die Kirche herum angelegt war. Er versuchte, sich an die Zeit zu erinnern, als er Seiffert kennen gelernt hatte. Der war damals, Anfang der Siebzigerjahre, ziemlich unwillig nach Stuttgart gekommen. Er hatte es als Strafversetzung empfunden. Was war das nur für eine Sache gewesen?

Dann fiel es ihm wieder ein. Es war die Geschichte mit den Sinti, die ein Haus in einem Dorf im Lautertal gekauft hatten. Aber bevor sie einziehen konnten, hatte die Dorfjugend das Haus abgefackelt. Seiffert hatte ermittelt und sehr schnell herausgefunden, dass die Dorfhonoratioren die Brandstiftung in Auftrag gegeben hatten. Als es mit dem Strafverfahren ernst wurde, war der Bürgermeister zu Pontius und Pilatus gelaufen, und der Landtagsabgeordnete für das Lautertal, ein Müllermeister, hielt sogar im Stuttgarter Landtag deswegen eine Rede.

»Wir fordern eine fa-ire, sprich fähre Behandlung dieser besorgten Bürger«, hatte der Müllermeister gesagt, weil es so in dem Text stand, den ihm der Landrat aufgesetzt hatte. Und der Kriminalinspektor Jonas Seiffert wurde wegen unangebrachter Tüchtigkeit ins Stuttgarter Polizeipräsidium befördert.

Berndorf blieb vor einem Berg von Blumen und Kränzen stehen. Die Beerdigung vom Vormittag, dachte er und beugte sich über das provisorische Holzkreuz. Unter dem Blumenhügel lag eine Roswitha Betz. Den Namen hatte er schon einmal gehört. Ebenfalls von Tamar. Es war eine der Zeuginnen, die Seiffert 1961 vernommen hatte.

Lass wirklich alle Hoffnung fahren, dachte Berndorf. Er hatte nichts als ein verwischtes Foto. Niemanden konnte man damit identifizieren. Aus. Vorbei. Und hier: Grabesschweigen. Er verließ den Friedhof und ging zu dem Dorfschulhaus, in dessen Nebenflügel die Ortsverwaltung von Waldhülen untergebracht war. Ein kleiner Aufgang führte zur Eingangstür, über der in Fraktur noch die Aufschrift »Rathaus« stand. Berndorf trat in einen leeren Vorraum und klopfte an eine Glastür. Eine Stimme rief: »Herein.« Berndorf öffnete die Tür und trat in ein kleines, bescheiden möbliertes Büro. Hinter einem Bildschirm saß ein Mann in einem schwarzen Anzug. Bedächtig, mit schweren breiten Händen, gab er die Befehle ein, um sein Programm abzuschließen. Dann erhob er sich. Es dauerte eine Weile, bis er sich aufgerichtet hatte. Seiffert war noch immer groß und massig. Aber er ging etwas vornübergebeugt, das dunkle Haar war schütter geworden. Seine Augenbrauen schienen noch buschiger als früher. Er packte Berndorfs Hand und schüttelte sie.

»Ein Handtuch sind Sie grad nicht mehr«, sagte er dann. »Setzen Sie sich und erzählen Sie. Ermitteln Sie tatsächlich wegen Christophsbrunn? Ich kann es fast nicht glauben.«

Vor diesem Augenblick hatte Berndorf sich gefürchtet. Er mochte den alten Mann nicht anlügen. Aber dass man ihn suspendiert hatte, konnte er Seiffert nicht erzählen. Der blieb, was immer er selbst erlebt hatte, bis zuletzt ein gehorsamer Staatsdiener.

Schließlich erklärte er einfach, warum er nicht an den Tod des Oberfeldarztes Hendrik Hendriksen glaube. »Er hat einen anderen unter seinem eigenen Namen begraben lassen. Das ging so lange gut, bis der Sohn auf der Bildfläche erschien. Der Sohn von dem Mann, dem Hendriksen den Namen gestohlen hat.«

»Und da müssen Sie jetzt heute kommen, ausgerechnet heute«, sagte Seiffert und betrachtete Berndorf nachdenklich. »Heute haben wir eine der Letzten begraben, die uns hätte helfen können. Roswitha Betz. Sie hat in Christophsbrunn in der Küche gearbeitet.«

»Ich weiß«, sagte Berndorf und zeigte seine leeren Hände. »Ich war auf dem Friedhof. Was ich jetzt noch in der Hand habe, ist ein verwackeltes Foto.«

Seiffert wiegte den Kopf. »Sie sollten mehr Gottvertrauen haben, junger Mann. Die Sonne bringt mehr an den Tag, als die kleinen Menschlein verbergen können.« Er ging zu einem Garderobenständer und setzte sich einen schwarzen Hut auf. Berndorf half ihm in den Mantel. »Kommen Sie«, sagte Seiffert.

Die beiden Männer gingen an der Kirche vorbei und bogen dann nach links zu einem steilen Fußweg ab, der ins Unterdorf hinabführte. Seiffert ging voran in eine Gasse, die bei einem allein stehenden Häuschen endete. Es hatte weder Scheuer noch Stall, und an den Fenstern hingen Blumenkästen. Seiffert öffnete ohne Zögern die Haustür und rief: »Hildegard!« Dann wartete er. Aus einem der hinteren Zimmer kam eine alte, von der Osteoporose nach vorne gekrümmte weißhaarige Frau. Auch sie war schwarz gekleidet.
»Jonas?«, sagte sie fragend.
»Ich möchte, dass du mit dem Herrn Berndorf da redest«, sagte Seiffert. »Er ist ein wichtiger Polizist aus Ulm. Dürfen wir herein?«
Die alte Frau schlurfte zu einer Tür und öffnete sie. Dann wartete sie, bis die beiden Männer eingetreten waren. Das Zimmer wurde von einem mächtigen dunklen Büfett beherrscht. In einer Ecke stand ein Eisenofen, doch das Zimmer war kalt. Es roch nach Bohnerwachs und Möbelpolitur. In der Mitte stand ein runder Tisch, über dem eine ausladende Lampe mit einem Seidenschirm hing. Seiffert und Berndorf nahmen sich je einen der Holzstühle, die um den Tisch standen, und setzten sich. Die Frau fragte, ob sie einen Kaffee machen dürfe, oder ob ein Most gefällig wäre.
Es sei nicht nötig, sagte Seiffert. »Wir bleiben nicht lang.« Die Frau setzte sich und stützte sich auf dem Tisch auf. Ihr Gesicht war eingefallen. Aber die Augen blickten wach und waren auf der Hut.
»Das ist Hildegard Vöhringer«, erklärte Seiffert. »Sie hat früher in der Verwaltung von Christophsbrunn gearbeitet.« Dann wandte er sich ihr zu. »Der Herr Berndorf will klären, was aus einem der Ärzte von Christophsbrunn geworden ist. Wir beide haben ja schon einmal darüber gesprochen. Der Arzt, um den es geht, ist Dr. Hendrik Hendriksen.« Berndorf nickte bestätigend und holte aus seiner Jackentasche den Schnappschuss, der 1944 in dem Tübinger Universitätslabor entstanden war.

Dann zögerte er und legte das Bild verdeckt vor sich auf den Tisch. »Sagt Ihnen der Name ›Schwanensee‹ etwas?« Die Frau betrachtete ihn aufmerksam. »So hieß die Station«, antwortete sie bedächtig. »Es waren Baracken, die bei einem Feuerlöschteich standen. Irgendwer hat den Teich Schwanensee genannt. Nach dem Krieg ist er zugeschüttet worden.«
Berndorf drehte das Bild um, das auf dem Tisch vor ihm lag. »Kennen Sie diese Männer?«
Sie schaute abweisend. Aber doch auch interessiert. »Doch«, sagte sie dann. »Das da ist der Professor, Remsheimer – glaube ich – hat er geheißen. Und das da war der Dr. Samnacher.«
»Den dritten Mann erkennen Sie nicht?«, hakte Berndorf nach. Die Frau warf ihm einen scheuen Blick zu. Plötzlich straffte sich ihr Gesicht, und sie versuchte, sich aufzurichten. »Es ist Dr. Hendriksen. Aber es ist ein schlechtes Bild.« Unvermutet lächelte sie, und Berndorf sah, dass sie einmal eine attraktive Frau gewesen sein mochte.
»Hendrik war ein gut aussehender Mann«, fügte sie hinzu.
Hendrik? Seiffert und Berndorf warfen sich einen Blick zu. »Hast du vielleicht ein besseres Bild von ihm?«, fragte Seiffert. Das Lächeln verschwand. »Nein«, sagte sie. »Ich hab' kein Bild, Jonas. Das hab' ich dir schon damals gesagt. Außerdem – was will der Herr damit? Hendrik ist tot. Du hast es mir selbst gesagt. Es waren die Tiefflieger.«
»Und wenn er damals nicht ums Leben gekommen wäre, wüssten Sie es, nicht wahr?«, sagte Berndorf. »Er hätte Ihnen geschrieben, das wenigstens.«
Die Frau sah ihn an, als verstehe sie ihn nicht. Aber die Augen waren noch mehr auf der Hut als zuvor.
»Da können wir nichts machen«, fuhr Berndorf fort. »Es gibt Gerüchte, dass Dr. Hendriksen noch lebt. Dass er nach dem Krieg unter anderem Namen geheiratet hat. Aber das kann man nicht beweisen, und man kann es auch nicht widerlegen. Man könnte es nur, wenn man ein gutes Foto hätte.« Berndorf machte eine Pause.

Seiffert räusperte sich. »Sag nichts, Jonas«, sagte die Frau. »Ich glaub' dir und deinem Gott nicht. Den gibt es nicht.« Ihre dunklen Augen waren auf Berndorf gerichtet. »Der Mann, von dem Sie reden, hat geheiratet?«
»Ja, gleich nach dem Krieg«, wiederholte Berndorf. »Er hat eine Tochter. Und eine Enkelin, ein hübsches Mädchen.«
Die Frau schaute ihn an. Dann stand sie mühsam auf und ging zu dem dunklen Büfett. Sie zog eine Schublade auf und griff in dessen hinterste Ecke. Berndorf sah, dass sie dort einen Schlüssel versteckt hatte. Sie öffnete damit eine zweite Schublade und holte ein großformatiges, in dunkles Leder gebundenes Album hervor.
Schweigend schleppte sie sich zum Tisch zurück und schlug das Album vor Berndorf auf. »Hier. Hendrik. Da sehen Sie, dass es nicht der Mann ist, von dem Sie reden.« Berndorfs Blick fiel auf das großformatige Porträt eines jungen blonden Mannes. Der Mann hatte ein schmales, scharf geschnittenes Gesicht. Sein Haar war zurückgekämmt, und die Augen blickten kühl.
»Sie kennen diesen Mann?«
Das war Seiffert.
»Ja«, antwortete Berndorf. »Ich glaube, ich kenne ihn.«
Er griff wieder in seine Jackentasche und holte den Umschlag mit den Abzügen hervor, die ihm der Tagblatt-Fotograf gemacht hatte. Er suchte eines der Bilder aus und legte es neben das Porträt Hendriksens.
Das Bild zeigte Professor Gustav Twienholt, und es war entstanden, als ihm der Oberbürgermeister das Bundesverdienstkreuz am Bande überreicht hatte. Das Gesicht war alt geworden, aber es war noch immer schmal und scharf geschnitten. Und die Augen hatten ihre Kälte nur wenig gemildert.
»Ein jegliches hat seine Zeit«, sagte Jonas Seiffert. »Aber das hier, Hildegard, ist zweimal der gleiche Mann.«
Hildegard Vöhringer starrte blicklos auf die Fotografie. »Ich glaube es nicht«, sagte sie leise. »Ich will es nicht glauben.«

Donnerstag, 5. Februar, 18 Uhr

Am späten Nachmittag war Berndorf wieder in Ulm. Um Steinbronners Straßensperren zu umgehen, hatte er seinen Wagen auf einem Parkplatz beim Bahnhof Blaubeuren abgestellt und war die letzten zwanzig Kilometer mit dem Zug gefahren. Im Ulmer Hauptbahnhof patrouillierten noch immer Grenzschutzbeamte mit umgehängter Maschinenpistole. Unter ihren argwöhnischen Augen verstaute der Kommissar seine Reisetasche in einem Schließfach.

Der nächste Weg zum Hotel im Bäumlesgraben hätte über die Fußgängerzone geführt und damit am Neuen Bau vorbei. Berndorf nahm einen Umweg durch kleine Gassen. Das Hotel war ein unauffälliger Fachwerkbau, nicht neorustikal aufgeputzt, wie das sonst bei solchen Häusern üblich geworden war. An der Rezeption musste er klingeln. Eine grauhaarige Frau erschien und erklärte auf seine Frage, Frau Wegenast sei nicht da.

»Sie sind Herr Berndorf?«, wollte sie dann wissen. Er nickte. Sie drehte sich zu den Fächern für die Post der Hotelgäste und reichte ihm einen weißen Umschlag. »Ich soll Ihnen das hier geben.« Berndorf dankte und ging.

In der Gasse vor dem Hotel blieb er zunächst stehen und sah sich um. Einige Schritte weiter war eine kleine Kunstgalerie, das Schaufenster mit bunt bemalten Holzplastiken voll gestellt und hell erleuchtet.

Er stellte sich vor das Schaufenster, öffnete den Umschlag und zog das Funkbild heraus, das Rauwolf aus Görlitz geschickt hatte. Es war das Porträt eines blonden, sehr jungen Mannes. Er trug Wehrmachtsuniform, aber auch in der Uniform sah er weich und verletzlich aus.

Es war das Bild des Wehrmachtsleutnants Gustav Twienholt, im Juni 1944 in Bad Muskau aufgenommen.

Berndorf holte die Fotografie aus seiner Tasche, die ihm Hildegard Vöhringer nach langem Zögern aus ihrem Album he-

rausgetrennt hatte. Auch dies war das Porträt eines blonden Mannes, und wie das andere war es 1944 aufgenommen worden.
Berndorf hielt die beiden Bilder nebeneinander ins Licht des Schaufensters. Niemand konnte den Leutnant Twienholt mit dem Oberfeldarzt Hendriksen verwechseln. Außer den blonden Haaren hatten sie nichts gemeinsam. So wenig, wie der Leutnant Twienholt etwas gemeinsam hatte mit dem Mann, der fünfzig Jahre später als Professor Twienholt geehrt wurde. Berndorf steckte die beiden Bilder wieder ein. Irgendwie hatte er das Gefühl, als sehe ihm jemand über die Schulter. Er drehte sich um und blickte in die hervorspringenden schwarz funkelnden Augen einer rotgrünen Dämonenmaske. Erst jetzt nahm er wahr, dass in dem Schaufenster mexikanische oder indianische Skulpturen ausgestellt waren. Der Dämon grinste ihn an.
Aus den Augenwinkeln sah Berndorf, dass am Ende der Gasse ein Streifenwagen einbog. Er nahm sich die Zeit, sich ruhig von dem Schaufenster wegzudrehen, ging um die Hausecke und verschwand in einer Seitengasse. Dann rannte er los.
Ein paar Häuser weiter war der »Ochsenkeller«, ein Bierlokal mit mehreren Räumen. Berndorf trat ein, lief durch den Gang, der zu einem Hinterzimmer führte, in dem sonst Briefmarkensammler oder Modelleisenbahnfreunde tagten. Er stieß die Tür zum Hinterhof auf, überquerte den Hof, kletterte auf die dort abgestellten Mülltonnen, stieg auf eine Mauer und sprang von dort auf die Torfballen hinunter, die eine Gärtnerei an der anderen Seite der Mauer gelagert hatte. Doch nicht so schlecht mit seinen fünf überzähligen Kilo, sagte er sich.
Wenige Augenblicke später ging er, jetzt wieder gemessenen Schrittes, durch eine Einkaufspassage. Er hatte keine Lust, Steinbronner vorgeführt zu werden. Den Hinterausgang des »Ochsenkeller« kannte er, seit ihm dort ein junger Türke entkommen war, der wegen Schutzgelderpressung gesucht wurde.

Es war Donnerstagabend, die Geschäfte hatten länger geöffnet, zahlreiche Passanten waren unterwegs. Vor dem »Ochsenkeller« hielt ein Streifenwagen der Ulmer Polizei mit eingeschaltetem Blaulicht.

Seit zwei Stunden schon debattierte das Komitee der Kernkraftgegner Ulm-Gundremmingen im Hinterzimmer des »Ochsenkellers« über die Aktionen, mit denen man den bevorstehenden Transport von abgebrannten Kernbrennstäben aus Gundremmingen nach Gorleben so lange wie möglich aufhalten wollte. Das Kernkraftwerk Gundremmingen liegt dreißig Kilometer donauabwärts von Ulm.
Ein älterer Brillenträger in einem Trachtenjanker aus ungefärbter Wolle, der Vertreter des Naturschutzbundes, warnte vor einer Eskalation.
»Eskalation, wenn ich das schon höre«, höhnte ein junger Bursche mit einer lila Irokesenfrisur. »Was hier pausenlos eskaliert, das ist doch die Kernkraft-Mafia. Und ihr Bullenstaat.« Der Irokese gehörte zu den Punx for Peace.
In diesem Augenblick öffnete sich die Tür, und einer der beiden Polizisten aus dem Streifenwagen trat ins Nebenzimmer.
»Entschuldigung«, sagte er höflich.
»Meine Rede«, sagte der Irokese.
»Ich fasse es nicht«, sagte eine energische Dame mit langen blonden Haaren. »Jetzt ziehen sie nicht einmal mehr ihr Kostüm aus, wenn sie uns aushorchen wollen.«
»Sie ha-ha-haben hier nichts zu suchen«, sagte ein rundlicher, noch junger Mann mit langen fettigen Haaren und baute sich vor dem Beamten auf.
»Entschuldigung« sagte der Beamte noch einmal. »Ich wollte nur fragen, ob hier…«
»Gar nichts ha-ha-haben Sie hier zu fragen«, sagte der junge Mann. Der Polizist ging einen Schritt zurück und stieß mit

einer stämmigen Kellnerin zusammen, die ein Tablett mit Getränken hereinbrachte.
Das Tablett fiel scheppernd zu Boden. Eine Lache aus Weizenbier, Apfelsaft und zwei Portionen Kaffee breitete sich auf dem Boden des Nebenzimmers aus. Unter dem Tisch der Punx for Peace schreckte ein zottiger Schäferhundmischling hoch. Ohne weiteres Zögern biss er den Polizisten ins Bein.
Der Beamte schrie gellend. Im Streifenwagen löste sein Kollege den Notruf aus und schaltete das Martinshorn ein. Dann zog er seine Dienstpistole und entsicherte sie im Laufen. Dabei übersah er die Stufe im Flur des »Ochsenkellers«. Er flog längelang nach vorne. Krachend löste sich ein Schuss. Die Kugel schlug splitternd in die Tür zum Hinterhof ein.

Die Schalterhalle des Tagblatt war schon geschlossen. Berndorf ging zum Personaleingang. Polizisten kannten diesen Zugang, denn die Spätschicht holte dort regelmäßig ein Andruckexemplar der Ausgabe vom nächsten Tag ab, als Lektüre für die Stunden bis zum Schichtende.
Jetzt war es kurz vor 19 Uhr. Frentzel müsste noch irgendwo sein, dachte Berndorf. Aus dem Verlagshaus kam ihm ein groß gewachsener junger Mann entgegen. Es war der Fotograf, der ihm die Abzüge von den Twienholt-Fotografien gemacht hatte.
Womöglich habe ich Glück, dachte Berndorf. »Wie es sich trifft«, sagte er, »zu Ihnen wollte ich.« Er brauche dringend noch einige weitere Vergrößerungen und Abzüge. »Ich weiß, dass es eine ziemliche Zumutung ist – aber könnte mir das jemand im Fotolabor machen, noch heute Abend?«
Mit einer angedeuteten Geste griff er nach seiner Brieftasche.
»Am Abend ist das im Betrieb nicht so günstig«, sagte der Fotograf. »Aber wenn Sie mitkommen wollen, mache ich Ihnen das schnell bei mir zu Hause, ich hab' selbst eine Dunkelkammer.«

Der Fotograf fuhr einen klapprigen weißen Opel, Berndorf nahm auf dem Beifahrersitz Platz.
Streifenwagen mit eingeschaltetem Martinshorn und Blaulicht kamen ihnen entgegen. »Ich will Ihnen ja nicht zu nahe treten«, sagte der Fotograf, »aber das geht schon den ganzen Tag so, wie angestochen. Sind Sie ganz sicher, dass das etwas bringt?«
Was fragst du ausgerechnet mich, dachte Berndorf. »Sie suchen diesen entsprungenen Strafgefangenen«, sagte er dann. »Thalmann heißt der Mann. Wenn ihn meine Kollegen hätten, würden sie schon damit aufhören.«
»Ich stelle mir vor«, sagte der Fotograf, »die würden mich suchen. Überall in der Stadt wäre das Tatütata zu hören, und ich wüsste, die sind hinter mir her. Ganz eigentümlich würde es mir da.«
»Ja«, antwortete Berndorf, »das wird einem wohl auch in Wirklichkeit so gehen.«
»Haben Sie eigentlich keine Bedenken«, fuhr der Fotograf fort, »dass so ein Mann dann durchdreht? Womöglich eine Geisel nimmt?«
»Beschreien Sie es nicht«, sagte Berndorf.
Der Fotograf wohnte in einem Neubaugebiet im Osten der Altstadt. In einer Vierzimmerwohnung empfing sie eine junge, fröhliche Frau mit einem kleinen, dicken und vergnügten Kind. Beide schienen sich an Berndorf nicht weiter zu stören.
Berndorf holte die Fotografien hervor – das Funkbild des jungen Leutnants Twienholt, die Aufnahme Hendriksens und das Bild aus dem Tübinger Universitätslabor.
»Das da ist doch dieser Prof, nicht wahr, von dem ich Ihnen vorgestern die Abzüge gemacht habe?«, fragte der Fotograf und deutete auf das Hendriksen-Porträt.
Berndorf nickt. Dann hob er das Bild aus Tübingen hoch. »Das da ist er auch. Leider ist das Gesicht verwischt. Könnten Sie versuchen, etwas von den Gesichtszügen herauszuholen?«
»Verwackelt ist verwackelt«, sagte der Fotograf. »Schau'n wir mal, wie die Vergrößerung herauskommt.«

Berndorf stand neben ihm in der Dunkelkammer, als der junge Mann den ersten Abzug aus dem Entwicklerbad herausfischte und gegen eine beleuchtete Platte hielt.
Die Gesichtszüge waren noch immer verwischt. Aber überraschend klar und plastisch sprang vor dem dunklen Hintergrund das selbstbewusste, kantige Profil des Mannes ins Auge, der damals ärgerlich den Kopf weggedreht hatte. »Es ist wirklich wieder dieser Prof«, sagte der Fotograf und grinste. »Zur Not reicht es für ein Fahndungsfoto.«
»Ja«, antwortete Berndorf, »er ist es. Er war dabei. Er wird es nicht mehr abstreiten können.«
Nach anderthalb Stunden verließ der Kommissar die Wohnung mit einem Umschlag, in dem ein dicker Stapel von Bildern im A4-Format steckte.
Noch aus der Wohnung des jungen Mannes hatte Berndorf bei der Taxi-Zentrale angerufen und sich einen Wagen kommen lassen. Es war gegen 22 Uhr, als er in das Taxi stieg. Er ließ sich zum Hauptbahnhof bringen und holte seine Reisetasche. Dann fuhr er mit dem Bus zu dem neuen, viel zu großen Ulmer Maritim-Hotel.
An der Rezeption begrüßte ihn ein für Ulmer Verhältnisse ausnehmend höflicher Portier. Selbstverständlich sei noch ein Zimmer zu haben, und selbstverständlich gebe es auch einen Arbeitsraum im Haus: »Wenn Sie es wünschen, können wir Ihnen auch einen Personalcomputer zur Verfügung stellen.«
Berndorf brachte seine Reisetasche in sein Zimmer. Dann ließ er sich eine doppelte Portion Kaffee in das Arbeitszimmer bringen. Nachdem es ihm gelungen war, das Schreibprogramm des Computers zu starten, machte er sich an die Arbeit. Es war fast Mitternacht, als er seinen Bericht beendet hatte. Er ließ fünf Kopien ausdrucken. Zusammen mit jeweils einem Satz der Abzüge, die ihm der Fotograf gemacht hatte, steckte er die Kopien in DIN-A4-Umschläge, die neben dem hoteleigenen Briefpapier bereitlagen. Dann adressierte er die Umschläge; die Staatsanwälte Desarts und Heuchert sollten je

einen Bericht erhalten, ebenso Rauwolf in Görlitz und anstandshalber auch der Journalist Frentzel, auf die Gefahr hin, dass das Material für ihn zu brisant sein würde.

Die beiden Originale aus Tübingen und aus Hildegard Vöhringers Album verwahrte er zusammen mit dem Funkbild aus Görlitz und jeweils einem Abzug der Twienholt-Porträts in einem gesonderten Umschlag, den er an Tamar Wegenast adressierte.

An der Rezeption suchte ihm der Nachportier bereitwillig Briefmarken heraus und bot an, die vier Umschläge mit der Hotelpost auf den Weg zu bringen. Berndorf lehnte freundlich ab und sagte, er wolle vor dem Schlafen noch einen Spaziergang machen. Er nahm eine der Taxen, die vor dem Maritim warteten, und ließ sich zur Hauptpost bringen. Dort warf er die vier Briefe ein.

Danach überquerte er die Olgastraße, an der die Hauptpost lag, und ging zu Fuß durch die Altstadt zu dem Hotel im Bäumlesgraben. Weil es zu spät war, um noch jemand herauszuklingeln, warf er den an Tamar adressierten Umschlag mit den Originalen in den Hotelbriefkasten.

Danach kehrte er ins Maritim zurück. Sein Hotelzimmer lag im sechsten Stock. Die Vorhänge waren aufgezogen, und Berndorf sah, wie die Wolken unter dem Nachthimmel jagten. Er zog sich aus und legte sich auf das Bett. Er dachte noch, dass er nicht so viel Kaffee hätte trinken sollen. Dann schlief er ein.

Freitag, 6. Februar, 8 Uhr

Am nächsten Morgen rief Berndorf von seinem Zimmer aus Tamar in ihrer Pension an und bat sie, den Umschlag an sich zu nehmen. Dann frühstückte er ausgiebig, obwohl er sonst Frühstück im Hotel verabscheute.
Mit einer Taxe fuhr er zu sich nach Hause. Vor dem Eingang zu dem Appartementblock, in dem Berndorf wohnte, war ein Streifenwagen geparkt. Berndorf sah es mit stiller Genugtuung.
»Sind das Freunde von Ihnen?«, fragte der Taxifahrer, als der Kommisar bezahlte.
»Haben Sie schon Ihren Lottozettel abgegeben?«, fragte Berndorf zurück. »Sollten Sie tun. Sie haben heute ein glückliches Händchen.«
Berndorf ging zu dem Streifenwagen. Der Beifahrer war bereits ausgestiegen und grüßte ihn förmlich.
»Ich habe dringenden Auftrag von Kriminalrat Englin, Sie in die Direktion zu bringen«, sagte er, und immerhin klang es so, als ob er ein wenig verlegen sei. Berndorf meinte, dass er sich erst einmal rasieren wolle.
Der Beamte wand sich. »Ich habe den Auftrag, Sie sofort in den Neuen Bau zu bringen.«
»Na schön«, sagte Berndorf. »Ich will Sie und mich nicht in Verlegenheit bringen.«
Im Neuen Bau hatte es Englin dann doch nicht so eilig, sondern ließ Berndorf grußlos erst einmal vor seinem Schreibtisch stehen und telefonierte nach Steinbronner. Berndorf griff sich einen Stuhl und setzte sich. Nach wenigen Augenblicken schoss Steinbronner ins Zimmer.
»Da ist er«, sagte Englin. Berndorf wusste nicht, wen der Kriminalrat meinte.
»Sehr schön«, sagte Steinbronner und musterte Berndorf. »Haben Sie sich gut unterhalten? Spaziergänge gemacht? Sich ein wenig erholt?« Ohne Vorwarnung überschlug sich seine Stim-

me. »Menschenskind, Sie sagen mir auf der Stelle, welche Schweinerei Sie schon wieder ausbrüten! Wann wird Ihnen eigentlich klar, dass Sie in dieser ganzen Sache nur Scheiße gebaut haben?«

»Was schreien Sie eigentlich so?«, fragte Berndorf. »Ich denke, ich bin suspendiert.«

»Allerdings«, sagte Steinbronner und atmete wieder durch, »allerdings sind Sie suspendiert. Sie werden jetzt unter meiner Aufsicht Ihren Schreibtisch aufräumen, und glauben Sie mir, Sie werden mir jedes Fitzelchen zu erklären haben. Und danach werden wir uns Ihre Wohnung ansehen. Glauben Sie nur nicht, ich könnte mir keinen Hausdurchsuchungsbefehl besorgen. Wie wär es wegen des Verdachtes auf Strafvereitelung?«

Vier Stunden später klingelte Tamars Telefon. »Können Sie mir den Umschlag bringen?«, fragte Berndorf ohne weitere Einleitung.

Eine halbe Stunde später trafen sie sich in der Cafeteria des Hauptbahnhofs. Tamar schob ihm bei der Begrüßung den Umschlag in die Hand. Berndorf trug unter seinem Mantel einen hellen, leichten Anzug und hatte eine Reisetasche bei sich. Er wirkte gelassen.

»Ist der Ruf erst ruiniert, lebt sich's völlig ungeniert«, sagte er. Tamar wollte wissen, wohin er fahre. »Bisschen nach Paris und weiter«, antwortete er. »Übrigens – falls Sie in den nächsten Tagen einen Wagen brauchen, nehmen Sie meinen Citroën.« Er schob ihr die Autoschlüssel zu. »Es ist nur ein Haken dabei. Er steht in Blaubeuren beim Bahnhof.«

Wieder eine Stunde später wurde Englin mit Kurierpost ein dicker Umschlag auf den Schreibtisch gelegt; Absender war die Polizeidirektion Ravensburg. Englin riss den Umschlag auf. Er enthielt das Protokoll einer Graböffnung, beigefügt war

eine richterliche Anordnung und der Vermerk, dass die vorgefundenen Überreste zur weiteren Untersuchung in das Gerichtsmedizinische Institut der Universität Ulm verbracht worden seien. Englin rief Steinbronner an. Der kam sofort.
»Lesen Sie«, sagte Englin, »ich versteh' das alles nicht. Hendriksen? Der Name sagt mir überhaupt nichts.«
»Mir auch nicht«, sagte Steinbronner. »Aber ich rieche es. Ich rieche eine Sauerei. Ich will, dass wir den Berndorf sofort wieder hierherholen. Da hilft ihm nichts. Er wird das erklären müssen.« Englin griff zum Telefon.

Auf einer Startbahn des Flughafens Stuttgart-Echterdingen beschleunigte ein Airbus. Es war die fahrplanmäßige Air-France-Maschine nach Paris.

Englin ordnete an, sofort einen Streifenwagen zu Berndorfs Wohnung zu schicken.

Die Air-France-Maschine hob von der Startbahn ab. Berndorf schloss die Augen. Er fühlte sich müde. Und erleichtert. Heute Abend würde er durch die Rue Saint André des Arts bummeln. Vermutlich war sie voll von Touristen. Ihn würde es nicht stören. Er war selbst einer, für zwei Abende. Für Sonntag hatte er einen Flug mit der El-Al nach Tel Aviv gebucht.

Freitag, 6. Februar, 15 Uhr

»Nein«, sagte Tamar, »Kriminalhauptkommissar Berndorf ist derzeit mit dem Fall nicht befasst.« Warum redest du eigentlich nicht noch geschwollener, fragte sie sich.

»Das verstehe ich nicht«, sagte der Mann am anderen Ende der Leitung. Es war Rauwolf von der Görlitzer Kriminalpolizei. »Wieso derzeit nicht befasst?«

»Sie haben meinen Chef suspendiert«, antwortete Tamar kurzentschlossen. »Berndorfs Ermittlungen haben auf höherer politischer Ebene Missfallen erregt, Kollege. Ich weiß nicht, ob Sie so was kennen.«

Rauwolf schwieg. »Doch, Kollegin«, sagte er dann. »So was haben wir auch gekannt. Wir haben aber gedacht, das sei vorbei.«

»Wir irren alle«, antwortete Tamar weise.

»Aber damit hängen die ganzen Ermittlungen in der Luft«, wandte Rauwolf ein.

»Ich kann Sie mit Kriminalrat Englin verbinden«, schlug Tamar vor. »Vielleicht weiß er, wie in dem Fall weiter vorgegangen werden soll. Es sei denn, Sie wollen zufälligerweise lieber wissen, woran Berndorf zuletzt gearbeitet hat.«

»Ich glaube fast, dass ich das schon weiß«, meinte Rauwolf. »Deswegen habe ich ihm ja das Bild von diesem Wehrmachtsleutnant besorgt.«

»Dann wissen Sie jetzt exakt, in welcher Richtung nicht ermittelt werden soll«, sagte Tamar.

»Solche Anweisungen sind für mich aber nicht verbindlich«, antwortete Rauwolf. Danach schwiegen beide.

»Na schön«, sagte Tamar schließlich. »Ich denke, dass Berndorf bei Schülin ansetzen wollte, dem Wirtschaftsanwalt und Twienholt-Schwiegersohn. Berndorf nahm an, dass Schülin der Mann war, der Tiefenbachs Wohnung in Görlitz durchsucht hat.«

Sie machte eine Pause. »Falls Sie es überprüfen wollen: Ich habe mir von der Zulassungsstelle die Kennzeichen der Autos geben lassen, die auf die Familie Twienholt-Schülin zugelassen sind. Moment.« Sie holte ihr Notizbuch.

»Sie wollen es wirklich überprüfen?«, fragte sie vorsichtshalber. »Auch dann, wenn es Ärger gibt?«

»Ich bitte Sie, Kollegin,« sagte Rauwolf.
»Also da haben wir einen Mercedes 500, auf Professor Twienholt selbst zugelassen«, sagte Tamar und gab das Kennzeichen durch. »Wäre vermutlich sehr auffällig gewesen. Dann ist da ein neues Coupe, auch ein Mercedes, eingetragen auf Anne-Marie Schülin-Twienholt, und ein BMW der Siebener-Reihe, als Halter ist Eberhard Schülin angegeben. Schließlich gibt es noch einen Porsche, auf eine Nike Schülin zugelassen, das ist wohl die Tochter.«
Rauwolf las zur Kontrolle noch einmal die Kennzeichen vor, die ihm Tamar durchgegeben hatte. »Vielleicht finden wir jemand, der einen der Wagen gesehen hat«, sagte er dann. »Wir fragen auch an den Tankstellen.«

New Haven, 18 Uhr

Im Luftstrom des Föhns trocknete der beschlagene Badezimmerspiegel, und aus dem Dunst tauchte ein ovales Gesicht mit skeptischen grünen Augen auf.
Kritisch warf Barbara Steins Spiegelbild den Blick zurück, mit dem sie sich selbst musterte. Über die Falten um die Augen wollen wir uns nicht unterhalten, meinte das Spiegelbild. Das bringt nichts.
Sie war für den späteren Abend zu einer Party beim Dekan der Juristischen Fakultät eingeladen; als besonderer Gast wurde ein Yale-Absolvent erwartet, ein Anwalt, der an dem Milliarden-Deal beteiligt gewesen war, mit dem sich die amerikanische Zigarettenindustrie von Schadenersatzforderungen freigekauft hatte.
Vermutlich würde es öde genug werden, ganz davon abgesehen, dass weitere Annäherungsversuche jenes österreichischen Literaturprofessors zu befürchten waren, der sie vor einigen Tagen durch seine Zehn-Dioptrien-Brille hindurch

entdeckt hatte. Dass er Schmankerln aus der Szene der durchreisenden Dichter erzählte, machte seine Gesellschaft nur wenig amüsanter. Er hatte ihr eine Lesung von Sarah Kirsch vor einer Klasse Kaugummi kauender Germanistikstudenten vorgespielt und deren biologisch interessierte Nachfragen bei der Gedichtzeile »Unter der Milchstraße jagt der / Schatten des Schwans«. Und er hatte keinen Schimmer davon, dass seine vorarlbergische Intonation eines von Barbaras Lieblingsgedichten noch gründlicher abtrudeln ließ, als es die jungen Leute mit ihrer ahnungslosen Annäherung an ein Sternbild fertig gebracht hatten.

In ihrem weißen Bademantel ging sie in den Living-Room. Am Garderobenspiegel unterlief ihr ein weiterer kritischer Blick. Die Taille, über der sie den Bademantel verknotet hatte, war noch schmal, die Hüften dagegen kräftig und ausladend. Aber das waren sie schon immer gewesen.

In Europa war es Mitternacht, vielleicht war B. jetzt zu Hause. Sie wollte wissen, wie es mit ihm und seinem merkwürdigen Fall weitergegangen war. Vielleicht würde er ja jetzt den Anlauf zum großen Absprung aus dem baden-württembergischen Polizeidienst nehmen.

In Ulm meldete sich nur der Anrufbeantworter. Wo steckte B.? Er war doch beurlaubt.

Sie schaltete den Nachrichtenkanal CNS ein. Die Finanzminister der G-7-Staaten verhandelten noch immer über ein neues System fester Wechselkurse; der Noch-Präsident im Weißen Haus warnte zum 127. Mal einen nahöstlichen Diktator und sah dabei schon wieder wie ein Schuljunge aus, der beim Onanieren ertappt wurde; der Gouverneur von Texas war auf Vortragstour bei den Handelskammern, um Spendengelder für seinen Präsidentschaftswahlkampf zu akquirieren.

Das Telefon klingelte. Barbara stellte den Fernseher leiser und nahm den Hörer ab.

Es war B., und die Stimme klang gut. Gelöst, fast fröhlich. Barbara klagte ihm über den Abend, der auf sie wartete. Der

Versuch, die Vorarlberger Kirsch-Imitation wiederzugeben, misslang ihr gründlich.
Aber Berndorf bat sie, die Zeile noch einmal zu wiederholen.
»Der Schatten des Schwans«, sagte er. »Sind Schwäne eigentlich Todesboten?«
»Sie werden oft so gesehen. Bei den alten Griechen waren sie der Großen Göttin geweiht. Die Große Göttin hieß später auch Nemesis, und Zeus stellte ihr nach, ausgerechnet. Sie versucht, sich zu retten, indem sie immer neue Gestalt annimmt, aber Zeus hält mit und als Schwan erwischt er sie dann. Es ist einer der Mythen, die den Wechsel von unserem vorhellenischen Matriarchat zu deinem Patriarchat zum Thema haben. Warum fragst du?«
»Er hat also die Nemesis vergewaltigt«, sagte Berndorf. »Ich dachte immer, es sei die Leda gewesen. Jetzt verstehe ich auch, warum die Göttin der ausgleichenden Gerechtigkeit seit längerer Zeit nicht so gut drauf ist. Aber im Ernst: Die Station, auf der die Kriegsgefangenen in Christophsbrunn zu Tode behandelt wurden, hieß ›Schwanensee‹, angeblich nach einem Feuerlöschteich.«
»Mir schwant, dass du dich damit nicht abfinden willst«, sagte Barbara, fügte aber gleich hinzu: »Sorry, das ist eigentlich kein Thema für einen Kalauer.«
»Ja. Nein. Das ist alles noch nicht ausgestanden.«
Das heißt, dass er die Partie noch nicht aufgibt, dachte Barbara. Und dass er die Übelkrähe verjagt hat. Aber nicht nur B. klang verändert. Auch die Geräusche im Hintergrund waren anders. Es war, als ob das Fenster offen sei und Straßenlärm einlasse.
»Wo steckst du überhaupt? Irgendwie hörst du dich nicht nach Ulm an.«
»Ich bin auch nicht in Ulm«, sagte Berndorf. »Ich bin in Paris. In einem kleinen Hotel nahe dem Etoile.«
Dann erzählte er, wo er während der letzten Tage gewesen war.
»Das finde ich alles sehr schön«, sagte Barbara schließlich. »Es

gibt nur eines, das ich nicht verstehe: Warum bist du nicht direkt nach Tel Aviv geflogen?«

»Weil Freitagabend ist«, antwortete Berndorf. »El-Al fliegt am Schabbes nicht. Außerdem müssen die in Stuttgart oder Ulm nicht wissen, wo ich die nächsten Tage bin.«

Montag, 9. Februar, 11 Uhr MEZ

Die Wellen rollten grau und schäumend an den Strand. Ein steifer Nordwestwind fegte über die Promenade. Berndorfs Sommeranzug hatte sich als verfrüht erwiesen. Noch am Morgen hatte er sich bei einem Herrenkonfektionär einen Pullover gekauft.

Rabinovitch und er waren allein auf der Promenade. Berndorf erzählte seine Geschichte, so weit er sie in seinem kariösen Englisch zusammenbrachte. Und so weit ihm nicht der Wind die Worte vom Mund riss.
Rabinovitch hörte schweigend zu. »Ihre Beweise sind nicht die stärksten«, sagte er dann. »Wir haben zwar einen Fachmann, der die Fotografien vergleichen kann. Ob der Mann auf den Bildern von 1944 derselbe ist wie der fünfzig Jahre später. Aber ein Beweis ist das nicht.«
»Ich weiß«, sagte Berndorf. »Aber vielleicht hat die Obduktion etwas gebracht.«

Im Besprechungszimmer der Ulmer Staatsanwaltschaft begrüßte der Leitende Oberstaatsanwalt Müller-Köpf eine Runde von Männern und dankte ihnen, dass sie so schnell seiner Einladung gefolgt seien. Der Zweck der Zusammenkunft sei klar, sagte Müller-Köpf. »Sie alle haben Kenntnis von den Beschuldigungen, die der suspendierte Kriminalbeamte Bern-

dorf schriftlich gegen Herrn Professor Twienholt erhoben hat. Sie alle wissen auch, dass Herr Professor Twienholt ein sehr angesehener Bürger dieser Stadt ist.« Niemand sagte etwas.
»Davon abgesehen«, fuhr Müller-Köpf fort, »ist mir vom Staatsministerium sehr deutlich dargelegt worden, dass von Professor Twienholt ganz wesentlich die Bereitschaft eines bedeutenden Schweizer Unternehmens abhängt, in Baden-Württemberg Arbeitsplätze zu erhalten oder auszubauen.« Müller-Köpf schwieg.
Dann fuhr er fort: »Selbstverständlich kann dies auf unsere Entscheidung keinen Einfluss haben. Aber wir sollten doch sehr sorgfältig prüfen, welches Gewicht den von Herrn Berndorf erhobenen Vorwürfen zukommt.«
»Das ist doch alles substanzloses Zeug«, sagte Steinbronner. »Berndorf behauptet, dass Twienholt dieser NS-Arzt Hendriksen sei, der angeblich – ich betone: angeblich – vor über einem halben Jahrhundert irgendwelche Straftaten begangen haben soll. Und die Beweise? Zwei oder drei Fotos, die ebenfalls über ein halbes Jahrhundert alt sind. Was weiß ich, wie ich in fünfzig Jahren aussehe! Und das sollen Beweise sein.«
»Ganz so ist es nicht«, warf Staatsanwalt Desarts an. »Fragen Sie doch mal Kovacz.«
Der Gerichtsmediziner, der mit gesenktem Kopf in der Runde gesessen hatte, warf einen Blick auf Steinbronner. »Ich habe Ihnen nichts zu beweisen«, sagte er. »Ich kann Ihnen nur von einigen Untersuchungsergebnissen berichten. Vielleicht ist es für Sie von Interesse, dass der Mann, der 1945 unter dem Namen Hendriksen beerdigt wurde, nach dem Ergebnis einer vergleichenden DNS-Analyse mit an Sicherheit grenzender Wahrscheinlichkeit der Vater des Heinz Tiefenbach war, der hier in Ulm am 15. Januar dieses Jahres zu Tode kam. Was das für Sie bedeutet, müssen Sie selbst wissen.«
»Nichts bedeutet das«, sagte Steinbronner. »Absolut nichts. Was wissen wir, welche Männer damals welche Kinder gezeugt haben.«

»Wenn es aber Hinweise gibt, dass der Vater dieses Tiefenbach ein Gustav Twienholt aus Muskau war, haben wir ein Problem«, sagte Desarts. »Professor Twienholt ist laut eigenem Lebenslauf ebenfalls in Muskau geboren. Es gab in Muskau aber keine zwei Familien dieses Namens. Gustav Twienholt kann nicht zugleich Tiefenbachs Vater gewesen sein und heute noch am Leben.«

»Da lachen ja die Hühner«, sagte Steinbronner. »Was wissen Sie denn, für wen und wo die Mutter Tiefenbach die Beine breit gemacht hat?«

»Diese Ausdrucksweise ist hier nicht üblich«, sagte Müller-Köpf. Steinbronner machte eine entschuldigende Handbewegung.

»Es gibt da noch etwas«, sagte Kovacz. »Im Skelett des Toten von 1945 habe ich eine Kugel gefunden. Sie ist in einem Rückenwirbel stecken geblieben.«

»Viele, die 1945 zu Tode gekommen sind, hatten eine Kugel im Leib«, sagte Steinbronner.

»Gewiss«, antwortete Kovacz. »Aber dieser Tote, der unter dem Namen Hendriksen bestattet wurde, soll bei einem Tieffliegerangriff umgekommen sein. Die Kugel, die ich gefunden habe, gehörte zu einem Geschoss vom Kaliber 7,65 Millimeter. Ich glaube nicht, dass die alliierten Tiefflieger mit Walther-Pistolen auf die Deutschen geschossen haben.«

Eine Stunde später machte sich Kovacz daran, seinen Abschlussbericht über die Autopsie des angeblichen Hendriksen auf Kassette zu diktieren. Wenn die Staatsanwaltschaft die sich daraus ergebenden Schlussfolgerungen zu ignorieren beabsichtigte, war das nicht sein Problem.

Das Telefon klingelte. Er nahm auf, und es meldete sich Berndorf.

»Wo stecken Sie denn? Sie haben eine recht aufschlussreiche Zusammenkunft versäumt.«

»Da hätte ich kaum teilnehmen können. Sie vergessen, dass die mich suspendiert haben. Können Sie mir schon sagen, was die Autopsie erbracht hat?«

»Positiv«, sagte Kovacz. »Die DNS-Analyse der Proben Hendriksen und Tiefenbach ergeben eine Übereinstimmung, wie dies nur bei einem Verwandtschaftsgrad erster Ordnung möglich ist. Der Mann, der als Hendriksen bestattet wurde, ist der Vater von Tiefenbach. Außerdem ist dieser Mann 1945 nicht bei einem Tieffliegerangriff umgekommen. Er ist mit einer Pistole erschossen worden.«

Berndorf schwieg. Hendriksen hatte also nicht einfach nur Twienholts Namen gestohlen. Er hatte den kleinen malariakranken Leutnant Twienholt vorher umgebracht. Vielleicht waren sie wirklich in einen Tieffliegerangriff geraten. Vielleicht war der Wagen zu Schrott geschossen worden. Hendriksen konnte nicht mehr entkommen. Und so hatte er sich eine neue Identität besorgt.

Dann wollte Berndorf wissen, wie Kovacz zu seiner Schlussfolgerung gekommen war.

»Aber die Staatsanwaltschaft hat das alles nicht beeindruckt«, schloss der Gerichtsmediziner seinen Bericht. »Müller-Köpf wird das Ermittlungsverfahren einstellen. Es bestehe kein hinreichender Tatverdacht. Was ist das eigentlich für ein Rauschen in der Leitung?«

»Ich rufe von Tel Aviv aus an«, sagte Berndorf. »Macht es Ihnen etwas aus, das Autopsie-Ergebnis gegenüber Professor Rabinovitch zu wiederholen? Er ist Kriminologe an der Universität Tel Aviv und sitzt hier neben mir.«

Kovacz zögerte. »Das ist etwas sehr außerhalb des Dienstweges. Und mir ist nicht ganz klar, worauf Sie hinauswollen.«

»Das Ergebnis nach dem Dienstweg von Müller-Köpf kennen Sie ja«, antwortete Berndorf, »Sie haben es mir gerade selbst mitgeteilt. Ich glaube nicht, dass Sie damit zufrieden sind.«

Kovacz schwieg. »Na gut«, sagte er schließlich, »geben Sie mir Ihren Rabbi.«

Es wurde Nachmittag. Mit leisem Grauen dachte Tamar an den Abend, der auf sie wartete. Sie hatte keinen Spätdienst, und sie wusste nicht, wohin sie sich aus dem kleinen Pensionszimmer flüchten sollte.
Noch am Freitag hatte sie sich von Markert nach Blaubeuren fahren lassen und dort Berndorfs Citroën XM geholt. Vielleicht sollte sie einfach die nächsten Tage freinehmen, einen Teil ihrer Überstunden abfeiern und irgendwohin fahren, wo sie schwimmen konnte und es ein gutes Fitness-Center gab.
Dann dachte sie, dass sie für einen solchen Ausflug nur ungern Berndorfs Wagen nehmen würde. Ohnehin war es ein höchst unerwarteter Vertrauensbeweis gewesen, dass er ihr die Schlüssel gegeben hatte. Sie musste das nicht noch strapazieren. Jedenfalls war es höchste Zeit, dass sie sich ein eigenes Auto zulegte. Und für die freien Tage könnte sie sich ja auch einen Mietwagen nehmen.
Plötzlich stutzte sie. Mietwagen? Sehr nützliche Fahrzeuge sind das, ging es ihr durch den Kopf. Warum zum Beispiel sollte Eberhard Schülin eigentlich in seinem eigenen Wagen nach Görlitz gefahren sein? Der war doch viel zu auffällig. Sie holte das Branchenverzeichnis und schlug es bei den Autovermietungen auf.
Eine Stunde später war sie um eine Enttäuschung reicher. Keine der Ulmer Niederlassungen hatte einen Wagen auf den Namen Schülin oder Twienholt vermietet.
Und die Firmenzentralen der großen überregionalen Mietunternehmen arbeiteten am späten Nachmittag nicht mehr. Sie müsste es am nächsten Tag noch einmal versuchen. Die freien Tage mussten warten.

Aus dem kleinen quadratischen Arbeitszimmer des Kriminologen Mordechai Rabinovitch sah man die flachen Dächer von Tel Aviv. Regenschauer peitschten darüber.
Ein schmaler bebrillter Mann stand neben Rabinovitchs

Schreibtisch, auf dem er einen Stapel von Vergrößerungen ausgebreitet hatte. Berndorf sah, dass es Vergrößerungen der Fotografien waren, die er von Hendriksen und Twienholt mitgebracht hatte.

Der schmale Mann sprach lautes und rauhes Iwrith. Mit einem Stift markierte er einzelne Stellen der Porträts, den Nasenwinkel, den Jochbogen, die Wangenknochen.

Berndorf verstand kein Wort. Aber wenn er die Markierungen verglich, blieb kein Zweifel.

Der Mann verließ das Büro wieder. Rabinovitch lehnte sich zurück. »Okay«, sagte er. »Er ist es. Aber wie kriegen wir ihn? Die Zeiten, in denen wir die Mossad-Leute nach Argentinien schickten und Eichmann holen ließen, sind vorbei. Die Bundesrepublik ist«, er hob zweifelnd beide Hände, »so etwas wie ein befreundeter Staat. Da geht das nicht.«

»Sie könnten mir helfen, die Fotos zu veröffentlichen«, sagte Berndorf. »Vielleicht leben noch Zeugen, die sich melden könnten.«

Rabinovitch betrachtete ihn stirnrunzelnd. »Sie gehen da volles Risiko«, sagte er. Berndorf zuckte mit den Schultern. Rabinovitch beugte sich über den Schreibtisch und zog sein Telefon zu sich her.

Tamar schaute in den grauen Himmel über Ulm. Inzwischen hing das Dienstende unmittelbar über ihr, wie ein drohendes Verhängnis. Das Telefon, das sie ganz leise gestellt hatte, meldete sich. Sie nahm den Hörer auf.

»Ich muss mit Ihnen sprechen«, sagte eine Stimme, die durch das Telefon hell und doch auch gepresst klang. »Ich habe Ihren Brief bekommen. Deinen Brief. Ich weiß nicht, was jetzt werden soll.«

Tamar spürte, wie ihr das Herz bis zum Hals klopfte. »Kann ich zu dir kommen?«

»Wenn das geht«, sagte Hannah. »Ich wollte schon nach Ulm

fahren. Aber gestern hat mein Vater angerufen. Plötzlich hab' ich nur noch Angst.«

Drei Minuten später schoss Tamar in Berndorfs Citroën auf die Neue Straße hinaus. Ohne zu bremsen riss sie den Wagen von der Ausfahrt nach rechts auf die Fahrbahn. Ungerührt schwebte der Citroën um die Ecke.

In der Wohnung in Neu-Kölln hatte sich Wolfgang Ullmer, der neue Untermieter, darangemacht, das Beistelltischchen zu richten, über das sein Mitbewohner, der Informatiker Rabenicht, geklagt hatte. Er nahm es auseinander, schliff die Holznut sauber und leimte das Tischchen wieder zusammen.

Dabei ließ er sich von Rabenicht erklären, warum das neue Computerprogramm W7 nichts tauge. Dann sprachen sie übers Internet. Rabenicht wunderte sich, dass Ullmer keine Erfahrung damit hatte. Sonst schien er sich mit Computern ganz gut auszukennen.

In einer Villa auf dem Ulmer Michelsberg teilte die Sportstudentin und Tennis-Auswahlspielerin Nike Schülin auf ihrer Homepage mit, dass sie in der kommenden Woche in Ulm trainiere und welche Turniere sie im Frühjahr zu bestreiten gedenke. Sie war groß und blond und träumte von einer Zukunft, in der sie ihr eigenes Sportmarketing-Unternehmen betreiben würde.

Tamar parkte den Citroën schräg auf dem Gehsteig. Sie klingelte Sturm, dann rannte sie das Treppenhaus hoch. Atemlos hielt sie vor Hannahs Appartement ein. Hannah öffnete ihr. Tamar trat ein. Hannah schloss die Tür. Die beiden Frauen standen sich gegenüber. Tamar schaute Hannah in die irritierend ungleichen Augen. Sie atmete tief durch.

Donnerstag, 12. Februar

Die Jahrestagung der Paracelsus-Gesellschaft sollte am Freitag im Berliner Congress-Centrum eröffnet werden. Die Hausmeister und ihre Hilfskräfte, die von einer Zeitarbeitsfirma kamen, stellten das Podium auf. Mit ihnen war ein Schreiner gekommen, ein älterer, schweigsamer Mann, der sich ruhig und bedächtig daranmachte, das Podium richtig zu verankern.

Im Ulmer Neuen Bau teilte Kriminalrat Englin mit, dass er die Leitung der »Soko Thalmann« selbst übernommen habe; Kriminaldirektor Steinbronner sei nach Stuttgart zurückgekehrt, um dort die Vorbereitungen für den bevorstehenden Transport der Castor-Behälter von Gundremmingen nach Gorleben zu koordinieren.
Dann wandte er sich an Tamar. »Sie hatten in dieser Woche Kontakt mit der Tochter Thalmann?«, fragte er unvermittelt.
Kontakt? Allerdings kann man das so nennen, dachte sich Tamar. Zu ihrer eigenen Verwunderung wurde sie bei diesem Gedanken nicht einmal rot.
»Hannah Thalmann ist von ihrem Vater angerufen worden«, sagte sie in so unbeteiligtem Ton, wie es ihr möglich war. »Sie hat den Anruf als bedrohlich empfunden.« Tatsächlich hatte Hannah gesagt, plötzlich sei ihr alles wieder gegenwärtig gewesen: der lauernde Jähzorn und die Herrschsucht, die Angst der Mutter, ihre eigene Angst.
»Sie hat ihrem Vater gesagt, sie rede mit ihm nur, wenn er sich gestellt habe.« Dann fügte sie hinzu: »Als Erstes solle er mit Berndorf reden, hat sie von ihm verlangt.«
»Was soll das?«, fragte Englin ärgerlich. »Sie wissen, dass Berndorf beurlaubt ist.«
»Ich weiß das«, sagte Tamar. »Hannah Thalmann wusste es nicht. Woher auch. Ich kann es nicht ändern, dass sie denkt, am ehesten könnte Berndorf auf ihren Vater einwirken.«

»Sie werden das ihr gegenüber klarstellen«, sagte Englin.
»Ich verstehe nicht«, antwortete Tamar.
»Sie werden ihr sagen, dass ihr Vater bitte mit mir zu reden hat«, erklärte Englin gereizt.
Dann wurde über den Castor-Transport gesprochen. Die Waggons mit den verbrauchten Kernbrennstäben würde in Gundremmingen auf die Schiene gesetzt. Das mussten die bayerischen Kollegen absichern.
»In Ulm«, erklärte Hufschmid vom Staatsschutz-Dezernat, »werden wir vermutlich vor allem im Hauptbahnhof mit Blockadeaktionen zu rechnen haben. Kritische Punkte sind außerdem Zingler- und Erhardbrücke.«
Beide überspannten die Bahngleise, die eine südlich, die andere nördlich des Hauptbahnhofs.
»Heißt das, wir müssen alles sichern?«, fragte Markert. »Was das wieder Überstunden gibt.«
Englin erklärte, dass die Bereitschaftspolizei aus Biberach komplett in Ulm eingesetzt werde. »Vorrangig werden wir den Hauptbahnhof abschirmen.« Wenn Demonstranten den Ulmer Bahnhof besetzen könnten, dann würde das gar nicht gut klingen. Ganz abscheulich würde sich das anhören, ging es Englin durch den Kopf.
»Die jungen Kerle«, sagte Markert und dachte an das halbe Dutzend grauhaariger Türken, das die Bereitschaftspolizisten bei der Fahndung nach Thalmann angeschleppt hatten.

Englin bat Tamar nach der Konferenz, noch zu bleiben. »Ich habe Ihren Hinweis auf Berndorf als unpassend empfunden«, sagte er. Tamar blickte ihn unbeteiligt an. »Und außerdem möchte ich Sie nur zur Sicherheit darauf hinweisen, dass die von Berndorf geführten Ermittlungen eingestellt sind. Sie haben nichts davon weiterzuführen. Ist das klar?«
Tamar überlegte, ob sie Englin in den Bauch treten solle. Dann drehte sie sich schweigend um und ging.

In ihrem Büro rief sie als Erstes Rauwolf an. Der Görlitzer Kommissar klang merkwürdig. »Nein«, sagte er, »wir haben keine Hinweise auf die Kennzeichen, die Sie mir genannt haben.«

»Ich habe mir überlegt, ob ein Mietwagen benutzt worden ist«, sagte Tamar.

»Möglich«, antwortete Rauwolf zurückhaltend. »Aber da ist etwas anderes.«

Tamar wartete.

»Sie haben es auch hier über die politische Schiene versucht«, sagte Rauwolf. »Mir ist untersagt worden, wegen Twienholt oder Schülin weiterzuermitteln.«

Tamar atmete tief durch. »Tun Sie doch auch nicht. Wenn ich Ihnen ein Autokennzeichen nenne und frage, ob das in Görlitz gesehen worden ist – also das ist doch ganz unverfängliche Amtshilfe.«

Rauwolf zögerte. »Okay«, sagte er schließlich. »Sagen Sie mir, wenn ich etwas tun soll.«

Tamar ballte beide Fäuste. Niemand würde sie kleinkriegen. Nicht nach dem, was in Stuttgart war. Dann nahm sie das Telefon und begann, hinter den Autovermietern herzutelefonieren.

Freitag, 13. Februar, 18.30 Uhr

In seiner kleinen Suite im zwölften Stockwerk des Berlin Sheraton überarbeitete Professor Gustav Twienholt noch einmal das Manuskript seines Vortrags über den »Schlaf der Seele«. Er würde ihn am nächsten Vormittag vor einem Arbeitskreis halten, der sich mit dem Thema endogener Depressionen beschäftigen sollte. Im Nebenzimmer arbeitete seine Tochter an ihrem Make-up; sie wollte ihren Vater zum Eröffnungsabend begleiten.

Über Berlin-Tegel ließ sich der Pilot einer Maschine mit der Bundesgesundheitsministerin an Bord zur Landung einweisen, und die Ministerin sah den Text für die Begrüßungsrede vor der Paracelsus-Gesellschaft durch.

Vom Parkplatz vor dem Neu-Ulmer Donau-Hochhaus aus beobachtete Tamar die Lichterfront hoch über ihr. Der Parkplatz war von Bäumen gesäumt. Eine Linde bot ihr Schutz. Eberhard Schülin hatte vor einer Viertelstunde seinen metallic-blauen BMW hier geparkt und war in dem Hochhaus verschwunden. Er hatte nicht geklingelt, sondern hatte sich die Haustür selbst aufgeschlossen.
Ein umtriebiger Herr, dachte Tamar. Bei ihrem dritten Versuch heute hatte sie mit einer Automiet-Zentrale in Gütersloh gesprochen, und die Frau in der Buchhaltung hatte keine Zicken gemacht, sondern einfach nach dem Namen des Kunden gefragt. Dann war, freundlich und bestimmt, die Antwort gekommen. Schülin, Eberhard, wohnhaft in Ulm, hatte am 19. Januar in Nürnberg einen VW Passat angemietet und zwei Tage später dort zurückgegeben. Er hatte mit dem Wagen knapp 800 Kilometer zurückgelegt. Ein Blick auf die Karte genügte, um zu wissen, was das bedeuten konnte.
In dem Panoramafenster im elften Stockwerk hoch über ihr erlosch das Licht. Die Neu-Ulmer Kollegen würden ihr morgen sagen, wer dort oben wohnte.

In Ulm schaltete der Leitende Oberstaatsanwalt Müller-Köpf das ZDF ein. Es war kurz vor 19 Uhr, Müller-Köpf holte sich ein Bier aus dem Kühlschrank und dachte befriedigt an das Telefongespräch mit dem Staatssekretär. Schlauff hatte ihm volle Anerkennung für die umsichtige Behandlung der Anzeige Berndorf ausgesprochen und versichert, dass auch von Seiten der sächsischen Polizei keine weiteren Ermittlungen erfolgen würden.

Die Nachrichten lohnten das Anhören nicht, fand Müller-Köpf. Er verabscheute Parteiengezänk und nahm einen tiefen Schluck aus der Flasche, was er sich nur abends und allein erlaubte. Als er die Flasche absetzte, erschien auf dem Bildschirm eine Fotografie, eine Porträtaufnahme, die ihm merkwürdig bekannt vorkam.

»Schwere Vorwürfe gegen die deutsche Justiz und die badenwürttembergische Landesregierung haben die Medien in Israel erhoben«, sagte die Nachrichtensprecherin. »Nach Angaben der Tageszeitung ›Jerusalem Post‹ lebt der frühere KZ-Arzt Dr. Hendrik Hendriksen unbehelligt unter einem falschen Namen als emeritierter Hochschulprofessor in der baden-württembergischen Universitätsstadt Ulm.«

Auf dem Bildschirm wurde die Aufnahme aus dem Tübinger Universitätslabor eingeblendet, auf der Hendriksen zusammen mit Remsheimer und Samnacher zu sehen war. Die Kamera zoomte auf Hendriksens Kopf und machte das charakteristische Profil sichtbar.

»Hendriksen soll im Dritten Reich für zahlreiche Menschenversuche verantwortlich gewesen sein«, fuhr die Sprecherin fort. »Fast alle Opfer dieser Versuche starben oder wurden ermordet, berichtet die israelische Tageszeitung. Unter seinem falschen Namen erfreue sich Hendriksen in Deutschland hoher wissenschaftlicher Anerkennung und sei unter anderem mit dem Bundesverdienstkreuz am Bande ausgezeichnet worden.«

Auf dem Bildschirm erschien das Foto, das Twienholt zusammen mit dem Kultusminister und dem Ulmer Oberbürgermeister zeigte.

»O Gott, nein«, sagte Müller-Köpf.

Mittwoch, 18. Februar

»Es besteht nicht der geringste Zweifel«, sagte Ministerialdirektor Rentz und blickte Berndorf durchdringend aus blaugrauen und leicht blutunterlaufenen Augen an, »nicht der Hauch eines Zweifels, dass die ausländischen Veröffentlichungen zum Fall Hendriksen auf Material beruhen, das von Ihnen stammt.«

Berndorf war am Dienstag aus Israel zurückgekommen, und in seiner Post hatte er eine Vorladung des Personalchefs im Stuttgarter Innenministerium vorgefunden.

Jetzt saß er Rentz gegenüber. Zu seiner Verwunderung hatte der Ministerialdirektor keine Zeugen zu dem Gespräch gebeten.

»Ich werde mich in keiner Weise zu dieser Frage äußern«, sagte Berndorf. »Wenn es eine Frage ist.«

»Es ist keine«, antwortete Rentz. »Sie haben vertrauliche dienstliche Informationen aus einem schwebenden Verfahren, Amtsgeheimnisse also, an die Öffentlichkeit gegeben. Ich hoffe, dass Sie genügend Rechtskenntnis besitzen, um die strafrechtlichen Konsequenzen selbst abschätzen zu können.«

»Kein Kommentar«, sagte Berndorf. »Falls wir aber vom Fall Hendriksen sprechen: Der ist nach meinem Informationsstand kein schwebendes Verfahren. Oberstaatsanwalt Müller-Köpf hat es eingestellt.«

»Ich wiederhole: Es ist ein schwebendes Verfahren«, sagte Rentz eisig. »Inzwischen haben sich genügend Zeugen gemeldet, die den Arzt Hendriksen glauben identifizieren zu können. Es widerstrebt mir zwar, Ihnen Interna der Verwaltung mitzuteilen. Aber ich darf Ihnen doch sagen, dass der Minister und auch der Staatssekretär in geradezu außerordentlichem Maß erregt sind wegen der Verzögerung, mit der die wahre Identität des vorgeblichen Professors Twienholt aufgedeckt worden ist. Nur um Haaresbreite und unter äußerst peinlichen Umständen hat verhindert werden können, dass die Bundesministerin für Gesundheit unwissentlich einen ehemaligen Kriegsverbrecher mit Handschlag begrüßt.«

»Habe ich das richtig verstanden: Staatssekretär Schlauff ist wegen der Verzögerung – erregt?«, wollte Berndorf wissen.

»Ganz richtig«, sagte Rentz. »Er hat darauf bestanden, dass die Ermittlungen auch in der Sache Tiefenbach mit Hochdruck zu Ende zu bringen sind. Und zwar von Ihnen, um von keiner Seite einen irgendwie gearteten Zweifel aufkommen zu lassen. Deswegen, und nur deswegen, sehen wir auch davon ab, den Umständen der von mir eingangs erwähnten Veröffentlichungen nachzugehen. Sie werden diesen Fall abschließen, und danach werden Sie um eine Versetzung in eine andere Dienststelle nachkommen.«

Als Berndorf über die Autobahn nach Ulm zurückfuhr, fühlte er sich plötzlich leer. Einen Augenblick lang, oder vielleicht auch einige Stunden, hatte er Hochstimmung empfunden. Als das israelische Fernsehen die Fotos von Hendriksen 1944 und Twienholt 1982 einspielte, beide im Halbprofil, beide mit dem kühlen Selbstbewusstsein derjenigen, die schon immer die Sieger waren, beide groß und hager und hellhaarig und beide durch die Jahrzehnte kaum verändert geblieben: Da hatte er Genugtuung gefühlt. Genugtuung nicht nur für den armen Heinz Tiefenbach, der seinen Vater gesucht und doch nur dessen – und seinen eigenen – Mörder gefunden hatte. Genugtuung auch für andere, deren Väter nicht das Glück gehabt hatten, aus dem Krieg heimzukehren.

Jetzt fiel diese Genugtuung in sich zusammen. Hendriksen-Twienholt war enttarnt. Was aber war mit der Tochter, der nur gelegentlich praktizierenden Ärztin? Berndorf glaubte es zu wissen. Sie war es gewesen, die Tiefenbach betäubt und vergiftet hatte. Und ihr Mann, der computerkundige Wirtschaftsanwalt, war mit Tiefenbachs Schlüsseln nach Görlitz gefahren und hatte die Wohnung und den PC des Opfers durchsucht. Briefe und Fotos waren vermutlich längst im perfekt sicheren Reißwolf der Kanzlei vernichtet.

Nun ja, vielleicht war Schülins Wagen in Görlitz gesehen worden. Oder er selbst. Und in der Villa Twienholt würden sich vielleicht doch Fasern von Tiefenbachs Kleidung finden lassen, und in der Garage vielleicht Reifenabrieb oder Ölspuren seines Toyota. Berndorf schaltete das Autoradio ein, der Südwestfunk brachte Regionalnachrichten.
»Der ehemalige Wehrmachts-Arzt Dr. Hendrik Hendriksen«, sagte eine Sprecherin, »ist heute Nachmittag aus der Untersuchungshaft entlassen worden. Wie ein Sprecher des Justizministeriums in Stuttgart erklärte, sei dem inzwischen 86-jährigen Mann in mehreren ärztlichen Gutachten Haftunfähigkeit bescheinigt worden.«
Berndorf lächelte. Es war kein fröhliches Lächeln. Im nächsten Augenblick sah er die Rücklichter eines Lastwagens fast unmittelbar vor seinem Citroën. Mit voller Wucht trat er auf die Bremse und fing seinen Wagen gerade noch ab.

Im Speisesaal des ICE »Richard Wagner« von Berlin nach Nürnberg saß ein älterer Mann vor einem Glas Tee und starrte in die Dämmerung. Twienholt – oder Hendriksen, wie er in Wahrheit hieß – war ihm entkommen. Dabei war es ein guter Plan gewesen. In aller Öffentlichkeit und sogar vor den Fernsehkameras hätte man ihn und das Geständnis Twienholts anhören müssen. Niemand mehr hätte seine Ohren davor verschließen dürfen, dass er vorsätzlich vergiftet worden war. Dass man ihn planmäßig und heimtückisch ruiniert hatte, um ihn und seine Familie um ihr Glück zu bringen. So war es doch gewesen, und auch Hannah würde ihm glauben müssen.
Bei diesem Gedanken verfinsterte sich seine Miene. Zweimal hatte er es gewagt, seine Tochter anzurufen. Aber sie verstand ihn nicht. Sie hatte gesagt, sie werde erst mit ihm reden, wenn er sich der Polizei gestellt habe. Oder wenigstens solle er diesen Kommissar anrufen, hatte sie verlangt. Aber woher sollte sie auch verstehen, dass erst die Wahrheit ans Licht kommen

musste, ehe auch nur an ein Gespräch über seine Rückkehr nach Mariazell zu denken war. Schade, dass es im Congress-Centrum plötzlich diesen ganzen Wirbel gegeben hatte und Twienholt gar nicht erst erschienen war.

Nun ja, dachte er dann: neues Spiel. Zu lustig, dass er um ein Haar dem Informatiker Rabenicht gesagt hatte, er solle seinen Beistelltisch gefälligst selber leimen.

Aber kleine Gefälligkeiten zahlen sich doch immer aus. Rabenicht hatte ihm seinen Internetanschluss vorgeführt.

Was die Leute nicht alles auf ihren Home-Pages mitteilen.

Freitag, 20. Februar, 9 Uhr

»Das verstehe wer mag«, sagte der Fuhrparkleiter des städtischen Tiefbauamtes. »Ich nicht.«

»Wagen is weg, Chef«, wiederholte der Vorarbeiter Yilmaz und wies auf die leere Box.

»Schon recht«, antwortete der Fuhrparkleiter. »Aber wer klaut schon einen alten Lieferwagen mit Gasmessgerät?« Er ging in sein Büro zurück und rief die Polizei an.

Ein Beamter im Neuen Bau erklärte ihm, dass er jetzt niemand vorbeischicken könne.

»Mir ist das auch nicht so wichtig«, sagte der Fuhrparkleiter. »Ich hab' nur gedacht, Sie sollten wissen, dass hier einer zwischen Ulm und Memphis mit einem städtischen Wagen herumfährt. Der kann sich als sonst was ausgeben.«

»Ich hab' es notiert«, sagte der Beamte. »Aber im Augenblick können wir wirklich nichts tun. Verstehen Sie uns bitte: Da ist diese Demonstration am Hauptbahnhof.«

Angewidert betrachtete Markert das Gedränge auf der Zinglerbrücke. Mitten im Berufsverkehr hatten sich Demonst-

ranten zwischen die Autoschlangen gestellt. Wenig später war auf den Zubringerstraßen der Verkehr zusammengebrochen. Als die eingekeilten Autos weiterfahren durften, war die Brücke bereits fest in der Hand der Demonstranten. Transparente hingen über das Brückengeländer bis fast auf die Fahrleitungen herunter. Und im Hauptbahnhof stand eine Hundertschaft von Bereitschaftspolizisten nutzlos in und vor der Schalterhalle herum.
Markert hatte keine Lust, die Brücke räumen zu lassen. Wieso sollten seine Leute eigentlich ihren Buckel hinhalten für die Dividenden der Stromkonzerne? Neben ihm stand Blocher und beobachtete die Demonstranten aus einem Feldstecher. Was hat dieser Idiot hier verloren?
Auf dem Gehsteig der Brücke erschien ein Mensch in einer abgerissenen Lederjacke. Er schob vier Einkaufswagen vor sich her. »Ich hab' sie aus dem Tengelmann da unten«, erklärte er. »Wir brauchen sie nur von der Brücke auf die Fahrleitungen zu schmeißen. Dann gibt es einen Kurzschluss und nichts mehr geht.«
Ein rundlicher Mann mit langen fettigen Haaren und einem Megaphon stellte sich vor ihn. »Das ma-ma-machen wir nicht«, sagte er entschieden. »Ein solcher Sch-Sch-Scheiß läuft hier nicht.« Es war der Sprecher der regionalen Anti-Atomkraft-Komitees und er stotterte nur, wenn er kein Mikrofon benutzen konnte.
Eine aufgeregter Junge mit langen blonden Haaren drängte sich zu ihm durch. »Bloß nicht«, sagte er. »Das ist der Hugler. Ein Polizeispitzel.« Er schob sich an den Einkaufswagen vorbei und ohrfeigte den Mann in der Lederjacke.
»Die schlagen einen meiner Leute zusammen«, sagte Blocher zu Markert. »Wollen Sie vielleicht jetzt eingreifen?«
»Scheiße«, sagte Markert. »Was hat Ihr Mann hier zu suchen?« Aber es war zu spät. Die Bereitschaftspolizisten hatten sich mit heruntergeklapptem Schutzvisier und Schlagstöcken in Bewegung gesetzt. Von der Brücke flogen die ersten Steine.

Freitag, 20. Februar, 10 Uhr

Zornig hatte Nike schon wieder eine Rückhand verschlagen. Sie haßte diese angemuffte Trainingshalle, und plötzlich entdeckte sie, daß sie Ulm überhaupt verabscheute. Sie hatte schon diese Geschichte mit ihrem Großvater nicht verstanden; irgendeine Sache aus dem Krieg brühten sie da auf, was konnte das mit ihr und ihrem Großvater zu tun haben, und wie konnte es sein, daß sie im Fernsehen Bilder von ihrem Großvater brachten wie von einem – ja, wie von einem Bankräuber oder Kindermörder, dachte sie und verschlug schon wieder. Wenigstens hatten sie diesen täppischen Polizisten abgezogen, der ihr während der letzten Tage unter dem Vorwand hinterhergelaufen war, er sei ihr Personenschutz.

»Du bist wirklich nicht besonders gut drauf«, sagte ihr Trainer Brian, und Nike antwortete, daß ihr seine blöden Kommentare heute gerade noch gefehlt hätten.

Das Groteske war, daß die Geschichte immer weiterging und daß am Morgen jede Menge Polizei im Haus war und alles auf den Kopf stellte, als ob ihr Großvater tote Juden im Kleiderschrank versteckt hätte.

Einer der Polizisten, der aber keine Uniform trug, ein Grauhaariger mit unangenehmen Augen, hatte ihr ein Foto von einem nichtssagenden Menschen gezeigt: ob sie den im Haus oder in Ulm gesehen hätte?

Nein, hatte sie geantwortet und hinzugefügt, in ihrer Familie verkehrten Leute von etwas anderem Zuschnitt.

Sie verstand auch nicht, was mit ihren Eltern los war, sie rotierten kurz vor der Panik. An den toten Juden oder toten Kriegsgefangenen hatten doch sie keine Schuld. Großvater aber war zusammengeklappt, und das hätte sie denn doch nicht gedacht. Wie eine Marionette, der man den Faden abgeschnitten hat. Erst jetzt sah man, daß er alt war, entsetzlich alt.

»Stopp!«, sagte Brian. »Das macht keinen Sinn. Komm wieder, wenn du deine fünf Sinne beisammen hast.«

Es war später Vormittag, und draußen regnete es. Nike hatte keine Lust, in den Waschräumen der Trainingshalle zu duschen; dort roch es zu sehr nach Internat und Desinfektionsmitteln. Sie zog sich rasch um und ging mit ihrer Sporttasche auf den Parkplatz, wo sie ihren Porsche abgestellt hatte. Ein städtischer Lieferwagen war so dicht daneben geparkt, dass sie sich nur mit Mühe auf den Fahrersitz hätte quetschen können. In dem Wagen saß ein Mann. Er schien Frühstückspause zu machen oder zu dösen. Sie verstaute die Sporttasche in ihrem Kofferraum und ging dann zu dem Mann hinüber. Sie klopfte ans Seitenfenster.
Der Mann schien hochzuschrecken. Er öffnete die Tür und stieg aus.
»Sie blockieren meine Türe«, sagte Nike. »Fahren Sie bitte raus, dass ich einsteigen kann.«
Der Mann sah sie an. Plötzlich packte er sie am rechten Handgelenk. Mit der anderen Hand hielt er ihr ein schmales, dünnes glitzerndes Ding vor die Augen. »Ganz ruhig«, sagte der Mann. »Keine unbedachte Bewegung. Nicht schreien. Dieses Messer macht scheußliche Verletzungen. Sie würden nie wieder Tennis spielen können.«
Erst jetzt erkannte Nike, was der Mann in der Hand hielt.

Freitag, 20. Februar, 11 Uhr

Vor der Zinglerbrücke ließ Englin, der die Einsatzleitung übernommen hatte, die Zufahrtsstraße räumen, damit er den Wasserwerfer in Stellung bringen konnte. Drei vermummte junge Männer befestigten Stahlkarabiner am Brückengeländer und begannen damit, sich vorsichtig am Fahrleitungsdraht vorbei in den lichten Raum über den Bahngleisen hinabzulassen.
Im Wagen der Einsatzleitung wurde ein Anruf an Englin durchgestellt. Er nahm den Hörer auf.
»Nein«, sagte er dann und spürte, dass das Zucken seines Lids überhaupt nicht mehr aufhören wollte. »Nicht auch das noch.« Dann fiel ihm etwas ein. »Berndorf soll das übernehmen. Wozu ist er wieder da?«

Die Durchsuchung der Villa Twienholt-Schülin war abgeschlossen, ebenso die der Kanzlei des Wirtschaftsanwalts Schülin. Dort, in dem Bürohaus auf der Promenade, hatte Tamar den Einsatz geleitet. Eberhard Schülin hatte sich entschlossen, das Vorgehen der Polizei mit der Miene eisiger Verachtung zu ertragen. Neben ihm stand seine Sekretärin, eine auffallend junge Frau mit langen dunklen Haaren. Aus den mandelförmigen dunklen Augen, mit denen sie Tamar fixierte, sprühte kalter Hass.
Tu nicht so, Mädchen, dachte Tamar. Ich weiß, warum du dich neben dem Anzugträger da aufgebaut hast.
Schülin protestierte erst, als Tamar verlangte, er möge seinen Tresor öffnen. »Ich bewahre hier vertrauliche Unterlagen meiner Mandanten auf. Sie sind durch das Anwaltsgeheimnis geschützt.« Tamar schüttelte den Kopf und tippte nur kurz auf den Hausdurchsuchungsbefehl, den sie ihm auf den Schreibtisch gelegt hatte.
Schülin hob resignierend beide Hände. Als er sich zum Tresor wandte, glaubte Tamar ein schmales Lächeln auf seinem Ge-

sicht zu sehen. In dem Tresor waren Kontoauszüge, Depotaufstellungen, Vertragsentwürfe und zwei Handlungsvollmachten. Es war nicht sehr eindrucksvoll, fand Tamar. Nichts, was nach dem wirklich großen Geld aussah. Bei einem Anwalt mit einem solchen Büro hätte sie mehr erwartet.

Dann wollte sie noch seinen Wagen sehen. Schülin zuckte gleichgültig mit den Achseln. Er ging ihr voran nach unten auf den Parkplatz und öffnete seinen BMW.

Tamar warf einen Blick in den Kofferraum und sah dann den Innenraum durch. »Wohin sind Sie eigentlich mit dem Passat gefahren, den Sie in Nürnberg gemietet haben?«, fragte sie in beiläufigem Ton und öffnete das Handschuhfach. Sie glaubte zu spüren, wie von Schülin ein Stück seiner Selbstgefälligkeit abfiel.

»Ich sehe überhaupt keinen Grund, mit Ihnen zu kooperieren«, sagte er feindselig.

Zusammengeknüllt lag im Handschuhfach ein Paar weißer Handschuhe.

»Ach!«, sagte Tamar. »Haben Sie bei einem Unfall erste Hilfe geleistet?«

In diesem Augenblick begann der Polizeifunk zu quäken. Tamar steckte die Gummihandschuhe in eine Klarsichthülle und ging damit zu ihrem Wagen. Sie hörte Berndorfs Stimme: »Tamar, sichern Sie bitte alles und kommen Sie dann zum Münsterplatz. Wir haben hier eine Geiselnahme.«

Polizisten, die eilig vom Hauptbahnhof hergeholt worden waren, zogen Absperrungen um den Platz vor dem Münster. Tamar parkte ihren Wagen vor dem neuen Stadthaus mit seinen runden weißen Wänden und Durchgängen. Am Hauptportal des Münsters hatten Polizisten Stellung bezogen, als müssten sie die Kirche im Häuserkampf nehmen. Zwischen Streifenwagen sah Tamar den grünen Kleinbus der Einsatzleitung. Sie erkannte darin Berndorf, der konzentriert in ein

Telefon sprach. Kurz sah er auf und winkte ihr zu. Neben dem Wagen stand der Chef der Schutzpolizei. Was denn los sei, fragte sie.

»Jetzt sind alle verrückt geworden«, sagte Markert. »Unten beim Bahnhof spielt Englin Bürgerkrieg. Und dort oben«, er deutete zu den Regenwolken hoch, in denen das Münster verschwand, »dort oben ist Thalmann. Er hat eine junge Frau als Geisel.«

Tamar schüttelte den Kopf. »Das ist nicht wirklich wahr.«

»Doch«, sagte Markert, »er hat sie untergehakt und ist mit ihr in die Kirche gegangen und hat zwei Karten für den Turm gekauft. Und dann ist er mit ihr nach oben, sie voraus und er dicht hinter ihr, niemandem sind sie aufgefallen, und oben hat er das Messer einem Steinmetz gezeigt und ihn hinuntergeschickt und ihm gesagt, wer er ist und dass niemand mehr auf den Turm darf, sonst schneidet er der jungen Frau den Hals durch.«

»Und was bitte will er damit erreichen?«

»Keine Ahnung«, sagte Markert und hob resigniert die Schultern.

In dem Kleinbus sprach Berndorf mit einem jungen Mann in staubiger Arbeitskluft. Der junge Mann war Steinmetz bei der Münsterbauhütte und allein oben in der Türmerstube gewesen, als plötzlich ein Paar auf ihn zutrat.

»Totenblass stand das Mädchen vor mir und sagte, ich soll um Gottes willen tun, was der Mann verlangt. Der Kerl stand hinter ihr, und erst hab' ich absolut nichts begriffen. Aber dann hab' ich das offene Rasiermesser gesehen. Er hat es ihr an den Hals gehalten.«

Berndorf wollte etwas fragen, dann schwieg er. Durch die Regenwolken drang der bretternde Krach eines Hubschraubers. Berndorf griff zum Telefon, Tamar hörte, wie er dem Gesprächspartner am anderen Ende der Leitung erklärte, er

solle diese Idioten wegschicken. »Ich will keine Kriegsspielerei, und ich will kein Sondereinsatzkommando. Jetzt nicht.«
Dann fragte er den Steinmetz, ob es ein Telefon oben auf dem Münster gebe. »Die Münsterkirchengemeinde hat einen Anschluss oben«, antwortete der junge Mann. »Sie können durchwählen.«

Berndorf gab die Nummer ein, niemand meldete sich. Dann versuchte er es noch einmal. Schließlich wurde der Hörer abgenommen. Ein Mann sagte: »Ja?«
Berndorf nannte seinen Namen und fragte, ob er mit der Türmerstube des Münsters verbunden sei. »Wer sind Sie?«, fragte der Mann zurück. Berndorf wiederholte seinen Namen, und sagte, dass er Kriminalkommissar sei.
»Ich habe von Ihnen gehört«, sagte der Mann. »Meine Tochter hat mir gesagt, dass ich Sie anrufen soll. Nun haben Sie mich ja erreicht.«
»Es wäre besser gewesen, Herr Thalmann, Sie hätten früher mit mir gesprochen«, sagte Berndorf.
Die Polizei müsse schon ihm selbst überlassen, wann er mit ihr rede, antwortete der Mann. Was der Kommissar überhaupt von ihm wolle?
»Nichts. Sie sind es, der etwas von uns will«, antwortete Berndorf. »Wir können jetzt darüber sprechen, oder ich gebe Ihnen meine Nummer in der Einsatzleitung, hier unten auf dem Münsterplatz. Sie können dann anrufen, wenn Sie wissen, was Sie eigentlich wollen.«
»Wer sagt Ihnen denn, dass ich das nicht weiß?«
»Sie wollen also mit mir verhandeln?«, fragte Berndorf. »Ich höre Ihnen zu. Vorausgesetzt, dass ich zuerst mit der jungen Frau sprechen kann. Und dann können wir darüber reden, wie es in den nächsten Stunden weitergehen soll.«
»Wir reden über gar nichts«, sagte Thalmann wütend. »Sie hören jetzt meine Bedingungen, und sonst ist nichts. Erstens

will ich, dass mit dem Lastenaufzug ein tragbares Fernsehgerät hier zu uns heraufgeschickt wird. Zweitens will ich, dass eine Fernsehanstalt eine Direktübertragung hier vor dem Münster macht. Die Kameras sollen auf den Turm gerichtet sein, sodass man auf dem Bildschirm sehen kann, ob jemand außen am Turm hochklettert. Wenn einer trickst, ist die junge Frau hier tot.«

Thalmann machte eine Pause. »Sie ist auch tot, wenn jemand die Treppe zur Türmerstube hochkommt«, fuhr er dann fort. »Damit Sie sich keine Illusionen machen: Bei beiden Wendeltreppen, beim Aufgang und beim Abgang, habe ich die oberen Zugangsgitter geschlossen und mit Vorhängeschlössern gesichert. Ich höre es, wenn Ihre Leute es aufbrechen werden.«

»Ich habe Ihnen nicht zugehört«, sagte Berndorf. »Denn ich will zuerst mit der jungen Frau sprechen.«

»Die kann nicht her. Die ist angebunden.«

»Dann binden Sie sie los. Oder bringen das Telefon zu ihr.«

Thalmann schwieg einen kurzen Augenblick. Vielleicht ist er doch nicht ganz verrückt, dachte Berndorf. Plötzlich drang eine verzerrte Stimme an sein Ohr.

»Ich bin Nike Schülin«, sagte die Stimme. »Ich bin unverletzt. Bitte tun Sie, was dieser Mann verlangt.«

Scheiße, dachte Berndorf. Warum muss es jemand ausgerechnet aus dieser gottverdammten Familie sein. Dann fiel ihm ein, dass es darauf nun wirklich nicht ankam.

Draußen war wieder das Brettern des Hubschraubers zu hören. Verkehrspolizisten hatte die Neue Straße gesperrt, damit der Helikopter dort, auf der vierspurigen Stadtdurchfahrt landen konnte. Minuten später schwang sich Steinbronner in den Wagen der Einsatzleitung.

»Lage?«, fragte er grußlos. Berndorf erläuterte knapp.

»Ernst«, sagte Steinbronner, »sehr ernst. Es ist Ihr Schlamassel. Aber Sie haben meine volle Rückendeckung.«

Ja, dachte Berndorf: Wenn es gut geht.

Freitag, 20. Februar, 12 Uhr

Berndorf hatte es übernommen, Nikes Eltern zu verständigen. Und er musste Hendriksen sprechen. Denn Thalmann hatte ihm einen Auftrag mitgegeben.
In der Villa auf dem Michelsberg öffnete ihm Eberhard Schülin. Sein Gesicht versteinerte sich, als er den Kommissar sah. Berndorf versuchte, ihm möglichst ruhig zu sagen, was geschehen war. Dass die Polizei die Lage unter Kontrolle habe.
»Unter Kontrolle?«, fragte Schülin. »Was sagen Sie da? Sie machen hier absurde Hausdurchsuchungen, führen sich auf, als wären wir Betrüger oder Mörder, und gleichzeitig lassen Sie es zu, dass unsere Tochter von einem Verbrecher entführt wird? Das nennen Sie die Dinge unter Kontrolle haben?« Plötzlich fing er an zu schreien. »Das haben Sie vorsätzlich inszeniert. Nackter Terror ist das, ein Polizeiverbrechen, wie es die Stasi nicht gewagt hätte!« Seine Frau Anne-Marie erschien in der Halle. »Sie haben Nike…«, sagte Schülin. Er traute sich nicht, den Satz zu Ende zu sprechen.
Dr. Anne-Marie Schülin – Berndorf nahm an, dass sie den Zweitnamen Twienholt nicht mehr führte – war noch blasser als sonst. Sie brach nicht zusammen, als Berndorf ihr von der Geiselnahme berichtete. Sie schrie auch nicht. Sie sah Berndorf nur mit intensivem, kaltem Hass an.
»Es ist noch etwas«, sagte Berndorf. »Der Geiselnehmer Wolfgang Thalmann hat eine eigentümliche Forderung. Er will, dass Ihr Vater – Herr Dr. Hendriksen – vor laufenden Fernsehkameras seine Schuld bekennt. So hat es Thalmann ausgedrückt. Ihr Vater soll erklären – ach, ich lese Ihnen am besten vor, was mir Thalmann am Telefon diktiert hat…« Berndorf holte seinen Notizblock heraus.
»Also: Ich – Dr. Hendrik Hendriksen – habe unzählige Menschen bei verbrecherischen medizinischen Experimenten misshandelt und ermordet. Mein Ziel war es, Medikamente zu finden, mit denen ich meine Mitmenschen beherrschen und sie

meinem Willen unterwerfen kann. Ich habe den Willen und die Seele dieser Menschen zerstört. Ich habe ihre Persönlichkeit vorsätzlich verändert. Zu den Opfern meiner Machenschaften gehört auch Wolfgang Thalmann. Ich habe dazu beigetragen, seine Familie zu zerstören. In seinem Prozess habe ich falsch gegen ihn ausgesagt und so mitgeholfen, ein Justizverbrechen zu verüben.«

Berndorf machte eine Pause und schaute Anne-Marie Schülin an. »Diesen Text soll Ihr Vater verlesen. Vielleicht sollte ich noch sagen, dass ein solches erzwungenes Bekenntnis rechtlich überhaupt keine Bedeutung hat.«

»Heucheln Sie doch nicht so«, sagte Schülin, »Sie wollen uns vorführen. Sie sind es doch, der das alles angestiftet hat.«

Anne-Marie Schülin sagte, sie werde mit ihrem Vater reden.

Berndorf wartete lange, allein vor einem Fenster stehend. Eberhard Schülin war wortlos weggegangen. Schließlich kam Anne-Marie Schülin wieder. Berndorf wandte sich ihr zu. Sie war totenblass im Gesicht.

»Mein Vater ist nicht ansprechbar«, sagte sie. »Er verschließt sich.« Sie trat einen Schritt auf Berndorf zu. »Warum geschieht uns das alles? Warum bricht plötzlich alles zusammen? Was haben wir bloß getan?«

Berndorf betrachtete sie aufmerksam. Das kennst du doch, dachte er sich: Das Selbstmitleid ist das Letzte, was ihnen bleibt. »Sie müssen nicht mich fragen, was Sie getan haben«, sagte er. »Das wissen Sie selbst am besten.«

Anne-Marie Schülin warf ihm einen fahlen Blick zu: »Wollen Sie selbst einen Versuch bei meinem Vater machen? Vielleicht erreichen Sie ihn eher als ich.«

Dann ging sie ihm voran.

Hendriksen saß in einem Lehnstuhl vor der weiten Fensterwand. Er starrte in den Himmel über der Stadt, in der groß und bedrohlich das Münster aufragte.

Berndorf trat neben ihn. »Ihre Enkelin ist dort, Dr. Hendriksen«, sagte er und zeigte auf das Münster. »Haben Sie verstanden, was das bedeutet?«
Hendriksen wandte ihm den Kopf zu. Seine verschwimmenden wasserblauen Augen waren leer. Leer und berechnend zugleich. »Nike ist doch hier. Da steht sie ja«, sagte er und wies auf seine Tochter Anne-Marie.
»Ich glaube Ihnen nicht«, sagte Berndorf. »Die Ärzte mögen Sie haftunfähig schreiben. Das ist deren Problem. Aber vor mir spielen Sie nicht den Mielke. Ihr Enkelin ist in Todesgefahr. Sie können etwas für sie tun. Es ist nicht zu viel verlangt.«
»Ich verstehe die Namen nicht, die Sie mir geben«, sagte Hendriksen. »Ich bin ein alter Mann. Lassen Sie mich in Ruhe. Nike ist ein braves Mädchen. Die macht keine solchen Streiche.«
»Es hat keinen Zweck«, sagte Anne-Marie Schülin. Sie berührte Berndorf am Arm, dann zuckte ihre Hand zurück. »Niemals wird mein Vater etwas für einen anderen Menschen tun, nicht wahr, Papa?«
Hendriksen schüttelte den Kopf. »Ich will schlafen. Lasst mich allein.«
»Vielleicht kann ich mit diesem Menschen – diesem Thalmann reden«, sagte Anne-Marie Schülin.

Auf dem Münsterplatz waren Kameras aufgestellt, und neben dem Bus der Einsatzleitung vor dem Stadthaus stand ein Übertragungswagen des Privatsenders CNS. Thalmann hielt mit seiner Geisel schon über zwei Stunden den Münsterturm besetzt. Steinbronner hatte das Fernsehgerät und dazu belegte Brote über den Lastenaufzug in die Türmerstube bringen lassen.
Die Landesschau hatte zwar die Zumutung, eine Geiselnahme live zu übertragen, entrüstet abgewiesen. Aber die CNS-Leute waren sofort eingestiegen, als das Innenministerium angefragt

hatte. Ein Mensch mit Rasta-Locken sprach mit weihevoll gedämpfter Stimme in ein Mikrofon. Gerade sei ein Mitarbeiter von Kriminaldirektor Steinbronner mit einer eleganten Frau eingetroffen, sagte er, und dass es ein Raunen in der Menge hinter der Absperrung gebe, weil – wie er gerade erfahre – die elegante, gefasste Frau die Mutter der jungen Tennisspielerin Nike Schülin sei, die oben auf dem Turm als Geisel um ihr Leben zittert.

»Der Großvater will oder kann nicht«, berichtete Berndorf. »Aber die Mutter möchte reden.« Er nahm das Telefon. Nach längerem Läuten meldete sich Thalmann.

»Dieser Mann Hendriksen oder Twienholt ist zusammengebrochen«, sagte Berndorf. »Er ist nur noch ein seniler Greis. Und er geht nicht vor die Kameras. Die Mutter des Mädchens ist aber bereit, vor den Kameras zu sprechen. Sie hat mir gesagt, sie wisse inzwischen alles. Und sie werde alles sagen.«

»Ich weiß nicht, ob mir das genügt«, sagte Thalmann.

»Wie es aussieht, können Sie Hendriksen nicht mehr zur Rechenschaft ziehen. Wir auch nicht. Er versteht nichts mehr. Und wenn Sie ihm die Wahrheit um die Ohren schlagen. Er schaut Sie aus wässerigen blauen Augen an und will seinen Mittagsschlaf. Hören Sie die Tochter an.«

»Mir gefällt das nicht, Berndorf«, sagte Thalmann. »Ihr wollt mich linken. Sie sollten es besser wissen. Mich legt keiner mehr herein.«

»Ich hab' gar kein Interesse daran, Sie reinzulegen«, antwortete Berndorf. »Schauen Sie: Dem alten Kropke haben Sie doch auch nichts getan. Vermutlich, weil er senil ist. Absolut gaga.«

»Was hat das jetzt mit uns zu tun?«

»Weil Hendriksen, oder Twienholt, wenn Sie ihn unter diesem Namen besser kennen, sich im gleichen Stadium befindet. Er ist weggetreten. Es hat keinen Sinn, ihn zur Rechenschaft ziehen zu wollen. Hören Sie seine Tochter an.«

Freitag, 20. Februar, 13.30 Uhr

Nach einer Bedenkzeit hatte sich Thalmann erneut gemeldet.
»Die Mutter soll sprechen. Aber es muss so sein, dass keine Fragen offen bleiben.«
Wenig später stellte sich Anne-Marie Schülin vor die CNS-Kamera, das Münsterportal im Hintergrund, ließ sich ein Mikrofon anstecken und zeigen, wohin sie schauen solle. Sie hatte ihren Mantelkragen hochgeschlagen und hielt das Revers vor ihrer Brust mit der Hand zusammen. Sie sah aus, als könne sie sich kaum mehr auf den Beinen halten. Aber sie hatte es abgelehnt, sich vor der Kamera auf einen Stuhl zu setzen.
»Ich bin die Tochter von Dr. Hendrik Hendriksen«, begann sie. »Dass er so heißt, habe ich erst erfahren, als ich eine erwachsene Frau war...«

Der Wasserwerfer begann, die Brücke zu räumen. Die drei Kletterer hatten sich unter der Brücke verankert und blockierten die Fahrgleise der Strecke nach Neu-Ulm und Augsburg.
Der Strom für die Fahrleitung war abgeschaltet, und die Männer des Sondereinsatzkommandos Göppingen machten sich daran, die drei Kletterer herunterzuholen.
Mit halbstündiger Verspätung lief der Intercity aus Stuttgart auf einem Nebengleis ein. Alle anderen Gleise waren blockiert

von den Zügen, die nicht weiterkonnten. Auf dem Bahnsteig kam Hannah auf Tamar zu, blass, wie immer schwarz gekleidet und die ungleichen Augen fest und entschlossen. Die beiden Frauen schlossen sich in die Arme. Tamar spürte Hannahs feste Brüste, und ihre Beine begannen zu zittern. Für all so was ist jetzt nicht die Zeit, rief sie sich zur Ordnung.

Yvonne hatte die Kanzlei hinter sich abgeschlossen und war über die Donaubrücke in ihr Appartement im Donau-Hochhaus gegangen. Zuvor hatte Eberhard angerufen und ihr gesagt, sie solle alle Termine absagen. Vermutlich stand seine schreckliche Frau daneben, denn eigentlich musste er wissen, dass es keine Termine gab.
Dann hatte er gesagt, dass Nike entführt worden sei. Und aufgelegt. Yvonne fand das theatralisch. Später hatte sie in den Nachrichten mehr davon gehört. Sie hatte diese hochnäsige, Tennis spielende Barbiepuppe noch nie ausstehen können. Aber natürlich war es eine schreckliche Geschichte. Und sie musste überlegen, wie sie sich Eberhard gegenüber verhalten sollte. Sie musste ihm zeigen, dass sie betroffen war. Und dass sie Anteil nahm.
Sie schaltete den Fernseher ein und zappte durch die Programme.
In den Nachrichten hatte es geheißen, der Entführer bestehe auf einer Fernsehübertragung. Plötzlich hatte sie das Münster auf dem Bildschirm. Yvonne setzte sich. Die Kamera schwenkte nach unten. Vor dem Münsterportal stand eine Frau, in einen Wintermantel gehüllt. Die Kamera fuhr auf sie zu und zeigte das Gesicht in der Totalen. Sie ist wirklich hässlich, dachte Yvonne voller Genugtuung.
»Ich bin in einem Dorf bei Saulgau aufgewachsen«, sagte die Frau. »Von unserem Haus sagte man nur, dass es die Villa sei, und mein Vater holte mich manchmal im Wagen von der Schule ab, als noch kaum jemand ein Auto hatte. Mein Vater

war groß und klar und streng, und niemand hat ihm widersprochen, ganz gewiss nicht meine Mutter. Sie war Französin, aber sie wollte nicht nach Frankreich zurück. Und sie verbrachte ihr Leben damit, den Haushalt so zu führen, dass mein Vater nichts zu beanstanden hatte. Und wir hatten viel Besuch, Gäste aus der Schweiz, die lange mit Vater in seinem Arbeitszimmer konferierten. Einer hieß Jean-Christoph Toedtwyler, ich sollte Onkel zu ihm sagen, und er brachte mir Schweizer Schokolade mit, als das noch etwas Besonderes war. Aber das wollen Sie nicht wissen, wer immer Sie sind, da oben auf dem Turm.«
Ich will das eigentlich auch nicht wissen, dachte Yvonne. Mit diesem Gerede hilfst du deiner Tochter ganz gewiss nicht aus der Patsche. Und ich hab' dann den heulenden Eberhard auf dem Hals.
»Als wir nach München und später nach Ulm umgezogen sind«, sagte die Frau auf dem Bildschirm, »lebten wir ein Leben, in dem es keine Schatten gab. Scheinbar keine Schatten. Eines Abends, es war im November, sagte mir meine Mutter, dass es in unserer Familie etwas gebe, das besser verborgen bleibe. Zu jener Zeit wurde mir bewusst, dass sie unglücklich war. Ich wusste noch nicht, dass sie Krebs hatte.«
Die Frau machte eine Pause und schaute um sich. Offenbar wollte sie etwas zu trinken. Die Kamera schwenkte nach oben und zeigte den wolkenverhangenen Turm.
Die Kamera kehrte zu der Frau zurück. »Einmal, ich war 18, fiel mir ein Band der Reiseberichte des Fürsten Pückler in die Hand. Er hatte in England eine reiche Erbin gesucht, um sie zu heiraten und sich seine rechtmäßige Frau künftig als Geliebte zu halten. Pückler war versessen, den vollkommenen Park anzulegen, in Muskau, wo er ein Schloss hatte. Mir fiel ein, dass mein Vater in Muskau geboren war. Ich kam zu ihm und sagte, dass er mir dieses Muskau und seinen Park unbedingt zeigen müsse. Sein Gesicht wurde hart und kalt, und er sagte, dass dieses Muskau von den Kommunisten zerstört sei. Und dass er nie wieder daran erinnert werden wolle.«

Tamar stieg in den Wagen der Einsatzleitung. Hannah folgte ihr. Berndorf begrüßte sie wortlos mit einer Handbewegung und starrte weiter auf den Monitor. Immerhin rutschte er zur Seite, sodass sich die beiden Frauen neben ihn auf eine Sitzbank setzen konnten.

»Meine Mutter starb«, sagte Anne-Marie Schülin. »Nach der Beerdigung fragte ich meinen Vater, warum eigentlich von seiner Seite keine Verwandten gekommen seien, und warum es in unserem Leben überhaupt nie jemand von den Twienholts gegeben habe. Damals gab es für die Leute aus der DDR unter bestimmten Umständen Ausreisegenehmigungen, und ich sagte ihm das. Mein Vater wurde so blass, wie er es nicht einmal beim Tod meiner Mutter gewesen war.«

Die Frau machte eine Pause. Die fällt gleich um, dachte Tamar. Dann schien ein Ruck durch Anne-Marie Schülin zu gehen.

»Dann sagte er es mir. Dass er nicht in Muskau geboren wurde. Dass er Hendrik Hendriksen heiße. Dass er im Krieg wichtige Forschungsaufträge wahrgenommen habe. Dass er deswegen in Gefahr gewesen sei. Und dass das jetzt alles der Vergangenheit angehöre. Unser Leben ist hier und heute, sagte er.«

»Als Medizinstudentin bin ich dann durch einen Zufall auf den Namen Hendrik Hendriksen gestoßen, in einer Monographie wurde auf seine Dissertation über damals neuartige psychische Wirkstoffe verwiesen. Leider sei damit dann auch in den Kriegsgefangenenlagern experimentiert worden, stand in einer Anmerkung. Eigentlich wollte ich nichts davon wissen, ich wollte nichts von dem ausgraben, von dem meine Mutter gesagt hatte, dass es besser verborgen bleibe. Ich lernte wegzuschauen. Aber es war, als drängte diese Wahrheit Bruchstück für Bruchstück in mein Bewusstsein, so sehr ich mich auch gewehrt habe. Zum Schluss habe ich mich geweigert, auch nur ein Buch über Zeitgeschichte in die Hand zu nehmen, weil ich ganz gewiss die einzige Stelle aufgeschlagen hätte, in der etwas über die Menschenversuche nachzulesen gewesen wäre.«

Das ist aber wirklich ätzend, stellte Yvonne fest und starrte missmutig in den Fernseher. In diesem Augenblick klingelte es an ihrer Tür. Anhaltend und hartnäckig.
Mürrisch stand sie auf.
Durch ihren Spion sah sie einen Mann in einer Polizeiuniform. Hatte Eberhard ihn geschickt? Sie öffnete die Tür. Vor ihr hatten sich zwei Polizisten und eine Beamtin aufgebaut. Die Frau hatte flachsgelbe Haare und Pickel. Dazu hieß sie auch noch »Cornelia Hufbauer«. So stand es auf dem Namensschild am Revers ihrer Uniformjacke.

»Ich habe ihn nie zur Rede gestellt«, fuhr Anne-Marie Schülin fort. »Aber irgendwann hat er gewusst, dass ich Bescheid weiß. Es war ihm gleichgültig. Manchmal, immerhin, sprachen wir über die Psychopharmaka, die er für Toedtwyler und dessen Luethi-Konzern entwickelt hat. Harmlos sind die freilich nicht, sagte er über die Tabletten. Es ist die Dosis, die das Gift macht. Und es ist Schnee, der die Seele kühlt, vielleicht auch erfrieren lassen kann, er wisse das wohl. Aber niemand klage den Herrn Daimler an, sagte er, weil mit Autos auch Leute totgefahren würden.«

»Wir haben einen Durchsuchungsbefehl«, sagte der ältere der beiden Beamten und hielt ihr ein Schreiben vor. Yvonne war ausgebildete Rechtsanwaltsgehilfin. Sie versuchte, die Verfügung zu entziffern. Aber irgendwie verschwammen die Buchstaben vor ihren Augen. Aus dem Fernsehen klang die eintönige, klagende Stimme ohne Unterbrechung weiter.

»Unser Leben ging seinen Gang, und ich wollte, dass es ein erfülltes, glückliches Leben sei. Ich heiratete, und ich hoffte, dass meine Tochter fröhlich und unbeschwert aufwachsen würde, wie ich mir immer eingeredet hatte, dass auch meine Kindheit gewesen sei.«

Die beiden Beamten machten sich daran, die Schrankwand und den Sekretär zu untersuchen. Yvonne blieb nichts anderes übrig, als die Schubfächer des Sekretärs aufzuschließen.

Die flachsgelbe Hufbauer machte Anstalten, in ihr Badezimmer zu gehen. »Das muss ja wohl nicht sein«, sagte Yvonne scharf. Sie spürte, wie die Wut in ihr hochkroch.

»Bitte«, sagte die Polizeimeisterin Cornelia Hufbauer, »wenn Sie dabei sein wollen?«

In sich versunken verfolgte Berndorf die Übertragung auf dem Monitor.

»Wir sind niemandem etwas schuldig geblieben«, sagte die Frau. »Wir haben getan, was man von uns erwartet hat. Wir haben unsere Steuern bezahlt. Mehr als andere. Niemand hatte Grund, etwas über uns zu sagen. Bis sich vor einigen Wochen ein fremder Mensch meldete und aus Görlitz in Ostdeutschland schrieb, er suche seinen Vater, einen Gustav Twienholt, angeblich nur so, nur um ihn zu sprechen. Für einen Augenblick dachte ich – ach Gott, eine Jugendsünde meines Vaters, wie lustig! Warum hat er mir nicht längst von meinem Halbbruder erzählt? Bis ich begriff. Der fremde Mensch würde aufdecken, dass mein Vater nicht Twienholt hieß. Dass er den Namen gestohlen hatte. Dass mein Vater Hendrik Hendriksen war. Der Kriegsverbrecher Hendriksen. Der Mann, der die kleinen graublauen Tabletten verteilte, und dann wussten die Pfleger, wer am nächsten Tag in das Eisbecken gelegt wurde.«

Mit penetranter Routine durchsuchte Cornelia Hufbauer Yvonnes Spiegelschrank. Es dauerte nur wenige Augenblicke, dann holte sie die Schachtel mit dem unechten Schmuck heraus.

»Lassen Sie das aufzeichnen, Chef?«, fragte Tamar halblaut.
»Aber ja«, sagte Berndorf. »Nur – es kann überhaupt nicht verwendet werden.«

»Und dann haben wir den fremden Menschen nach Ulm eingeladen«, sagte Anne-Marie Schülin. »Er ist mit seinem Wagen gekommen und wir haben ihn in der Garage parken lassen, und dann haben wir mit ihm Tee getrunken. Mein Vater, mein Mann Eberhard und ich. Sehr höflich waren wir und sehr formell, und der Mensch erzählte uns, dass er unsere Anschrift auf einer CD-Rom mit den deutschen Telefonanschlüssen gefunden habe. Und dann zeigte er uns einen Aktenordner mit ein paar Schwarzweißfotos von einem blonden pummeligen jungen Mann und einer dunklen unscheinbaren Frau. Und gerührt las er uns die zwei oder drei banalen Briefe vor, die diese banalen kleinen Leute gewechselt haben und in denen sie von einem kleinen Glück träumten. Und er tat so, als könnte er ernsthaft in Erwägung ziehen, mein Vater sei auch der seine. Ich betrachtete die Fotos und betrachtete meinen Vater und den fremden Menschen aus Görlitz – und wusste plötzlich, dass alles an den Tag kommen würde, dass dieser fremde Mensch alles zerstören und bloßstellen würde, bis die entsetzlichen Toten des Hendrik Hendriksen aufstehen und mit ihren fauligen Fingern auf meinen Vater und auf mich zeigen würden, und auf meine Tochter.«
Anne-Marie Schülin brach ab und bat noch einmal um einen Schluck Wasser. Eine Polizistin brachte ihr einen Becher Kaffee.
Der Reporter mit den Rasta-Locken ergriff das Mikrofon und erklärte den Zuschauern mit gedämpfter Stimme, dass die Mutter der Geisel jetzt ihre Lebensbeichte unterbrochen habe und dass eine Polizistin ihr jetzt einen Becher Kaffee bringe.

Steinbronner bekam einen Anruf Englins durchgestellt. Der Castor-Transport hatte Ulm passiert. Vielleicht wurde es doch noch etwas mit Englins Direktorenstelle.

»Sagen Sie mir, wohin diese Schlüssel gehören?«, fragte die Flachsgelbe und steckte das Schlüsselmäppchen mit spitzen Fingern in eine Cellophanhülle. »Das hab' ich gefunden«, sagte Yvonne. »Muss jemand auf der Donaubrücke verloren haben.«

»Heinz Tiefenbach, so hieß der Mann aus Görlitz«, fuhr Anne-Marie Schülin fort. »Ich sah es ihm am Gesicht an, dass er zu viel trank; so bot ich ihm einen Cognac an, und in den Cognac hatte ich ein Mittel getan. Er ist umgefallen, und mein Mann und ich haben den fremden Menschen in das kleine Zimmer meiner Praxis getragen, wo sich Patienten ausruhen können. In den folgenden Tagen habe ich darauf geachtet, dass er nicht mehr zu sich kam. Mein Mann war nach Görlitz gefahren und ist mit den Schlüsseln des Mannes nachts in dessen Wohnung gegangen; Tiefenbach hatte uns erzählt, dass er geschieden sei und allein lebt. Aber in der Wohnung fand mein Mann keinen Hinweis mehr auf uns, hat er bei der Rückkehr erzählt, er war vergebens nach Görlitz gefahren.«
»Und dann habe ich ihm, diesem fremden Menschen, der in meiner Praxis vor sich hin dämmerte, die letzte und tödliche Dosis gegeben. Mein Mann hat den Toten in dem Auto mit der Görlitzer Nummer auf die Autobahn gefahren und ich bin ihm gefolgt, wir wollten den Wagen in Stuttgart abstellen, aber dann kam der Schnee und mein Mann hat den Autobahnzubringer verlassen und ist in den Steinbruch nach Blaustein gefahren und hat das Görlitzer Auto dort abgestellt. Dann fuhren wir zusammen zurück. Mein Vater war nicht zufrieden. Wir seien im Begriff, das Familienvermögen zu verspielen, sagte er nur. Sein Problem sei das nicht mehr.«

Im Wagen der Einsatzleitung klingelte das Telefon. »Diese Geschichte hilft Ihnen vielleicht«, sagte Thalmann. »Aber nicht mir. Ich verlange eine klare Aussage, aus der hervorgeht, dass mir Unrecht zugefügt worden ist. Lassen Sie sich was einfallen. Es eilt.«
Dann legte er auf. Steinbronner wandte sich kopfschüttelnd an Berndorf. »Nettes Geständnis. Schade, dass wir es nicht verwenden können. Aber was machen wir jetzt bloß mit dem Verrückten da oben?«
Steinbronner musste sehr ratlos sein, dachte Berndorf, wenn er diesen scheinbar kollegialen Ton anschlug. Dann überlegte er, ob sie Thalmann anbieten sollten, seinen Fall vor laufender Kamera einigen kompetenten und unabhängigen Pharmakologen – falls es so etwas gab – vorzutragen. Aber das würde dauern.
»Lassen Sie uns einen Versuch machen, Chef«, sagte Tamar. Sie nahm das Telefon und ließ sich von Berndorf die Durchwahl der Türmerstube geben. Dann wählte sie und gab den Hörer Hannah, die blass und gerade aufgerichtet neben ihr saß. Tamar konnte hören, wie Thalmann sich meldete.
»Hier ist Hannah«, sagte die zierliche dunkle Frau. »Ich komme jetzt nach oben. Du lässt mich herein. Und dann lässt du die junge Frau gehen. Sie hat dir nichts getan.« Thalmann schwieg.
»Ich komme jetzt. Wenn du jetzt nicht mit mir redest, wird es nie ein Gespräch mehr zwischen uns geben.«

Steinbronner machte ein bedenkliches Gesicht: »Wir können da keine Frau hochlassen. Nicht zu diesem Menschen.«
»Dieser Mensch ist mein Vater«, sagte Hannah einfach.
»Ich denke, sie ist wirklich die Einzige, die ihn zur Vernunft bringen kann«, sagte Berndorf.
Wenig später begleiteten Tamar und Berndorf die junge Frau zum Münsterportal und hinauf zum Turm. Nur mit Mühe

kamen sie auf der Wendeltreppe an den Beamten des Sondereinsatzkommandos vorbei, die überall mit ihren Schutzwesten und Maschinenwaffen postiert waren.

Berndorf hasste den Aufstieg, er war nicht schwindelfrei und verabscheute die Blickscharten im Mauerwerk, durch die man tief auf den Münsterplatz sah. Vor dem letzten Aufgang sagte Hannah, er solle zurückbleiben. Nur Tamar solle, wenn sie es wolle, mit ihr gehen.

Berndorf lehnte sich an das Mauerwerk. Über sich hörte er, wie ein Eisengitter quietschend aufgestoßen wurde.

Zeit verging. Aber sie verging entsetzlich langsam. Unten auf dem Münsterplatz sah Berndorf die Absperrungen und grau dahinter Menschen. Davor spielzeugklein die Fahrzeuge der Polizei und den Übertragungswagen des Fernsehens. Plötzlich überfiel ihn schmerzhaft die Sehnsucht nach einer Zigarette, zum ersten Mal seit vielen Jahren.

Später, viel später kamen von oben rasche Schritte. Tamar führte am Arm eine groß gewachsene und schlanke blonde Frau. Sie zitterte nicht, aber Berndorf sah, dass sie jeden Augenblick zusammenbrechen konnte. Er ging den beiden Frauen voran, um die Polizisten zur Seite zu winken und Nike Schülin aufzufangen, wenn sie noch auf der Wendeltreppe zusammenklappen würde.

»Wie haben Sie das geschafft?«, sagte er unten zu Tamar.

»Das hab' nicht ich geschafft«, antwortete sie. »Hannah hat es fertig gebracht. Ich weiß nicht wie. Sie hat gebeten, dass die Polizei nichts unternimmt. Bis sie mit ihrem Vater herunterkommt.«

Freitag, 20. Februar, 23 Uhr

»Desarts berühmte Bonbons!«, sagte Rechtsanwalt Eisholm.
»Aber danke. Ich muss auf meinen Zucker achten.« Eisholm war ein großer grauhaariger Mann mit listigen Krähenaugen. Er war so bekannt und so teuer, dass ihn sich nur leisten durfte, wer wirklich Geld hatte. Oder jemand, der seine Geschichte an die Magazine verkaufen konnte.
Eisholm war noch am Abend aus München gekommen, und nun saßen sie zu dritt an Desarts Besprechungstisch. Der Staatsanwalt, Berndorf und der Anwalt.
Eigentlich hatte Berndorf keine Lust mehr. Er hatte seinen Job getan. Vor drei oder vier Stunden hatte ihn Thalmann in der Einsatzleitung angerufen und ihn gebeten, ihn und seine Tochter am oberen Aufgang abzuholen.
»Damit keiner von Ihren Rambos das Schießen anfängt«, hatte er noch gesagt.
Und Berndorf hatte ein zweites Mal den Weg über die Wendeltreppe nehmen müssen. Er hasste sie wirklich. Oben hatte ihn Hannah begrüßt und ihm ein zusammengeklapptes Rasiermesser übergeben.
Dann war Thalmann den Aufgang heruntergekommen, nichts weiter als ein unauffälliger müder Mann, der darum bat, erst morgen vernommen zu werden. Berndorf war es recht. Man sollte Hannah helfen, ihm einen Anwalt zu besorgen. Einen, der seine Arbeit verstand und der auch zur Sprache bringen

würde, was die Tabletten mit Thalmann gemacht hatten. Tamar würde sich um einen Anwalt kümmern.

Viel würde es nicht helfen. Das Tribunal gegen die Pharmaindustrie würde es nicht geben. Kein Gericht würde sich darauf einlassen.

Gerne hätte Berndorf gewusst, wie Hannah ihren Vater zum Aufgeben überredet hatte. Wie immer die Welt aussah, die Thalmann sich in seinem Kopf zusammengebaut hatte: Jetzt am Ende hatte er einfach getan, was ihm seine Tochter gesagt hatte. Vielleicht, weil sie keine Angst hatte. Oder weil er selbst nicht mehr weiterwusste. Weil ihm Hendriksen-Twienholt als Ziel seiner Rache und seiner fixen Idee von Selbstjustiz abhanden gekommen war.

Wie von ferne hörte er Eisholm reden. Der Münchner Anwalt hatte eine wohlmodulierte Stimme. Das Register war ganz auf Kooperation und Verständnis eingestellt. Auf scheinbare Kooperation.

»Ich brauche Ihnen alten Fahrensleuten nun wirklich nicht zu erklären«, sagte Eisholm, »dass ein Verfahren gegen Anne-Marie Schülin nach diesem Fernsehauftritt so gut wie unmöglich geworden ist. Nicht nur, dass Sie nichts von dem verwenden können, was Sie oder wer auch immer veranlasst haben, dass sie es vor der Kamera sagt.«

Eisholm funkelte sie aus seinen Krähenaugen an. »Es ist schlimmer. Mit dieser inszenierten Hinrichtung vor der Kamera ist ein faires justizförmiges Verfahren schlechterdings unmöglich geworden.«

»Warten Sie es ab«, sagte Berndorf müde und blinzelte in das Deckenlicht. »Dass das Geständnis vor der Kamera nicht verwendet werden kann, habe ich ihr schon vorher gesagt. Aber es gibt noch anderes. Die Gummihandschuhe von Herrn Schülin. Vielleicht wird das Labor des sächsischen Landeskriminalamtes Staub von Tiefenbachs Computertasten auf ihnen finden. Oder von den Türklinken seiner Wohnung. Und ganz gewiss von den Büchern, die Herr Schülin durchgesehen hat.«

Eisholm unterbrach ihn. »Die er angeblich durchgesehen hat. Nichts von dem, was Sie ankündigen, lieber Herr Berndorf, liegt als Beweis vor, wenn es denn überhaupt als Beweis taugen würde. Eine Verurteilung aufgrund von Bücherstaub, der in Görlitz ein anderer sein mag als in Ulm oder auch nicht: sehr mutig. Aber vielleicht hat der Görlitzer Bücherstaub einen höheren Anteil an Braunkohle, was weiß ich. Nur: Nichts davon können Sie vorlegen. Sie haben buchstäblich nichts in der Hand. Und da wundere ich mich schon. Wenn der Wagen des Herrn Tiefenbach in der Garage meiner Mandanten gestanden hat, wieso haben Sie dann keine Spuren davon gefunden, keinen Reifenabrieb, kein spezifisches Ölgemisch?«
Er neigte ganz leicht seinen graulockigen Kopf und visierte Berndorf lauernd an: »Ich muss Ihnen doch nicht Ihren Job erklären. Angeblich hat Tiefenbach mehrere Tage in dem Haus Schülin verbracht. Wenn das so ist, wieso kann die Ulmer Polizei dann keine Fasern von Tiefenbachs Kleidern vorlegen?«
»Weil wir erst heute Morgen nach diesen Spuren haben suchen können«, sagte Berndorf müde.
Desarts schaltete sich ein. »Vielleicht können wir uns für den Augenblick einigen. Kein Haftbefehl, aber Sie händigen uns die Reisepässe des Ehepaars Schülin aus.«
Eisholm warf einen nachdenklichen Blick auf Desarts. Er wird sich nicht einmal darauf einlassen, dachte Berndorf.
An der Tür zu Desarts Dienstzimmer klopfte es.
Der Staatsanwalt stand unwillig auf und öffnete: »Ich bitte nicht gestört zu werden«, sagte er zu der jungen Frau, die vor ihm stand.
»Tut mir Leid«, sagte Tamar und schob sich entschlossen an ihm vorbei ins Zimmer. Sie hatte eine Plastiktüte in der Hand. Sie ging auf Berndorf zu, grüßte mit einem kurzen Nicken den Anwalt und holte mit der Hand, über die sie einen Gummihandschuh gezogen hatte, einen Aktenordner aus der Tüte und legte ihn auf den Besprechungstisch.

»Machen wir hier Bescherung?«, fragte Eisholm. Tamar ignorierte ihn.
»Es ist der Ordner mit den privaten Unterlagen von Heinz Tiefenbach«, sagte sie, zu Berndorf gewandt. »Es sind auch Briefe an seine Mutter dabei. Und Zeitungsausschnitte über Twienholt.«
»Glückwunsch, junge Frau«, sagte Eisholm. »Aber sind Sie ganz sicher, dass das etwas mit dem Thema unserer Besprechung zu tun hat?«
»Ich denke schon«, antwortete Tamar und wandte sich ihm zu.
»Der Ordner ist in einem Bankschließfach sichergestellt worden, das Eberhard Schülin angemietet hat. Den Schlüssel haben die Neu-Ulmer Kollegen bei seiner Geliebten sichergestellt.«
Sie wandte sich wieder Berndorf zu. »Außerdem hat Rauwolf angerufen. Der Mietwagen, den Schülin in Nürnberg angemietet hat, ist in Görlitz gesehen worden. Dreißig Meter von Tiefenbachs Wohnung entfernt. Einem Zeugen war das Kennzeichen ungewöhnlich vorgekommen. Es war ein bayerisches. Die Leute in Görlitz sind sehr misstrauisch geworden, wenn sie ein Wessi-Auto sehen.«

Samstag, 21. Februar, 1 Uhr

Die Lampen, die die Wege im Park beleuchten sollten, waren seit Mitternacht ausgeschaltet. Durch die kahlen Bäume des Alten Friedhofs fiel Mondlicht, gerade hell genug für Berndorf, seinen Weg zu finden.
Noch immer war er in Gedanken. Anne-Marie Schülin war eine Mörderin. Sie gehörte hinter Gitter. Ebenso wie ihr Mann. Vorläufig saßen sie auch dort. Vermutlich nicht für lange. Dann würden die Ärzte sie ebenso haftunfähig schreiben wie ihren Vater. Eine Dame ihrer gesellschaftlichen Stellung wird nicht wirklich mit drogenabhängigen Huren und Totschläge-

rinnen zusammengesperrt. Den Eröffnungstanz beim Rotarier-Ball, das Galadiner der Theaterfreunde: das, immerhin, würde sich Anne-Marie Schülin abschminken können.
Hendrik Hendriksen aber würde unbehelligt in den Greisentod hinüberdämmern. Gerechtigkeit? Strafe? Schon Montaigne hatte das gekannt: Je abscheulicher ein Verbrechen war, desto grausamer sollte die Strafe sein, so hatte das Volk gefordert. Montaigne, der selbst Gerichtsherr gewesen war, hatte dagegengehalten: »Gerade meine Abscheu vor der ersten Grausamkeit bewirkt, dass ich jede Wiederholung verabscheue.« Aber die Abgeklärtheit des alten Franzosen kam aus einer Zeit mit anderen Verbrechen.
Und überhaupt, er musste wieder einmal ein weniger weltweises Buch lesen. Die Dunkelheit lichtete sich, und Berndorf trat vom Alten Friedhof auf die Straße hinaus, die zu seiner Wohnung führte. Er freute sich auf ein warmes Bad. Auf einen Whisky. Und auf ein Ferngespräch.

Editionsnotiz

Berndorf las seinen Montaigne im Taschenbuch. Für Kommissare, die auch noch im Flugzeug weiterlesen wollen, ist das ratsam. Die Zitate in unserem Text wurden aber auch gewichtigeren Ausgaben entnommen:

Michel de Montaigne: Essais [Versuche]
nebst des Verfassers Leben nach der Ausgabe
von Pierre Coste
ins Deutsche übersetzt von Johann Daniel Tietz,
3 Bände, Diogenes Verlag, Zürich 1992
o. S. 16: Bd. II, S. 578

Michel de Montaigne: Essais.
Erste moderne Gesamtübersetzung von Hans Stilett.
[Die Andere Bibliothek.
Herausgegeben von Hans Magnus Enzensberger]
Eichborn Verlag, Frankfurt a. M. 1998
o. S. 103: S. 182
o. S. 109: S. 400
o. S. 110: S. 404
o. S. 164: S. 398
o. S. 172: S. 407
o. S. 189: S. 330
o. S. 285: S. 537

Montaigne: Essais.
Hrsg. von Ralph-Rainer Wuthenow.
Revidierte Fassung der Übertragung von Joachim Bode,
Insel Verlag, Frankfurt a. M. 1976
o. S. 166: S. 221

»*Er freute sich auf ein warmes Bad. Auf einen Whisky.
Und auf ein Ferngespräch.*«

*Ach, Berndorf.
Falls Barbara wieder mal down-town ist:
Es gibt noch eine Menge spannender Bücher.*)*

*) Wer auf den nächsten Seiten zu wenig findet,
sollte sich unseren Gesamtprospekt**) bestellen.
Wir akzeptieren z. B. die gute alte Masterpostcard mit einem Text wie
»Bitte unbedingt und so rasch wie Tamar im Citroën…«
Libelle • Sternengarten • CH-8574 Lengwil

**) Vorsichtige Zeitgenossen schauen sich zuvor im Internet um:
libelleverlag.ch
Ja, es gibt dort, ganz oben rechts, einen Link. Auch er führt zur Printfassung
des Libelle-Prospekts.

Leise Spannung im Zeichen der Libelle

»Ein deutscher Vorläufer der Reisenden Chatwin und Theroux... Sein erzählerischer Gleichmut schafft ein Fluidum, das erinnert an die Romane von Melville und die frühen Stummfilme von Griffith, an Lévi-Strauss und Michel Serres.« *Fritz Göttler, Süddeutsche Zeitung*

»Endlich, endlich sind zwei der schönsten Jugend- und zugleich Erwachsenenbücher, die es überhaupt gibt, wieder in ungekürzter Form zu lesen... Das Buch bleibt immer spannend, und abgesehen davon, daß man die Lektüre nur schwer abbrechen kann, ist es ein ideales Vorlesebuch, das den Erwachsenen keinerlei Opfer abverlangt.« *Ludger Lütkehaus, DIE ZEIT*

»Es ist, als ob Karl May Pu den Bären getroffen und von ihm endlich gelernt hätte, daß der Reiz der Ferne sich nicht in serieller Superman-Action vor exotischer Kulisse erschöpft. Sprache und Erzählweise formen hier ein Stück Literatur, das für Leser aller Altersstufen gleichermaßen zum Kultbuch werden kann.« *Heribert Seifert, Tagesspiegel*

Fritz Mühlenweg
In geheimer Mission durch die Wüste Gobi
Roman. 4. Aufl., 780 S., mit Wüstenfotos von Mühlenweg
und einem biografischen Nachwort von Ekkehard Faude
ISBN 3-909081-58-4

Fritz Mühlenweg
Fremde auf dem Pfad der Nachdenklichkeit
Roman. 3. Aufl., 304 S., geb., mit einem Nachwort von Gisbert Haefs
ISBN 3-909081-53-3

Fritz Mühlenweg
Kleine mongolische Heimlichkeiten
Erzählungen. 4. Aufl., 144 S., broschiert
ISBN 3-909081-50-9

Fritz Mühlenweg
Nuni
Mit Bildern von Rotraut Susanne Berner
144 S., geb., mit einem Nachwort von Ekkehard Faude
ISBN 3-909081-83-5

Leben in Geschichten aus der Zeit vor 1945

Jacob Picard
Werke
Herausgegeben und mit einem biographischen Nachwort
über den Erzähler des alemannischen Landjudentums
von Manfred Bosch
616 S., Ln., Umschlagbild von Bruno Epple
ISBN 3-909081-48-7

Otto Frei
Jugend am Ufer
geb., 240 S., mit einem Umschlagbild von Adolf Dietrich
und einem Nachwort von Ekkehard Faude
ISBN 3-909081-12-6

Eine Kindheit am Schweizer Ufer des Bodensees, als unter der Bedrohung durch die Deutschen und ihren Krieg die Nachbarschaft über den See für viele Jahre zerstört wurde.

Käthe Vordtriede
**»Mir ist es noch wie ein Traum,
dass mir diese abenteuerliche Flucht gelang...**
Briefe nach 1933 aus Freiburg i. Br., Frauenfeld und New York an ihren
Sohn Werner, herausgegeben und
mit einem biographischen Nachwort versehen von Manfred Bosch
ISBN 3-909081-10-X

»Käthe Vordtriedes Briefe sind eine fesselnde Lektüre. Es ist die Stimme einer literarisch gebildeten und politisch bewußten Emigrantin, die als Jüdin, Sozialistin, emanzipierte Frau und Mutter minutiös anschaulich, dabei aber mit tiefer Betroffenheit niederschrieb, was sie sah und hörte, bedrängte und bedrückte... Sie sind ein bewegendes menschliches, ein bewegendes literarisches Zeugnis – herzlich im Ton, aufklärerisch im Bewußtsein, wie die Prosa des von ihr über alles geliebten Johann Peter Hebel.« *Uwe Schweikert, Frankfurter Rundschau*

Käthe Vordtriede
»Es gibt Zeiten, in denen man welkt«
Mein Leben in Deutschland vor und nach 1933
Herausgegeben von Detlef Garz
288 S., geb.,
ISBN 3-909081-13-4

Bleibende Literatur unserer Jahre

Katrin Seebacher
Morgen oder Abend
Roman, 3. Auflage, 316 Seiten, Leinen,
mit einem Umschlagbild von Matthias Holländer
ISBN 3-909081-76-2

»Der Blick, mit dem die junge Autorin Katrin Seebacher in ihrem ersten Roman den Alltag einer verschwindenden Generation zu fassen versucht, ist verblüffend präzis. Sie zeichnet das Bild einer Welt, und sie tut dies mit einer sprachlichen Finesse, die man liebevoll nennen möchte.« *Barbara Basting, du*

»Katrin Seebacher hat ein großartiges Buch geschrieben.« *Anne Overlack, Stuttgarter Zeitung*

»›Morgen oder Abend‹ ist ein ungewöhnlicher Erstling. Das Buch ist perfekt gemacht.« *Agnes Hüfner, Süddeutsche Zeitung*

»Dieses ernste kindliche Spiel hat Katrin Seebacher nun poetisch wieder aufgenommen, mit einer Leichtigkeit, die von hoher Artistik zeugt und jenem stilistischen Takt, der eine selten menschenfreundliche Sensibilität verrät.« *Angelika Overath, Neue Zürcher Zeitung*

»Es ist, auf die äußere Handlung reduziert, eine traurige Geschichte von Alter, Vergänglichkeit und Tod. Aber in der Art, wie Katrin Seebacher sie erzählt, wirken Gegenkräfte: Beobachtungslust, Einfallskraft, sprachliche Vitalität und ein bei aller Präzision taktvoller Sinn für die Komik des Altwerdens... Das Buch erweitert unsere Wahrnehmungsmöglichkeiten, schärft das Auge für den nicht zerstörbaren jugendlichen Kern der Alten... In Zeiten, die Wörter wie ›Rentnerschwemme‹ hervorbringen, ist das nicht bloß eine literarische, sondern auch eine zivilisatorische, zur Humanität anstiftende Leistung. Mehr kann ein Buch nicht können.« *Gunhild Kübler, Weltwoche*

»Es ist nicht allein ein bewegender, sondern auch ein literarisch aufregender Prozess durch die schritt- und bausteinweise Umordnung und Errichtung eines Kosmos als Diffusion, in der sich die Greisenkindlichkeit als neuer, zentrierender Schwerpunkt human verbirgt.« *Brigitte Kronauer, Tagesanzeiger*

Bleibende Literatur unserer Jahre

Angelika Overath
Händler der verlorenen Farben
Wahre Geschichten
176 S., schöne engl. Broschur
mit einem Umschlagbild von Matthias Holländer
ISBN 3-909081-11-8

»Angelika Overaths Geschichtensammlung sei jedem empfohlen, der sich etwas über die Welt erzählen lassen möchte und einen besonders empfindsamen Blick genießen kann.« *Renee Zucker, ZDF*

»Alles unterliegt hier dem unbestechlichen, genauen Blick. Die Sprache ist poetisch, weil sie genau ist... Sie entfaltet eine Dialektik von Schweigen und Sprechen, von Erinnern und Vergessen, von Hingabe und Konstruktion. Es ist ein altes Problem, mit dem sie sich herumschlägt – und das sie meistert: Erst das Verschweigen ermöglicht die ›Realität des Lebens‹.« *Oliver Vogel, Süddeutsche Zeitung*

»Die Themen dieser Reportagen sind heterogen, sie bewegen sich auf den Spuren von großer Literatur oder widmen sich Alltagserfahrungen unserer Zeit. Gemeinsam ist ihnen der tiefe Respekt gegenüber dem beschriebenen Gegenstand, die freundliche Distanz, die Angelika Overath ihren Gesprächspartnern gegenüber einnimmt, und schließlich das feine Gespür für Entdeckungen, die sich im Vertrauten machen lassen, so daß in diesem Band selbst die Geschichte einer Existenzgründung im Ruhrgebiet eine ungeahnte Spannung mit sich bringt.« *Tilman Spreckelsen, FAZ*

Hermann Kinder
Kina Kina
170 S., geb., ISBN 3-909081-20-7

»Hermann Kinders Kina Kina ist ein amüsantes, nachdenklich stimmendes Lehrstück über die Vergeblichkeit des großen Reisens – die krude Alltäglichkeit behauptet sich auch dort, wo die Ferne nicht nur fern ist, sondern beeindruckend fremd.« *Otto A. Böhmer, Frankfurter Rundschau*

»Langsam, im Verlauf der flotten Geschichte, werden jedoch Barrieren abgebaut, zerbröseln wie von selbst die Klischees der Hauptfigur, aus deren Perspektive auch der Leser alles wahrnimmt. Ein sanfter Umdenkprozeß setzt ein...« *Ulrich Weinzierl, FAZ*

Theater & das ganze Leben

Dass Berndorf nie ins Theater geht und Tamar ihre kleinen Dramen auch lieber selbst und live inszeniert, sollte Sie nicht von folgenden Texten abhalten. Köstliche und nachdenkliche Stücke zum Selberlesen und Weitergeben. Über Kunst, Freundschaft, Liebe. Das Leben.

Yasmina Reza
»KUNST«
Komödie. Aus dem Französischen von Eugen Helmlé
3. Aufl. 1998, 72 S., kt., ISBN 3-909081-77-0

Eric-Emmanuel Schmitt
Enigma
übersetzt von Annette und Paul Bäcker
2. Aufl. 1999, 80 S., kt., ISBN 3-909081-06-1

Eric-Emmanuel Schmitt
Der Freigeist
übersetzt von Annette und Paul Bäcker
2. Aufl. 1999, 88 S., kt., ISBN 3-909081-07-X

Eric-Emmanuel Schmitt
Der Besucher
übersetzt von Annette und Paul Bäcker
2. Aufl. 1999, 80 S., kt., ISBN 3-909081-05-3

Eric-Emmanuel Schmitt
Gesammelte Stücke
Frédérick oder Boulevard des Verbrechens / Enigma
Der Besucher / Der Freigeist
übersetzt von Annette und Paul Bäcker
380 S., geb.
ISBN 3-909081-04-5

*Als dieses Manuskript eines unbekannten Autors
an einem Januartag 1999 in unserem Briefkasten lag, schwante uns
nach einigen Seiten Lektüre schon Gutes.*

*Die einzigen aufkommenden Bedenken in der Tonart
»Libelle macht doch keine Krimis…,
neuer Autor und dann noch Erstling, viel zu schwierig am Markt…«
wurden via Blick ins Archiv erledigt:
Hatten wir vor 1996 vielleicht Theater im Programm gehabt?
Und wer kannte damals überhaupt den Namen* **Yasmina Reza?** *Also.
Hatten wir nicht schon fast apotropäisch gemurmelt:
Neue Literatur ist nicht unser Gebiet, wir machen nur Wiederentdeckungen.
Bis uns* **Katrin Seebacher** *ihren Roman schickte.*
»Morgen oder Abend« *wurde als Entdeckung gefeiert und kommt soeben
in einer französischen Übersetzung bei Gallimard in Paris heraus.
Also: »viel zu schwierig am Markt« gibt's nicht,
wenn der literarische Stoff, diese Verknüpfung aus Phantasie und Wortvermögen,
von jener Qualität ist, die sich beim Lesen mitteilt. Es darf auch thrilling sein.
Deshalb schwante uns Gutes. Und so kommt's jetzt ja auch.*

*Während Ulrich Ritzel noch seinen Text fertig schrieb
(die Gespräche mit Barbara, die Tübingen-Szene…)
und wir ziemlich lustvoll Montaigne-Übersetzungen verglichen
und dem Großen Meister auch seine sperrigeren Erkenntnisse nachsahen
(»Eine gesunde Seele braucht nicht viel Buchwissen…«)
entstand fürs gleiche Programm jenes Buch,
in dem der Montaigne'sche Blick auf die Einzelheiten
einer fremden Welt gerichtet wird, neugierig, befremdet und sarkastisch,
in einer Sprache von eigenwilliger Genauigkeit,
auf Shanghai nämlich und ein ganz anderes China,
als unsere herkömmlichen Kinabildchen einfärben,
und ein anderes, als es Fritz Mühlenweg in seinen Mongoleiromanen gesehen hat.
Sollten Sie auch lesen.*
**Hermann Kinder
Kina Kina
170 S., geb., ISBN 3-909081-20-7**

Gesamtherstellung: Pustet in Regensburg
2 3 4 5 6 7 8 9 10 2003 2002 2001 2000 1999

ISBN 3-909081-86-X
© 1999 Libelle Verlag • CH-8574 Lengwil
Alle Rechte vorbehalten.